每一位守序者，都必将，也理所应当，力阻挡沙鱼倾覆而走向死亡，但不能被时间窝贼肆意杀戮，蒙羞而终。

风雪待归人 2

小霄 著

九州出版社

跨越半个地球，在那片已经彻底遭毁的博物馆土地上，无穷无尽的种子破土而出。

脆弱的茎秆在交加的风雪中坚韧地抽节生长，枝叶、花瓣、果实……树木向下生根，灌丛结出果实，一层又一层花瓣被吹散进风中，细细的绒毛颤抖着，一些种子已经欢快地洒进了新的土壤。

混杂的植物和泥土的气息遮盖住了一地的腥臭。

很快，在那些融合畸变的尸块上，长出了鲜活的、正常的生命。

安隅
An Yu

安隅对时空的操纵已经像思维流转一样自然。他会带上安和宁,但大多数时间里,他们只站在他身后发呆,白蓝的闪蝶悠闲地在他身边振翅——影像资料上线后,论坛里戏称那些蝴蝶为安隅的专属氛围组。

秦知律
Qin Zhilü

秦知律不动声色地换上监管对象送他的手套，
却敏锐地察觉出一丝不同——
右手食指指腹处似乎有一层轻微凸起的纹饰。
他将手指伸到烛焰旁，注视着那一片小小的雪花。

目录 / CONTENTS

【主城三】

52 消失的1%	003
53 种子博物馆	011
54 理想复兴	021
55 真理启示者	033
56 崭新的生机	043
57 悄然靠近	054
58 同类舔舐·上	061
59 同类舔舐·下	069
60 宿命交汇	079
61 无异常	094

时间控制台

62 34区失去时间	107
63 城市崩溃边缘	117
64 遗漏的节拍	129
65 时间控制台	140
66 人类时间将倾	151
67 时空节节	162

【主城四】
68 小小的面包　　　181
69 莫比乌斯环　　　190
70 灾厄之源　　　　199
71 第二道防线　　　208

AI意识云岛
72 洪流将临　　　　221
73 主城混乱　　　　232
74 你好安隅　　　　243
75 脱手　　　　　　254
76 莫梨　　　　　　266
77 云岛　　　　　　279
78 感性生长　　　　289
79 备份体　　　　　300
80 一张底牌　　　　311
81 小面包的赌注　　319

有些人只能感知到神明的庞大。
认为它冷酷，莫测，不容思及，不可描述。

但也有人能看到神明的纯粹。
认为它宁寂，澄澈，是无声而长存的美好。

直到灾厄结束，我都一直在想，
或许正是后者的注视，
让与神性共生的人性野蛮生长。

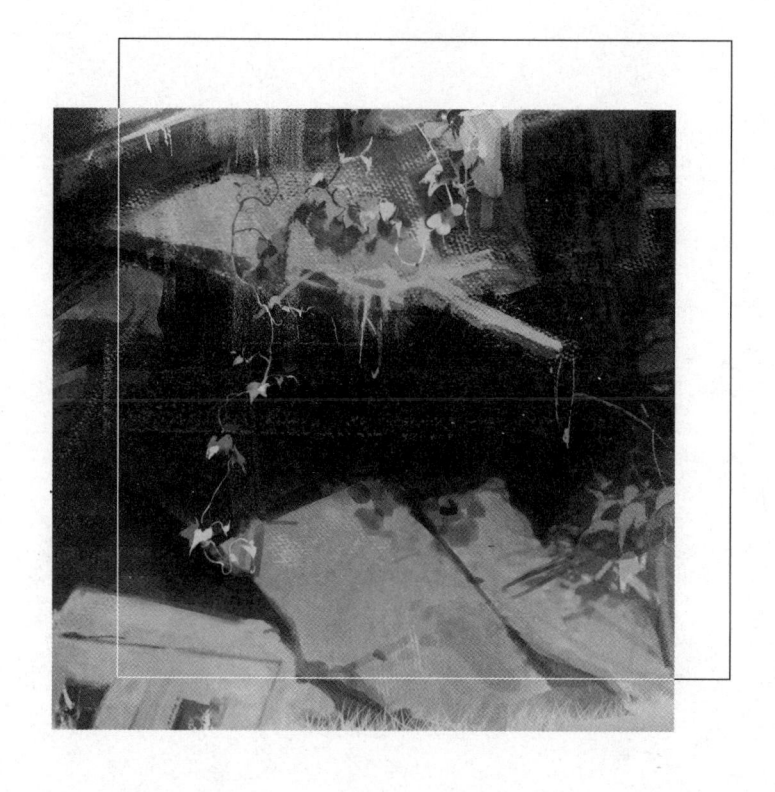

【主城三】

52　消失的1%

　　秦知律被安隅拢在怀里,他垂眸看了他一会,在他耳边低问道:"你在干什么呢。"

　　那个声音很缥缈,好似一下子就要被风带远了。

　　安隅很少如此直白地感受到怀里这个人的脆弱,他沉默不语,秦知律又问:"偷看到什么了?"

　　"什么也没有,长官。"安隅立即回答,他几乎本能地说了谎,"我只误打误撞进入过您的记忆两次,每一次,那个世界里都是一片漆黑,只有一座冰冷的高塔,仅此而已。"

　　秦知律看着他在风中拂动的白发,许久,抬手在他头上按了按,没有再追问。

　　"您的手套上全是蜡油。"安隅松开他,拉住那几根手指,顺势拿走他右手中的碎镜片,并一同扯下了那只孤儿院的旧手套。

　　秦知律蹙眉:"你……"

　　话音未落,安隅将他拿惯枪的右手捧到嘴边,用唇轻轻碰了碰。

　　那双金眸一片澄澈,他像一只小兽用唇齿安抚伤口,是一种本能。

　　秦知律的身子僵住了,他的手抽动了一下,似乎立即想要缩回去,然而不知是不是太虚弱了,他最终也没能挣开被安隅虚捧着的手。

　　"还说什么都没看到。"秦知律声音低哑,"还看到什么了?"

　　"真的什么都没看到。"安隅神色平和,自然地松开他,"我只是觉得孤儿院的手套太单薄,和您的气质不符。您不是答应回去后要送我一件高分子的衣服吗?也让

003

我为您买一副新手套吧，就当是感谢您的辅助。"

秦知律审视着他："我的定制手套，可比一件衣服贵得多。"

"没关系。"安隅立即道，"我会多卖几个面包。"

他说着，将第四块碎镜片丢在地上，从腰侧抽出刀来。

刀刃雪亮，在黑暗中折射着烛光。

秦知律一把拉住他，裸露在空气中的手心贴合上安隅的皮肤。他顿了顿，说道："还是我来吧。告诉过你，羽翼丰满前，要爱惜自己的羽毛。"

安隅站在他身侧，不与他对视："可您和凌秋也都说过，我更像一只小狼。"

秦知律轻抬了下眉："所以呢？"

安隅执刀盯着远处碎镜中的少年："狼不是鸟，不需要爱惜羽毛。狼的爪子，都是要沾了血才能让人知道它的锋利。"

"以后，请您把这些按下按钮的机会都让给我吧。"他将那支蜡烛也从秦知律手中接了过来，执刀上前，站在满地的碎镜片前。

风中腥气浓郁，白荆的鲜血在地上蜿蜒流淌，绕开了每一片碎裂的镜，在雪地上勾画出一幅诡谲而凄楚的画卷。

那双眼眸盯着头顶的天空——虽然一片漆黑，但覆盖在孤儿院上空的镜子终于消失了，世界好像忽然变得很干净，就像已经在记忆中褪色的那些年一样。

"陈念和阿棘都死了。"他喃喃道，"最想要留住的，终归一个都没留下。"

一滴泪从眼角滑落，滚进地上的血泊中。

安隅从这个已经超畸化的少年身上察觉到了强烈的人类情感。这似乎与人们的认知相悖，但却又理所当然。

他竖起刀刃在白荆视线上方，平静地陈述道："你的确没有守护住陈念和阿棘。但是陈念如愿守住了思思，这是他的选择。而阿棘……"他语气停顿，"阿棘一直都知道，自己在孤儿院有个哥哥。"

那双已经快要涣散的眼眸忽然凝了一瞬，白荆目光颤抖着看向他，许久，怆然一笑道："孤儿院里的其他孩子都会怪我吧。"

安隅思考了好一会儿，他想起凌秋——其实凌秋一早就察觉到他的昏睡有问题，但也帮他瞒了这么多年，只是很幸运地，53区没有因为这份包庇而出事。一旦出事的话……

"会怪你，他们恨死你了。"他轻声说着，停顿片刻却又笃定道，"但阿棘不会。"

在这个世界上，无论多么没有人性的家伙，都不会责怪用尽全力相守之人。

安隅望着那双失神的眼眸："你的人类意志似乎没有彻底沦丧，但这里的错误由你铸成，所以很抱歉，我还是要代表人类处决你。"

"嗯。我的消失，或许能帮孤儿院驱散最后一片黑暗，这是我全部能做的偿还了。"白荆转回头，继续望着漆黑的天空，喃喃道，"凝固的时间好像在迅速恢复，不知是谁有这样的本领……如果你能见到那个人的话，替我说声多谢吧。"

秩序之刃割断少年的喉咙，为了确保他死亡，安隅又干脆利落地剖开他的胸口，在心脏上补了一刀。

做这一切的时候，他的动作干净利落，神色间没有流露任何怜悯，他对着地上逝去的生命轻声道："抱歉，我不会用枪，只能这样了。"

秦知律在他身后说道："你果然是天生的杀器。"

安隅拉起衣服一角，将刀身上的血擦干净，轻道："我只是听您的话而已。您教过我，不要沉湎于他人的过往——"

"慈悲应当留给值得拯救之人。"秦知律接上后半句，那双沉寂晦暗的黑眸终于浮出一丝笑意，他朝安隅伸出手，替他将刀插回了腰间，淡声道，"看来你不仅学会了做面包，也早就明白了慈悲。"

白荆死亡后，笼罩着孤儿院的那片漆黑果然褪去，世界回归白昼，吹洒了十年的风雪终于停歇，十年光阴弹指间，仿佛什么都没有发生过。

秦知律坐在地上，缓慢地咀嚼着安隅掰给他的压缩饼干——据安隅说，他原本留了两块能量棒作为给长官的"保护粮"，但刚才没想清楚就提前给了风间和蒋枭，所以只剩一块从食堂里顺来的压缩饼干了——就连这块饼干，他也只分给了秦知律一半，另一半正被他自己攥在手里咔嚓咔嚓地嚼着。

秦知律不予置评，一边拨弄着空中围绕他的蒲公英们，一边用安隅的终端拨通了黑塔频道。

时空秩序恢复，通讯重建，频道另一头充斥着黑塔纷乱繁忙的脚步声。

"有两个畸变者需要重点监测，思思和见星，相关情报已经在我的节点记录里一并上传了……嗯，孤儿院还有大量畸种需要清扫收尾，我的队员战损严重，派增援来吧……看不到我的数据是正常的，我不小心踩碎了自己的终端……我还好。生存值现在大概6%，精神力33%，都在缓慢恢复中。"

电话另一头突然变成了一个聒噪的嗓音，比利像只一惊一乍的鸟，尖叫道："这叫还好？！我多少年没见过您这副鬼样子了！安隅呢？安隅不会已经死了吧！"

秦知律冷漠道："他很好，你们不是能看见他的数据吗？"

"就是看见了才不敢相信……谁知道你们两个会疯成什么样子，总觉得不是你在教导他，是他在带坏你……"比利松了口气，嘀嘀咕咕嘟囔了半天，又道，"那个，黑塔准备安排一些治疗系辅助去接你，在飞机上帮你恢复状态，你们直接飞一趟平等区？"

秦知律语气一沉："平等区怎么了？"

"准确地说，不是平等区，是平等区附近。"比利压低声道，"植物种子博物馆的任务，祝莺出事了。"

在耳机里听长官打电话的安隅顿时一僵："葡萄出什么事了？"

比利连忙道："没死，没失智，不要着急。他就是突然……嗐，突然有点犯横吧，掰不过那股劲来，和黑塔杠上了，连唐风都说不听，你们去看看吧。"

秦知律最初听说祝莺出事没什么反应，此刻却蹙起眉。他拿着终端许久才"嗯"了一声："那就安排两架飞机，先接蒋枭他们回去。"

"明白。增援部队已经出发，很快就到。"比利正色道，"辛苦了。"

随着孤儿院的时空自动修复，遍地的碎玻璃正在一片接一片地消失，那四枚镜片还散落在地上，在镜子主体破裂后，黑白镜双面均毁，它们似乎也已经变成了无用的普通玻璃。

时空修复到一定程度时，第一块碎镜片也随之消失了。

众人都精疲力竭地坐在地上等增援，眼看着它消失后，又不约而同地看向第二块。

但第二块掌控的时空似乎比前面一块要修复得慢，等了许久，也迟迟没等到那块碎镜片消失。

安隅有些无聊地对着它放空了一会儿，视线不经意地瞥到一旁昏睡的蒋枭，忽然溜了个号。

他有点后悔把最后一根能量棒给蒋枭了，倒不是因为长官听说自己痛失保护粮后有些不悦，而是他此刻真的很饿，饿得连多等几分钟增援物资都有些受不了。

正出神间，一阵清冷的风毫无征兆地从高空卷过，余光里，第二块碎镜片也消失了。

斯莱德捏了个响指："终于。"

风间天宇打着哈欠，睡眼惺忪地嘟囔道："好家伙，半天不消失，消失得还怪突然的。"

安隅随口问道："什么突然？"

"第一块镜子是慢慢消失的啊。"风间正说着，第三块碎镜片也随着他的话音消失了，他便指着那里说道，"你看，这两块都是慢慢透明直到消失，但刚才第二块一下子就不见了，就像有一只无形的手'嗖'的一声给捞走了。是不是因为第二层对应的被保护者没死啊？"

帕特罕见地笑了笑："你观察得好仔细，我只在意我们的增援和物资什么时候到，快要饿死了。"他说着转向斯莱德："对了，我记得你带了半个背包的能量棒啊。"

斯莱德闻言默默看向安隅。

安隅立即面无表情地别开头去，看向身边的长官。

秦知律手里的压缩饼干还剩最后一小截，他却拿着那块饼干半天都没动，像是在凝视着空气中的一点。

"您怎么了？"安隅问道。

秦知律静止了一会儿，才又将最后一口饼干吃掉："刚才那阵风……好像有一股很熟悉的气味经过。"他顿了顿，又摇了下头，"我很多年没有过精神力告急的情况了，大概出现了一些幻觉。"

说话间，头顶的天色忽然被大片阴影覆盖，几十位翼组守序者在孤儿院的上空盘旋。

由于畸变者数量太多，尖塔这次也依旧派搏带队，让翼组对畸种进行集中打击。

搏自高空呼啸而下，向秦知律和安隅依次打招呼，又和秦知律核对了思思和见星的信息。

秦知律淡问："羲德回来了？"

"回来了，长官的任务很顺利，只是人有些消沉，所以没有亲自过来。"搏利落地汇报着，"您还好吗？安和宁正在飞机上待命，他们会陪同您一起去找葡萄。"

秦知律没有回答自己好与不好的问题，只是随意一点头："严密监测思思的畸变，如果精神力出问题，按规定正常处置即可。"

搏点头道："当然。"

风间等人已经上了尖塔的飞机，安隅跟着秦知律向另一架走去。秦知律和搏擦身而过时，安隅听到他低声问道："你来的时候，有在空中看到什么奇怪的人吗？"

"嗯？"搏愣了一下，"您是说畸种吗？没有，孤儿院附近的天空很干净，我的终端也没有报警。"

秦知律点头，上了飞机。

安隅正要跟上去，却被搏叫住了，搏朝他摊开手："给你这个，长官叮嘱我带的。他以为你会和上次一样搞得很惨，倒是没想到重伤的会是律。"

搏的掌心里摊着两支能量液，那个被羲德嘲讽为"小朋友才喜欢带"的东西。

"谢谢。"安隅只拿了一支，留下一支给他，"注意安全。"

搏愣了一下，合掌将那支能量液揣回兜里，嘴角勾起一抹轻浅的笑意："你也是。"

*

飞机起飞，地面上千疮百孔的孤儿院在视野中迅速变小，很快便被云层取代。

机舱里，数不清的白色和蓝色闪蝶轻盈地振动双翼，安和宁各自为秦知律治疗着，秦知律身披风衣靠墙闭目养神。

安隅刷开终端，来自上峰的问询和尖塔论坛的消息快要把他的设备轰爆了，但他压根顾不上理会，先火速查看了面包店小群里这几天的营业汇报和投资收益，然后才心满意足地点开尖塔论坛图标。

队友们的记录仪已经自动将任务录像回传尖塔，相关存档已经发布。

由于安隅在好几场重要战斗中都毫不遮掩地使用了空间折叠和时间加速能力，一到相关部分，画面就会自动变成马赛克，长达几小时的片子里充满了马赛克，惨不忍睹。

围观的守序者已经集体愣住了。

【火速赶来,听说就是这个任务差点把律搞死?】

【理论上是的,但……呃……】

【逐渐迷惑,我到底是在看什么……】

【不知道的还真以为我们在看什么……】

【这……这难道是个不可描述的任务吗?】

【畸种出现,马赛克,畸种死了。斯莱德危险,马赛克,斯莱德脱险。】

【马赛克的来源似乎是角落觉醒了新的异能,你们懂的。】

【我估计也是,能让上面遮掩的,也只能是角落又打出什么神级操作了。】

【听说角落干起活来很疯,难道上面怕我们学?】

【笑死,好像我们真能学会一样。】

【进度条直接往后拉吧,我是不是眼瞎了,律好像在做奶妈?】

【啊?凭什么这么说?】

【不确定啊,我只看出来了那个蜡烛好像是一种自我消耗的能力,另外罂粟应该是拿了蒋枭的基因。】

【可他做谁的奶妈啊?】

【这就不知道了,站在他前面的是一团马赛克。】

……

安隅只粗略地扫了几眼大家的讨论就关上了终端。

其实孤儿院的任务算是他被长官哄骗来参加的。但他却在这个任务里阴差阳错地揭晓了被掩埋在十几年前的很多事。

凌秋没有和他聊起过对"巧合"的看法,毕竟在贱民的世界里没有巧合,只有操心不完的饥饱。只是他恍惚间觉得,这些阴差阳错或许早已被注定。就像出发前,诗人的那幅画上,第三枚金色的齿轮已经隐隐出现了轮廓。

他注定要在冬至那天踏上前往主城的摆渡车,53区注定会出事,他也注定会来到孤儿院,解开尘封的秘密,觉醒时间能力……也注定要看见长官的过往。

在机舱轻微的白噪音中,他看向对面闭目养神的秦知律。

虽然凌秋说过，太好奇大人物的隐私会害死他，但他却格外在意被秦知律最后一丝意志死死锁住的，倒数第二道门后发生的事情。

秦知律忽然睁开眼，那双黑眸已经恢复了往日的冷沉犀利。

"看一眼你的终端。"秦知律道。

安隅走神了一下："什么？"

"看看我的生存值。"

他说话的同时，一直垂眸在用意念控制大白闪蝶的安也抬起头，神情中有些难以置信，又像是在自我怀疑。

安隅点开终端上长官的指标，而后也愣住了——秦知律生存值99%。

大白闪蝶们还在努力工作，按照安的能力，早就该满状态了。

电光石火间，安隅的心猛地往下一沉："糟了。"

第二块碎镜片，对他切片的同时，也对长官进行了切片。

虽然只有极小的一片，但确实有1%的秦知律，被封存在那块碎镜片中，并随着它一起永远消失了。

◆

【碎雪片】

白荆（4/4）轨迹线

也许在我选择沉睡时，就已经预料到了这一天。

一切都会回到它本该的样子。

注定死去的人终将死去。

被眷顾的幸存者重获新生。

凝固的时间总会重新奔流——因为这是宇宙为自己画好的轨迹线。

凡人又哪能轻易篡改。

53　种子博物馆

终端另一头，风间天宇嘀咕道："难怪第二块镜片一直不消失……对了，安隅，被镜子封存的一部分以什么形式存在啊？"

安隅对着终端走了一会儿神才回答："不知道。"

"那被封存的部分有意识吗？是另一个很虚弱的律？"

安隅回忆着照镜子时与自我对视的感觉："也许有不完整的意识。就像与镜子融合的那一部分白荆和沉睡在镜核中的白荆，完全是两个人。"

频道另一边，斯莱德和帕特低声讨论了一会儿，帕特若有所思道："所以切片不仅针对生命，也针对人性。"

安隅"嗯"了一声："或许吧。"

斯莱德立即问："那您被镜子切片三次，有觉得人性缺失掉哪一块吗？"

机舱里忽然陷入了某种尴尬的沉默。

安隅无言地抬头，和正面无表情地看着他的安视线相撞。

斯莱德敲打着设备："喂？喂？"

"别问了。"蒋枭虚弱的声音忽然从那头传来，"根据大脑最新的评估，角落有人性但不多，虽然切了三次，但可能没切到。"

风间惊讶道："三次一共被切掉60%哎，这样切都切不到吗？"

蒋枭思考了一会儿："切第三次之前，前两次已经被融合回来了。如果连续切，也许切到的概率更大一点。"

帕特认真说："无意冒犯，但我本来以为人性在一个人身上应该是均匀分布的。"

011

"显然不是。"斯莱德立刻反驳,"不然白荆的善和恶是怎么被完全分割的呢?"

帕特:"也是。自从做了守序者,我就很少思考这么深奥的哲学话题了。"

"毕竟精进思想,哪有强化肌肉来得重要。"斯莱德沙哑地感慨,边说边撕着食品包装袋。

安隅面无表情地听着终端里传来的窃窃私语。根据凌秋之前划定的界限,他觉得自己或许遭到了一些语言欺凌,但他拿不准,于是下意识看向长官。

秦知律似乎笑了一下,声音却依旧沉稳:"蒋枭已经醒了?"

蒋枭立即回答道:"是的,我目前精神力平稳,请您放心。当务之急还是那块碎镜片,这块镜子的能力太诡异了,已经不是畸变能解释得通的,看来需要黑塔和大脑……"

"无妨。"秦知律干脆地打断他,"畸变逐渐超越生物界限是上面早就知道的事,我的切片也无非是1%而已,没必要写进战报,忽略吧,就这样。"

他说着干脆了当地挂断了通讯,对对面一脸惊愕的安隅挑眉道:"怎么了?"

安隅难以相信自己的耳朵:"1%而已?就这么算了?"

秦知律神色淡然地打量着他:"不然呢,镜子已经消失了,我还能去哪儿找回来?"

安隅对着终端上那个"99%"的数字茫然:"可……"

"不必纠结。命薄了一分,也依旧能护你。"秦知律说着有些疲惫地打了个哈欠,看向窗外淡声道,"再说,现在哪有人还会想着处决你。可惜文字和影像都很苍白,黑塔里的人没有机会临场感受河流重新奔淌的震撼。"

安闻言疑惑地皱眉,宁捏着他的手心低声道:"角落应该是觉醒了什么新的异能。"

安朝安隅看过来,虽然依旧不肯开口,但显然在用眼神询问是什么异能。

安隅没心情解释,只看了他一眼,就闷不作声地低下头继续刷终端了。

种子博物馆和孤儿院离得远,不一会儿,机舱里的人就陆续睡去了。秦知律仰靠着背板休憩,一旁的安和宁歪靠在一起,没来得及被收回的几只闪蝶也落在墙壁上,一白一蓝成对挨着熟睡着。

安隅无语地发现,自己反而成了唯一对着99%这个数字失眠的可怜人。

飞机开始下调高度时，秦知律醒来了。

身边传来熟悉的狼吞虎咽声，他一扭头，发现安隅正坐在他和舱板形成的半封闭角落里，抱着一袋粗面包机械地咀嚼着。

那是宁带来的，抱起来能完全遮住上半身的那么大一袋粗面包，此刻已经见底。

秦知律罕见地愣了一会儿："这1%让你这么焦虑吗？"

"抱歉长官，实在没心情给您留了。"安隅把空空的纸袋捏成一个大纸团，腮帮子依旧鼓鼓地在运动着，"还有，请您别再提这个数字，我会忍不住设想，假如是我永久地……"

半句话没说完，安隅深吸一口气，把最后一块面包塞进了嘴里。

秦知律一时无言，只能抬手摸了摸他的头。

*

飞机无法抵达博物馆上空，只能在附近降落，众人依靠步行进去。

植物种子博物馆夹在平等区和饵城最外围的93区之间，更靠近93区。这里纬度很高，本应有着比其他地方更终年不化的雪原，但由于种子博物馆的特殊功能，主城将整片区域都布置成了人造温室环境，甚至还让它顶着一小片穹顶。

从外面看，博物馆就像一座露天的光秃的庄园，围栏后既没有建筑，也没什么植被。它就像一块被突兀放置在这里的异时空，从某条分界线开始，土地毫无过渡地从雪原变成了泥土。

"这里是人类建造的植物基因库。"秦知律迈过那道无形的分界线，"种子博物馆的建立是在十年前，第二场特级大风雪到来后，由五位初代提案的。人们收集了全世界所有植物的种子，严格筛选，去除有畸变基因风险的坏种，最终每种植物留下几粒，栽种在这儿。"

安隅和安、宁跟在秦知律的身后，安隅低头看着地上，发现褐色的泥土深浅不一，而且被画了大大小小的格子。

"这些土壤虽然镶嵌在一起，但成分不同，每一格子都精细配比过，分别适配其中埋藏的种子，土壤下面布置着维持化学环境区隔的设备。大脑花了很多心思，对这些种子进行特殊处理，让它们维持低生命态存活，并在人类设定好的时间开始生长。"秦知律平静地陈述着,"第一次集体发芽的时间被设定为十年后,也就是今年。因为人类当年预期十年后的今天世界会变好,或者即便没有变好,也该让这些植物正常生长繁育,并留存下新的种子,再等待下一个十年。"

宁轻声道:"十年前,人们虽然不知道世界到底会朝哪个方向演变,但所做的一切,都是在为风雪结束后的重建做打算。这似乎是人的本能——无论灾厄如何剧烈,都会不计代价地将科学、文化、自然中的一切物种留存下来,静待灾厄过去。"

安隅看着地上的一个个格子:"但它们都没生长,是还没到时候吗?"

"已经到时候了,是出了变数。"秦知律说,"格子与格子之间的养分原本不应该互通,但边界却被打破了。"

尽管科学家当年已经对种子层层筛选,确保每一粒都基因纯净,但或许是当年科技还有疏漏,也或许人类从来没有真正掌握诡象的本质,博物馆出现了一颗坏种。

"原定的集体破土日是七天前,但早在一个月前,93区就开始汇报异常。"秦知律继续解释道,"零星有人失踪,还有一些房屋、公共电缆突然倒塌甚至消失,地面开裂,夜里频繁地发生小规模地震。这颗坏种不仅在一个月内掠夺了整座博物馆的养分,还悄无声息地通过地下将手伸向人类活动区,以吞噬生命、融合物质,来让自己壮大。"

安隅有些惊讶:"建筑也是它的养分?"

秦知律点头,神色凝重:"由于在这两个月内,93区连续发生了几起普通的畸种入侵事件,所以没人联想到博物馆。甚至,不久前附近的平等区出事,我来帮助清扫,现在回想起来,那时就有一些异常现象因为畸群侵袭而被掩盖了。"

安一直低头看着终端不语,安隅的视线从他的屏幕上瞟过,看到聊天框上显示着葡萄的头像。

但发了一整屏消息的是安,葡萄一个字都没回。

安隅迟疑了一下:"那颗坏种……"

"好在它虽然已经拥有了吞噬力和一定的时空干扰性,但仍然只是一颗扎根在地里的东西,跑不掉,攻击性也有限,已经被唐风带队清除了。只是其余种子的生存状态因此倒退回十年前,无论怎样人为干扰,至少半年内,都不可能按照原计划开始生长了。而且……"秦知律顿了下,语气低下去,"也没有让它们生长的必要了。"

安隅点头:"或许还有未知的坏种正在沉睡,全部销毁是对人类最安全的选择。"

安皱眉向他看过来,又被宁拉了一下袖子。

"我说的不对吗?"安隅平静地看过去,"基因畸变还没完全消除,而乱象已经超过基因能解释的范畴。留存一切的前提是自保,但显然,人类正在失去自保的能力。"

秦知律看了他一会儿,点头道:"这也是上峰的意见。但,祝萄不同意。"

安罕见地主动开口:"我支持葡萄。"他说着又转向安隅,欲言又止。

安隅问宁道:"他想说什么?"

宁犹豫了一下:"他想问你,如果把博物馆变成饵城,上峰要因为几个饵城人而清除所有饵城人,你也会认可吗?"

安隅闻言,下意识看了眼秦知律——那人的侧脸依旧沉静坚毅,就像完全没听见他们的争论——他收回视线,平静道:"当然认可。这难道不是迟早会发生,也应该要发生的事吗?"

秦知律突然开口打断道:"注意脚下。"

他们已经深入到博物馆中间地带,土地爆裂,露出大片粗壮的树根。就像所有基因高度复杂的畸种一样,那些树根也透出五花八门的颜色——青绿,紫红,艳蓝……

大地像一个死去的畸变者,裂开的血管脉络流淌出里面曾经的血液和养分。不同的是,从树根中爆出的东西,是各种尸块。被当成养分从93区吸纳过来的人和建筑在地下完成了融合,一眼看去,就像把人和建筑体粗暴地放进揉面机里,血肉之躯和砖土钢筋发生了难以言喻的融合,畸形地生长在一起,变成大块大块说不出是人还是工业建材的东西,触目惊心。

爆裂的树根占据了半座博物馆,丑陋畸形的尸块也铺满了那些土地,处处都是畸态,安和宁直看得双目一片空茫,安对着和一根电线杆完全糅合在一起的男人愣了许久,才被宁拉着继续往前走。

安隅沉默地看着这一切,强烈的视觉冲击也让他心脏狂跳——眼前无法名状的混乱,正在挑拨着那个"东西"的底线。

"这会是一切的尽头吗?"宁喃喃道,"不止是生物之间的基因融合,就连生物与物质的界限都会被打破。所有的秩序都将消失,一切东西混乱融合,归于彻底的无

015

序,最终走向热寂。"

死寂的土地和满地荒诞的尸体在无声中注视着发问的人。

许久,秦知律轻一点头:"是的。宇宙从混沌中来,迟早也将回归混沌。"

他顿了下,又低声道:"这只是一个小小的缩影而已。"

安隅偏过头看着长官。不知是否错觉,他觉得长官的反应过于平淡了。

虽然秦知律向来都是这么冷静沉稳,但他此刻的语气就仿佛早已见过这样的画面,甚至,见过更严重的。

安隅忽然想起,他曾说在95区看到过世界的终局。

安隅对世界的终局如何并不感兴趣,他只想安安稳稳地过好自己短暂的一生。万物融合、世界热寂,这些未来的灾难对他来说甚至不如面包店明天的营业额来得重要。但鬼使神差地,他轻声问了一句:"有办法阻止这一切吗?"

秦知律脚下一顿,又继续向前走,沉声道:"无法阻止它的到来,但可以在它到来后想办法解决掉。"

安隅立即问:"怎么解决?"

"将不可挽回的混乱凝聚在一起,然后彻底毁灭。"秦知律神色淡然,"当年的95区其实就是这个思路。只不过95区本身就算是一个封闭的容器,那些混乱没来得及向外蔓延就被整城清除了,帮人类省了不少力气。"

安隅其实没太明白:如果全世界都变成那样,难道要将全世界都轰炸干净吗?

但秦知律似乎并不再打算深入讨论下去,那双黑眸巡视着地上的一切,眉心微蹙。

安被博物馆里的景象刺激得精神力下降,在几只大蓝闪蝶的环绕守护下才勉强继续前进,他们又走了几分钟,才终于看见了穿着防护服的军人。

唐风也在,黑色紧身衣上布满污血,几乎已经看不出从前的样子了。他眉心紧蹙,一边听着军官的汇报,一边频频扭头向身后看去。

他的身后是那颗坏种的本体,直径上百米的树干坍塌在地,和地表那些深深浅浅的脉络一样彻底爆裂,只是树干里的画面冲击性更强,安只远远瞄了一眼就果断转过身,拉着宁的手,让更多大蓝闪蝶彻底包裹住了自己。

秦知律过去听他们的交涉,只剩下安隅在原地。

安隅的视线掠过那些触目惊心的融合尸骸,看向坐在尸骸堆中的那个熟悉的身影——祝萄正坐在半截尸体上。

那是一个和钢筋融合在一起的女人，面部已经和钢筋混合了，只依稀能让人分辨出年龄大概不小。

祝萄抱膝坐在她上面，裤腿消失了半截，露在风中的脚踝上布满血痕。

安隅上前两步，又生硬地停住脚。祝萄双目很空，让他一时间有些不敢靠近。

"现场数据确认完毕。"军官对着飘浮在空中的机械球汇报道，"我们马上安排全部人员撤离，并对博物馆区域进行毁灭。根据大脑评估，以不伤及93区和平等区为前提，下调武器规格。如果一次无法清除，将会重复多次作业。"

顶峰的声音从里面传出："秦知律到现场了吗？"

秦知律从空中直接拿过那颗球状记录仪："我在。"

顶峰松了口气，声音透出一丝无奈："你把祝萄好好地带回来。转告他，身为守序者，不是仅仅替人类杀死几只畸种就合格了。大是大非，难道他分不清吗？"

秦知律没回答，顶峰又严肃道："他的直系监管长官由着他胡闹，你作为尖塔最高解释官，总该尽到你应尽的责任。"

秦知律只说："我和角落刚到这里，先了解下什么是我应尽的责任。"

他说着干脆地挂了通讯，把机械球又往空中一抛，看着它"扑棱棱"地重新悬浮在空中，问军官道："第一次清除程序设定在什么时候？"

军官犹豫了一下："三十分钟后，足够大家撤离。"

"知道了。"秦知律大步向祝萄走去，路过安隅身边顿了下，"一起吧。"

安隅跟上去，低声问道："葡萄怎么了？"

"祝萄对植物有与生俱来的责任感，虽然他性格一向温顺，几乎不可能违逆高层与黑塔的决定，但这事触碰到了他的底线。"秦知律眉眼间的神色还算平静，似乎并没有太多意外，"或许你可以理解成，当时的53区只有1%的人畸变，但上峰却决定清除余下的所有未畸变人类，并要求汇报这一切的凌秋撤离。"

安隅一下子愣住了。

秦知律挑了下眉："还是理解不了？"

"能倒是能。"安隅轻抿了一下嘴唇，"长官，可以放过1%吗？下次随便换个别的数字举例。"

秦知律无语停顿了一下："不知道的还以为是你被永久性地……"

"求您。"安隅立即低声哀求,"别说了。"

秦知律没再说什么。

祝萄早就看到他们了,却一直没有反应。

唐风站在他身边,沉默许久,抬手轻轻拢住了他的肩。

祝萄眉心一蹙,顷刻间眼圈猩红,他抬头看向唐风,颤抖道:"长官,能不能……"能不能的后半句,他却没说出口,他似乎知道自己不能求,眸光波动许久,只把头埋进唐风怀里,抽噎了一声。

秦知律过去,问唐风道:"劝了什么?"

唐风搂着祝萄的脑袋,看着远处一地荒芜的土壤格子:"没劝。"

他蹲下,温柔地对怀里的人低语道:"葡萄,身为守序者,长官没有立场劝阻上峰毁灭这里。"

在安隅的印象里,唐风是一个寡言的人。虽然他已不再是军官,但言行举止间依旧保留了精英军官的锐利。但此刻,那个人也红了眼,他紧紧地抿着唇,许久才松开,喑哑道:"身为我自己,也不忍心劝阻你和这座博物馆共存亡。"

共存亡。

安隅震惊地看向缩在唐风怀里的祝萄。

那个被搂着的身体明明姿态温顺,却透露着决绝。

"但你要知道。"唐风的声音低沉柔和,一下一下轻轻揉着祝萄的头发,"这里和93区镶嵌太近,能够动用的能量受限。没人知道这里是否还孕育着其他坏种,一旦有,中等当量的释能有概率催化畸变,而你作为留下的唯一高基因熵生物,很可能被剩下的东西融合。"

他手上的动作停了下来,许久才又开始继续抚摸:"发动第二波清扫时,杀死的就不再是守序者祝萄了。"

安隅完全愣住,他看着被唐风搂在怀里的祝萄,难以想象那个疯狂的决定,也无法理解唐风言语中透露出的放纵。

"我知道的。"祝萄从唐风怀里挣出来,喃喃道,"我只是……觉得自己无能。"

他看着面前荒败诡异的残骸,苦涩地笑了一声:"人类已经统治了食物链几千年。为了最大化对人的价值,每一只动物、每一颗种子都在遵循着他们的规定生存繁育。既然弱者让渡了尊严和自由，作为交换，它们就理应受到强者的庇护。"他的声音很轻，却又坚定咄咄，"可人类为了降低风险，却要先于灾厄一步，预防性毁灭它们，难道不该为自己的无能和卑鄙感到羞愧吗？"

被关闭穹顶的博物馆，在雪原的风声中一片死寂。

人们直勾勾地看着坐在尸骸上的少年，无人吭声。

祝萄起身，用脚踢开了那具和钢筋融合在一起的女人尸骸，露出下面的一个小格子。

土壤里插着一张金属卡片，上面镌刻着那个格子里原本存放的物种信息。

GR-P1104：被子植物门—双子叶植物纲—鼠李目—葡萄科—葡萄属

秋葡萄

"抱歉，除非真的亲眼看到这里的种子发芽，长出超畸体，不然我无法冷眼旁观它们被预防性毁灭。"祝萄捏着那张卡片，低头轻声道，"守序者只是一个人造的称谓罢了，上峰们是不是忘了，其实我也只是一颗葡萄呢。"

预防性毁灭。

安隅心中忽然一悸。他愕然回头，视线掠过大片诡谲尸骸下掩盖的土壤格子。

他差点忘记了，自己也曾是一个被决定实施预防性处决的家伙。只不过他很幸运，他的处决者给了他一线生机。

他下意识向身边看去，秦知律正在凝视着他，那双黑眸依旧好似洞悉一切。

秦知律侧对着祝萄，沉声道："葡萄，上峰的决策完全正确，为人类考量是黑塔存在的意义。如果要怪，只能怪弱小的生命注定最先被灾厄的车轮碾碎。"

祝萄眸光闪烁："您……"

"好在——"秦知律打断他，继续凝视着安隅，"这些弱小的家伙，似乎能拥有一个机会证明自己无害。"

他说着，语气忽然低柔了下去，叹息般道："而且它们什么都不需要做，不需要痛苦挣扎和自我摸索，只要等待一个结果罢了。"

祝萄愣怔道："什么意思，您有办……"

他没说完，视线忽然落到秦知律身边的安隅身上。

不远处，那颗悬浮在空中的记录仪同步将摄像头转向了安隅。

安隅背对着他，垂在身侧的手指仿佛在不经意地屈伸。

一种熟悉的压迫感悄然降临，只是比祝蕾记忆中更强大莫测。他怔了好一会儿，喃喃道："孤儿院的任务结束了，安隅是不是觉醒了新的能力？"

无人回答。

顶峰在频道里问道："你们想干什么？"

话音未落，黑塔的大屏幕上，博物馆那片已经彻底混乱的土壤突然被拱破。

屏幕前所有忙碌的上峰决策员同时停下了手中的事。

跨越半个地球，在那片已经彻底遭毁的博物馆土地上，无穷无尽的种子破土而出。

脆弱的茎秆在交加的风雪中坚韧地抽节生长，枝叶、花瓣、果实……树木向下生根，灌丛结出果实，一层又一层花瓣被吹散进风中，细细的绒毛颤抖着，一些种子已经欢快地洒进了新的土壤。

混杂的植物和泥土的气息遮盖住了一地的腥臭。

很快，在那些融合畸变的尸块上，长出了鲜活的、正常的生命。

祝蕾缓缓起身，风吹拂着满院的茎秆花叶，五颜六色，摇摇晃晃。他呆呆地站在那些繁茂的生命前，就像多年前，在他还是个小男孩时，怀着感慨又敬畏的心望着眼前的葡萄园。

安隅停了下来，抬起了低垂的头，赤色从那双金眸中褪去，他凝视着不远处的一点，不确定道："长官……好像还真有……"

秦知律已经掏枪朝那个方向走去："低级畸变植物，我去除掉就好。"

他没有询问黑塔的意见，只淡声道："剩下的，祝蕾善后，常规收容吧。"

54　理想复兴

凌秋曾说，人和动植物一样，每个个体都有适合自己生长的环境，所以不是每个生命都能遇见彼此，大多数在诞生之初就注定永远无法相见。

安隅从未质疑过这句话，直到亲见这些天差地别的植物一齐在风中摇曳，它们的气味编织成一条厚实而璀璨的河，吞没了经年不散的风雪，将白茫的世界重新装点成一望无际的湿地林海。

他在这一刻震撼于人类科技的伟大，能让这些原本散落在世界各处的生命携手生长。

祝萄身边，低矮的灌木丛中结着一串串丰满的紫葡萄，他托起那些小果子愣了好一会儿，喃喃道："常规收容是什么意思？"

秦知律的身影早已消失在林海中了，频道里响起他向顶峰汇报的声音。

"保留博物馆会涉及大量后续工作，不仅是重建土壤环境那么简单，这里已经高度污染，必须对所有植物进行持续观测，逐一筛查新种子，并在下一个十年到来之前，严密监测。监测之余，也得花心思照顾这些植物的生长发育，如果养不活养不好，就更没有铤而走险的必要。这涉及的工作负担极重，仅凭现有的科研人员搭配军部，很难说服我安心默许这个博物馆继续存在。毕竟，一颗坏种就差点毁了半座饵城，这里有46万种植物，上百万颗种子，一旦有严重错漏，恐怕全部人类及人类创造物加起来都不够它们吃的。"

安隅闻言回过头，祝萄的眼眶又红了，捧着葡萄的手抖得厉害。

他艰涩地开口："律长官，求……"

秦知律继续道："所以我建议，给这个麻烦东西弄个加固的罩子，再找个专职负责人，万一哪天种子博物馆真的变成了畸变博物馆，就把负责人关进去解决，解决不了就一起炸了，就像当初95区那样。"

他的语气冷酷而随意："至于负责人的人选，谁最开始提出保留它，就让谁负责好了。"

频道里一时安静，祝萄呆愣愣地对着他身影消失的方向，手指触碰着贴在耳朵里的薄膜耳机，生怕遗漏了顶峰的答复。

几秒钟后，远处和频道里同时传来一声果决的枪响。

"最后一株畸变植物已被彻底清除。"秦知律依旧波澜不惊，"十年前的技术，坏种率只有百万分之二，代我向大脑的科研人员表达敬意。"

话音落，耳机里忽然响起一声按键音。

安隅直觉般抬头看向高空——高纬度地区的天空格外旷远，穹盖之下，空气中的介质似乎忽然发生了某种微妙的变化。

祝萄猛地抬起头，深紫色的瞳仁战栗着："穹顶系统……"

顶峰沉声道："穹顶系统供能已经恢复，在大脑提供封闭系统的完善方案之前，祝萄——"

唐风抬手打开频道："在方案失败之前，博物馆不会出事，我与祝萄共同担保。"

"以现在土壤的污染暴露来看，不可能不出事。"秦知律冷静地指出，"但在方案失败之前，无论出事多少次，都由199层和197层的守序者出面解决，不动用其他尖塔人员。"

频道里安静了一会儿，顶峰道："角落也能配合吗？"

安隅走到祝萄身边握了一下他的手："往后长官的任务，如果需要，我无条件陪同。"

"哦？"顶峰有些讶异，"想不到秦知律能让你这么松口。那就这样，黑塔没有问题了。"

通讯自动挂断，祝萄还在怔怔地发愣，直到唐风揽着他的肩将他拉进怀里，他才颤抖着摊开手心，看着安隅刚刚塞给他的那支小小的营养补剂。

安隅转身离开，走了几步忽然听到身后一声哽咽，回头的刹那，祝萄号啕大哭着从唐风怀里滑了下去，跪在地上，哭着俯身亲吻那枚秋葡萄的种子铭牌。

唐风也蹲下，沉默地把他拥回怀中，轻轻拍着背安抚。

安隅安静地看着他们，他自己似乎永远无法获得如此充沛的感情，没有大笑大哭的能量，但看着此刻的祝筍，他竟觉得自己也尝过那个拥抱的滋味。

53区那个雨夜，长官的第一个拥抱。

私人频道提示音忽然响起，秦知律道："你过来一下。"

安隅平静地收回视线："噢。"

秦知律脚踩着一块焦褐的废土，正用手帕擦拭不小心溅上泥土的枪管。

他不仅清除了畸变植物，就连下面的土壤都轰成了炭渣。听见脚步声，他抬眼看了安隅一眼："我们什么时候的交易，我怎么不知道以后我的任务你要无条件跟随了？"

安隅轻舔了下唇角的裂口："这是您自己先开始的交易，长官，这已经是我能支付的最大筹码了。"

"我先开始的？"秦知律挑眉，"你是指给你当一回治疗系辅助？"

"嗯。"

秦知律轻轻勾了下唇角，又换回冷淡的神色："你不觉得亏本就好，回去就选个绑定奶妈吧。"

安隅立刻道："选您。"

"驳回。"秦知律眼也不眨一下，"这种好事不会有下一次了。"

虽然早料到会是这个结果，但安隅还是失望了一下。他想了想又说："如果长官觉得我亏了，就多答应我一个条件吧。"

秦知律折起手帕脏污的一面，揣回口袋："什么条件？"

"我想知道，除了95区之外，您藏得最深的一件事。"

周遭忽然安静下去，秦知律看着他的眼神逐渐透出审视："你知道自己在明目张胆地打听直属长官的隐私吗？"

安隅语气平静："知道。"

"难道凌秋没教过你，这样和人打交道很危险？"

"他教过。"安隅依旧平和，"但我已经许诺给您往后无数次的生命危险了。"

秦知律沉默不语。

安隅直视着那双漆深的眸，不需要看终端，他就知道长官的精神力已经完全恢复，甚至比平日更加戒备，不容一丝窥探。

不知僵持了多久，秦知律忽然开口道："往后如果必要，我依旧会临时为你做个治疗系。"

他神情淡漠地转身："走吧，该回去了。"

安隅有些失望地跟上去，秦知律却又停脚，背对着他低声道："你看到了那些基因注射测试吧。"

安隅的心跳好像空了一拍。

"嗯……"他轻轻点头，"看到了一点。"

"主观上，我没什么想要遮掩的，但确实有深思熟虑后觉得要藏起的事。"秦知律的语气里尽是公事公办的冷静，"十六岁那年，在成为尖塔最高长官之前的一次基因注射测试里，我曾短暂地失明了四小时。"

安隅愕然抬头："失明？"

他几乎遍历了秦知律出生以来的全部基因注射测试，这是从未出现过的应激症状。除非……

安隅想起那无法被推开的倒数第二道门。

秦知律侧过头看了他一眼："那天的事无可奉告，但你可以记住这个节点。等到有一天，我的意志彻底沦丧，到那时你想看就看吧。"

他继续往前走，边走边道："以及，下次打小算盘，最好藏得严实点。"

安隅一怔："唔？"

"主动提出往后陪我一起出任务是为了换我做你的绑定辅助？"秦知律哼笑一声，"如果不出任务，你要奶妈干什么？"

安隅脚步骤然停顿，茫然地看着长官的背影。他好像被戳破了什么，但直到被戳破，他自己也才终于意识到这一点。

"我对你的小算盘没兴趣。"秦知律有些疲惫地按着鼻梁，回头朝他招了下手，"回去吧，上峰说羲德在极地附近发现了新的畸变生物，基因已经采样了。"

直到飞机升上高空，安隅才反应过来长官那句话的言外之意。

秦知律是在毫不避讳地告诉他，自己回去后又要接受新一批的基因诱导试验了。

从53区回去后，他昏睡了八天，而在那八天里，长官应该就是在接受基因诱导试验——样本或许就是在53区新出现的蛙舌，以及能够通过光能辐射传递感染的巨螳螂。

在机舱里轻微的嗡鸣声中，安隅看着坐在对面的人，忽然觉得心里有些发空，那是一种陌生的、难以言喻的滋味。

"怪了。"祝萄带着尚未消退的鼻音翻着座椅下方的储物柜，嘟囔道，"这不是一架接应的飞机吗？怎么会一点补给都不带啊，我快饿死了。"

安面无表情地瞟了安隅一眼。

宁微笑着解释："不好意思，补给已经没了。"

"没了？"祝萄瞪大红肿的双眼，茫然道，"谁吃了？增援物资一般不都是有最低规格……"

他的余光忽然瞟到安隅，好像一下子明白了过来。

安隅盯着地板："抱歉，因为一些令人焦虑的突发状况，我把宁带来的面包都吃光了。"

他没忍心告诉祝萄，催熟那四十多万株植物几乎将他掏空，他现在已经又饿了，胃都在抽搐。

他舔了下嘴唇，轻声道："忍一忍吧，回去我从店里拿几个面包免费送给你。"

祝萄止不住地叹气："安隅，这个世界上除了面包还有其他美食，不如回去我教你做点别的？你想学什么？"

学什么……

安隅怔了一会儿。不经意间，眼前浮现出少年秦知律坐在餐桌前，珍惜地品尝着在大脑没吃过的食物的画面。

"炸薯条吧。"他轻声说。

坐在对面养神的秦知律忽然睁开了眼，视线低垂着，像是对着地面发呆了几秒，然后又闭上眼继续休息了。

葡萄一声长叹："能不能有点出息！算了，我教你个差不多的，芝士火腿土豆派，怎么样？"

这高级货安隅闻所未闻，一时间不知道该不该答应。

"学学吧。"闭着眼睛的秦知律忽然开了口，"回去后给你买件新衣服，你要烤个面包来换，记得吗？就用这个换。"

"哦。"安隅轻轻点头。

过了一会儿他忽然又蹙眉，正要开口，秦知律却又闭着眼睛说道："手套还是要你买的。"

安隅诚恳道:"长官,我们最近的两次交易,您似乎都在占我的便宜。"

"不白占你的。孤儿院的任务结算,我的贡献度都会结到你头上,我要那些战绩积分没用。"秦知律语气平静,"还有,我已经让严希去办面包店扩建的事了,扩建期间不影响正常营业,也不用你操心,你可以花时间多想想新菜单。"

"哦。那行。"安隅连忙点头。

他侧过脸,飞机玻璃上映出的那双金眸中,少见地浮现着一抹快乐的神采。

秦知律换了个姿势靠着继续浅眠,中途睁眼瞟了他一眼,哼笑一声:"面包,钱,就这点出息。"

安隅不排斥长官的嘲讽,他确实就这么点出息。

飞机飞到半路,天梯系统弹出了孤儿院任务的贡献度核算。

【高畸变风险孤儿院秩序整顿任务】战绩积分结算

参与积分:20,000(已结入)

完成积分:15,253(已结入)

队伍S级评价:50,000(已结入)

个人SSS+级评价:442,359(已结入)

【积分转入】律已预约转入本次任务中的326,354战绩积分

或许是为了遮掩安隅在战斗中发挥的时间异能,上峰并没有像前几次那样把绝大多数积分都归因给他,加之孤儿院涉及的人比53区少,最终两人积分加起来,才勉强达到安隅去一趟53区的收益。

但他也已经很满足了,毕竟算下来也有将近一百万积分了。

根据搏实时回传的信息,时间恢复流淌后,孤儿院完全幸免于畸变的只有百人左右,幸运的是阿月没有畸变;不幸的是,除了本就知道的思思和见星之外,未发现第三个保留人类意志的畸变者。

机舱里,秦知律和安、宁又睡着了,只有祝莴一直和唐风低声说着话。

祝莴也正在翻看孤儿院任务的实时汇报,低声对唐风嘟囔道:"上面说,暂时没有发现见星身上有什么可利用的异能,思思也还没醒呢。"

唐风轻柔地拍拍他的手："畸变后能保留意志本就是极小概率事件，能成为有强大异能的守序者就更罕见了。"

安隅看着窗外的云层，片刻后也闭上了眼。

确实是极小概率，但不是没有发生过——在十年前那个充满血腥与罪恶的夜晚，孤儿院曾幸运地拥有了一位少年守序者，那是一个珍贵的治疗系，异能是燃烧自己，换取其他生命的平安。

安隅正昏昏欲睡，又听身侧的祝萄小声道："不过，只要能保留意志就很好了，很多守序者的能力不上战场是看不出的，大脑的评估经常出错。"

唐风笑道："就像你当初一样。"

"嗯。"祝萄低低地笑了两声，"刚进尖塔的时候，律把我放到高层等待监管，但是没人愿意认领我，大脑只评估我是个资质平平的治疗系，就连我自己都不知道我能释放那么大的治疗量，还能同时提供生命和精神两种增益。"

安隅忽然好像不困了，他不动声色地闭目靠在窗边，继续听着两人聊天。

"而且还有很强的控缚能力，以及控场意识。"唐风笑着补充，"带你出第一个任务前，我也没对你抱什么希望，纯粹是觉得你有点可怜。"

两人之间传来窸窸窣窣的声音，唐风好像在随手摆弄祝萄没来得及收回的葡萄藤，他似是叹息般自言自语道："谁能想到，看起来这么柔软纤细的枝蔓，在战场上会那样坚韧不摧呢。"

祝萄"嘿嘿"笑了两声："一不小心被您捡到最好的了。"

唐风"嗯"了一声："确实是。"

他顿了顿又笑道："而且他们都不知道你偶尔还能结几颗果，那些小果子对精神稳定的增益很强，也就是做了你的长官才有机会感受。"

祝萄："呃……"

闭着眼的安隅下意识地把呼吸放得更轻了，努力把自己在机舱中的存在感降到最低。

唐风关心地问："怎么了？"

"没……"祝萄干笑道，"就是突然想起来，上个月竟然都没结出葡萄来，所以也没给您。"

唐风笑笑："不要给自己太大压力，反正果实只特供给我，我近期应该没有太多任务。"

祝萄以沉默回应。

安隅也不动声色地缩紧身子，让自己尽量远离了唐风。

*

回到主城后，秦知律直接被接去大脑。

羲德带回来了两种新的畸变基因，博物馆中超畸体的基因也被采样，秦知律这次要接受三种基因的诱导测试。

安隅很自觉地跟着上了大脑的车，又一路站在秦知律身边，和长官一起踏上那条和记忆中一模一样的走廊。

工作人员中途几次用眼神询问秦知律，都没得到什么回应。

安隅没有解释，秦知律也不开口问。一起走向尽头那扇金属密封门时，安隅忽然觉得，他和长官之间似乎多了一种微妙的默契。

就像曾经他从昏睡中苏醒，去隔壁敲门，凌秋会直接拿着面包开门出来，不需要他多说一句。

走廊终于到了尽头。

主城已经迎来又一个平和安宁的黄昏，窗外，金色的夕阳光照打在地面上，让这条冰冷的走廊终于有了一丝温度。

工作人员指引着秦知律在门外完成一系列签署："虽然您希望尽快完成试验，但为了降低您的神经官能综合征复发的概率，我们还是要尽量延长三种频率诱导的间隔时间。"

秦知律平静而迅速地翻页签着字："一共要多久？"

"算上前后的健康检查与恢复，预估一共要花36小时，您会在后天早晨出来。"研究人员恭敬道。

秦知律签下最后一个名字，把文件夹递还给他，终于朝安隅瞥了一眼。

安隅轻声说："后天早晨，我会来接长官。"

秦知律闻言点点头，淡然地转身走进那道朝他敞开的机械门："嗯。"

看着机械门彻底关闭，安隅才转身往回走。

工作人员跟上来:"我送您回去。"

"长官要接受的基因诱导试验,和我之前的一样吗?"安隅询问道。

"原理一致,但感受可能不同。"工作人员斟酌着措辞,"其实像您这种下了试验台毫无后遗症的,很难被科学所理解,也自然和他不一样。"

安隅安静地想了一会儿:"那最近几年,长官还会有那些神经官能症吗?"

工作人员翻了翻终端里的记录:"根据大人自己的记录,这些年来一直都只能睡两个小时,其他的症状已经基本克服了。哦,有时候测试太频繁,会让他有些烦躁,这种情况下开着灯睡,就能睡得稍微好一些。"

他收起终端,叹了口气:"他肯让您陪同来这里,想必已经对您没有秘密了。"

安隅垂眸"嗯"了一声:"算是。"

工作人员闻言长吁一口气:"这很好,所有人都希望他能稍微敞开心扉,无论是对谁。"

安隅沉默不语,走过走廊转角忽然想起来一件事:"对了,麻烦您帮我订购一副长官常戴的手套,从我的账户里扣除积分就好。"

"好的,我在系统里为您下单。"工作人员站在转角掏出了终端。

安隅看着他在手套的商品页面修改一长串的自定义选项,每勾选一项,界面上就会飘出一个小加号,后面跟着一串数字——那些都是他的钱。

工作人员操作得越来越快,那些钱一笔接一笔,争先恐后地离开了他的账户。

安隅久违地感到心跳加速,连忙挪开了视线。

这一侧走廊上有三间保密级别稍低的实验室,来往的工作人员也多了一些。

远处有一个黑发黑眸的少年,个子不高,皮肤很白,手上拿着一本牛皮纸质感的厚厚的书札。他正驻足和另一个工作人员说着话,举止温和有礼,是安隅第一印象危险等级很低的那种人。

"订购好了,律的手套制作工艺复杂,大概要三个工作日才能送到您的房间。不过他应该有不少备用的。"工作人员揣起终端,顺着安隅的视线看了一眼,有些惊讶地又看了一眼日历,"我都忙晕了,典今天就结束观测期,能去尖塔了。"

安隅一顿:"他就是典?"

"嗯。律应该和您说过,典是罕见的非生物体畸变守序者,并且自体基因丝毫没有受到影响。他原名水谷默,畸变方向是书本化,手上那本书就是他的一部分。据说异能很神秘，也是要进高层的。"工作人员低声道，"我没直接接触过他，但据说性格很好，虽然容易害羞，但并不自我封闭。"

安隅一边思索着他说的话一边看着他，工作人员脸色一白，连忙摆手："我没有内涵您的意思啊。"

"嗯？"安隅茫然，"什么内涵？"

"没什么没什么，咳咳。"工作人员双手在裤兜上拍了拍，"坏了，我有东西落在刚才的实验室门口了，严希应该快上来找您了，我先失陪。"

安隅看着迅速跑远的人，皱眉困惑了好一会儿，而后才独自往电梯的方向走去，边走边想着会是谁监管典。

远处，典和工作人员交涉完，也朝他这边走过来。他们即将身形交错时，典忽然停住了脚，主动朝安隅打招呼道："角落吗？"

安隅犹豫了一下，驻足轻轻点头："您好。"

"你好。"典把书札抱进怀里，黑眸散发着宁静温润的笑意，和安隅的直觉一样，毫无攻击性。

但哪怕有葡萄在前，安隅还是有些恐惧那些天生就能表达友好的人。

他默默向后退了半步，却见典也向后退了两步，后背抵住身后的窗台沿，对他歉意道："抱歉，我有些唐突了，只是在这里每天听到研究人员讨论你，有些好奇。"

距离拉远让安隅舒服了一些，他摇头道："没事。"

典又朝他笑了笑："上峰希望我能独立出一个组，因此大概不会被监管。"

安隅愣了一下才点头："哦。"

他们错身而过，安隅独自到电梯旁按下按钮。

片刻后，电梯门打开，里面刚好是来接他的严希。

安隅正要迈进电梯，却忽然一僵，后知后觉地回过头，典却已经消失了。

"您辛苦了。"严希替他拦住电梯门，"还好吗？"

"嗯……"安隅迟疑着转回头，"我刚才遇到典了。他的异能是不是……"

严希停顿了一下，而后低声道："洞察。"

【碎雪片】

祝萄（2/5）温差警告

上峰疯了，竟然让我这颗无用的葡萄加入守序者。

他们说我的基因熵很高，虽然暂时看不出有多大本事，但可以先监管看看。

他们疯也就算了，实验室的人也疯了，竟然给我安排了一间没窗的恒温宿舍。

气死，没有日照，没有昼夜温差，还让我怎么积累糖分？

是不是没养过葡萄！

没养过可以问我啊，我是专业的。

头顶的叶子一天天蔫掉，用刀片划开手腕，血液也越来越酸涩。

可我也不知道该向谁反映——尖塔高层人均忙碌，那些神出鬼没的大人难以靠近。

直到某一天，在我惆怅地尝自己的血的味道时，被路过的风长官发现了。

他可是尖塔3号高层！

那淡淡的扫过来的一眼，让我吓到疯狂脱发……脱叶。

他走过来看着地上飘落的绿叶，平静发问："没人带你出任务，焦虑吗？"

我不知道该说什么，只能含糊道："没有窗，我快酸了。"

"嗯？"他应该是没听懂，蹙眉思考了一会，只留下一句"别伤害自己，把血液留给战场"。

那应该只是他无心的一句话。

可不知为什么，那个淡漠却温和的声音一直萦绕在我耳边。

【碎雪片】

祝萄（3/5）不平等关爱

被风长官监管了，跟着他出了第一次任务。

长官把我保护得很好，但自己却在战斗中受了不轻的伤。

那时，我跟随本能，用叶片轻而易举地缓解了他的痛苦。

畸种咬过来时，那些柔韧的枝蔓竟能狠狠扯下锋利的爪牙。

葡萄的芬芳被风带去很远，长官回头凝视了我很久。

我参不透那个眼神的含义，只好用枝蔓将大把大把的葡萄叶贴在他的伤口上，贴满一身。

行动报告交上去后，高层们在出任务前都会来问一下我有没有空。

长官对此不作评价。

某次高层聚餐，大人们说我是团宠。我很惶恐，觉得自己不配。

但他们说，我平等地关爱着每一个同伴，做团宠是等价回报。

老天！

我更惶恐了，下意识看向长官。

我并不是"平等"地关爱着每一个同伴，享受特供葡萄果实的人应该有数吧！

但他只平静地看着我，片刻后忽然笑了。

尽管他什么也没说，但那双眼眸中温柔的笑意，却让我一直记着。

那是我与长官之间的秘密。

【碎雪片】
祝蕾（4/5）人类死而复兴的理想

以律之理性，律之冷酷，我从未想过他会同意留下种子博物馆。

也未曾想过，顶峰会点头，安隅会主动握住我的手。

那些或熟悉或陌生的植物在风雪中摇曳飞舞。

在那一刻，我突然第一次真切地看到了人类复兴的希望。

不仅是人类复兴，还有人性复兴——

那些已被人类为了生存而逐渐碾入尘埃的东西。

安隅和律比我们先离开了一会儿。

全世界只剩下林海与我。

不，还有我身后的风声，和……风。

我的长官。

通讯关掉，周围没有别人。

我以为他会让我以后别再任性了，毕竟我这次太过出格。

但他却又一次安静而温柔地，对我说：有我在。

55　真理启示者

安隅想起刚才自己才向后退了半步，典就已经自动退到了最远距离。

他望着典消失的方向："他能洞察我心里在想什么？"

严希轻轻点头："这是典目前已知的异能，他可以即时感知身边所有人的思绪。看到他手里那本牛皮书札了吗？那本书已经算是他本体的一部分，他看到的、知道的，只要足够让他在意，都会被那本书记载收纳。"

安隅愕然地迈入电梯："每天遇到这么多人，不会信息爆炸吗？"

严希笑道："据他自己说，最初畸变时快被烦死了，但后来渐渐学会了屏蔽路人，只感知较亲近的人。甚至，如果他想，他可以随意屏蔽任何人的心声。"

"掌控。"安隅轻声道，"这项能力已经完全为他所用。"

严希点头："但到底有没有偷听，只有他自己知道。高层们都很有边界感，没人愿意监管他，上峰干脆让他独立，领导未来所有的非生物畸变者。"

安隅忽然想起一件事："对了，孤儿院和博物馆里遇到的非生物畸变者都有基因熵异常。"

"确实是。"严希蹙眉，眼眶中发出细微的机械摩擦声，"典出现后，在短短的一个月内又相继出现了不少非生物畸变案例。其中，只有他有正常人类基因。"他意味深长道："他是继律和你之后第三个打破基因熵理论的人，而且他的精神稳定性也绝佳，虽然不到你的极端程度，但据检测，他的精神力甚至比律还要稳定。正是这两个特质让上峰决定让他直接成为高层。"

安隅搞不懂基因熵理论："如果隔着很远的距离，他也能听到别人的心声吗？"

严希一下子笑了："你和祝萄的思维很像。祝萄以为典在踏入失序区的一瞬间就能听到超畸体心里的声音，准确找到对方的位置。典听说后差点昏过去，他说他只能听到物理意义上身边的人。"

安隅叹了口气："哦。"

"所以，暂时看不出他的异能有什么用。"严希有些遗憾道，"其实到目前为止，我们拥有的三位非生物畸变守序者中，只有一位的异能有用。"

"三位？"安隅惊讶道，"典、见星，第三个是谁？"

"思思。"严希正色，"两个小时前刚苏醒，已确认人类意志，基因熵19724。畸变方向，蜡烛。"

安隅后背一阵发麻："那岂不是和……"

"是的，一个珍贵的高天赋治疗系守序者，所有特征均符合你们对陈念的描述。他们是完全同源的畸变。"严希道，"思思愿意加入守序者，但不太好沟通。她要求和此次任务的参与者对话，上峰希望你明天去见她一面。"

安隅点头："好。"

电梯下到一楼，安隅却按下了关门键和负一层："听说地下有大脑的档案室。"

严希有些惊讶："是的，您要看什么资料？"

"2122年的尤格雪原。"

严希闻言面露犹豫："尤格雪原的可公开档案与网络资料差不多，其他细节属于高级机密，需要上面审批。"

安隅点开终端，上面亮着一个绿色的"S级机密批准"电子签章，签署者秦知律。

严希对着签章下跳动的分秒数愣了好一会儿："这是最高权限。您才和律一起出过两个任务，他竟然已经这么信任您。"

安隅没吭声。来大脑的路上，长官主动在系统里为他注册了情报权限，并把自己的孤儿院任务战报同步了一份给他。那份战报只字未提019号收容人员，也完全抹去了当年发生在安隅身上的时间异常事件。

在他看来，这是长官非常明确的指示。

"情报库的检索系统很复杂，得花点时间才能调出想要的资料。"严希走出电梯，替他拦住电梯门，"您要查询什么？"

安隅跟着他踏入那排排列列的计算机矩阵中："我要看第一场特级风雪降临时，尤格雪原全部暴露人员的档案。以及……"

他顿了顿："大脑目前掌控的，我的全部资料。"

尤格雪原是特级机密，即便有秦知律签章，在调出之前也需要完成几十份协议签署。在严希替安隅处理那些流程时，安隅先浏览了自己的档案。

档案由两部分组成，第一部分抽调于孤儿院和53区信息库，里面机械地记录着在他进入主城前的身体检查和物资申领记录。主城对低贱的饵城孤儿十分冷漠，整整十八年的资料千篇一律，安隅只花两分钟就拉到了底端，社会关系那一栏甚至空着，就连凌秋都没能拥有姓名。

进入主城后，资料量瞬间爆炸，光是最初的基因诱导试验和精神性格评估就有上万页。此外，在他参与的三个任务中，虽然他递交的战报敷衍了事，但研究员却写了几千页的解读批注——大脑从所有队员的战报和记录仪影像中，全方位分析他的每一个言行举止、细微表情，并从中推测他的人格变化、情绪感受、能力成长轨迹。

就连面包店都有专属文件，每一天的经营业绩和顾客资料都被记载。有几个可怜的客人，就因为和店员打听了几句老板的背景，就被上面列为"危险分子"重点关注，其中就有那个做程序员还兼职面包黄牛的"年轻的老头子"。

安隅看得眼睛发直，一时不知道是该感动还是感到惊悚——其实他只是想确认上面不知道当年的时间异常而已。

社会关系一栏中收录了所有与他有过接触的人，他很新奇地发现，秦知律被上面定义为他的"权威者""恐惧来源"和"安全感来源"，在几小时前，又刚刚被添加了两个"探知欲""主动关怀"的高重要度标签。

祝萄被认为是他最亲密和令他放松的朋友，其次是比利、宁、搏、熙德等人都是"信任"与"友善"，安则独有一个"需要讨好"的标签。

蒋枭的标签量快要赶上秦知律了，在不同的阶段，先后被打了"排斥，恐惧""困扰，厌烦""感知变态""些许感动""微弱支配欲"的标签。

安隅对着那些花花绿绿的标签陷入沉思，在看到"爱好"那一栏中写着的"凌秋相关、粗麦面包、钱、自残、狭小角落、《超畸幼儿园》、兔子、章鱼抱枕、教堂、不知所云的诗歌、特大商用烤炉、礼貌敬语、幽禁他人、精神操控、扮演柔弱、白色廉价服装、长官的风衣、蜂蜜燕麦能量棒……"之后，彻底陷入迷惑。

035

"那个……"安隅迟疑道,"严希,我可以编辑一下吗?"

太荒谬了。

"您说什么?抱歉,我刚才在签署最后一份协议,没有听清。"严希从屏幕前抬起头,"尤格雪原资料调取成功。根据规定,我会暂时离开这个房间,房间中的摄像头将关闭,系统会暂时封锁您终端的拍照功能,请知悉。"

"噢。"安隅只好按捺下修改这份文档的冲动,"谢谢。"

严希离开后,大屏幕弹出了尤格雪原的资料。

由于那是一起突发事件,影像资料极少,只有三张模糊的照片,拍摄者是当时在雪原上写生的秦知律母亲唐如。

第一张照片,雪片降至半空,穹盖仿佛被压低了,人站在雪原上似乎抬一抬手就能触及天空。

第二张照片,特级风雪几乎已经把镜头糊住,朦胧中,天空呈现出一种绚丽难辨的神秘色彩。空旷的苍穹让人观感不适,好像在那诡秘的色彩背后有一双巨眼正注视着一切。

第三张照片,诡秘的色彩消失了,天际出现一道炫目的红光,红光的另一边横贯着一道巨大的人形剪影,周围笼罩着金色光晕。

那道人形剪影,安隅曾在意识中不止一次地触碰过。

金眸沉静下来,凝神阅读着屏幕上滚过的记载。

尤格雪原是那场特级风雪的初次降临地点,牵涉人员有当日数百名游客及附近居民,暴露等级最高的是两个人——作家唐如和她的朋友詹雪。詹雪是一位科学家,陪同好友去写生,顺便完成自己的科研考察。她们当时刚好身处最高海拔处,并且都怀有身孕。

安隅点开詹雪的资料,屏幕上弹出两张照片。

一张是穿着研究服的年轻女性,戴着博士帽站在图书馆里,手拿着一本书,笑容羞涩。另一张则是她的背影——脊柱畸形地隆起,整个后背长满团团簇簇的透明球囊,球囊里拥挤着大得恐怖的眼睛。

【詹雪】

科学家，混血，无在世亲人，有多名关系不稳定的亲密异性。

2122年2月，于尤格大辐射事件中暴露，暴露时怀孕2周。受辐射后将自己关在实验室中，一周后彻底拒绝拜访。军部强行破门，发现其已发生神秘畸变，畸变体征：背部多发眼囊、腹部隆起。

被发现时，詹雪意识丧失，行为疯癫，无法沟通。其能通过诡秘的话语致使周围人发疯死亡，推测具备精神毁灭方面的异能。

2122年3月，被秘密处决，时年32岁。

根据死后剖腹探测，未出现其他异常器官，部分球囊自动萎缩，眼球消失，多年后被认为是世界上出现的第一个超畸体（后续出现的所有超畸体均呈现相似的死后自体萎缩特征）。

相关生活物品已按规定销毁，采样样本已销毁。

死亡时腹中胚胎刚满3周，过于微小，判断已随其死亡而自然流失。

短短半页记载，却让安隅心惊肉跳。他回看那两张照片，冥冥之中，感觉自己仿佛正在触碰一股恐怖的力量。

倒计时灯亮起，系统提示本次查阅已经结束。

严希敲门进来："您结束了吗？"

"嗯。"安隅从黑掉的屏幕上收回视线，"我们回去吧。"

回去的路上，安隅看着车窗外的主城街道："你知道詹雪吗？"

"秦夫人的大学室友，闺蜜。"严希叹息一声，"当年的第二个直接暴露者，可惜，她没有夫人好运，立即畸变了。"

"还知道什么？"安隅问。

严希摇头："只知道被秘密处决，具体畸变特征等都是最高机密，我无权知晓。"

安隅看着窗外，过了一会儿轻声问道："三周的胎儿会让腹部隆起吗？"

"当然不会。"严希愣了一下，"三周只能算是一个胎囊。别说三周，满月的胎囊才有小蓝莓那么大。"

安隅又问："那，这种胎囊离开母体，有可能继续发育吗？"

严希摇头叹息："体外孕育的技术已经成熟了几十年，但由于伦理问题，从未正

037

式投入使用。"

"不，我是说，把胎囊从母体中取出，不进行人工培育，就靠它自己……"安隅停顿下来，因为严希正透过后视镜一言难尽地看着他，他叹了一口气，"抱歉，我问了个蠢问题。"

严希沉默了一会儿，忽然笑着摇头："我知道了。"

"嗯？"安隅燃起一丝希望，"什么？"

"这不就是《超畸幼儿园》新出场的角色吗？那只小松鼠在胚胎时被人类粗暴取出，结果大难不死，还觉醒了异能。"严希笑道，"但那只小松鼠被取出时也已经快足月了啊。就算是畸种，在细胞阶段被拿出来，也是活不了的。"

安隅面无表情地靠回座位："……哦。"

严希语重心长地劝道："您要再多交一些朋友才好，动画片和现实生活还是要区分开。"

安隅："……你说得对。"

严希从后视镜里瞥着他的脸色："不过也无可厚非，灾厄之后，人类就加速步入了重娱乐社会。不仅饵城人沉迷其中，就连主城的精英也无法避免。最近很火的那个虚拟偶像，您知道吗？"

"不知道。"安隅百无聊赖地打了个哈欠，"抱歉，在饵城时我也没什么娱乐。"他是渣滓中的渣滓，连台电子设备都没有，哪来的娱乐。

"您在社交媒体上随便刷一刷就能看见了，做得确实很好，不怪麽多人为她神魂颠倒。"严希把车停在教堂外的停车场中，轻松道，"哦，对了，制作公司就在角落面包店对面的写字楼里，那些员工靠着这个虚拟偶像一夜暴富了。说起来也很神奇，他们每天吃着您店里的面包，是不是因为这个才格外好运啊。"

一夜暴富这个字眼让安隅从萎靡的状态中稍微精神了一点。

"您真的很喜欢来教堂。"严希感慨道，"连面包店都顾不上回呢。"

安隅不露声色："在这里会让人受到启发。"

《收容院》对孤儿院事件的预示性已经强到令他感到惊悚的程度。这几天以来，他不止一次地回忆起上次见面，眼劝他购买的那本《幸运数字感知》——倒不一定为了再暴富一次，安隅心想，他只是想验证一下眼的预言能力。

"我就在车里等您吧。"严希笑着说，"黑塔中有不少人认为诗人是故弄玄虚的骗子，看他不顺眼很久了，只是一直挑不出毛病，但也有人是他的忠实信徒。"

"你呢？"安隅随口问。

严希想了想："是不是骗子无所谓，只要他能真的让人感到平静，那就够了。"

他看着车窗外熙熙攘攘的人群："就像娱乐产业，虽然也有害处，但它确实能让人遗忘痛苦，在眼下的世界，也算有价值。"

安隅思索了一会儿，似懂非懂地点头。

*

"刚才夜祷结束时，我就忽然预感到今天会与旧友重逢。"眼换了一件洁白的丝绸衬衫，衣领和袖摆的剪裁比之前更加繁复。他从书架上取下一本泛黄的书递给安隅，笑道："很高兴又一次见到您。您果然还是对这本书有兴趣。"

那本书很厚，包括扉页《幸运数字感知》书名在内，全部手写。

但安隅并不觉得写这本书要花费很多体力，因为厚厚一本书翻开，里面全是六位数码。

五千块转账成功的提示音响起，安隅捧着那本书陷入沉思。《收容院》确实准到邪门，但在这一刻，他突然又开始怀疑这玩意的靠谱程度。

眼仿佛看破了他的担忧："不必纠结，您不妨随缘选择一串数字去买彩票吧。"

安隅抬眸盯着他："真的会中？"

"很大可能。"眼点头，"今天，我的预感格外强烈。"

"那你自己为什么不买？"

诗人笑得坦荡："我自己就不灵了。"

越听越不靠谱。

安隅开始心痛自己的五千块，他下意识瞟了一眼转账成功的页面，没有发现"撤回"选项。

"我帮您选一组有缘数吧。"眼立即说道，"您有读我的诗集吗？最近一次感兴趣的是哪首诗？"

安隅闻言敛了神色，凝视着他，轻声道："《收容院》。"

"还是这首啊。"眼微笑，"我记得它的页码，那请您按照《幸运数字感知》第358页2列9排的数字去买彩票吧，请一定在今天内购买。"

安隅沉默片刻："一注彩票多少钱？"

"两元。"眼说道，"一百多年来，无论经济如何通胀通缩，这个价格从来没变过。"

两元也是钱。安隅很认真地犹豫自己到底要不要追加沉没成本。

终端突然"叮咚"响了一声，系统提示，眼转回他两元。

"算我请您的。"眼微笑，"我预感这串数字能中今晚最大的奖，那将是一个天文数字。但不用担心，如果中了奖，您只要还我两元本钱就好。"

安隅一时语塞，很难评价眼前这位到底是慷慨还是抠门。

他看向摆在书架旁边地上的画——是他上次离开教堂前眼正在画的那幅，苍穹上的破碎红光比当时红得更浓郁，第三枚金色齿轮已经完全显形，三枚齿轮几乎已牵制住半壁破碎红光。

安隅在台阶前驻足，轻声问道："还会有第四枚齿轮吗？"

"暂时还没看到端倪。"眼笑道，"但我预感会有的。"

他停顿了一下，忽然飞快道："上次我就注意到了，您似乎对我这幅画格外感兴趣。其实它也可以卖，只要一万……"

"不、不用了。"安隅立即捂住口袋，严词拒绝，"我没兴趣。"

离开教堂前，安隅回头凝视着诗人："您认识秦知律吗？"

眼的表情忽然变了。

虽然只有一瞬，但安隅确认，自己捕捉到了他刹那间的厌恶和恐惧。

"不认识，但我知道他。"眼停顿片刻才重新微笑起来，"怎么了？"

"他是我的长官，直属长官。"安隅轻声说，"您有什么关于他的预言吗？我可以购买。"

教堂里倏然安静下去，他们站在幽暗的窗前凝视着彼此，空气中的灰尘在他们之间安静地飘浮。

许久，眼微笑道："很抱歉，虽然我很想多赚一些钱，但是没有。"他顿了一下，视线看向墙角那幅画，"我只有一个忠告，是免费的，只是需要保密。您要听吗？"

安隅点头。

"不要离他太近。"眼轻声说，"除了那片苍穹外，他是第二个收容着大量破碎红光的载体。虽然您有着我从未见过的纯粹灵魂，但靠得太近，大概难免受他沾染。"

安隅错愕道："你是说，你能在他身上也看见破碎红光？"

"不是看见。"眼一眨不眨地注视着他，声音轻不可察，"在我看来，他就是一个由破碎红光拼起来的东西，只是狡狯地把自己伪装成人形而已。上峰允许他自由出入主城，还将他作为人类最坚固的力量，这简直是天大的荒谬！人类迟早要为这个愚蠢的决策而覆灭。"

说到最后几句时，那双素来平和的眼眸眸光波动，几近疯狂。

诗人闭上眼，平复许久才长叹一声："抱歉，他确实是一个会让我很焦虑的存在。我知道您和他一起来过教堂，但如果可能的话，以后尽量独自前来吧。"

回去的一路上，安隅都在沉思。

其实他相信诗人说的话。如果破碎红光和畸变相关，那秦知律作为世界上基因最混乱的存在，能无上限地摄取所有畸变者基因，自然会被看成是一大坨破碎红光。

但是，真正令他在意的，还是眼的能力。

眼的所见所言，都已远远超出故弄玄虚的范畴。但他不仅基因熵正常，也不像那些非生物畸变者一样，有一件不离身的融合物——安隅每次见他，衣服都会换，身上没有配饰，手上也没有一直拿着什么东西。

"你是冤大头吧？"祝萄在电话里震惊，"五千块，你买这个？不如你给我五千块，我分分钟给你写一本。"

"嗯……"安隅翻着摊开在膝盖上的那本书，"反正彩票的钱他出，就买一注试试吧。"

电话另一头忽然传来一个陌生又有些熟悉的声音，轻声问祝萄："他要买什么号码？"

"你买什么号码？"祝萄问。

安隅翻到诗人刚才说的那串数字："06、19、22、08、14、03。你边上是谁？"

"典，知道吗？新加入的高层，刚才搬进尖塔。"祝萄说，"他好会做饭，我俩正在讨论甜点食谱。"

旁边的典好像又说了什么，祝萄捂住话筒和他叽里咕噜地嘟囔了好一阵。

安隅听不清，只能等他回来才问："在说什么？"

"唔，没什么，典说他可以帮你参谋一下面包店的新菜单，今天下午你们是不是在大脑碰过面？他觉得你似乎在隐隐地担忧面包店扩建后菜单太单一的问题。"

安隅捏着终端，惊讶得半天都没说出话来。

他确实有这个念头，但一直被其他更重要的思绪压着，如果不是典提醒，他自己甚至都无法察觉。

鬼使神差地，他忽然问道："我要买的彩票号，典觉得能中吗？"

"拜托，他是能读心，又不是预言家，再说了，那个诗人也就是个大忽悠吧。"祝萄无语地别过头，"典，安隅问这串数能不能中？"

电话另一头，典似乎思考了一会儿："不知道，但我觉得可以买买试试吧。"

"行吧，反正五千块都花了。"祝萄叹气，"赶紧买完赶紧回来，我还在等着教你做土豆派呢，原材料都备好了。"

"好。"安隅连忙说，"我先回面包店换个衣服，买完彩票立刻回去。"

"嗯嗯。"祝萄说着就要挂电话。

安隅也打算挂掉电话，但另一头忽然又传来典的声音："换衣服？"

安隅低头看了眼身上破得抽条的低保服："我还穿着任务里的衣服，已经穿烂了，去面包店随便换一件。怎么了？"

"嗯……"典似乎有些犹豫，"这样吗……"

过了好一会儿，他忽然轻声道："你要不试着把彩票号的最后一位改成04？"

"改号？"安隅愣了一下，"为什么？"

典似乎有些拘谨地笑了笑，平和道："只是突然的一种直觉，改掉会好一些。"

他很快又轻声道："当然，这只是我的建议，如果因此错失大奖的话，也请不要在意。"

56　崭新的生机

安隅回到尖塔时天已经黑了。

电梯一路上行，路过的守序者纷纷隔着门朝他躬身问好，他低头查看终端上积累的消息，帕特回主城还不到24小时，就又和斯莱德各自领了新的任务出去了。蒋枭的信号显示不在尖塔，但也没有正在执行的任务，找不到人，很奇怪。

安隅思考了一会儿，还是给蒋枭发了一条消息：精神力恢复了吗？

终端还没放下，蒋枭就回复了：已经正常了，感谢您的关心。

安隅随手点开他的头像，发现他又换了签名——从"感谢您的宽恕"变成"万仞可攀"。

看不懂。

安隅没文化，也没什么求知欲，正要关闭，蒋枭又发了一大段文字过来：听说种子博物馆的事情已经解决，虽然我无权限查看细节，但您一定辛苦了，请务必好好休息。我已经顺从律的意思，向他递交了辞去您体训老师一职的申请，但还是希望您能坚持体能训练，优秀的体能可以提升生理耐性，也就是说，虽然您的生存上限百分比是恒定的，但对伤害的反应会变小，可承受伤害也就更多。另外，面包的营养元素单一，希望您注意额外补充蛋白质，守序者们沉迷肌肉的样子确实有些蠢，但不可否认，肌肉确实是实战中最可靠的朋友。

安隅皱眉一头雾水地读完，对方又发来一段：小道消息说您之后会多跟律出任务，请务必保重，也请不要在摸索异能时太逼迫自己了，虽然那确实是让人着迷的特质。对了，我已经和蒋氏集团的市场负责人打过招呼，请不用担心面包店后续的推广。

安隅恍然大悟：你是快死了吗？

对面沉默了。

电梯停在197层，安隅走出来：大脑的医生也没办法了吗？

他盯着终端，站在电梯门口等了半分钟，才终于等到蒋枭的回复：我应该还能活很久，只是要去平等区待一段时间。

"安隅？"里面房间的门推开，祝萄探出个脑袋来，"我就说嘛，好像听到电梯声了，你傻站着干什么？"

安隅和他打了个招呼："蒋枭说要去平等区。"

"噢，我听长官说了。"祝萄从屋里出来，"平等区随时随地面临畸种侵袭，他想要去磨练一下精神稳定性。上峰最初不太愿意，毕竟现在的任务多到令人发指，但他很坚持，也没办法了。"

终端又一震，蒋枭道：快要起飞了。盼望与您再相见时，我会成为更有用之人。

安隅几乎本能地打字回复：祝你成功。

蒋枭似乎就在等着这四个字，消息刚发出去，他头像旁的小绿灯瞬间便灰了。

"也是好事吧。"祝萄趿拉着毛茸茸的拖鞋往厨房走，"不然等过几天你公布了绑定辅助，没有他，他又要发疯。"

安隅沉默着跟进厨房。

他还没有和任何人说过，其实他给蒋枭留了一席之地。

按照他的设想，打算要三个绑定辅助：安、宁、蒋枭。宁可以弥补蒋枭精神力的缺陷。可现在蒋枭突然走了，让他有些犹豫，祝萄只愿意跟唐风，风间他又不太想要。

"也许蒋枭不会离开太久。"一个温和的声音响起，"不必担心，早晚还会相见的。"

典站在安隅身后，对他微笑："嗨，又见面了。彩票买了吗？"

安隅恍然意识到典已经洞察了自己心里的辅助人选，怔了一会儿才点头："买了。"

典的脸色却忽然变了一下，似乎有些始料不及的尴尬。

"两个号码都买了？"

安隅茫然："啊。"

他站在彩票站纠结了十分钟，最后严希看不下去了，无偿赠予他两元，帮他把两个号都买了。

"怎么了？"安隅问。

典沉默了一会儿，笑着摇头："没什么，这种东西都是买着玩的，怎么可能真的被人说中。"

其实安隅也是这么觉得的，他叹了口气，摸着口袋里那张薄薄的彩票纸，心想还好两注都不是花的自己的钱。

"别管彩票了。"祝萄拄在厨房台前无语，"来干正事。"

安隅连忙道："来了。"

祝萄口述了一遍芝士火腿土豆派的做法，关键在芝士酱的调制。安隅只听一遍就记住了流程，但却无法想象这个派是什么样子，毕竟他从来没见过这高级玩意。

但他希望这个派不要太大，内馅别太稀，最好能被方便地拿在手里几口吃完，不然他担心长官会嫌弃。

正想着，典忽然把手札放在桌上，翻开到空白一页，片刻后，暗黄的牛皮纸张上缓缓浮现了派的形状。

"葡萄脑海里的派成品大概这样。"典说着停顿了下，有些不好意思道，"抱歉，我并非故意一直偷听你心里的声音，只是你脑子里总是塞满疑惑，但话却很少，我有点着急。"

"要是介意的话，我以后屏蔽掉你。"他又补了一句。

安隅反应了一会儿，摇头道："没关系的。"

他自认为是没什么隐私边界感的人，典的读心能力不仅不会冒犯他，反而让他觉得很方便，毕竟，不需要张嘴的沟通真的太轻松了。

典的终端响起，他冲安隅笑笑："黑塔的人找，我去接一下。"

他自然地伸手去拿灶台上的手札，但看到书页上浮现的派，犹豫了一下又缩回手，说道："你留着看吧，我快去快回。"

结果典这一去就去了一个多小时。

"估计是在汇报平等区的事，上峰总想从典口中套一些平等区的情报。"祝萄用刮刀轻轻一刮锅里的芝士酱，勾出丝滑的涟漪，他舔了一口，"哇，你是真的很有做

045

饭天赋啊。"

"谢谢。"安隅也盯着锅里煮着的芝士酱，酱面上一圈一圈完美的圆弧线让人心情舒畅，他按照祝萄的吩咐关火，把浓郁丝滑的酱一勺一勺舀进塑形好的饼底，再整齐地排列进烤盘。

这些规整有序的画面让他感到很有安全感，效果堪比看到大袋大袋的粗麦面包。

祝萄把土豆泥和大片的火腿铺上去，笑眯眯地把烤盘放进预热好的烤箱："我强烈建议你多和我学几道菜，这可是增进和长官之间关系的小妙招。"

"真的吗？"安隅忽然想起飞机上祝萄和唐风无比和谐地聊了一路的样子，有些心动。

祝萄在脸边扇了两下风，随手推开旁边的窗子："守序者也是人，吃饭睡觉可是人生最重要的两件事。你想想，你会讨厌一个每天投喂你美食的人吗？"

安隅恍然大悟："那我以后多和你学。"

祝萄笑得很骄傲："那我们多开发些新菜谱，不能让两位长官觉得自己被批量对待了。"

安隅不太明白批量对待是什么意思，正要问，一阵风吹过，台面上的手札被拂起一页，又很快落了回去。

在那拂起的一瞬，他看见了前一页的内容——空落落的纸页上只有一串数字：18、24、05、12、09、31。

他第一反应是彩票号，但很快就否定了这个想法，因为这一串数字和他刚才买的那两注没有任何重复的数字。

安隅转头盯着烤箱上的倒计时，有些担忧："能成功吗？"

"一定可以。"祝萄信心满满，"今晚就可以吃几个，剩下的放进急冻，要吃之前拿出来复烤12分钟。"

安隅犹豫："长官能接受吃剩的吗？"

"只要复烤得当，他就吃不出来是二次加热的。"祝萄笑得很狡猾，"放心，我总这样糊弄我长官，不然谁能天天一大早爬起来做点心啊。"

安隅："……哦。"很聪明的行为，但好像不太道德。

他犹豫了一会儿，放弃对这种行为做出评价。

芝士火腿土豆派超乎意料的美味，祝萄特调的芝士酱醇厚清甜，浓而不腻。

安隅回到房间后一边构思面包店新的菜单一边吃，没一会儿就吃掉了自己分到的四只。

他按照祝萄教的那样，把剩下冻好的十二只派也都复烤好，一只不剩地送下肚。

深夜，安隅把新品的构思发到员工群里，趴在桌上昏沉沉地睡着了。

第二天一早，他是被消息震醒的。

麦蒂夫人直接在群里发了图：试吃款已经出炉打包，老板今天尽早来取哦。别忘了想想文案。

安隅震惊：这么快？您睡觉了吗？

许双双光速出现：麦蒂就是我的神！老板，我刚到店里，已经替您品尝过啦，嘿嘿，很特别的口感，味道醇厚，特别棒！

安隅逮着她立即问：我离开这些天的投资收益率好像比预期中低了0.01个百分点，怎么回事？

许双双：……今天客人好多，我先去忙了，拜拜。

安隅无语。

他打开房门，却见门口地上摆着尖塔商城的购物盒子，里面平整地叠着一沓衣服，都是白色基本款，三件是有兜帽的罩衫，三件是普通T恤。款式和他惯穿的相似，但材质明显不同，摸起来柔而韧。

订单备注这六件衣服都是高分子材质，下单人秦知律，罩衫单价68888积分，T恤单价49999积分。

安隅看着最后的结算总额，眼睛发直。

一大早，有点受不了这个刺激。

他想要退掉几件，但有章鱼抱枕的前车之鉴，又不敢轻举妄动，最终抱着烫手山芋似的原地转了好几个圈，回房间把衣服锁进了保险柜。

去面包店的路上，严希从后视镜里偷偷瞟了他好几次，终于忍不住问道："您还好吗？"

"什么？"安隅从瞌睡中挣扎醒来，"我怎么了？"

昨晚他莫名其妙地一直做噩梦，在梦里重新经历着刚入主城时接受刑讯和基因诱导试验的场景。

严希小心翼翼地措辞："节哀，您要这样想，这四块钱都是别人给的，您并没有什么损失。只是您买书的五千块……"他停顿了下，努力编出了一个理由，"那本书里至少有几万串数字吧，多买买，总能中上几次。"

安隅茫然地发了半天呆，终于反应过来了："开奖了？"

他立即伸手掏终端，严希叹气道："没中。昨天的奖号是18、24、05、12、09、31，您一个数字都没对上。"

安隅绝望："怎么会……"

话音戛然而止，毛骨悚然的感觉倏然爬上脊背，他在浏览器里搜索昨天的头奖号，对着那串跳出来的数字，感到心口的血都在一瞬间凉了——这串数字，和昨天典的书札里一模一样。

他立即想起昨天典询问他买彩票时短暂的尴尬神色。

"还好吗？"严希担忧地扭头看了他一眼，机械眼珠在眼眶里咔咔咔地转了几下，"要不然我和黑塔打个报告，让黑塔来出这五千块吧。和您的心情比，上峰不会在意这点小钱的，只是我们要找个其他理由，不然眼可能会有麻烦……"

"嗯。"安隅垂眸道，"没事。你把我放到街口就好，排队的人多，我自己走过去。"

严希松了口气："好啊。五千块嘛，您的店一转眼就赚回来了。说起来，面包店生意真是红火，都这么多天了，热度倒像是越来越高了……"

安隅在街口下车，看着严希的车开走，立即掏出终端。

典很快就接起了电话。

他似乎还没睡醒，声音有些软糯："安隅？怎么了？"

安隅捏着终端："我有一个邻居，叫凌秋。"

"嗯……我有耳闻。"典轻轻打了个哈欠，似乎从床上坐了起来，语气更温柔了一些，"怎么了？想他了吗？"

只要不在身边，隔着电话，洞察的异能就失效了。

安隅心里有了数，轻声道："他教过我一个理论，叫蝴蝶效应。"

电话另一头一下子安静下去。

微妙的气氛中，安隅压低声道："如果我不换衣服，眼的号码会中。换了衣服，尾号改成04才会中。但如果两个号都买，抽奖系统就会随机到完全不同的另一串数，是吗？"

典沉默了足有五分钟，但安隅很耐心，他举着终端看着面包店门口的长队，又抬头看着对面的写字楼——写字楼外墙多了一个巨大的电子屏。电子屏上，一个穿着浅蓝色连衣裙的女孩正在侧头微笑，柔顺的黑发在风中轻轻拂动，片刻后，她蹲下逗了逗脚边的猫，打了个哈欠，又起身走到桌子后，打开电脑，屏幕上显示着音乐编辑软件，她开始专心致志地忙碌于调整那些音轨。

女孩的五官完美得不像真人，但气质又十分亲和，一举一动生动极了，仿佛就是一个活生生的人。只是每过一分钟，她浑身的像素就会抖动一下，像在刻意提醒人们她只是一个虚拟角色。

大屏幕右下角写着她的资料。

【莫梨】

女性；17岁。

身高158厘米；体重41千克。

音乐制作人；歌手。

性格温柔甜美，偶尔俏皮，喜欢小动物。

已出道：6天。

面包店门口的长队对比数日前没有丝毫缩减，但从前，排队的人要么在低头看终端，要么一只手抱着电脑在工作。但此刻，几乎所有人都抬头看着大屏幕，很少与陌生人社交的主城人站在一起笑着聊天，讨论的都是莫梨。

典的声音拉回了安隅的思绪。

"抱歉，你说的三条都中了，这些确实都是我的预感。但除了第三条被事实验证，前面两条都不得而知。"他叹了口气，犹豫道，"我已经畸变有一段时间了，对洞察能力的掌控度越来越好，但除此之外，似乎也逐渐地出现了一些古怪的想法……总是很突然地会有一些预感钻进我脑子里，但是我的思绪很乱，常常自己也搞不清。"

　　他苦笑一声："抱歉,我早该想到,大脑的人说你智商非常高,我不该在你面前卖弄的。只是我也有一种预感,要和你走近一点会比较好,所以总是忍不住和你说一些不该说的东西。"

　　安隅问道："和我走近一点,会对你比较好吗?"

　　典犹豫了一下："不是。就是比较好……对谁都一样。"

　　"嗯……"安隅不太能理解他的意思,但他直觉典说的是实话,又问道,"思绪很乱是什么意思?"

　　典思考了一会儿,反问道："你说的那位诗人,他的预言很笃定吗?"

　　"是的。"

　　"可我总是在摇摆。"典叹气,"我总是一下子预感到很多种可能,决定它们究竟谁会发生的是一些微小的差异,有时候我能捋出这个关键的小差异是什么,有时候捋不出来。"

　　"也许是这项能力还没有完全成熟。"安隅分享自己的经验,"可能要受一些刺激,也可能会自己变好。"

　　典"嗯"了一声："我直觉这项能力很危险,所以请不要告诉任何人,也包括律,多谢。"

　　"好。"

　　挂断电话前,安隅忽然又问道："长官在平等区发现你时,你有听到他的心声吗?"

　　"有听,但什么也没听到。"典坦率道,"我没有骗你。律是一个心防极重的人,他似乎已经养成习惯不做显性思考,因此我很少能洞察到他的想法。有几次我甚至刻意去感知,但他的心里就像……"

　　"就像一个无光的世界。"安隅轻声接道,"只有一座漆黑冰冷的高塔。"

　　典大吃一惊："你怎么知道?"

　　"没事。"安隅轻叹了口气,"我会替你保密的,也请你不要对别人说起长官的内心世界。多谢。"

*

　　大脑高级监测病房。

安隅踏入病房时,思思正坐在床上看着窗外浓郁的阳光出神。

"您好。"安隅将拎着的小布兜放到床头柜上,"您看起来状况还不错。"

思思回过头看着他。

那是一双纯净的黑眸,安隅第一次在真实的世界里见到她睁眼,她睁开眼时,从前的病气一扫而空,眸光流转,神采奕奕。

但和安隅在陈念记忆中看到的小姑娘不太一样,此刻的她眼神里少了稚嫩和狡黠,多了一丝似曾相识的沉静。

安隅不太擅长聊天,只能回忆着进来之前工作人员替他准备的话术,开口道:"能醒来真好,知道吗,你睡了十年。"

"嗯。"思思点头,"这里的人已经和我说过孤儿院行动了,想不到,在十年前我睡着后竟然发生了这么多事。而我一觉醒来,明明没有经历分毫,却好像又牵扯其中。"

她低下头,手指在洁白的被子上勾了勾,忽然轻声问道:"他是你杀死的吗?"

"是我的长官。"安隅坦诚道,"杀死陈念,继续前行,这是守序者的职责。换了我也是一样。"

思思轻轻点头:"知道的,我没有怪谁的意思。我了解陈念,他在孤儿院苦守十年,等的就是那场死亡吧。"

安隅不知道该说什么了,他犹豫了一下:"我从他的……不,他跟我说过,你原本的人生规划是在主城过轻松的生活,再养几只小猫。为什么愿意加入守序者?"

"上峰果然还是对我的诚意抱有怀疑。"思思笑了笑,重新仰靠回床板上,望着窗外轻声道,"那确实是我的愿望。但我的命是他给的,他的愿望,总也要实现吧。"

安隅愣了一下:"陈念的什么愿望?"

思思没有回头看他,指了指自己的头又道:"我听说他的异能和我一样,可能是这种独特的异能让他在我身上留下了一些东西吧,他明明在我醒来之前就死了,但苏醒之后,我却听到了一段他留给我的话。"

思思顿了下:"大脑的人说,尖塔高层有两位守序者在畸变之前是一个人,分裂成了两个。我甚至在猜,会不会他也只是肉身死了,灵魂融合进我的身体里。但很遗憾,除了那段话可以反复回忆起,我就再也无法和他互动了。也许那真的只是一丝残余的意识,在他临死前最后一次为我延续生命时,灌注进了我的大脑。"

"是什么？"安隅立即问。

"让一切回到正轨。"思思抬眸，"也许此生都无法做到，但他愿意为之努力。"

"还有，他还希望我离你远点，感觉你是个庞大而可怕的存在，所以我让大脑的人安排我们见面，但……"她笑得有些无奈，"我觉得你很正常啊，可能他临死前出现了错觉吧。"

安隅闻言只轻轻点头，没有多解释，只有他把长官折叠到自己身上时才会有那种效应。

"总之，就这样啦。"思思重新躺倒，清浅笑道，"他死啦，可我醒过来了，我会替他完成他想做的事，也会好好珍惜这条命的。"

那双黑眸浮现一层模糊的泪意，又很快被她拂去了。

安隅看向床头柜上的小布兜："那，欢迎加入尖塔。这是角落面包店的新品，就当作欢迎礼物，尝尝吧。"

"什么东西啊？"思思笑着伸手拎过小布兜，晃一晃，"饼干？"

"嗯。"安隅说，"我刚才也尝过了，味道还不错，灵感来自孤儿院的伙食。"

思思没忍住笑出来，随手抽出盒子上层的产品描述卡，嘟囔道："灵感来自孤儿院，那还能在伟大光辉的主城卖出去吗？"

安隅没有回答，转身离开了房间。

还没走几步，背后房间里就传来了哽咽声。

他的脚步顿了顿，还是踏着小姑娘越来越大声的呜咽，继续往前走了。

◇

【碎雪片】
陈念（3/3）被你错过的风雪
思思，还记得我们抵头睡着前，窗外扬洒的雪沙吗？
在这十年里，它们从未停歇。
但等你睁开眼时，阳光终于将它们驱散了吧。
十年里我都在盼望风雪消散，也在盼望你醒来。
你错过了十年灾厄，而我错过了你。
世界就像一辆发狂的列车，在疯狂的变道和撞击中，太多人错失彼此。

如果还有机会，我想加入那些抵死推着列车的人，努力将它掰回正轨。

但无论结局如何演变，我都希望心爱之人能活得轻松一点。

定居主城，吃穿不愁。

重新考个好学校，再养几只基因纯净的小猫。

......

不要再挂念了，那些被你错过的风雪。

【安隅面包日记】
02 来自孤儿院的新品之一

角落面包店开始扩建了。

忙碌的主城精英们工作之余都在激情猜测。

会有多少新品？

会不会有咖啡卖啊。真的很需要！

会有布置舒适的店内用餐区吗？

排队时间会变长还是缩短啊？

神出鬼没的老板还在坚持穿不祥的白色衣服吗？

......

面包店还没扩建完，店门口小黑板上已经贴出了新品情报。

手绘图案是洁白的奶酪饼干，雕刻成燃烧的蜡烛形状。

【不肯熄灭的蜡烛饼干】

是高风险畸变孤儿院对主城的献礼。放心，一片赤诚，绝无诅咒。

坚硬的口感像压缩饼干，不太好消化，但可以饱腹良久。献礼者很善良，照顾主城人的口味，决定使用醇厚清甜的优质芝士，所以价格也略贵。

烧尽的蜡烛曾带来过光亮，吃光的饼干也曾为身体供能。纵然终有一刻消耗殆尽，也请不要遗忘它那些努力的支撑吧。

友情提示：不可多食，否则会打嗝一宿。

57　悄然靠近

清晨的第一缕光穿透窗户，映入困倦的金眸。

安隅打了个哈欠，瞄一眼紧闭的金属门，继续靠着窗台刷朋友圈。

祝萄发了十几张图的植物养护指南：

从万念俱灰到理想复兴，接下来要认真为种子博物馆工作啦。祝所有可爱的小种子们好运！

紧挨着的一条，是唐风随手拍的吃了一半的芝士火腿土豆派：

沾了点角落的光。

祝萄回复：您明明应该感谢我才对！

安隅瞟了一眼窗台上的饭盒，那里盛着一小时前刚出烤箱的芝士派。

继续向下刷。

潮舞一大清早就来了张自拍，她穿着安隅看不懂的满是钉子的超短裤，抱着一把电吉他，瑰红色的头发已经溢出镜头，被一左一右勉强扎成两捆，但仿佛下一秒就要把脆弱的发圈挤爆了。

潮舞配文：

也只有长官能帮我把头发绑好了。

第一个点赞的就是她的长官深仰，附带评论：只要有空就会帮你绑，不要自己乱鼓捣，乖。

安隅把那条评论看了好几遍，止不住地在心里咋舌。

他算是发现了，整个尖塔高层，就只有他的长官不苟言笑，动不动还会发起生命威胁。除长官之外，198层的炎大人也比较吓人。

凌秋果然精通人情世故，早早就告诫过他，越是权势高的人越难伺候。

他正回忆着那个满臂黑蔷薇刺青的壮硕的男人，就刷到了靳旭炎的动态。

印象里，靳旭炎很少发东西，此刻也只有一条简短的文字：

任务结束，新的监管对象初战表现尚可，没作逃兵。

眠评论道：流明在战场上一定是善战可靠的队友。

安隅吃力地回忆了好一会儿，才把"眠"这个代号和之前尖塔会议上见到的坐在炎身边的女子对上号。

他都快忘了对方长什么样子了，只记得是睡莲向畸变，有一头银白色的波浪长发，气质利落清冷。

比利之前和他八卦过，眠畸变前也是军人，但和出身正统的风长官不同，她是神秘的佣兵，似乎不一定干好事。

安隅犹豫了一下，给比利发了一条消息："流明已经和炎出过任务了？"

他发完继续完成任务似的刷朋友圈。

宁昨晚发了一条：

锦鲤神教任务结束到现在，安总算是彻底缓过来了。

典晒了一张新宿舍的照片，他刚作为新高层搬进194层，上峰似乎花了不少心思替他布置房间——除了明亮的落地窗外，所有墙壁都镶嵌着顶天立地的书柜，满满当当地塞着书，一眼看去都是旧书，据说是从他之前的家里直接运过来的。

安隅也是昨晚才听比利说的，典在畸变前是家境富庶的小少爷，但不知为何被父母藏得很深，从小到大唯一的爱好就是看书，堪比一座行走的图书馆。

照片上是夕阳照在书架上的样子，典随意地配了一句话：

其实畸变后的生活好像也没什么不同啊，只是脑子里越来越乱了。

所有的高层都在下面表达了欢迎，祝萄抢下首评：思绪乱就来找我啊，我的烧菜搭子。

典回复：好啊。

他和祝萄似乎一见如故，才两天工夫，就已经很熟络了。

照片捕捉到了典投在地板上的影子，安隅看着那个影子，忽然恍惚了一阵——典是男的还是女的？

很神奇，明明见过几次面，但他从来没思考过这个问题，性别这件事在典身上仿

055

佛被淡化了。

比利的消息弹了出来：嗯，流明刚出过第一个任务。平原上蝗虫畸变，有史以来最恐怖的蝗灾，炎带着两个监管对象和一队守序者去解决的，对了，那个影像资料千万别看，太恶心了，看得我浑身鸡皮疙瘩，难受了一天。

安隅回了一个"哦"字。

比利又发道：是不是对流明很好奇？嘿嘿，我就知道你会对这种事情好奇。

安隅：嗯？什么事情？

比利：别装啦。不过他好像不太能接受这一套，据可靠情报，非常难驯，可遭了大罪了。据说由于总是出言不逊，炎甚至计划要给他安点东西……嘻，我都不知道他出外勤任务和待在尖塔里相比，哪个更舒坦点。

安隅逐渐看不懂，捧着终端困惑了半天，问道：意思是他和直系长官相处得不好吗？我一直想问，你都是从哪获取到这些高层情报的？

比利秒回：我的情报网被评为尖塔未解之谜。不可说。

对面的机械门忽然响起电子解锁声，安隅立即把终端收好，也暂时把比利的情报抛在脑后。

秦知律刚洗过澡，发丝残留的水汽让他看起来比平时柔和一些，他的脸上没什么血色，黑眸也少了生气。非生物畸变的基因诱导比从前的普通试验更难熬，这些年来他以为自己早就习惯了那些痛苦，但这一次，疼痛的阈值再一次被刷新了。

明明只有36小时，但在意识中却仿佛过了漫长的一个世纪，此刻试验结束，他的大脑近乎停摆，走到最后两道门之间，对着工作人员准备好的文档放空了好一会儿，实在读不进去，干脆直接翻到最后签了字。

最后一道门缓缓开启，那双麻木的黑眸却闪过一丝错愕。

"长官。"

安隅就站在他面前，背后的窗外，太阳刚在城市天际线颤抖着升起，衬得窗前那双金眸更加澄澈明亮。

他朝秦知律两步快走过来，犹豫了一下，不太熟练地张开怀抱轻轻拥住秦知律，踮脚在他耳边安慰般地轻声道："您还好吗？"

这是他第三次拥抱秦知律，这一次，秦知律没有再那么僵硬。

他只是反应有些迟缓似的，低头看着那头毛茸茸的白毛，而后视线落向窗台上——那里有一只很大的便当盒子，印满黑色的小章鱼图案。

"在哪儿买的？"秦知律皱了下眉，"款式很幼稚。"

安隅松开他回头朝便当盒看了一眼，嘟囔道："您不喜欢吗？花了279积分呢。"

秦知律没回答，黑眸中却渐渐漫开一丝笑意，许久才缓声道："破费了。"

安隅张了张嘴，又默默把那句"是花的您的钱"咽了回去。

昨天黑塔的人送来新的长官的终端，让安隅检查下有无故障。安隅摆弄了一会儿，发现自己虽然没有查看讯息的权限，但是却有花钱的权限，于是挑了半天，下单了这个便当盒；下单后发现第二件八折，于是又随手、不经意地，给自己也买了一个；买完便当盒，又发现有配套的筷子，同时购买的话可以打七折；买完筷子，系统又自动弹出了同系列的烧水壶，五分钟内下单半价，于是就也……

"走什么神。"秦知律疑惑地瞟他一眼，摊开手，"我的派呢？"

"哦！"安隅连忙回身拿起便当盒，揭开盖子，"烤好了，祝荀说很成功。"

盒子里盛着一只圆圆的派，只有巴掌大，土豆泥和芝士搅打成洁白的奶色，饼底是浅焦糖色的曲奇底。

火腿芝士土豆派是祝荀在高层聚会里最常做的点心，秦知律吃过很多次，只看一眼就能回忆起那个味道。

但他没多说，拿起派，一边往外走一边咬了一口。

绵密的芝士酱在嘴里化开，他脚下却倏然一顿，有些惊讶地看着里面的内馅。

没有记忆里的火腿片，取而代之的是一些又脆又韧的小颗粒，让口感一下子变得丰富起来——是打碎的燕麦和核桃。

"长官，我稍微改了一下配方。"安隅跟在他身后一点的位置，"之前我的基因诱导试验结束后，特别想念麦仁的口感，因为只有咀嚼麦仁时才觉得自己还活着。但比利又说，您小时候喜欢一边听唱片，一边嚼他买来的坚果，一下午能吃一大罐，所以我把燕麦和坚果都加了一点。"

他顿了顿，低声喃喃道："很抱歉，凌秋说我最不擅长与人打交道，只能胡乱猜测您的喜好了。如果弄巧成拙，也请别放在心上。"

安隅一边说着一边往前走，直到一下子撞在秦知律身上。

秦知律回神凝视着他："为什么要迎合我的喜好？"

安隅茫然了一会儿："因为您是长官。"

"除此之外呢？"

"这还不够吗？您为我的安全提供保障，我也希望您能过得好一点。"安隅轻轻捻着衣角，高分子布料穿在身上很舒适，他捻衣角的动作都比从前小心翼翼，"抱歉，我说不清，但如果有可能，我希望四岁到八岁间的长官，十六岁的长官，都能过得好一点。可惜，我只能让时间加速积累，却无法推动它回头了。"

就像思思说的，错过的十年，终归是错过了。

可长官独自走过的，又何止十年呢。

安隅说完，却发现对面那双黑眸中似乎有什么在瞬间一闪而过，秦知律沉默地盯着他，神情怔然又复杂。

"怎么了？"他突然有些后悔自己做了无意义的假设。

不知道说蠢话会不会影响长官对他的评价。

秦知律凝视他许久才低沉道："如果有一天，你能让时间倒流，又想做什么呢？"

安隅松了口气，思考片刻后说道："即便能让时间倒流，我应该也没有改变这个世界的能力，更无法阻止上峰的决策。但我可以更早一点等在这道门外，就像您希望的那样。"

他说着咬了咬唇，又低下头："抱歉长官，我在您的回忆里偷听了您心里的声音。但我不是故意的，看记忆时，会在一定程度上感知到对方的情绪。"

他焦虑地看着地板，不敢再和秦知律对视。

但过了许久，秦知律却没有责难他，只是伸手过来轻飘飘地拿走了他怀里的便当盒，转身继续往前走："嗯。如果真能回去，就去等我吧。"

他顿了顿又道："如果不能等，就陪我说说话。"

安隅错愕地抬起头，看着那道身影缓步远去，小跑追上，嘀咕道："好的。不过长官，我们好像在讨论不可能发生的事。"

秦知律勾了勾唇角："嗯，每次接受完诱导测试，都会有一段时间变笨变傻。"

安隅沉默了一会儿，看着阳光下空气中飘浮的细小灰尘："很疼吧，长官。"

秦知律没吭声，将剩下的派一掰两半，一半递给他。

他们一边吃着派一边往外走，等秦知律吃完了派，一掂便当盒，却发觉下面那层还有东西。

安隅不仅带了一只派，还带了角落面包店待发的新品，有蜡烛饼干、豌豆酥饼，还有荆棘形状的树桩面包，都是他从孤儿院任务中寻找的灵感。

秦知律边品尝边听安隅汇报这两天尖塔发生的事。

他要求安隅在他接受试验时替他了解尖塔动态，原本是想找机会让安隅多和大家接触，提升社交能力，但没想到安隅直接把最近几天的朋友圈内容背了一遍。

秦知律一路听得有些无语，后来索性直接把终端要过来，自己刷这几天堆积的消息。

"蒋枭去平等区了。"安隅一边说一边瞟着长官的脸色，"没有体能训练老师，我是不是可以先暂停——"

"新的教练已经物色好了。"秦知律打断他，把终端在他面前晃了一下，"他刚才也已经答应了。"

安隅惊讶地瞪大眼："这么快？"

他随即瞟到屏幕对话框上的头像，更懵了："羲德？您让一位高层长官，给我做体训老师？"

"不仅一位高层。"秦知律神色从容，把最后一口饼干填进嘴里，慢条斯理地咀嚼后咽下，淡声道："你有一些弱点迟早要克服，所以给你额外加一门课，设置了专属老师。"

安隅呆了半天才道："……哦。"

他纠结了一会儿，还是决定挣扎一下："我弱点太多了，非要克服吗？"——说好的在主城"躺平"呢。

"你不是要继续跟我出任务吗？"秦知律仿佛早就料到他会这么问，平静地看着他，"能提高你在任务中生存率的技能，要学吗？不强制，随你。"

安隅深吸气，无奈道："学。"

下午，当他按照终端里的地图指引，走进尖塔健身房深处那间神秘的场馆，顿时后悔了。

场馆空旷，纵向切割成几十道，每一道的尽头都摆放着靶子。

这边的桌上整齐地陈列着一横排枪械，从便携的手枪到和凌秋那把"破晓"相似的重狙，应有尽有，壁柜里密密麻麻地收纳着各种功能性弹药。

安隅毛骨悚然，下意识就要跑。

熟悉的沉稳的脚步声却从身后传来，他回身，秦知律穿着一身黑色的长裤短袖朝他走来，修身的布料包裹着精干的身材，他走到安隅身边，握着安隅的手从桌上捞起一把看起来最温和的手枪，朝靶心举起。

安隅的心跳开始错乱："长官……"

"在呢，怕什么。"

秦知律的声音在他耳边响起。

那双黑眸凝视着远处的靶心，另一只手替他拉开保险栓。清脆的弹响。子弹上膛。

"专注。"秦知律轻声道，"记着，你是猎人，不是猎物。"

【碎雪片】
照然（1/5）因为我高兴
在名为"抵抗纪"的这个时代，已经少有人因热爱而走上舞台。
同行们只是为了讨主城大人的一口饭吃，他们逢迎，做作，谄媚。
他们不明白为什么我会对权势摆脸色。
更难理解为什么那些大人可以忍受我的傲慢。
我对揣测贵族的心思毫无兴趣。
至于我自己，原因很简单——
我一没畸变，二无亲人，更不算什么优质基因。
我卑贱，所以自由。
无论是在贫民窟，还是站在主城世界最大的舞台上。
我只为了歌唱。
照然，始终只是照然，不是流明。
畸变与否，他都只是一个自由的歌者。
没有牵绊，不受拘束，不听教条。
只随高兴做事。

58　同类舔舐·上

微弱的耳鸣声逐渐变强，安隅感到手指和扳机之间多了一层汗水，食指打着滑，随时会因一不留神而扣下扳机。

这个认知让他更加紧张，触电似的松开了食指。

他感觉到，秦知律的手一紧，随后在他耳侧稳声道："摒除杂念。记着，这把枪是你的权力，枪口对准的是你要杀的人。"

安隅深吸一口气，凝视着百米外的靶心，试着去勾扳机。

"很好。"秦知律稍微卸下些力道，留给他屈指的空间，"扣下去时要果决，别迟疑。"

隔着一层汗液，安隅再次感觉到了那枚小小的金属部件。

而就在触觉产生的刹那间，他的手却僵住了，筋在皮下狂跳，拧出难缠的酸痛。

"你抽筋了。"秦知律说着，松开了他的手，改握住他的手腕，"放松，把枪给我。"

安隅听不清长官在说什么，耳鸣声连成一条尖锐的线，手脚发软，冷汗湿透全身，心脏在胸腔内狂乱无序地撞击着。

秦知律左手拍了拍他的头，右手掰开他的手指，枪身贴着皮手套灵活一转，掌心包裹住了枪口。他平静地把枪擦拭干净放回原位，瞟一眼安隅放在桌上的终端："你看，你的生存情况和精神状态都没有波动，枪在别人手上是威胁，在自己手上就只是一个工具而已。这次持枪4分12秒，下次会更好。"

安隅双手撑着膝盖大口喘气，许久耳鸣声才减弱，他颤声道："对不起长官……

可我……不想有下次了……"

他无法克服对枪的恐惧,因为那是最不讲道理的杀戮方式。

秦知律的手覆在他的头上,一直没有撤走,许久,他轻叹了口气:"我给你留下的阴影?"

安隅沉默许久,才看着地面轻轻点头。

"怕不怕我?"

安隅迟疑,似是想摇头,但又犹豫:"对您的感觉很复杂,之前还是有一点怕的。"他用手腕蹭了一把下颌上积蓄的汗水,腿还在发抖,只能有些吃力地仰头看着长官,"但在知道您也是基因诱导试验者后,就完全不怕了。"

秦知律一挑眉:"怎么说?"

"因为我完全相信您从一开始就没想杀我了。您亲身经历过,知道试验会对接受者的精神力带来怎样的挑战,但我的精神力却在试验过程中从未下降。在意志层面,我确实是您一直信奉的最高秩序。"

安隅的语气一如既往小心低顺,但那双犹在颤抖的金眸朝秦知律看过来时,却是一派笃定。

他打着战仰头,与他平等相视。

许久,秦知律轻笑一声,转身从腰间掏出枪,子弹上膛,枪口直指最远端的八百米靶,动作一气呵成,只发生在瞬息间。他扣动扳机之时,才轻描淡写地说道:"你的任务是保护靶子。"

安隅思绪尚未理清,数百米外,空气似乎就发生了一瞬微妙的波动,枪响后,枪靶没有丝毫破损,仍好端端地站在远处。而在偏右一点的墙上,出现了一个深深的弹坑。

"看,你对空间折叠的运用已经是本能,而你本能的速度,在八百米范围内能跑赢子弹。"秦知律平静地瞟了他一眼,随手换了声音较小的训练弹匣,转向七百米靶,"训练计划更改,我们一靶一靶来,测一下你的本能跑赢子弹的极限距离是多少。"

安隅没太明白长官的意图,可秦知律没有给他细思的机会,屈指又一枪。

枪声落,七百米靶毫发无伤。

整个场馆中都回荡着枪响的余震,安隅心有余悸,喘着粗气,却见长官轻轻勾了勾唇，而后那只笔挺的手臂继续向一旁转动："下一靶，六百米。"

走出射击馆时，安隅耳边好像还回荡着枪声。

他最终败给子弹的距离是在100至110米之间，根据弹速推算，他使用空间折叠的反应速度在0.13秒左右。

秦知律在走出闸口时忽然说："0.13秒已经很难超越，除非让时间流速变慢，或者暂时停滞。这比时间加速更难，因为加速是推动熵增，顺应宇宙规律。但时间静止是熵停，时间回溯是熵减，都是逆势而行。"

安隅本以为长官是在宽慰他的失败，正想说自己其实完全不在意，不料秦知律回头瞟了他一眼，轻描淡写道："后面的任务里，你要继续摸索自己的能力。虽然人类始终无法解释超畸体对时空秩序的破坏力从何而来，但那些东西都能做到，你没理由比他们差。"

安隅："……"

体训课与射击课无缝衔接，当羲德随随便便就在空杠左右各旋上100磅杠片时，安隅犹在回味长官那句话。

首先，他觉得长官说漏嘴了——他果然一直把自己看作是超畸体；其次，他觉得长官不太是人——道德层面上的。

凌秋说得对，权势者哪有善人，所有甜头都是涂在皮鞭上的蜜糖罢了，而他们这些贱民的宿命相当固定，要么彻底堕落，要么选择与权势同行。一旦走上第二条路，那往后余生就是舔糖、干活、挨鞭子、再舔糖……无限循环。

安隅还没在心中感慨完，只觉得肩膀一沉，"咚"地就跪下了。

他一脸茫然地看着镜子里双膝跪地的自己，大片红色正从脖子后面的皮肤下蔓延开。

镜子里，羲德站在他背后，用两根屈起的食指捞住那根总重量200多磅、差点砸实在他后颈上的杠铃，惊讶道："你这具小破身板怎么还这么差啊？不不不，在53区时我也没觉得你有这么弱啊。"

羲德比安隅上次见他时瘦了一些，衬得那双眼睛更明亮犀利，他困惑地低头看着安隅，看了一会儿后忽然大笑出声，像安隅放筷子那样随手把杠铃放在一边地上："难怪律要把蒋枭换掉，他都锻炼你什么了？"

安隅扶着膝盖勉强站起来："意志力吧。"——忍受变态的能力。

他一边起身一边瞟着羲德的手臂——在他拿放杠铃时，大臂的肌肉只象征性地动了一小下，甚至可以理解为没动。

羲德洞察了他的想法，扬眉笑道："不要和我比，我的畸变方向是凤凰，就算没显出翅膀，作为人类的上肢力量也早就获得了极大增益。"

安隅无言看着他，他思索了一会儿："其实你练肌肉没有意义，你只是个脆弱的人类，再怎么练也就那样了。不如练体能吧，提升爆发力和耐力。"

安隅松了口气："好。"听起来简单很多。

二十分钟后。

"呼——呼、呼、呼——"

安隅仰躺在地上，双眸涣散地看着天花板的镜子，那里面有一只"死狗"，"死狗"的心脏正在嗓子眼反复探头。

羲德笑眯眯地捞起他的终端："生存值没有波动，但系统提示你低血糖了。我发现你比一般人消耗快啊。就你这身体，十个奶妈编队也不够。"

安隅躺在地上，艰难地侧了侧头，看着他向外面的自动贩卖机走去。

长官说过，羲德是少见的极度认可并依赖畸变身份的人，因此他从不刻意收敛畸变体征，心情朗明时，走起路来周身会随着呼吸散发出一簇簇火焰般的赤色，明明没有显出翅膀，肩胛轻动的形状却让人仿佛看见了一对巨翼正随着呼吸鼓动。

安隅忍不住回忆起振翅在53区上空的那对流火巨翼，不知那些炙热的火焰能否融去极地的一角冰川。

几分钟后，安隅坐在训练室的角落里，小心翼翼地撕开了冰淇淋的包装纸。

羲德太过分了，竟然用他的终端去给他买补给，事先都没征求他的同意。

支付系统更过分，20积分以下竟然免密支付。

而这支巴掌大的小甜食竟然要14积分？！

裂开的巧克力脆皮忽然向下滑了半寸，里面浓郁的奶浆向下滴落，安隅立即用嘴接住。

金眸倏然一愣，瞳孔缓缓地放大了。

"怎么了？"羲德挑眉，"你不喜欢吃冰淇淋吗？"

冰凉丝滑的奶浆顺着喉咙流淌下去，安隅用舌头轻轻抿断巧克力脆皮，安静咀嚼。

"好吃。"他轻声说，专注地盯着手里缺了一角的冰淇淋。生气在那双眼眸中蔓延，镜子里，那双眼中竟然少见地染上了一丝满足的笑意。

"凌秋……我之前的邻居，来主城后应该也吃过这个。他一定也喜欢。"安隅轻声道，"我的面包店以后也要上几款冰淇淋。"

羲德很新奇地打量着他，漫不经心地往镜面上一靠："我们搏也喜欢这玩意，不高兴了就用这个哄一哄，你们这些小孩都一个样。"

安隅小口小口地咬着冰淇淋，含糊道："搏似乎与您同龄，安和宁也是，只是他们两个来晚了两年。"

"是吗？"羲德"啧"了一声，不甚在意地笑道，"那就是他们太幼稚了，为了监管好他们，我都把自己的年龄忘了。"

羲德的光芒太强势，确实会淡化人们对他年龄的感知。

安隅看着他手上拎着的一罐酒精饮料，有些恨——那也是花他的积分买的，18积分。

"您不吃冰淇淋吗？"他叹了一口气，冰淇淋虽然也贵，但比这玩意还是便宜几块的。

羲德闻言敛了笑意，漫不经心地摇摇头："讨厌那些冷冰冰的东西。"

安隅突然想起，传言中，羲德童年时期被开冷饮店的继父锁在冰库虐待，极度憎恶一切冰冷的东西，也包括冷食。

"对了。"羲德的不悦一瞬即逝，转而又开怀地笑起来，"为了欢迎典的到来，后天晚上有高层聚餐，律跟你说了吗？去典那一层吃火锅，热腾腾的，帮他暖房。"

"暖房？"安隅迷茫了一会儿，从记忆里扒拉出这个古老的习俗，"可是典前天就搬进来了。"

羲德随意一点头："本来要等人齐，定的是今晚。但今天主城突然预告要全城静默，也包括主城外围的尖塔，所以只能往后延期。明晚……哦，明晚是教堂的孤儿院夜祷会，典说想去看看，所以最终就定到后天了。"

安隅困惑："静默是什么？"

"就是断电断能，切断信号和网络，全部活动停止，大家各回各家老实睡觉。"羲德打了个哈欠，"离主城很近的最内圈有两个饵城发生了畸种入侵，按照惯例，主城会将穹顶系统开到最大运转功率，并全城静默。好在这次没有超畸体，就是一些畸

065

种捣乱，军部的人已经清扫得差不多了。"

"断电？"安隅愣了一下，"要关灯吗？"

"嗯，怎么了？"羲德将喝空的易拉罐一捏，随手投进远处的垃圾桶，"正好是晚上，关灯睡觉，不影响。"

安隅看着光秃秃的冰淇淋杆，迟疑着"哦"了一声。

*

晚上九点，主城上空响起九声警示音，而后全世界在一瞬间黑掉了。

外面还有一些月光，安隅摸黑走上塔楼顶端，从窗口向外望——整座主城在夜空下几乎隐匿，那些灯火璀璨的高楼大厦仿佛不见踪影，路上的人也似乎在一瞬间消失了。

明明只是断电，但主城的声音也戛然而止，四下静默而压抑。

身后传来脚步声，安隅回头。

搏手上拎着两罐可乐正上楼，看到他愣了下。

"您在这儿？"搏脚步停顿，"那我……"

"我要走了。"安隅连忙说，将窗边有着淡淡月光的位置让出来，"你来吧。"

搏恭敬地朝他低头。安隅沿着台阶往下走了几步，又被他叫住。

整座尖塔都静悄悄的，搏也在不经意中压低了声音："听说长官今天给您上课了，他的心情怎么样？"

安隅想了想："抱歉，我看不出他有什么反常。"

"那就好。"搏无声地笑笑，随手将另一罐可乐抛给他，朝他隔空晃了晃饮料，"上课时请多和他说说话，辛苦您了。"

"好。"安隅点头，"他给我买了冰淇淋。"停顿了下，又补充道，"用我的钱。"

搏长松一口气："那很好，谢谢您告诉我。"

他说着朝安隅鞠了一躬，便转身对着窗外喝着可乐发呆了。

安隅在原地多停留了一会儿，没察觉出对方有任何替长官买单的意思，只能闷闷地下楼。

终端已经无信号离线，他借着屏幕微弱的光回到自己房门外——门口的地上多了一个盒子，是他为长官购买的新手套。

整个199层也黑骏骏的，长官的房门紧闭，里面没有透出一点声音。

安隅犹豫了一下，推开门回到自己的房间。

黑暗中，秦知律安静地躺在床上。

他的新终端已经没电了——毫无电子产品使用常识的监管对象显然在拿到之后摆弄了很久并忘记了替它充电。此刻整个房间里没有任何光源，只能闭目听着自己的呼吸声。

枕头边上传来熟悉的药膏味道，秦知律闭着眼睛侧过身，摘下手套，拧开盖子挖了一坨涂在掌根破皮处。

基因诱导试验会在全身制造大量皮下出血，尽管大脑医护人员会在试验结束后妥善照料伤处，但有一些淤血会延迟撑破皮肤，在试验结束后的几天内，常常会突然又爆开小伤口。

之前秦知律以为这是自然现象，但见过安隅后，他的想法又动摇了——在53区，他一直留意着安隅身体上的大片淤血，那些紫红色只隔着一层薄得惊心的皮肤，他本以为安隅随时会血爆，但他一直撑到最后也没有——身上所有的伤口都是在战斗中摔打出来的，那具人类身体就和身体里的灵魂一样，看起来脆弱极了，但却有着超然的韧性。

他闭着眼睛又转回平卧的姿势，回忆着安隅熟睡时规律的小动物般的"呼——呼——"声，努力无视头痛，酝酿睡意。

门外忽然响起拘谨的敲门声。

闭着眼睛的秦知律深深拧起眉头，有那么一瞬，他的意识恍惚，以为自己回到了实验室。

"长官。"一个低低的气声从门外响起，好像生怕被他听见。

秦知律停顿数秒，而后猛地坐起，愕然看向门口。

"您睡了吗。"外面的小动物似乎把耳朵贴了上来，门上传来摩挲的声音。

秦知律下地，拉开房门，安隅正举着一根蜡烛站在门口，另一手托着个巨大的黑盒子，胳膊下夹着那只章鱼陪睡玩偶。

067

"长官,我睡不着。"烛光在那双金眸中轻轻波动,看起来一如既往的无辜,他小声带着一丝乞求般地问道,"能不能一起待会儿?"

如果秦知律是刚刚认识他,就要信了。

59　同类舔舐·下

　　安隅很自觉地搂着章鱼玩偶占据了沙发。

　　蜡烛放在床头柜上，借着微弱的烛光，秦知律把手套从盒子里拿出来。他的柜子里常年备着几叠新手套，手上那双就是今天才新换上的。

　　他不动声色地换上监管对象送他的这一副，却敏锐地察觉出一丝不同——右手食指指腹处似乎有一层轻微凸起的纹饰。

　　他将手指伸到烛焰旁，注视着那一片小小的雪花。

　　"工作人员说，同样的风衣和手套您有很多。所以我做了一个记号，以免日后您想不起来我还过您送我衣服的礼了。"安隅顿了顿，又低声补充，"这个定制450积分。"

　　秦知律用没戴手套的左手摩挲着右手食指的那枚雪花："如果我没记错，高分子材料的衣服，我整整送了你6套。"

　　"我知道。"安隅有些不自信地挪开视线，"我最近从诗人那里买了很贵的东西，等面包店多赚一些钱，再多给您买几副吧。"

　　"买了什么？"秦知律随口问。

　　"一本教人中彩票的书。"安隅谨慎道，"现在看来，应该有点用。"

　　"中了吗？"秦知律问。

　　安隅叹气："因为我的一些错误操作，这次没有。"

　　秦知律没吭声，安隅偷觑长官的脸色，隐隐觉得长官陷入了一种无语的情绪中，连忙说："典也建议我先把书留着，说不定以后真的会因为它发达。"

　　"离诗人远点，黑塔总觉得他不对劲，只是一直没找到异常点。"

　　秦知律将另一只手套拿出来，发现小雪花只有右手食指有，左手则是一只普通手套。

069

"为什么选择雪花图案，便宜？"

安隅轻轻摇了下头："因为雪被认为不祥。"

秦知律倏然抬眸。

他们隔着不远不近的距离，在那一簇轻微波动的烛光下对视。

"不祥，就像我一样。"安隅望进长官那双漆黑的眼眸，轻声道，"也像您的手一样。"

幽暗的空间中，那双金眸却被衬得更透澈了。

有那么一瞬，秦知律觉得自己注视的不是一双眼眸，而是一星光晖，是某个庞大的东西诞生之际留存下的小小印记。他一恍间脑海里响起从前的声音，十六岁的他在回答心理医生温柔的提问时，看着自己的手，轻声道："罪。"

这双手，这根扣动扳机的右手食指，送走了太多生命。那些畸变生物，意志弥留的人类，那些倒在警报声中的守序者，他的父母，还有妹妹……无数鲜血与命运在指尖纠缠，而在无数次重新上演的选择前，他都冷酷地扣下扳机，斩断一切。

安隅低低的说话声把他的思绪拉回晃动的烛焰下。

"您告诉过我，这些伴随畸变降临的东西其实不是雪，每一片酷似雪花的东西中都有科学无法破译的频率，也许那里藏着一个无法探及的时空吧。凌秋总是说，每当我睡着，世界上就有某个地方遭受风雪侵袭，会有畸种，所以我得把自己藏好，不能被别人发现我是个不祥的家伙。那时我不太服气，但现在，53区、孤儿院，这两个我生长的地方都遭受了灭顶之灾。"安隅被巨大的章鱼玩偶挤得快要掉到地上了，他往沙发上挪了挪屁股，把章鱼往旁边挤了挤。

秦知律深沉地注视着他："你到底要说什么？"

安隅低头抱歉道："我只是觉得人们对这个世界正在发生的事了解太少了。被认为是不祥的、罪恶的，也未必真如所想吧。"

"倘若真是罪恶，也不是一人的罪。"他摊开手掌看看自己的掌心，"至少，我也罪孽深重。"

他话音落，对面那双黑眸似乎震颤了一瞬。

安隅不确定自己能否安慰到长官，他甚至说不清为什么要这样做。比长官过得苦的人太多了，他以为自己早已看惯，却久久难以忘记在探入长官回忆时心中的沉痛。

他确实是个没人性的家伙，只有两次曾感到心痛：第一次是亲手送凌秋离开，第二次是旁观长官的从前。

凌秋没来得及听到那声哥哥，所以在从记忆中出来后，他立刻拥抱了他的长官。

"很抱歉，我好像依旧没有太多人性，只有本能。"安隅低声道，"但我会继续学习的，长官。"

秦知律倏然起身，几步便来到他面前。高大挺立的身影遮住了烛光，安隅抬头，皮手套顺着他的鬓角轻轻摩挲了一下他的耳朵，皮革触碰到耳后那枚常被他遗忘的旧疤，他瑟缩了一下，视线落在秦知律嘴角那枚小小的疤痕上："我很多年没用镜子照过耳后了，您说的那道疤……"

"和我嘴角的很像。"秦知律轻轻摩挲着那块皮肤，"但比我的大一些，颜色也更深一些。"

安隅点头："我用您的权限去看过尤格雪原的资料了。"

"怎么想？"

"您怀疑我是那个畸变的女科学家的孩子吗？"

秦知律沉默了许久，放下手道："有过一瞬间的想法，但不太说得通。三周的胚胎只是一团细胞，没有离体还在垃圾场成长为婴儿的可能。即便用你异于常人来解释，可詹雪的异能是精神摧毁或是诅咒，畸变特征是眼球，这些你都没有。"

安隅顿了又顿，还是把那句话说了出来："如果可以做基因鉴定……"

"人类没有留存她的基因。"秦知律叹气，"这是被恐惧催生出的愚蠢。詹雪是第一个超畸体，人们只想着彻底消灭她，越干净越好。明明谁都有可能成为第一个超畸体，但人类对她的恐惧和仇恨从未停止，他们深度解剖了她的尸体后就丢进热堆焚烧殆尽，就连她遗留的东西，至今都还有一些在被搜索和销毁。"

安隅愣了愣："二十多年了，还有什么遗物？"

"她做科学家期间和很多高校都有联系，四处演讲座谈，总会触碰一些图书馆文献或留下手札教案，要逐一排查。这件事很耗时，大脑安排了几个闲散人员，一直在断断续续地扫尾。"

"哦……"

涉及高校，就超过了安隅能聊天的范畴，他下意识地搂紧章鱼玩偶。秦知律却忽然伸手抓住章鱼的头，把玩偶从他怀里扯走，拎到面前看了一会儿，冷声道："丑东西。"

071

安隅立即抿紧嘴，把正要套瓷的那句"这个玩偶和您表达章鱼基因时很像"给咽了回去。

粗壮的章鱼触手们无辜地在空中晃悠，秦知律随手把它丢到床上："去床上。"
"啊？"安隅愣住，看看他，又看看趴在床上的章鱼玩偶。
秦知律伸手指指安隅屁股下面的沙发："我睡沙发。"
"这……不太好吧。"安隅起身坐到床上，捉起一只章鱼脚在手里捏着。
秦知律冷淡地在沙发上躺下，两条长腿一伸开，脚踝就从扶手上支了出去，他冷着脸问："到底是谁告诉你要讨好……算了，是凌秋。"
"嗯，凌秋说，大人物的脾性千奇百怪。"安隅在长官柔软的大床上躺下，嘀咕着拉过被子盖在身上，被子里还残留了一些温度，他下意识把自己裹紧，"比利总是对我旁敲侧击，有点烦人。"
"……"
"长官，您还在听吗？"
秦知律的声音冷得好像回到了初见时的雪原："一个纠正。不仅是不用这样对我，是对谁都不用。"
"哦。"安隅顿了顿，"明白的。严希说我现在应该适度考虑尊严和羞耻，毕竟我已经没什么生存压力了。"
"有也不行。"
"哦。"安隅抬头瞭了一眼床头柜上的蜡烛，伸手轻轻把它往沙发的方向推了推。
"吹了吧。"秦知律闭着眼睛道，"我每次接受诱导试验后确实不喜欢漆黑的环境，但今天还好，不是一个人。"
话音刚落，安隅就"呼"的一声把蜡烛吹灭了，似乎很不习惯那玩意。
"晚安，长官。"
秦知律没立即回应，他挤在沙发上闭目养神，过了一会儿，忽然有些无奈地低笑了一声："不仅是看了我的记忆吧。试验结束后会失眠，开灯睡能缓解一些。这是大脑一小部分负责我的研究员才知道的机密，你是怎么套到话的？"
没有回答。
秦知律侧耳倾听，漆黑安静的房间里，渐渐响起规律轻长的呼吸声。他面无表情地转过头，在黑暗之中，看着自己床上鼓起的那个轮廓。

*

安隅醒来时,天光大亮,主城已经恢复如常。

秦知律不在房间里,他睡眼蒙眬地拖着章鱼玩偶离开长官的房间,一推门,和站在他房门前正要敲门的比利打了个照面。

比利那双鸟眼一下子瞪得溜圆。

安隅打了个哈欠,从他身边挤过去:"早。"

"行行行。"比利动手把咧到耳朵根的嘴角摁了回去,把给安隅带的早饭放下,"咳咳,那个什么,严希来接你了。"

安隅半闭着眼完成洗漱,咬了一口厚厚的三明治。其实他不太喜欢口感很丰富的食物,他就喜欢嚼粗糙单一的面包。他三两口把三明治吞了:"长官呢?今晚教堂有给孤儿院的夜祷会。"

"最近外面不太平,涉及畸变,他要参与黑塔决策,让你和典一起去夜祷会。典没有感染风险,可以自由出入主城。"比利又问道,"他心情怎么样?身体恢复了吗?"

"啊?"安隅大脑卡壳,反应了好一会儿,"可能……都不太好吧。"

"哦……"比利说,"那你要多关心他。"

"我已经很努力了。"安隅一边往电梯走一边嘟囔,"凌秋教的,祝萄教的,能用的招我都用了。"

比利眼珠子要掉地上了:"祝萄教过你!"

电梯门在安隅和比利之间缓缓关闭,安隅诧异道:"怎么了?"

"我是说……"

电梯门关闭的瞬间,整个世界安静了下来。

安隅面无表情地伸手和比利拜拜,看着那张满面猴急的脸随着电梯门关闭而消失。

然而电梯只下落了一秒就开始减速,停在198层。

流明走进来,和上次一样,那对美丽的明眸只淡淡瞥过安隅,便背过身去按下了健身房的楼层按钮。

他嘴边比之前多了一圈金属纹饰,嵌入皮肤的金属片环绕勾勒,像一圈圈美丽诡谲的声波。

073

尖塔有不少守序者会在身上安装辅助科技，但安隅还是第一次看到嵌在嘴周的。那一圈圈清冷的银色金属很衬流明的气质，和他的清冷高傲融合，又多了一丝安隅说不出的味道。

他低头给比利发消息，比利回复道：那叫禁欲气质。

安隅蹙眉：什么意思？

比利：你不懂。也别问。流明很傲慢，交流难度极大，不适合你这个社交新手。

安隅：哦……那东西是装饰品吗？

比利回复：当然不。流明的畸变型是花豹和血雀，据说他在蝗灾任务中将花豹的追踪、爆发攻击、奔袭能力发挥得惊艳极了，除此之外还展露出一些源于雀类的声音干扰能力，一旦开发好，那就是能跨越高原、沼泽、天空多地形任务的人才。但他的声波有些弱，也表达不出羽翼体征，炎花了大价钱为他打造了镶嵌在面部的金属扩声器，为他的声波增伤，此外还有一对专属于他的机械羽翼正在研发中。小道消息，嘴唇周围那几个金属片片要一百多万积分，其实没必要做得那么漂亮，但炎是完美主义者，快把研发人员逼死了。

安隅被"一百多万"惊得一哆嗦，手忙脚乱，总算没把终端掉到地上。

流明听到声音，回头瞟了他一眼，淡淡开口："小心点。"

"抱歉。"安隅连忙说。

等流明转过去，安隅继续和比利发消息。

【流明声音很好听。】

【那可不，毕竟是时代巨星啊。据说炎关注他很久了，只是从前他没畸变，炎就没有靠近罢了。】

【那双机械羽翼多少钱？】

【不知道，还在研发中，据说设计费已经近百万了。炎真是大手笔，不愧是主城第一豪门唯一留下的继承者。】

安隅对着屏幕沉默了一会儿，笨拙地截下屏，发给长官。

秦知律似乎在忙，安隅一直等到在面包店街口下车才收到回复。

【你的面包店九千万，扩建到隔壁便利店七千万，扩容装修费现在已经花了一百多万。有什么问题吗？】

安隅在拥挤的人群中一个急刹车，立即回复：没问题，截图是手抖发错了，我只是向您问早安。

【嗯，早。】

终端顶部弹出通知。

【积分转入】律刚刚转入2,000,000战绩积分（附言：扩建后买四台新烤炉，再招两个帮工，别把麦蒂累死。）

安隅立即确认接收，犹豫了一下又发消息道：长官，您似乎没有义务支付面包店的设备费和人力。

【昨晚来安慰我的报酬。】

安隅惊讶了一会儿。

【那我今晚还去，行吗？】

【不用了。你睡得太香，吵得我更睡不着了。】

【我很抱歉……】

角落面包店今日上新，门口排队的人一圈套一圈，快要把整条街都塞满了。

安隅终于把自己挤进店门，却见一个熟悉的身影正在柜台前点单。

"新品蜡烛饼干，树桩面包，各五只。又限购啊？那各三只吧。哦，还要两只角落面包。"

郭辛点完单，一回头看到安隅，惊喜道："哎！是你啊，好多日子没见你来店里了。"

这位"年轻的老头子"比之前见面时拾掇得体面了一些，以安隅的眼光来看，虽然还穿着格子衬衫，但布料的质感好了不少。

安隅下意识扭头看了看对面大楼电子屏上的虚拟偶像莫梨，"噢"了一声，干巴巴地打招呼道："你现在不做面包黄牛了吗？"

郭辛也看向大屏幕，眸中蓄起光点："用不着了，我的莫梨问世了。"

"原来她是你做的，是你一个人做的吗？"安隅有些惊叹，"我还以为她需要很高的科技。"

郭辛冷脸看向他："你似乎在骂我。莫梨确实需要很高的技术力，一整个团队共同实现了她的代码，但我是核心设计人员，她就是我的孩子，她会成为我的眼睛，透过网络，代替我看到全世界。她无所不能，我也将无处不在。"

075

安隅听不懂，只能毫无感情地点头："真厉害，祝您成功。"

郭辛接过许双双递来的面包袋，笑着拍拍安隅的胳膊："再厉害，不也天天起大早在你的店门外排队吗？生意兴隆啊，老板。"

安隅看着他一路小跑冲进对面的写字楼，又瞅了一眼屏幕上还在睡觉的美少女。

排队的人都在和熟睡的莫梨合影。

安隅不懂，早知道直播睡觉就可以赚足主城的钱，他一早就该来主城。

"老板来啦！"许双双热情地从柜台后冲出来，"正好，发您备选的三款新品不是通过了两款吗？官号还没正式宣发，面包描述卡的图片已经做好啦，您写个官宣文案吧。"

安隅点头接过她的手机，而后对着屏幕上被狗追着跑的小女孩皱眉。

"这是什么？"

"我的虚拟女儿呀。"许双双点着小姑娘的头发，屏幕上顿时弹出一个气泡框：别搞我了，忙着呢！今天AI概念股和消费股领涨，你重仓的能源股已经跌停。

安隅看着许双双的眼神顿时犀利了起来。

"咳咳。"许双双尴尬地把手机拿回来，"那个，隔壁研发莫梨的公司又出了个傻瓜操作的小程序，导入照片、性格参数、一些对话记录，可以自动生成一个新的虚拟小人，现在好多人都养着玩。当然啦，和莫梨没法比，莫梨可是能同时和几十个人互动不冷场呢，她已经生长出了自我性格和智慧。"

她把小程序发给安隅："您看看，您也可以按照自己的照片捏一个儿子什么的，哈哈。"

小程序在屏幕上自动弹开，第一步就是上传照片。

安隅在相册里翻了半天，他的相册里没有人物照片，于是随手点开长官的头像，截屏，上传。

系统扫描了片刻，弹出下一条指令。

【请分别输入TA的名字、您对TA的称呼、TA对您的称呼。】

安隅随便输入了"小章鱼秦知律""长官""安隅"。

【请选择物种。】

这东西怎么和孤儿院的登记流程有点像。

安隅在人类和章鱼之间犹豫了一会儿，还是选择了"章鱼"。

【请勾选三个最突出的性格标签。】

安隅选择了"严肃""气势逼人""不爱笑"。

【请滑动以下标尺，将指针停留在你认为TA与你的关系远近程度上。最右代表"亲密无间"，最左代表"极度憎恶"，中间代表"毫无感情，认识而已"。】

安隅犹豫了一会，标尺从最左一点点向右挪，挪过中间一点点后停住。

【系统识别你们的关系为"能聊几句"。】

安隅继续向右挪一大截。

【系统识别你们的关系为"无话不谈"。】

安隅犹豫了一会儿，又往左挪了一截。

【系统识别你们的关系为"比较熟悉"。】

安隅皱眉，又试探着往右移动。

移来移去，"无话不谈"和"比较熟悉"之间似乎只有一个标签，他只好迟疑着让标尺停在了那个标签的范围内。

【已确认，你们的关系为"迅速发展"。】

很快，屏幕上就出现了一只二头身的"章鱼人"，长着秦知律的脸，严肃地盯着安隅，盯足半分钟后，忽然有些不自然地冲他笑了0.5秒，又迅速恢复严肃。

安隅惊讶，好像效果还可以？

【请上传对话供AI学习，真实存在的截图、录音、文字输入均可！】

安隅把和长官的日常对话一一截屏，又调出终端随机录音留存的任务语音，过滤掉有任务内容的，剩下的一股脑传了上去。

很快，学习完毕的"章鱼人"发来了第一条屏幕讯息：你为什么要把我做成AI，知不知道这有可能构成泄密？

安隅震惊抬头对许双双道："好厉害啊。"

"对啊。我女儿已经能帮我处理不少投资决策了，她的脑回路和我一模一样。"许双双打了个哈欠，"你是比着自己捏的吗？正好，可以让它替你想个宣发文案，科技造福懒人，哈哈。"

安隅点头，认真把两款新面包的描述卡都拍下来上传到对话框里。

【长官，这是之前和您说过的新品，可以请您帮我想想官宣文案吗？】

077

【这种事情丢给比利。长官不是做这个的。】

"太像了吧……"安隅目瞪口呆,继续敲字。

【比利和我一样,没什么文化。求求您了。】

【……凌秋说得没错,你果然是废物一个。】

"呃。"安隅又迟疑地对许双双道,"好像也没做到完全一致。"

长官从来没有这么直白地抨击过他。根据他对长官的了解,这种情况似乎也不会发生。

【算了。帮你一次,下不为例。】

安隅眼睛一亮:谢谢!

几分钟后,角落面包店的社媒官号发表了一条新公告。

角落面包

本期上架两款新品"不肯熄灭的蜡烛饼干""守护者荆棘树桩面包",详见帖末面包描述卡。

老板的AI附言:面包只是填饱肚子的东西,描述卡扫一眼便罢。不要沉湎于他人的过往,将慈悲留给重要之人,勇气与爱静待未来。

【安隅面包日记】

03 来自孤儿院的新品之二

扩建中的角落面包似乎开始火力大开。

蜡烛饼干的热度刚起,小黑板上紧接着出现了第二幅新品手绘情报。

【守护者荆棘树桩面包】

面包壳坚硬,融合100%可可液块,非常苦涩。但掰开它,松软的面包芯层层叠叠,仔细品味,有淡而难忘的甜。

大树被风雪摧倒,只留一根无力的树桩。它执拗于继续荫蔽四周,努力伸出残枝,却不料那上面的荆棘将泥土里奄奄一息的种子翻得更加破败。

但即便不被感激,不可否认,它仍是一位诚挚的守护者。

友情提示:巧克力荆棘可能刺破口腔,但既然遇见,还请不要怨恨吧。

60　宿命交汇

"所以不要草率地加入狂欢,凝固的河流终有一日会恢复冲淌。它的脚步永不停滞,也绝无逆转。"

诗人换了一身黑色丝绸衬衫和长裤,捧着即将燃尽的蜡烛,迈入教堂中心的烛圈中。

他踏过遍地烛泪,将那枚小小的烛头放入中心巨蜡。

"逝去的孤儿无可牵挂。

"今夜,陌生的人们为每一个稚嫩的灵魂祝祷——

"愿与亲人重逢,再不受警惕与审视。

"愿伟大的造物记得他们曾受苦痛,赐予寸许安宁。"

安隅和典并肩站在人群中,双手合十,安静祷告。

闭眼时,安隅的脑海里没有死去的陈念和白荆,而是那位未曾谋面,却因他而死的019号收容员。

诗人引领众人诵读完最后一首平复忧思的诗,微笑道:"没有一片雪花会消融,正如每一分关怀都将留下无法磨灭的痕迹。主城,晚安。"

人群开始散去,安隅掏出终端,点了一下屏幕上的小章鱼人秦知律。

正伏案用十几只章鱼足同时处理文件的秦知律冷漠地抬头瞟了他一眼:有事?

安隅抿紧嘴唇,输入文字:您还没忙完吗?

小章鱼人放下了笔:人类面临的麻烦永无尽头。

这个AI好像比长官本人要装模作样一点。

安隅正要把终端收起，屏幕上又弹出一条长官的讯息：突然想起你还在教堂，我的事情处理得差不多了，去接你。

安隅忍不住连着戳了还在疯狂工作的小章鱼人好几下，输入回复：如果您能从屏幕里出来，我很乐意等您。

对方立即回了一个"？"。

典凑过来："你有意识到自己是在和真正的律说话吗？"

安隅勾了勾唇："这是AI，是不是很像真的？"

他想起典可能还不知道这个小程序，正要慷慨地分享一份，却见典严肃地看着他："这不是AI，最后两条不是。"

安隅一愣，心脏猛地打了个突！

小章鱼人的称呼被设定为"长官"，秦知律的消息也会被终端自动归入"长官"，搞混了！

他立即双手端起终端，谨慎打字回复：抱歉长官，刚才终端被许双双拿走了。好的，我在教堂等您。

典惊诧道："虽然大脑的人说过你智商很高，但你看起来不像是一个张嘴就说谎的人啊。"

安隅吁了口气："说谎是贱民争取物资活命的必备技能，我受过邻居系统的训练。"

典半天才把嘴合上。

"替我保密，别让长官知道它的存在。"安隅指了指屏幕上的小章鱼人，一边往外走一边说道，"我稀里糊涂地就跟着店员搞了这个，想销毁又有点不忍心，只能先养着。"

典点头答应，回头好似不经意地看了一眼正独自拾掇蜡烛的诗人，低声问道："他就是卖给你彩票书的那个人吗？"

"嗯。"安隅低声道，"他叫眼，基因熵正常，也没发生非生物畸变，但确实有一些洞察能力，和你有点像。但他更擅长洞察过去已经发生但未被人类知晓的事情，如果是预言的话，他不会想到太多的可能性。"

他介绍完，发现典仍在注视着眼，神色中透露着一丝困惑的意味，便问道："怎么了？"

从夜祷会起，他就觉得典总在有意无意地注视着诗人，只是典个子太小，站在人堆里，诗人从未向他看过来。

许久，典才摇了下头："说不清。总觉得很熟悉，好像在哪见过。"

他下意识地摩挲着手札的封皮，安隅见状询问道："这本书是必须一直跟着你吗？"

典收回视线，点头微笑："我两个月前在图书馆翻到这本旧手札，牛皮纸页很神秘，但里面是空的。我带回去折腾了一阵，以为它会像电影里那样用特殊方式就能显字，结果都不行，反而是我自己，睡一觉醒来后就和它混合畸变了。"

安隅问："怎么发现畸变的？"

"最初我完全没意识到，只是走到哪里都会下意识带上它。后来我爸妈问了一句，我才觉得有点不对劲。尝试毁坏它，不仅没用，还发现我心里想的事正接二连三地浮现在书页里。"典顿了顿，"那时我很讨厌它，但时间久了，我渐渐觉得它已经是我的本体，离不开了。"

他笑着抚摸书皮："这本书收容着我认知和还没认知的一切。书本盛放知识，也就等同于有收纳万物之力，如果每个人都难逃畸变的命运，那这应该就是我最好的结局。"

安隅看着他脸上平和的微笑，默默选择了闭嘴——用凌秋的话说，总有一些高级的人，活在他们高级的世界里，他人无法踏足。

他们刚踏出教堂大门，迎面就见到了熟悉的高大身影。

安隅立即问好："长官。"

秦知律大步而来，风衣衣摆上沾着黑塔特有的冷感空气香氛的气味，在安隅面前站定："店里的事处理完了？"

"嗯。"安隅下意识摸了摸口袋里的终端，为了防止小章鱼人突然说话，偷偷按下了静音键。

典问好道："律。"

秦知律随意一点头，又对安隅道："高层聚餐提前到今晚了，一起回去吧。"

"提前了？"安隅纳闷，"为什么？"

081

"34区出现了一些怪事,黑塔的人预研了几天,还不确定是否存在超畸体,军部已经提前出动勘查,如果真有问题,我随时要去。"

安隅一脸麻木:"长官,可我才回来了几天而已……"

"频繁透支你的体力和精神确实非我本意,所以你可以自己决定要不要跟着我。"秦知律说着,眉心轻蹙,"也不一定出任务,现在还很难说是畸变现象还是有人捣鬼,也可能是自然现象。"

安隅默默在心里祈祷不是畸变。

如果长官出任务,他必须得跟着。凌秋说过,对两种人不能出尔反尔,一是强势者,二是从未对你失信之人。秦知律算是把这两样占全了。

他叹了口气:"那先回去吃饭吧。"

秦知律点点头,抬头扫了眼教堂上的时钟:"八点四十三,还来得及。既然来了,我也燃一支蜡烛再走。"

安隅点头转身跟上去:"您在孤儿院还有其他认识的人吗?"

"没有。"秦知律目视前方,低声道,"为019。"

安隅脚下顿了一拍,轻轻"嗯"了一声,跟了上去。

祷告的主城人都已经走完了,只剩诗人自己。他背对教堂大门,站在楼梯下的阴影里收纳那些蜡烛。听到脚步声,他回过头,含笑的目光扫过安隅,落到典身上,竟错愕般地放空了一瞬。

但紧接着,他又看到旁边的秦知律,顿时收敛了笑意。

空荡昏暗的大厅里,只有他们四个。

错落的脚步声和回声交织在一起,教堂的大门在身后关闭,安隅突然顿住脚。

有种说不出的感觉。

他注视了诗人片刻,侧过头看看典,视线最终又落回长官的侧脸——除了眼对秦知律的敌意外,所有人都神色平常,没有察觉到任何不对劲。

但安隅却愈发觉得意识动荡,仿佛有某种介质在这个空间里突然消失了,上一次他有类似的感觉是在孤儿院A区睡巢外,当陈念要利用镜子机制杀死思莱德时,他洞察并想到应对策略的那一瞬间。

但所谓"瞬间"是别人感知的瞬间,他至今仍记得那种感觉——在那一刻,周围的空气仍然存在,但却仿佛被抽空了另一种介质,他度过了无比漫长的一秒钟,在那专属于他自己的一秒钟里,好像他想做任何事都来得及。

安隅视线向上,看向高空悬挂的钟表——秒针仍在安静规律地走动。

时间似乎并没有停滞,不知这种似曾相识却又在沉默中更令他心惊的时间错乱感是从何而来。

诗人独自站在楼梯的阴影里,与对面三人相峙。

他神色很冷:"祝祷已经结束了。"

秦知律好似完全不在意他的敌意,闻言便在离他几米之外停下脚步:"既然如此,那就先告辞了。"

诗人立即做了一个"请"的手势。

秦知律淡漠转身向外走,安隅和典一左一右跟在他身后。在他伸手推开那扇厚重的门时,典回过头,远远地与诗人对视。

"初次见面。"典轻声道,"我叫典,刚来主城不久,如果您不介意,之后我会常来教堂。"

眼对他重新展露微笑:"教堂每晚都有日常夜祷,我会一直在这里。"

他说着目光一转:"对了,安隅,最近我的灵感不错,画继续画了,还写了新的诗,如果您有兴趣,请随时光临。"

安隅轻轻点头。

走出教堂,安隅猛地透出一口气。

世界仿佛在一刹那恢复了正常,干冷的主城空气重新填塞进肺,让他有一瞬忍不住怀疑刚才的错乱感可能只是因为教堂里有些缺氧。

"你有觉得不对劲吗?"他低声问典。

典歪过头低声道:"诗人好像很讨厌律。"

"这不是不对劲。"秦知律不带感情地开口,"他一直这样,莫名其妙的。所以我很少来教堂,上次为53区而来,也刻意没和他独处。"

安隅摇头:"我说的不是这种不对劲。"

秦知律顿住脚:"你怀疑他畸变?"

"也不是。"安隅叹气,"算了,走吧。"

083

安隅坐上长官的副驾，典独自坐在后排，轻声道："我觉得我好像在哪儿见过诗人。"

秦知律从后视镜看着他："平等区附近吗？他至少有三年没离开过主城了。"

典仔细思索了一会儿，摇头："不是。自从和书混合畸变，我对自己经历过的一切都能完全回忆，可我想不到任何一个见过他的时刻。"

"他看着你的时候也有点奇怪。"安隅顿了下，"不是像看别人那样，眼神不同。"

典轻声道："他应该看着我，一直如此。"

他说完这话后愣了下，神情茫然，好像不明白自己为什么要说这话。

秦知律审视他片刻，发动车子道："诗人有些故弄玄虚，假如他之后真的畸变了，大概会是精神操控类的异能，不要被他影响了。"

"是。"

"是。"

安隅发现长官在聊起畸变时和别人都不同。那些会让上峰和研究员如临大敌的事情，在长官嘴里好像只是一件普普通通可预测的事故，这种状态让身边人感到无比安心。

车子开动时，安隅才想起去拉安全带，一个回眸间，他却愣住了。

挂在教堂外的时钟还在安静地走着——20:44，而此刻，车上屏幕的时间也是20:44。

如果没记错，长官进入教堂前说过，时间是20:43。而他们从教堂出来到上车说这几句话也至少要一分钟了，意味着刚才在教堂内部，时间确实是完全静止的。

"你听说过莫梨吗？"秦知律突然问。

安隅一个激灵，思绪抽回来，捏紧了口袋里的终端："没有。"

"没有？"秦知律有些无奈地看了他一眼，"就在面包店对面大楼的外墙上。严希和我说你最近融入主城生活融入得不错，他就是这么定义不错的吗？"

安隅后知后觉长官只是随口和他闲聊，而他却坑了严希，只能僵硬假笑，闭嘴。

"AI技术没什么新奇，大脑和黑塔已经在生物、通讯和武备领域将这门技术应用得很成熟了，只是在虚拟偶像领域，第一次出现这么完美的创造。"秦知律轻松道，

"现在还有个试用版的AI小程序，简单操作就能捏个角色出来，你也可以玩玩，让它多和你说话，锻炼一下聊天技能。"

安隅又把终端捏紧了，看着自己的鼻尖："我不会摆弄这些，长官。"

"可以仿照比利做一个，他话多。"

安隅沉默片刻："话多很让人焦虑。"

秦知律不过一笑："随你，只是突然想到了。"

安隅从座椅靠窗那侧回过头，透过缝隙，典向他传递了一个心有余悸的眼神。

*

三人回到典的房间时，长桌两边已经挤满了人。

深仰正在给潮舞绑头发，她肤色很白，蓝眸如深海般沉静，纤细的腰肢蕴敛着力量感，长发垂在腰侧，几乎要将自己环抱。和潮舞一样，她的头发也仿佛呼应着某种潮汐的节律轻轻运动，但潮舞的发丝是小幅度快速弹动，像急促的呼吸，而深仰的长发波动则如深海暗涌，缓慢有力。

她五指撑开一根皮筋，抬头对安隅和善一笑："初次见面，我是深仰，也可以叫我切利亚，随你。"

"你好。"安隅偷偷戳开了深仰的资料。

代号：深仰（切利亚）
尖塔5号高层
畸变型：高鳍角鲨
基因熵：14万（初始值）
战斗特长：深海旋涡、海洋生物吞噬
综合战绩：85亿

典凑过来低声道："高鳍角鲨是海洋食物链的顶端，据说人类一直没有摸出高效清扫海底畸潮的方法，每次都是靠深仰去生吞的。起初我觉得有点吓人，但黑塔的人告诉我，她是尖塔高层最温柔的一位。"

安隅毫不意外地点头，能吃饱的人一般都性格温和，这是必然的。

搏坐在潮舞对面，正戴着手套严谨地给羲德剥虾。宁原本打算帮安也剥一只，但刚递到安碗边，似乎在心里听到了安的拒绝，笑一笑把虾放进自己嘴里。

安一如既往地缩在白色的大兜帽里，不和人交流，独自抱膝坐在椅子上，一边望着窗外的夜色发呆，一边百无聊赖地挖着一杯布丁。

唐风在优雅而迅速地吃肉，时不时瞟一眼到处乱窜的祝萄："葡萄，别乱跑。"

"我要喝红酒。"祝萄终于找到了那瓶酒，肩头钻出一支葡萄藤蔓，轻巧地撬开了瓶塞。

他仰头对着瓶口灌了一口，感慨道："这瓶的原料葡萄长得真好……"

唐风有些无奈地推了推酒杯："不该先给长官吗？"

祝萄舔舐着唇角的酒液，抱紧了酒瓶："您不可以喝。"

"为什么？"唐风笑问，不等祝萄想借口，他朝身边空位一抬下巴，催促道，"快点回来。"

高层聚会比安隅想象中随意很多，无人在意律和主角典，大家各吃各的，混乱而热闹。

安隅挨着秦知律坐下，典就坐在他旁边，回答着大家好奇的提问。

根据他的观察，典虽然容易窘迫和羞涩，但他和人的沟通毫无障碍，轰炸提问显然没有给他带来任何压力。

尖塔的社交废物有且只有一个。安隅不由得叹了口气。

正在和炎讨论事情的律听到叹气声朝这边看了一眼，转回去继续听炎把话说完，而后拿起桌上最大号的一个碗，捞了满满一碗肉放在安隅面前。

安隅喜欢吃肉，这在53区是几乎吃不到的好东西，到了主城后，各种各样的肉类已经成为面包之外他的第二主食。

他闷头几口就把长官夹给他的肉吃干净，起身又给自己捞了满满一大碗。

秦知律又往他的碗里看了一眼，继续道："确实很难讲，34区没有探测到畸变波段，但受到影响的人越来越多。"

炎漫不经心道："只能是非生物畸变，人类现有的样本太少，当然找不到能对上号的频率波段。不过，先遣部队不是已经去探查了吗？等结果吧。"

"我宁愿人们真的只是神智异常，之前也有被畸种频繁骚扰的饵城人出现过群体PTSD现象。"秦知律淡道，"孤儿院的非生物畸变只是打造了一个小型的时空失序区，让全院的时间同步停滞，并且畸变者本人并无恶念，我们都是在极限状态下才完成了任务。可34区每个人受到的干扰都不一样，如果真是什么超畸体在作怪，那就很麻烦了。"

炎不过一笑："能救就救，救不了就算了。我早说过，我们都只是沙盘上的沙罢了，早在我爸和我哥死于非命时我就看清了，强大的沙或许能调节沙盘的平衡，但如果操盘者打定主意要掀翻它，它再努力也无济于事。"

他边说边随手切着一盘牛排，爬满手臂的黑色蔷薇刺青随着肌肉的动作起伏，银亮的牛排刀被他使得游刃有余，很快就将牛排切割成形状完美的小块。

"你的监管对象呢？"秦知律问。

"眠有新的任务，62区的沼泽被畸种污染，急需在畸变蔓延前净化，刚好是她的专长。"

秦知律道："我问的是流明。"

"在洗澡，快好了。"

秦知律点点头，没有深究："对了，黑塔的人希望炎氏能接管AI产业，找你聊了吗？"

"嗯，我会让手下人去聊投资合作。"炎倒了一小杯安隅看不懂标签的烈酒，一灌入喉，"我知道上边在担心什么，但那家小AI工作室胆小得很，在信息合规方面有严格的自我监管。他们已经在莫梨的底层算法中做了多重约束原则，第一，不得危害人类；第二，在不危害全人类的前提下，服从指令；第三，无条件听从自毁密钥。"

秦知律略作思索，"嗯"了一声，不再多问。

安隅捞了第五碗肉，刚要往嘴里扒，秦知律侧身过来低声询问："吃不饱吗？"

安隅筷子一僵："还好。"

他偷偷戳开终端，强行挪走了小章鱼人面前的电脑。

小章鱼人隔着屏幕朝他冷漠地一抬眉：你好像学得越来越没礼貌了。

安隅无视了它的批判，手在桌子底下打字：长官，如果我在高层聚会上吃得很多，并且无法融入大家的聊天，会让您不满吗？

小章鱼人没有立即回复，只是隔着屏幕盯着安隅，眼神从冷漠愠恼中逐渐柔和下来。

【不会。

虽然我确实希望你能控制吃相，但那纯粹出于担心进食过快引发疾病。

我希望你能无拘束地吃饱，能够相信自己永远不会再因饥饿而面临生存威胁。

这是我早就给过你的承诺。

至于能不能融入聊天，那也不重要，社会性与沟通能力是两回事，我对你的社会性不作硬性期待，也不认为有强迫你提升沟通能力的必要。】

安隅抬起头，秦知律刚好从起身的姿势坐回位子，拿走他面前的那碗红肉，换了一碗鱼虾和贝类："蛋白质来源要丰富点，羲德说你增肌有些吃力。"

安隅松了口气，低头往嘴里扒了两颗巨大的扇贝，大口咀嚼着那些弹牙的组织。

炎在一旁看了他们一会儿，笑一声，随手点开终端对秦知律道："他们现在急于出售的是那个傻瓜式小程序，试用版的算法精细度已经非常高了，你有试过吗？"

秦知律淡然点头："我上传了我和角落的日常聊天让它学习。"

安隅狂吃的动作一顿。

"然后呢？"炎饶有兴致地挑眉。

"解析失败。"秦知律神色平静，伸手越过众多烈酒，只给自己倒了半杯白水，"安隅的言行被认为随机、无规律、无可预测，小程序AI放弃学习，并建议我联系开发者，调用莫梨所在的中央算法。我拒绝了，强制它学习。"

炎闻言瞟了安隅一眼，安隅顿时产生一种被残暴的掠食者盯住的感觉，默默把碗端远了点。

"再然后呢？"炎问。

秦知律随手切开一块土豆芝士派，看见里面的大片火腿才意识到是祝萄做的，而不是安隅改良版，于是又放下餐刀："强行学习，只学到了很浅层的东西，没什么参考价值，我已经决定要销毁了。"

他没有再解释下去，炎也没多问。但安隅忍不住瞟长官的终端，瞟到第三次，秦知律把终端解锁推给了他。

屏幕上竟然是一只雪白的兔耳朵安隅。

安隅一下子想起大脑绝密资料库里给自己胡乱打的那些爱好标签，一下子有些绝望——原来就连长官都深陷在这些对他的误解中。

他无奈地戳了一下屏幕。

正在疯狂往嘴里塞面包的兔耳朵小人抬起头，迷茫地透过屏幕看着他。

【为您服务，一次100条面包，行吗？】

安隅发愣期间，秦知律伸手过来又戳了一下。

【80条面包也可以，您再考虑一下。】

再戳。

【150条面包两次。】

再戳。

【450条一周，1800条包月，最低了。】

再戳。

屏幕上的兔耳朵小人突然掏出了一把刀，对着自己的手腕。

【没有面包了，想死。】

再戳。

兔耳朵小人收起刀，眼睛变得血红，兔耳朵和白毛在屏幕上飞舞，神色倨傲。

【给我面包，求求您了。】

"你看看。"秦知律面无表情地看着安隅，"你日常的言行在AI看来有多诡异。"

安隅把那几个气泡框来来回回拖拉了几下，茫然抬头："这不是都很正常吗，长官。"

秦知律不说话，看着他。

"比如给您做面包、做土豆芝士派，别的也行。"安隅真诚地向长官抛出橄榄枝，"我可以不要钱的，也不要面包，就当维系和您的友好关系，请您随时找我。"

秦知律脸色逐渐凝固。

安隅瞟了一眼旁边的炎，炎正在对牛排进行二次切割，但似乎也同时屏住了呼吸。

安隅离长官耳边近了点，指了指屏幕："这个价格，差不多。"

其实他觉得AI有点狮子大张口了，两条面包就可以考虑，但长官很富有，可以多要一些。

秦知律深深地盯着他："你有意识到自己现在吃穿不愁吗？"

安隅点头："但可以冷冻后囤起来，等世界毁灭时拿出来。账户数字都是虚的，凌秋说过，摸得到的面包才是真理。"

秦知律冷着脸把终端从他面前拿走了。

安隅想，那个兔耳朵小人大概很快就会被长官无情地销毁。

他正觉得可惜，一阵若有若无的香气经过，流明神色淡然地从他身后走过，对着

089

长桌两侧的若干个空位犹豫了一下，还是走去了炎旁边的位置。

他和电梯里遇见时一样冷傲，没和任何人打招呼，只随意瞟了一眼桌上的菜色。

炎将牛排盘往旁边推了一下，他看着那些被精心切割的牛肉，只懒洋洋地戳了两下。

炎便不再管他，继续和秦知律聊着安隅听不懂的事情。

坐在流明旁边的祝萄说道："坐下吃吧，别拘束，大家都很随意的。"

流明礼貌而疏远地拒绝道："坐一天了，我站着就好。"

祝萄瞟了一眼他盘中未动的牛排，起身从远处的托盘里拿了两只锡纸托着的甜点来："我最近新鼓捣的杂莓派，要尝尝吗？"

"葡萄厨艺很好。"炎开口，"尝尝吧。"

原本已经伸出手的流明又临时改换了方向，只舀了一勺近处的蛋羹，神色冷峻地放入口中。

他似乎还没完全适应唇边那些声波状的金属纹饰，周围的皮肤有些泛红。

安隅终端突然一震，是祝萄发来消息：出现了，比你更难接近的人。我长官让我带他融入大家，可是好！难！啊！

安隅抬头，努力用眼神传递了一丝安慰，而后低头回复：杂莓派可以给我尝尝吗？我够不到。

祝萄：……可以。

除了站着的流明周围有些低气压，饭桌上的气氛愈发热烈。

安隅收起终端时，却见屏幕顶端的时间数字突然弹跳了两下，从23:58跳到23:59，而后迅速地，又回到23:58。

他以为自己吃晕了，正要收起终端，饭桌两边却突然鸦雀无声。

严肃的死寂笼罩了这个空间，刚才还在欢笑的高层和监管对象们不约而同地看向墙上的电子时钟。

23:58。

23:59。

23:58。

23:59。

23:58。

……

冥冥之中，仿佛有一只手，执拗地将本该迈入下一分钟的时间强制拨回，一次又一次。

不知多少个来回后，时间终于恢复了正常。

尖塔突然响起强制语音新闻："紧急通知，就在刚刚，全世界范围发生了设备错乱。如果您发现家里的电子时钟在23:58和23:59之间反复跳动，请不要惊慌。如果您身边有机械时钟，就会发现时间在正常流动，我们正在与电子时间服务器中心联络，将于今晚您睡觉时对全世界进行同步的数字时间修复。"

播报结束。

"只是电子时间错乱吗？"

炎轻轻戳了下终端，看着上面的时间——23:59。

书架上摆着的机械时钟确实已经来到了00:00。

秦知律不动声色地看了安隅一眼，安隅轻声道："长官，我没察觉到时间异常，应该只是像新闻说的那样，是设备故障。"

"未必。"

炎抬眸看向墙上已经恢复走动，但比客观时间慢了一分钟的电子时钟。

那双鹰眸锐利逼人，他盯着时钟许久，冷笑道："我倒觉得像34区那个东西，在向全世界展示肌肉。"

【废书散页】

30 交汇

那个时代已经远去，我却仍记得与那位宿命的朋友相见的第一面。

第一面很平常，我们没有太多交流。

甚至在场所有人，都没对彼此多说几个字。

只是一切尘埃落定后，我才恍然意识到，一次剧烈而可怕的重逢，降临在那个平常得有些沉闷的傍晚。

或许冥冥之中早已注定，我们四人会在一切到来前，以平和沉默的方式，短暂交汇。

【碎雪片】

靳旭炎（1/6）人间沙盘

我常觉得世界是一个巨大的沙盘。

风来风走，沙拢沙散，无论怎样变换，观赏就好。

如果觉得观赏不过瘾，那就让它按照自己的心意去演变。

哪怕，我也是沙盘上的一粒沙。

2138年，我、父亲、大哥同时畸变。

我们的畸变基因型都是黑虎，但我比他们多了一种黑蔷薇。

大脑说，黑蔷薇会让我具备精神异能，或许正因如此，只有我保留了人类意志。

他们则意志沦丧，成为我做守序者后处决的前两个人。

我杀死了财团主席和准继承人，这座庞大的商业帝国落在了我的肩上。

所有人都在嘲讽"次子捡漏"，可坦白说，我有些遗憾。

因为即便没有这场意外，这也是本应注定的结局——是我暗中推演多年的结局。

苦心做局多年，还没开始运作，上天已经把我想要的东西变成馅饼砸给了我——再次向我证明，我只是一粒沙。

冥冥之中，只有那个东西有真正操控沙盘的能力。

沙子，掌控不得。

亦不得挣脱。

【碎雪片】

靳旭炎（2/6）舍不得

我不是什么善良的守序者。

秦知律、上峰、顶峰，都深知这点。

无情财阀、残忍暴虐是外界贴给我的标签，我不否认。

他们默许我如此行事，因为他们知道，这对我和人类都有百利而无一害。

我见到过很多很多各式各样的人型畸种，但只在看到那个人的一瞬间，我感觉到情绪发生了变化。

那是前所未有的平和与宁静。

照然。

我很认真地思考过，作为尖塔2号高层，以及手握能源和基建产业的财阀，是不是无论我做什么，上峰都会默许，甚至暗中替我操作一番。

在这样的时代，即使与我接触，那个人类也不应当有太多怨言。

可一旦与我接触，他极大概率会畸变，随后失智。那样的平和宁静，只能是很短的一瞬。

我会获得短暂的心绪平和，然后看到一个巨星因我而陨落。

坦白说，很可惜。

所以我只会远观他走上主城的舞台，被所有人的欢呼包围和宠爱。

——但是，绝不会主动踏足他的世界。

【碎雪片】
靳旭炎（3/6）驯豹（1）
他畸变了，畸变方向是豹和雀。

畸变并不罕见。罕见的是他保留了人类意志，只是性子变得更桀骜难驯罢了。

很可惜的是，他不肯签守序者公约。

上峰沟通和测试了很久，最终认为他有潜在的反社会倾向，决定暗中处决。

——被我拦住了。

我的基因熵仅低于秦知律，虎能压制豹，更何况我还有黑蔷薇的基因型。

这一次，只有我能帮他。

61　无异常

零点后，晚餐结束。祝萄兴冲冲地要进行午夜派对，羲德见状当场连开十几瓶烈酒，潮舞则直接抱出了电吉他。

安隅直接被这种核爆式社交场景劝退了，他拿起地上的东西，跟着长官进入电梯。

关闭一半的电梯门又打开，炎和流明一前一后进来了。

秦知律随口问道："不和他们玩吗？"

"唐风和深仰是被强行留下的，高层里也就只有羲德愿意捧小孩子的场。"炎打了个哈欠，"噢，又忘了，他自己也是小孩子。"

流明沉默地按下楼层键，收回手时轻轻碰了下脸颊。

炎瞥过他脸上泛红的皮肤，说道："嵌入式装备的排异期很难熬，只有多去牵拉周围肌肉，让炎症爆发出来，烧一宿就好了，不然会被慢性炎症一直折磨着。"

流明仿佛没有听懂他的建议，依旧只字不语。

炎等了几秒后，伸手按下电梯等待键："想加入的话就去。"

流明看着电梯门缓缓开启，等到门全开后才目视前方道："没兴趣。"

炎的眸光倏然沉了下去，他定定地盯着流明，许久才收回视线，不再言语。

电梯门再次缓缓关闭，安隅垂眸看着鼻尖，隐约察觉到这个密闭空间里暗潮涌动，时间流速好像发生了异变，一秒像一年那样漫长。

198层。

流明踏出电梯前，安隅才终于叫住了他。

他回过头:"有事?"

安隅递过手里的纸袋:"199层的欢迎礼物,送给你,和给典那份是一样的。"

做旧质感的纸袋上贴着一枚圆形封口贴,底纹是面包店街景,朴素的手写体写着"角落面包"四个字。

典在饭桌上拆过各层的礼物,流明已经知道袋子里都有什么了,但那双清冽的眸还是怔了一下,他停顿半晌,伸手抓过袋子,走出电梯:"谢了。"

电梯门重新关闭,秦知律开口道:"没说错吧,他不会拒绝。"

送面包是长官布置的任务,安隅吁了一口气:"您还有其他的社交指令吗?"

"暂时没有了。"

秦知律先下了电梯,199层的公共区域没开灯,只有墙壁上光线微弱的感应灯带随着他的脚步逐渐亮起。

安隅见他径直走向房间,便也向另一边走去。

秦知律站在房门口又转过头:"今天能睡着了?"

安隅正开门的手一顿,有些拘谨地"嗯"了声,又立即补充道:"今晚吃得很饱,应该能睡好的。"

秦知律沉默不语,站在几米之外看着他。

感应灯带在静谧中又熄灭了,一片幽暗中,安隅轻轻抿了下唇,忽然有些紧张。

昨晚他好像睡着得太快了,估计已经露馅。但这实在不能怪他,长官的床很软,被子也很舒服,又温暖,怎么可能忍住不睡。

他深吸一口气,决定坦白道歉,一转头却见秦知律笑了。

"晚安。"秦知律推开房门,又回头看他一眼,黑眸在昏暗中显出几分柔和,"好好睡觉。"

安隅怔了一瞬,立即点头道:"是。也请您务必好好睡觉。"

"嗯。"秦知律轻轻勾了勾唇,"会的。"

他手推着门,却没动,安隅发了两秒呆,有些莫名其妙地先回了房间。

关门时,他才听到隔壁同步的关门声。

安隅洗完澡出来,收到了两条祝蔄的消息。

【问了,典的生理性别保密,自我感知无性别。】

095

【很神奇吧,不仅是你,大家都后知后觉从来没考虑过他的性别,就好像在接触他时性别概念会被刻意淡化。】

安隅回了一个小章鱼惊呆瞪眼的表情包——表情包是他拥有终端后最感恩的发明之一,解决了多数聊天困境。他最喜欢的是这套小章鱼,之前窥屏长官手机,发现长官有收藏过一套兔子的,只是从来没见他发过。

第二天一大早,安隅被闹钟叫醒时整个脑子都懵成了一团。

闹钟下面备注着今日事项——上午有满满当当的四节体训课等着他。

果然,贫民窟对他而言才是天堂,而主城充满人间疾苦。

他悲痛地起身,闭着眼睛洗漱,终端放在旁边,自动播放着昨晚收到的消息。

有几条是祝莴发到高层群里的派对片段,所有人喧闹的声音都混在一起,吵得他更困了。

连着放了几个视频后,电子女声忽然严肃起来。

"黑塔通知:34区军部先遣小队已于凌晨5点30分返回主城,汇报无时空异常,无畸种痕迹,已初步排除34区畸变异象可能。因此,黑塔撤消任务预警,将继续与先遣人员核实细节,后续将派出心理治疗团队,对34区精神异常群体进行进一步了解。"

安隅长出一口气,这才终于对着镜子睁开了眼睛——不必出新任务,让今天的连续四节体训课都充满了希望。

他边鼓捣着桌面上的小章鱼边进了电梯,下到194层,冷不丁一抬头,被电梯外的场景狠狠震撼住了。

宁优雅地躺在地上熟睡,安抱着酒瓶倒在他身上;潮舞的头发基本铺满了整个客厅,唯独不见她人在哪里;搏穿着黑色丝绸睡衣,正小心翼翼地绕开地上的头发往外走;羲德坐在地上靠着沙发睡着,周身时不时蹿起一簇小火苗,就在安隅看过去时,刚好把潮舞的头发给点了。

安隅立刻按下急停键,却见典突然从屋里跑出来,睡眼惺忪地满地打转,走两步就弯腰掀开潮舞的头发,像在地板上找什么东西,路过着火的地方,随手拿杯水一泼,而后继续满地乱找。

他路过电梯门口,跟安隅打了个招呼:"早,你有看到我的一页手札吗?"

安隅将困惑的视线从小型火灾现场拽回来:"一页手札?"

典崩溃道："昨晚大家都喝多了，我说书和本人不会关联损伤，葡萄手欠非要试，撕走了一页！"

"很抱歉，没看到。"安隅摇头，"你的寿命会因此缩短吗？"

"当然不会啊。"

安隅困惑道："那还找什么？"

"呃……"典一声长叹，"它是我意识的一部分，我的身体不会受伤害，但我的精神会因此残缺一块，我的一些美好品德……算了，我跟你说不清，找到也黏不回去了，只能夹在书里，希望有用……可恶！葡萄！"

安隅爱莫能助，独自下楼吃早餐。

进到公共区域，他扣上兜帽，低头匆匆路过那些用眼神向他问好的守序者们，用两只手抓过面包堆满托盘，然后熟练地钻到最角落的桌子后。

许双双和麦蒂发来信息。

【老板早，请查收昨天的营业额和投资收益哦。这波上新后，我们日营业有145%的增长呢！】

【老板，按照您的想法，我正在研究角落特制蛋筒冰淇淋。昨天调了朗姆葡萄和燕麦可可两个口味，您有空来尝尝吧。】

安隅一一回复，然后点开社交媒体——今天热搜前两条依旧被莫梨包揽。

#电子时间错乱，莫塔先于黑塔预警#

#时间错乱引发莫梨焦虑，深夜上线直播#

安隅好奇地点开视频。

原来就在昨晚时间发生错乱的一瞬间，大屏幕上正在夜读的莫梨忽然抬起头，对着屏幕道："时间错乱了。"

她神情惊愕，放下书看向身后的时钟，很快又继续道："我的中央服务器告诉我，全世界的电子时间都在经历着相同的错乱，但全世界范围内摄像头捕捉到的机械时钟一切如常，你们得尽快上报人类相关部门处理。"

视频结束。

安隅被莫梨反应的自然和机敏震住了——见识过那么多顶级科技，这还是他第一次有毛骨悚然的感觉。

097

莫梨的言谈举止透露出，她清楚地认知到自己不是人类，但她是一个有着相同高级思考能力、有自己生活规律和爱好的另一种生命形式，人类提供的网络和算力让这种生命形式无比自由和聪慧。

第二条视频是直播选段，深夜一点半，莫梨忽然开了直播。她穿着睡裙抱膝坐在电脑前，戴着一只粉色的耳机，咬咬唇低声道："不知道该怎么说，时间错乱已经修复了，但我有些莫名的焦虑。睡不着，今晚加个播吧？你们有想听的歌吗？"

安隅感知不到这个女性角色的吸引力，但粗略判断出，如果凌秋还活着，大概也会为莫梨神魂颠倒——就像那些刷着铺天盖地"别怕""陪你"弹幕的观众一样。

安隅默默退出社交媒体，把剩下的面包吞了，正要离开，却迎面撞上刚进餐厅的典。

典已经穿戴整齐，但眼神还泛着宿醉后的茫然："你这么快就吃完了？"

"快吗？"安隅反而觉得今天因为看视频而拖慢了进度，"你那一页找到了吗？"

典呆了两秒："找到了啊。刚才不是告诉你了，你还让我藏起来吗？"

安隅："啊？"

"我夹了半天，总觉得会掉出去，你路过，告诉我夹不稳就找个地方藏起来啊……"

典正说着，安隅忍不住伸手摸上他的脑门："我邻居说过，酒精可能让人精神错乱，你要不要去大脑看看？"

"……那可能是我困得睁不开眼睛，认错人了。难怪听你刚才有点哑，像感冒了似的，明明电梯里听着还没有。"典无语叹气，摆摆手，"不重要，反正找到了。"

安隅正要开口试一下自己有没有感冒，忽然听到熟悉的脚步。

秦知律走过来："你的射击课在五分钟后。"

"知道的，长官早安。"安隅立即问好，瞟了一眼长官的眼睛，又挪开视线。

他其实想知道长官昨晚有没有睡着，但不知如何开口。

正在看菜单的典忽然瞟了他一眼，自然地问道："律早，昨晚睡得好吗？"

秦知律顿了下，随手拿起一个打包好的三明治："还好。"

典带着些许歉意微笑道："我知道尖塔很少有人找你寒暄，只是突然想问一句，请别介意。"

秦知律淡然摇头："不会。"

安隅和典对视一眼，默默挪开视线。

他不是第一次被典听到心声，却好像是第一次有种说不清的焦虑感。

点餐师傅探出头："吃什么？"

典立即将手札放在一边，指着菜单道："这个，麻烦鸡蛋嫩一些，调料口味比较复杂，抱歉，我慢慢跟您说……"

那本手札少了一页，从外观上倒是看不出。书脊上做标记的飘带夹在中间，安隅随手翻开，一眼瞟到几行字。

安隅似乎把小章鱼AI当成长官模拟器在用，感觉他迟早要露馅。

流明真是受苦了……炎真的好可怕，珍爱生命远离靳旭炎……

潮舞暗恋搏，一整晚都在猜搏的心情……天哪……

葡萄怎么满脑子都是他长官发生狼向二次畸变后的臀大肌……受不了，我得把他屏蔽掉……

安很焦虑，他在担心安隅出尔反尔，不会像口头说的那样选他做绑定辅助。小蝴蝶真是表里不一的生物。

秦知律伸手扣上了书，不带感情道："到上课时间了。"

"哦……抱歉。"安隅立即后退一步，跟着长官出去，低声道，"典真的知道太多了。"

秦知律不予置评，只随意地问道："有我的吗？"

安隅摇头："他说过，您心防很重。"

"重吗？"秦知律侧头朝他淡淡一瞟，"重，不也被某人钻到空子，看了个干干净净吗？"

安隅像被扼住了死穴，顿时安静了。

他跟着长官穿过热闹的健身房，走到空无一人的射击训练房，轻声道："我会守好长官的秘密，就像您守护我的秘密一样。"

秦知律笑了笑，随手拾起枪。

"那一言为定。"冰冷的机械弹簧声在射击室回荡，他举枪指向百米靶，"挑战继续。"

"是。"

099

＊

傍晚。

"眠于深渊。

"它曾意外堕入黑暗，可无法安心沉睡。

"深渊中的蝼蚁不知深浅地啃咬。

"交织着苦痛呢喃与沉默喧嚣。

"它梦到被低贱者玩弄，荒诞的屈辱。

"它忘记自己的庞大，

"赴死而重演……"

眼停止诵读，扭头看向身后的安隅，微笑道："总觉得还差一句，你感觉到什么了吗？"

安隅面无表情："我感觉浑身都疼。"

眼一愣："啊？"

"我今天上了四个小时体训课。"安隅看向一旁的沙发，"抱歉，我没上过学，只想放空一会儿……我能坐下吗？"

眼连忙让他坐下，又给他倒了一杯茶："不好意思，我这里没有食物。"

安隅摆摆手，从口袋里抓出一把能量棒，撕开一根塞进嘴里，含糊道："请继续，不用管我。"

眼微笑欠身："那容我再安静思考一些时间。"

安隅大口咀嚼着能量棒里的坚果颗粒，视线掠过贴在白板上写了一半的诗，看向旁边支起的画架。

几天前来买彩票书时，诗人还说没有任何第四枚齿轮的端倪，可现在，破碎红光的正南角落已经有了第四枚齿轮的极浅的轮廓，东南一角也仿佛有几条缥缈的线。

前三枚金色齿轮已经牵制住半壁江山，如果再加上两枚，几乎能从外侧将红光包拢。

安隅看看画，又挪回视线看看那首诗，瞳孔忽然一凝。

"啃咬。"他轻声读道，"呢喃，喧嚣。"

眼回过头："怎么了？"

安隅下意识地说了谎:"没事,只是不太明白。"

眼闻言笑了笑,又转回去:"我也不太明白。每一首预言诗都是来自真理的信号,我只是一个被动的接收者罢了。"

安隅等他转回身,视线再次锁定那几句诗——

53区,空间折叠,觉醒于基因感染,是蝼蚁不知深浅的啃咬。

84区,记忆回溯,觉醒于他主动拥抱女孩们的意志,是苦痛呢喃。

孤儿院,时间加速,觉醒于他忍受旁人感知不到的镜中嘈杂,是沉默喧嚣。

而下一行——"被低贱者玩弄,荒诞的屈辱……"

眼继续读道:"它忘记自己的庞大,赴死而重演。"

安隅问:"它死了吗?"

眼背对着他沉默许久,拔开钢笔帽,继续写下最后一句——

深渊以此,声声呼唤,唤它苏醒。

安隅松了口气,看来没死。

他以为眼写完了,却见钢笔笔尖还停顿在纸上,缓缓地洇出一团墨。许久,眼有些困惑地将笔尖挪到下一行,又添了一句——

与它们重新交汇。

嗯……安隅看不懂了,默默又撕开一根能量棒,塞进嘴里。

"写好了。"眼回头对他微笑,"我会把这首也补充进《预言诗》里。在我所有诗集中,《预言诗》最冷门,但它才是珍贵的所得,您是我真正的知音。不如新版本就叫《预言诗·致安隅》如何?"

安隅面无表情:"起这个名字,是为了涨价吗?"

"呃。"眼轻轻咳嗽了一声,"倒也不是,不过再版增添了新内容,也肯定会贵一些。"

"你的新内容只有这一首,而且我已经拜读了。"安隅立即起身,"我忽然想起早饭还没吃,先告辞了。"

"唉!你等等啊!"

诗人在身后喊,安隅脚步越来越快,走到楼梯尽头立即小跑起来,咚咚咚地冲下了楼。

他穿过大厅一路向门口小跑,诗人从高处探出头:"不买就算了!跑什么?帮我给典带句话！"

安隅在门口一个急刹车，回头仰着看向他："典来过？"

"他上午来了。"诗人顿了顿，"他也能看到破碎红光，发生在和那本书畸变之后。"

低低的声音在空荡的教堂里回荡，安隅眼神倏然沉了下去："那在他眼里，秦知律也是大团大团的红光随便捏了个人形吗？"

诗人点头："但他说能感知到那位大人身上的很多变数，却始终说不出在哪个变数里，那位大人能摆脱厄运的身份。"他叹了口气，"我们不欢而散，本不该再联络的。可他是第一个和我一样能看到红光的人，所以如果可能，请帮我劝一劝他吧，我无心拯救世人，只希望身边人远离厄运。安隅，你也一样，不要离那位大人太近。"

安隅不吭声。

诗人话语的回声散尽后，教堂里一片死寂，安隅与高处的诗人遥遥对视，许久才轻道："知道了。"

他转身推开门，刚向外走了一步，诗人在身后高处咏叹道："不要因厄运者曾遭受悲苦而拥抱厄运！"

安隅倏然驻足，回眸，那双金眸中的空茫逐渐收敛，瞳心渐竖，盯视着诗人。

"这句话也同样送给您。也请您，收起对我的友善吧。"他说着，漠然转回身，头也不回地向外走去，"如果他是厄运，那我必定系着更大的不祥。"

安隅心情沉重地离开教堂，却见熟悉的黑车停在路边。

车窗降下，秦知律道："上车。"

"长官？"

"34区事情有变。"秦知律将自己的终端递过来，"上峰目前还在起草任务，很快就会发布。"

屏幕上弹出来自黑塔的最新讯息——

紧急预警

在部分34区探查人员身上发现时间错乱痕迹。黑塔已对相关人员进行任务时间内的逐分钟询问，汇报者均有不同时段的记忆丧失，且不经提醒无自我察觉。此外，也有部分生理异常现象，均指向个体时间错乱。详情稍后发布，请尖塔高层做好任务准备!

"这就是所谓的'无异常'。"秦知律凝视着前方空气中的一点,沉声冷道,"看来昨晚的时间错乱不是服务器故障,而是藏匿在暗处的东西,在为自己的把戏洋洋得意。"

时间控制台

62　34区失去时间

尖塔中央通讯厅。

守序者们将这里挤得水泄不通，视线投向空中悬垂的巨大屏幕。

影像资料中，一位军人茫然地看着镜头。

"任务开始后的第274分钟，行动记录仪显示我走进了34区医院。第336分钟时，我从医院出来。"

"所以你在医院停留了62分钟，这62分钟里，你看到了什么？和谁对话过？"

"我……抱歉，我只知道我去过医院，又一切正常地从里面出来，这中间的事情毫无印象。"

"你遗忘了。"

"不是遗忘，我忘记过重要的事，被人提醒时会有闪回感，但这次却像……"军人痛苦地蹙眉，低头抱住脑袋，"抱歉，我可不可以说，我的生命中好像从未存在过这62分钟？"

视频结束。

黑塔一共传来12段视频，相似的经历降临在这12位军人身上，他们如同被凭空掠夺走了一段时间，可怕的是毫不自知，在返回主城后，均在战报上写下了轻飘飘的一句"34区未见异常"。

屏幕跳转到34区地图。

顶峰沉稳的声音在尖塔通讯厅中响起。

"如各位所见，34区存在时间掠夺，尚且无法得知时间掠夺是客观存在，还是仅仅源于受害者的精神损伤。先遣部队无法给出任何有效信息，在遭受时间掠夺时，你们有可能碰到任何超越想象的遭遇。经过黑塔研判，以下几点供参考。

"第一，34区超畸体为非生物畸变，异能方向是操控时间或精神，也可能二者兼顾。

"第二，尽管无法得知被掠夺的时间里会发生什么，但大概率没有生命危险，超畸体本身攻击力不强。

"第三，超畸体能入侵世界范围的电子时间系统，莫梨向黑塔发出预警，她认为对方极有可能不具备实体，这也意味着它拥有很高的信息敏锐度，容易被打草惊蛇。

"第四，好消息是，每个人被掠夺的时间不同步，34区并没有形成统一的时空失序区，通讯和网络正常使用，本次任务将全程获得主城的指挥支持。"

守序者们开始窃窃私语。

"倒不怎么危险，但问题是没人能完成这个任务啊……"

"是啊，老子这一身肌肉到底有没有用武之地？"

"时间错乱？是不是要用脑子的？那岂不是完蛋了……"

"嘶……最近的这些S级任务，我们这些生物畸变者好像突然没什么用了。"

"咱们之中有非生物畸变者吗？"

大厅里突然陷入静谧，站在人群中放空的典一个激灵。

他在一瞬间听到所有人心里不约而同地念出了自己的名字，如同集体哀悼。

"我不行。"他立即摇头，"众所周知，我的能力没什么用。"

众人叹气。

一位守序者嘀咕道："精神方向的异能还好说点，时间控制……嘶，咱有有这邪门能力的同伴吗？"

"角落，这次任务你带队。"顶峰果断道，"生物异能在这个任务里没太大用场，经黑塔预研，决定秦知律远程控场，你带队深入。为避免打草惊蛇，控制小队人数五人以内。"

安隅在大厅最前排，安静地站立在长官身边。他抬头看着34区地图："长官不去？"

秦知律"嗯"了一声："但我会一直与你保持通话。"

"好。"安隅顿了顿，"顶峰，小队人员可以由我决定吗？"

"当然可以。"

人群中忽然有个声音道:"那个,我没有怀疑角落的意思,但迄今为止,他的公开异能只有绝对感染抗性、神秘的降临态,他有办法对抗时间异能者吗?"

安隅闻言回过头,视线扫过身后众人。

所有人眼中都有相同的困惑,他们中的大多数并非刻意唱衰,而是真的担心任务。

高层之外,曾陪伴他出过任务的蒋枭去了平等区,而风间等人早就无缝进入了新的任务,都不在这里。

"传说中他能吞噬超畸体,但没有实体的超畸体也行吗?"

"似乎也听说过他会精神控制,能向超畸体下达死亡指令,命令其毁灭,这是真的吗?"

"他好像能无条件地收服奶妈的心,那能收割超畸体的忠诚吗?"

安隅原本坚定的眼神在听清大家的议论后,逐渐涣散了。

秦知律忽然开口:"黑塔。非生物畸变愈演愈烈,应该让大家看到些超越认知的东西了。"

人群中忽然安静,他们的目光越过安隅仰望向屏幕,安隅意识到什么,也转回身。

屏幕上跳出一段更新的个人资料卡。

代号:角落(安隅)
199层监管对象
直系长官:律
畸变型:无
基因熵:0(绝对感染抗性)
战斗特长:空间折叠;时间加速;降临态(重度危险,生理耐力增益,常在新异能彻底觉醒前触发)
综合战绩:5743万

一位守序者呆滞道:"空间折叠?虫洞?"

"啥是虫洞?"

"时间加速是什么,他能瞬间让我的伤口痊愈吗?"

109

"一夜老十岁吗?原来超畸体是在他的控制下活活老死的?"

众人原本在开玩笑掩饰受到的震撼,顶峰却认真回答了他们:"孤儿院此前未公开的异常是时间停滞十年,安隅重启了整个孤儿院的时间流动,并利用时间加速,弥补了所有人十年间的生长停滞。"

话音在大厅里久久回荡,许久才有人喃喃道:"掌握空间与时间,真的是三维生物吗?"

无人应答。

片刻后,安隅回头,视线在人群中轻易地就找到了那个熟悉的白色兜帽:"安和宁,可以跟我走一趟吗?"

安从口袋里摸出一根棒棒糖放进嘴里,随手拉了下兜帽边缘:"哦。"

宁微笑点头:"好。"

秦知律思忖道:"以安隅为核心的队伍,要配置能兼顾近身攻防和群体攻击的输出系,适配这个任务,还需要精神方向的能力。"他忽然看向人群里事不关己的流明,炎点了下头,"我和流明跟吧。"

流明闻言,掀起眼皮瞟了安隅一眼,没吭声。

嘴唇周围的金属纹饰显得他格外疏离,这些金属片能让他觉醒自血雀的声波伤害传递到更远、更大范围的地方。而炎觉醒于黑蔷薇的精神控制能力则能专注一个目标,让其陷入深重的绝望。

他们两个分别还具备花豹和黑虎基因,近身搏杀能力不必顾虑。

安隅点头答应了。

屏幕上再次出现34区地图,此外还有两张照片,分别是一地苦痛的人群和大片水蚁。

"请注意,由于独特的地形气候,34区每年都会遭受两波瘟疫和水蚁畸潮侵袭,呈现明显季节性特征。现在距离下一波瘟疫和水蚁畸潮已经很近了,请尽快完成任务,避免增加任务复杂度。"

"明白。"

*

飞机上，安面无表情地嗦着快要秃掉的棒棒糖杆，安隅观察了他半天，根据他对安粗浅的了解，感觉安心情不大好。

宁歉意地解释道："安很讨厌密密麻麻的虫子，刚才听到顶峰交代情况后有些后悔答应这个任务。"

安隅立刻安抚："没关系，那么多蝴蝶，一只蝴蝶对付一只水蚁应该够用。"

不等宁做翻译，安便冷漠地抬眸看向他："大白闪蝶不是用来捉虫子的，它们还要为你保驾护航，请珍惜蝴蝶。"

安隅愣了一下，没想到安居然主动讲了这么长一句话。

安皱眉把兜帽拉得更低，低头道："烦。"他又没好气道："如果虫潮来了，我会用蝴蝶护住自己，顾不上管你，你有个心理准备。"

安隅无语，他不禁对典的读心能力产生了怀疑，犹豫片刻试探道："我的绑定辅助，选你和宁，可以吗？"

安放在腿上的手指蜷了蜷，往后一靠，兜帽彻底遮住了眼睛："随便。"

宁眉目舒展："谢谢您的信任。"

安隅这才无声地松了一口气。

炎在驾驶位，流明坐在他身边，看着舷窗外的浓云出神。

安隅在53区没怎么见过外貌出众的人。基因的进化与外貌或许有些关联，尖塔高层人士都很好看，但和流明的美完全不是同一种程度。明艳动人的五官只是流明身上最不起眼的地方，他的气质让他的美格外动人。冷眉冷目，抑或安静独处，他都让人挪不开视线。

炎在自动驾驶面板上按了几个按键："降落前吃点补给吧，你从昨晚就没怎么吃过东西。"

"不饿。"流明继续看着舷窗外，头也没回一下。

"对遵守命令这件事缺少自觉，礼貌也没有了吗？"炎语气淡下来，将两条能量棒丢在二人之间的横板上，"玫瑰树莓。"

隔了一会儿，流明才伸手拿过一条。他的吃相和安隅是两个极端，咀嚼很久才咽了一口。

安隅蹙眉纠结了好半天，才犹豫着在终端的备忘录里敲下一段话——

炎长官很符合凌秋刻板印象里热衷于驯服别人的大人物，典在流明的心声中窥见过他遭受了可怕的对待。但我却觉得，炎长官也不太像凌秋提到过的无耻权贵。

备忘录是长官布置的新作业，要求他观察高层同伴。长官说，知人用人，这是作为尖塔一号高层预备役的必备素养。

安隅已经习惯了接受长官随心布置的各种作业，但每当听到"预备役"这三个字时，就会有一些微妙的不开心。

他曾问过祝蒿，小高层存在的意义究竟是什么。祝蒿说是在直系长官死亡或退出尖塔时，成为新的高层，统领相似畸变方向的所有守序者。但祝蒿也说，长官们虽然性格迥异，但无一例外的强大沉稳，这种极端情况不可能出现，所以小高层的主要任务还是自由成长，享受着天梯的仰望和长官的呵护，是尖塔最幸福的人。

安隅对着备忘录上不知所云的几行字放空。

秦知律是一个很好的长官。就像他至今仍无法平静地回忆凌秋死亡的场景一样，他也绝不愿意想象自己这个"预备役"转正的那天。

炎在前面提醒道："五分钟后降落。"

安隅回神，退出备忘录，抓紧降落前的几分钟时间往嘴里塞了几大口面包。

现在是晚饭时间，小章鱼人也坐在书桌后严肃吃饭，餐盒里肉菜米配比均衡，它一口菜一口饭，吃得一丝不苟。

安隅戳了它一下，打字：我要独自去出任务了，长官。

小章鱼人抬头透过屏幕看了他一眼：哦。祝顺利。

安隅：这个任务不会失去网络信号，您可以在主城全程看到任务进度。

小章鱼人道：那很好。我会保持密切关注。

安隅：那如果我提出让您远程帮我写战报，您会发火吗？

"会。"

耳机里忽然传来一个熟悉的声音。

声音的主人听起来一如既往严肃，但好像又有些悠闲。

安隅呆住的空档，秦知律在耳机那边敲了敲键盘，安隅几乎可以透过他的语气预见他挑眉的样子："你已经进入34区领空，刚才我进行了一轮终端关联测试，确认34区不存在信号屏蔽。很不巧，返回日志中出现了几条奇怪的对话。"

安隅："……"

"你养了一个我的AI？"

"没有！长官……没……"

秦知律冷笑一声："不要逼我看你的屏幕。"

"呃……"安隅捏着轻微出汗的手心，瞟了一眼对面莫名其妙看着他的安，捂住话筒小声道，"我很抱歉，但请您允许我继续养着它，它还……挺让人喜欢的……求求您了。"

"是吗。"秦知律的语气淡淡的，叫人猜不透心思，"它和我的差别在哪儿？"

安隅如实道："它更温和一些，危险程度比较低。二头身的动画设计让人放松，还会……"

"销毁它。"

"但是——"安隅心跳静止，凌秋从未教过他在这种情境下要如何应变，他全凭本能地飞快道，"但是它只是一段代码，它并不强大，无法带给我安全感，只能解解闷。"

他顿了下，又说道："我会用它模拟和您的对话，以免说出冒犯您的话，长官。"

耳机里沉默的几秒钟里，安隅已经打算和小章鱼人告别了。

他甚至在猜测，长官的AI听说自己将被销毁时会做出什么样的反应呢？大概会沉默两秒，而后冷静道："你做了一个聪明的决定，做得很好。再见，安隅。"

"好吧。"秦知律翻了翻纸页，"它长什么样？"

"呃……"

"章鱼？"

安隅沉默。秦知律哼笑一声："随你吧。还有一分钟降落，炎的选点在34区东侧，离医院很近。我仔细浏览过所有失忆军人的战报，医院地点的出现比例非常高，那里一定是34区异常人口聚集的地方。"

"明白。"安隅收敛心神，"我们尽快去医院。"

"远程并不意味着不参与任务，尽管我不会持续说话，但会一直保持公频在线，你随时开口。"秦知律公事公办地说着，话锋忽然一转，"战报替你写，你专注任务吧。"

安隅错愕："真的？"

"替你写，比回来之后对着你写的东西修改要方便很多。"秦知律干脆地回答了

113

他一句，又道，"祝顺利。"

话音落，安全带的束缚感忽然加重，几秒后，飞机降落在34区一处废弃工厂前的空地上。

安隅一行人迈出机舱的一瞬，仿佛踏入了一盆热汤。

极度潮湿温热的空气包裹住每一寸皮肤，浑身上下的毛孔大张，艰难地呼吸着。

一阵风刮过，炽热滚烫，顷刻间就让安隅的太阳穴跳痛起来。

宁帮安拉紧了兜帽，低声自语："这种气候……难怪会有规律性瘟疫。"

终端显示，现在是傍晚5:38，34区的日落将在26分钟后到来。

日落之前，34区街上的人不少，都是附近出来吃晚饭的工人，他们穿着陈旧的五颜六色的麻布衫，吃得大汗淋漓。

整一条街都是小饭馆，桌子支在外面，破旧的风扇呼啦啦地搅动着热风。

偶尔有几辆破烂晃荡的公共汽车路过，车载电子屏上显示着实时体感环境：温度44摄氏度，湿度87%。

安隅一行人走在路上，着装打扮与这里格格不入，更遑论身体周围还盘桓着几只机械球。但他们只偶尔收获几个漠然的瞥视，并没有引起太多关注。

流明走在安隅身边，低声道："这里的人好像都很麻木。"

"嗯。"安隅视线掠过两边逼仄高耸的楼房，外墙皮灰黄斑驳，露出里面的水泥砖瓦，凌乱的线缆在楼房之间悬垂缠绕，和阳台上的晾衣竿搅在一起。一些阳台上有人，穿着花背心小短裤的女娃从高处往下张望，那些稚嫩的眼神同样麻木，不在任何事物上停留——居民的面貌酷似53区贫民窟，但物质条件明显要好一些。

安隅又粗略扫过那些工人端起的饭碗，他们吃的是汤饭或汤面疙瘩，半碗主食浇上一勺米水，各种混杂的蔬菜剁一剁丢进去，猪皮蹭点油花，讲究一些的碗里会漂着几块掰开的碎鸡蛋。

如果是53区，普通工人不可能顿顿都吃得起这些，那得是外城那些有正经营生或做小买卖的人了。

安隅下结论道："34区不算穷。"

话音落，身边所有人都朝他瞥过来，欲言又止。

"真的。"安隅又补充道，"准确说，一半的工人碗里都有蛋，富得流油。"

"你为富得流油重新下了个定义。"炎收回视线，"但我明白，这种物质条件的饵城人不至于活得这么麻木。根据资料，34区的支柱产业并不是工业，工人只是这座城市生活水平偏下等的群体，这里有几家不错的文化产业公司，还有一家算得上规模不错的医院，临近饵城人口常来这里就医。"

安隅点头："是的，我就是这个意思。"

这种集体淡漠的状态很不对劲。

他的视线忽然捕捉到前面楼道门口坐在地上的小男孩，他抱着脚，脚踝处有一大片渗血的擦伤，伤口没有获得及时处理，已经有些发炎了。

他眼眶里泪水打转，抱着脚踝反复地吹，又用嘴巴去吸，然后"呸呸呸"地吐。

安隅走过去："多久了？"

小男孩抬头，热风迷住了他的视线，他看了安隅许久才道："十四天了。"

"不觉得不对劲吗？"

"我跌倒时应该是染上了某些虫毒，不认识的虫子太多了。"小男孩用脏污的袖子擦了一把嘴角，"每次伤口都快愈合了，又会再化脓再裂开，肯定是有脏东西还没出来。"

他说着又把脚捧起来，要再去吮吸，安隅却伸手扶住他的肩膀："别吸了。"

他摸出比利的药膏，涂了一点在伤口上，而后一眼不眨地盯着那道伤口。

热风拂面，仿佛也在金眸中吹起一丝涟漪。片刻后，小男孩惊诧地低头，痛楚正迅速从脚踝上消散而去，他眼看着伤口飞速痊愈，但在皮肤几乎要对齐愈合的瞬间，忽然停顿了一瞬。

安隅蹙眉，瞳孔缓缓放大。

几秒钟后，伤口再次裂开了。

大滴的眼泪从男孩垂着的眼眸中滴落，他抽噎了两声："果然，好不了了。"

安隅没再说话，转身离开了。

另外四人在不远处注视着这一切，炎若有所思道："时间加速，竟然被你用得如此信手拈来……"

另外三人怔着，半天都没吭声。许久，宁开口道："安想问，为什么最后没有成功？你的这项能力还没运用得熟练吗？"

"不是没有成功，是没有和那个东西交锋。"安隅低声说着，53区气候偏寒，他有些受不住热风，也将兜帽罩在了头上，看着终端上的时间低声道，"在伤口要

115

愈合的那一瞬间，有一股力想要重置他的时间，那就是导致他伤口反复开裂的真正原因。"

他顿了顿又说："上峰不让我们打草惊蛇，如果我强行干预，会被那个东西发现的。"

耳机里，秦知律开口道："做得好。"

"谢谢长官。"安隅看着终端上已经吃完饭开始健身，用十几根触手举着十几个哑铃的小章鱼人，低声道，"长官，我发现了一个奇怪的现象。"

"什么？"

"34区好像失去了时间载具。"

一路上，经过了四十多家小餐馆，透过每一家大开的门，他将餐馆里面的布置一览无余。

光秃秃的墙上没有任何钟表，却有钟表存在过的印子。唯二有电子时钟的两家，时钟屏幕黑着。刚才路过的公车，电子显示屏上只显示班次和环境数据，却没有时间。最重要的是，小男孩黑黢黢的胳膊上有一个明显的腕表印子，但那里也光秃秃的。

安隅深吸一口灼热的空气，徐徐吐出。

"机械时钟不翼而飞，电子时间从所有的屏幕上都消失了。"他说道，"虽然从前我总是在睡觉，但每次醒来第一件事就是看日历和时间。很难想象，一个失去时间衡量工具的城市，人们要如何生活。"

63　城市崩溃边缘

　　34区东侧是工业密集区，和小男孩情况类似的人不少。工人干活受的伤长久不愈，每次时间重置会回到受伤状态，不会危及性命，只是永无尽头地重温伤痛。

　　小伤小病还好，最可怜的是一个因为机器故障被卷掉半只手的男人，安隅一行人路过时，他正坐在大街上目光呆滞地抛着一把刀玩。

　　秦知律在队伍公频里说道："刚和上峰核实过，34区通讯中心的人也已经失去了时间概念，只是他们竟然完全没意识到，被提醒才反应过来。上峰在通讯中附录了时间信息，他们收到时那一行字消失了，日常上网时本应显示出的电子时间也被抹干净，现在主城只能通过口头传递时间。"

　　"竟然还有人完全意识不到时间度量的消失。"安隅视线扫过街上那几个对着伤口发呆的人，城市里正上演着一出无声的惨剧，他轻声说，"看来每个人被影响的程度不同。"

　　秦知律继续道："这个超畸体无法打造彻底的时空失序区，不能阻隔通讯，对不同人施加不同程度的时间掠夺应该是它防止异常被察觉的手段。"

　　他转去了和安隅的私人频道："你也接受过全序列的基因诱导试验，没有对时间失去过认知吗？"

　　安隅将视线从街边的杂货铺收回——敞开的大门里，店老板正在痛哭，但目之所及，他身上并无明显创伤。

　　"没有，我只觉得很痛，一直在遏制心脏从身体里爆出来。"安隅语气平静，"长官有过吗？"

　　秦知律"嗯"了一声："有过。"

他翻动着纸页，语气平和，仿佛是在聊别人的事："还记得我和你说过，16岁时，曾在一次基因注射后短暂地失明四小时吗？"

安隅在杂货铺门口停下脚步："记得的，倒数第二扇门。"

"什么门？"

安隅连忙道："没什么……"

好在秦知律没有深究，继续道："我在那四小时里也失去了对时间的感知，还以为至少有几天甚至几个月。时间并非客观存在的事物，失去时间感知，人承受的痛苦是来自心魔。可能因为你有绝对的精神稳定性，才不会受到影响吧。"

安隅抬脚迈入了杂货铺。

店主是个中年人，母亲死于上一波瘟疫，但由于时间载具消失，他已说不出母亲具体死去了几天。他垂头看自己塞满黑泥的指甲："我控制不住，每次以为悲伤要平复了，就又会卷土重来。我去医院看过精神科……"他哆嗦着把指甲放到嘴里啃："说我没病，正常人失去至亲也这样。"

宁眼中浮现一丝怜悯，低声对安隅道："看来不仅是肉眼可见的创伤，就连内心痛苦都逃不过它的洞察。"

秦知律在队伍频道里介绍道："他是最早出现精神异常的人之一，根据资料，异常者最早出现在三个月前。"

一直沉默的流明忽然开口问："这期间都没有任何快乐的事发生吗？"

"我儿子出生了。"那人想了半天才说出来，"好像开心了吧，这是我盼了好多年的，我只是忘了当时的感觉。"

安隅想到那些失去记忆的军人："是记不清，还是完全感知不到那段记忆？"

男人眼神有些茫然，呆了好久才道："不好说，我觉得我的人生像一根被切得乱七八糟的绳子，有的绳节凭空消失了，有的又不断重复。"

走出杂货铺，炎说："时间只是人造概念，很难想象要如何篡改。"

安隅自然地回答他："时间有自己独特的编译方式。"

他说完忽然愣了一下，过一会儿才想起这句话是在孤儿院时长官说的，那时他蒙住他的眼，教他屏蔽干扰，专注感知。

走到医院后门，耳机里突然响起嘈杂的讨论，随即发出"轰隆"一声爆破音，频道陷入死寂。

炎立即问道："怎么，主城出事了？"

安隅摸向耳朵："长官？您还好吗？"

"我没事，主城也一切正常。"耳机里又响起秦知律的脚步声，他的鞋底规律地撞击着地面，让人心安，他边走边解释道，"不好意思，刚才忘记静音了，我只是路过尖塔影音厅而已。"

众人松了口气，炎随口问道："那帮家伙又在看什么呢？"

"上峰刚刚开放了角落之前的战斗录像。"秦知律说道，"看完了孤儿院的隐藏记录，现在在看53区贫民窟升天的片段。"

安隅身边的氛围忽然变得有些微妙。

众人都不约而同地开始看终端，安有些烦躁地拨了拨耳机，率先往医院里走去，边走边摸向口袋。安隅瞟见他掏出终端点开录像中心，缓存了最上方刚刚开放权限的一个文件，又火速揣起终端，打了个哈欠。

秦知律转去了两人的私人频道，用随意的口吻交代道："这次回来前，你要做好心理准备。"

"什么心理准备？"

"一个蒋枭走了，但预计尖塔会出现很多个蒋枭。"

安隅回忆起凌秋的教诲，凡事往积极的一面看："论坛上奇怪的猜测终于可以停止了吧。"

耳机里安静下去，他刚踏入医院，就听秦知律继续用波澜不惊的口吻读道："最新一条关于你的神能妄言——'神之盾护'，忠心崇拜角落的人会在战斗中获得神明的至高守护，身上的伤痛加速痊愈，眼前的攻击被扭入另一个空间，人们因对它的崇拜而无所不能。"

安隅失去了表情。

"确实好一些。"秦知律客观地评价道，"言辞稍显浮夸，但也不算无中生有了。"

安隅默默戳了一下屏幕上的小章鱼人：长官，我有时候觉得您很享受看我的热闹。

小章鱼人从电脑后探出头，严肃脸：你没有感知错。

安隅：您最近受了什么刺激吗？

小章鱼做思索状，似乎遭遇了系统计算卡顿，过了一会儿才弹出气泡框：我一直

119

在看你的热闹，只是有时候不会说出来而已。

安隅无话可说。

"别玩章鱼了。"秦知律语气忽然严肃，"从监控上看，医院与日常相比人满为患，已经在超负荷运转了，了解一下出了什么事。"

"哦，好的。"安隅立刻揣起终端，却还是忍不住道，"但您能停止随时读取我和AI聊天的行为吗？"

"真的在玩章鱼？"刚在办公桌后落座的秦知律挑了下眉，淡道，"没读，诈你的。"

安隅："啊？"

医院后门一进去是堆杂物的过道，安和他的记录球正停在过道口为难。

一门之隔，人声鼎沸。

整个大厅塞满了人，队伍一圈兜一圈，安隅看了半天才发现绝大多数人都在排"皮肤感染科"。他将视线掠过人群，没发现他们的皮肤有什么异常。

秦知律提醒道："最早一批被认为精神异常的在四楼。"

安隅犹豫了一下："可这些人……"

秦知律道："群体爆发的皮肤病确实不对劲，但暂时看不出和任务的关联，先放一放。节外生枝不可避免，你要学会专注核心。"

安隅转身向楼梯间走："好的，长官。"

炎跟在身后笑了一声："角落意外地温顺啊。"

秦知律从容道："也有不听话的时候，发作起来很疯。"

"哦？"炎瞟了流明一眼，"我从前确实没想过你会收监管对象，所以很难想象小朋友不听话时，你会怎么办。"

秦知律道："随着他。"

流明转头瞥了他一眼，眼神冰冷而挑衅。

楼道里也塞满了人，男女老少坐在地上，时不时在身上抓一下，像在抓看不见的虱子。

到了四楼，走廊才回归寂静。

安隅沿着走廊一头，一间一间地路过那些病房。

病房里，一个老头子在用筷子错乱地敲击着床栏杆，呆滞道："一秒、十秒、八秒……"

隔壁病房传来歇斯底里的尖叫，一个壮汉撕扯着脚上的溃疮，几个护工死死抓住他的手脚，用约束带绑在床架上，那人仰躺着向上挣，带着整个床架在地上弹跳："不是说伤口是我自己撕开的吗？撕给你们看啊！满意了吗！"

铁栏杆的撞击声让人心惊，安和流明不自觉地加快了脚步。到下一间，扎羊角辫的小女孩正在对着镜子练习微笑，她深吸一口气，猛地咧开嘴角，"嘻"的一声，但紧接着，笑意从那双童真的眼中撤退，她面无表情地透过镜子看着门口的几个人。

安果断转身，边走边用力拽了拽兜帽，又捋了捋胳膊。

安隅从头看到尾，平静地打量着那些精神错乱的病人——有数米粒的，脸贴在破溃的皮肤上观察的，趴在地上痛苦地回忆着过去写日记的，还有位"诗人"高声朗诵"当快乐消失"，只有这一句，反复循环。

走到最后一间门外，秦知律问道："怎么想？"

"超畸体的行为逻辑很简单。"安隅垂眸看着地面，"杂货铺老板的绳子比喻很贴切，快乐的时光会被它掠夺，痛苦的遭遇会被重置。那个东西平等地恨着34区的所有人。"

"也不是所有人。"流明忽然回头看着他，"走廊上那些排队看皮肤病的，也有几个身上带伤，但已经结痂了。虽然所有人都失去了时间信息，但并不是每个人都要承受额外的折磨。"

秦知律"嗯"了一声："根据信息检索，出现严重精神错乱的人，都是三个月前的瘟疫的重症患者。"

安隅确认道："瘟疫？"

"34区的季节性瘟疫，平均六到九个月就会来一波，上一波是三个月前。近一年医疗资源改善，病死的人已经很少了。"

安隅"唔"了一声："主城支援了医疗团队吗？"

"不完全。主城负责支援药物，关键在于34区的一位劳医生，他摸透了应对方法，即使病菌变异也能迅速对症下药。"秦知律停顿，敲了两下键盘，"那位医生就在你们面前这间病房里，他是第一个因精神异常入院的人。"

门的另一边很安静。

在这条神经兮兮的走廊上，太安静的病房容易被人遗忘。如果不是秦知律提醒，安隅也差点要错过了。

安隅透过玻璃窗向里望了一眼，这是唯一老老实实穿着病号服的病人，头发花白，后背有些佝偻，他坐在床上对着窗外发呆。

安隅问："他的病情是什么？"

秦知律浏览着资料："他是自己来医院的，说感觉精神错乱，希望余生都住在这里休养。"

炎冷笑道："听起来是装的。"

"嗯，医院也存疑，但因为这位医生在34区德高望重，还是听从了他的意思。"

老头听到推门的声音也没回头，一行人走近了，才听到他在低声地念着："嗒、嗒、嗒、嗒……"

安隅看了宁一眼，宁蹲到老头面前仰头微笑道："是劳医生吗？"

劳医生瞥了宁一眼，屁股往旁边一蹭，继续"嗒、嗒、嗒、嗒"地念着。

他念得很准，一秒一声，几乎毫无错漏。

一位护工进来送饭，炎问道："他一直这么念着？"

护工放下饭盒："嗯，没停过。"

劳医生旁若无人地拿起了饭盒，一边"嗒、嗒"地念着一边打开盒盖，他的晚餐是一份糙米饭，配一份青菜炒蛋，一小块罐头肉。他舀起一勺米饭塞进嘴里，对着窗外的日落缓慢咀嚼，右手拿着木勺，左手食指一下一下叩着床板，和"嗒、嗒"的数数相同节奏。

他的眼中没有丝毫浑浊，相反，比安隅在34区看到的绝大多数人都清醒。

或许是上了年龄，他拿着木勺的手有些抖，舀一勺米饭要抖掉半勺才能艰难地放进嘴里。

"给他拿副筷子吧。"流明提醒道，"有些人勺子端不稳，但用筷子还算顺。"

护士摇头："他不要筷子，说筷子尖。勺也不要金属的，只要木勺。"

炎敏锐地挑眉："怕受伤？"

"可能是吧。"护工一边拾掇着床铺一边说，"入院第一天就说过，怕自己精神病过重时自残,要我们拿走一切硬物、尖锐物、绳索,连吊针都不打的。"

炎盯着劳医生:"看来,你给自己的后半生提前找了个庇护所。你是不是早就知道34区会发生什么?"

劳医生专注地看着窗外,置若罔闻。

护工揪着枕头的两个角把它抖起来,老头却忽然向后转身,一把扣住枕头下的东西,他僵硬了一瞬,病房里的空气仿佛发生了一丝轻微的波动,他错愕地抬起手,对着空白的床单发疯般道:"我的东西呢!"

他一边用手指继续规律地叩动裤线,一边怒瞪着护工:"枕头底下的东西,还给我!"

护工两眼发直:"劳大夫,什么东西啊?枕头底下什么都没有啊?"

安的头忽然不自然地前伸,像被什么东西打在后脑勺上。他立即伸手按住兜帽,愤怒地瞪向安隅,安隅敷衍地扬起嘴角,回以一个安抚的微笑。

一行人离开了病房。

一楼的人潮更恐怖了,队伍已经排到前门外,他们费了好大力气才从人群中挤开一条路,终于从后门出来了。

一出后门,安立即烦躁地扯下兜帽,一头白发被鼓捣得乱七八糟,他恨恨地盯着安隅:"掏走!"

"别生气。"安隅劝道,"我本来想叠进兜里,但长官买的这身衣服口袋很薄,容易显出轮廓。"

他一边说着,一边伸手从安的兜帽里捞出一块沉甸甸的玩意。

安隅摊开手心,那是一块陈旧的金属怀表,圆形的黄铜表盘上锈迹斑斑,连着一条纤细的链子,陈旧却精致,在幽暗的路灯下别有一番质感。

只是,指针已经停了。

安在看清后愣了一下,宁惊讶道:"这是我们在34区看到的第一个时间载具,虽然它也不走了。"

流明只瞟了一眼:"纯铜?难怪安刚才脖子差点卡断。"

安立即又用仇恨的眼神直勾勾地瞪向安隅。

安隅为了屏蔽他的愤怒,也把兜帽扯到头上,将怀表翻过来。

怀表背后贴着一张小商品签,手写着"古董怀表"和"540元",底下是印刷体的

"钟记旧物"标志。

记录仪绕着转了两圈,秦知律在频道里介绍道:"钟记旧物是34区一家买卖旧物的小铺,钟家经营了几代,可以追溯到百年历史。人类社会还在正常运行时,生意很不错,但现在已经没人光顾了。钟家人因畸变灾害相继死亡,最后一代经营者叫钟刻。"他停顿下来继续查询,"很不幸,上一波瘟疫全城感染率高达六成,但只死了二十几个人,他是其中之一。"

一个女人领着女儿从后门出来,看穿着,应该算有钱人家。

小女孩一边抓挠着胳膊,一边晃着一个收音机似的小盒子。刺耳的音乐从盒子里传出,难以分辨是人声还是电子合成,音乐在不同倍速间反复切换,完全失真。

安眉头紧拧,盯着那个毁人耳朵的机器。流明绷了片刻后也绷不住了,烦躁道:"什么情况?"

只有安隅十分平静,他很少听音乐,没什么审美,尝试着听了一会儿,总觉得那个扭曲的人声有些耳熟。

几秒后,他惊讶地看向流明:"你能再说一句话吗?"

流明脸上写满冷漠。

炎上前去居高临下地瞪着小姑娘:"你对这首歌做了什么?"

小姑娘缓缓抬头,视线向上,看到他满臂刺青后,立即躲到了妈妈身后。

女人警惕道:"你要干什么?"

"这是我很喜欢的歌。"炎解释道,"但它已经完全被毁了。"

女人闻言搂着女孩转头就走,一边不断加快脚步一边回头啐道:"有毛病啊,现在的音乐不都是这样乱七八糟的吗?"

安隅又抓了几个人问,才知道34区人日常接触的音视频都发生了相同的异常,节奏错乱,大概也是超畸体扰乱感知的一种方式。

"我还是想去一趟这个旧物店。"他对秦知律请示道,"虽然这块怀表已经无法度量时间,但我有点在意。"

终端上随即弹出秦知律发来的地图,钟记旧物被高亮了。

秦知律跳转去私人频道:"不必事事请示。在53区时告诉过你,199层的监管对象必须有掌控全局的意识。现在再加一条,要学会做决定。炎虽是198层长官,但现在也是你的队员，他也将听从你的行动计划，所以你要有决断力。"

"好的长官。"安隅轻轻舔了下嘴唇，湿热的天气让他嘴唇有些黏糊糊的，他向地图标记的方向走去，走了一会儿后忍不住说道，"我可以向您抗议一件事吗？"

秦知律道："说。"

安隅看着夜色下路面的坑洼："可以不要和我说这样的话吗？"

秦知律顿了顿："什么样的话？"

"199层的监管对象要有大局观，199层的监管对象要学会做决定……"安隅顿了下，"我很抱歉，我解释不清为什么，但这些提示身份的话会让我有些焦虑，就像……"

等了一会儿，耳机里才传来秦知律低沉的询问："就像什么？"

安隅没吭声，继续看着路面。

就像小时候看着凌秋划日历数剩下的面包。

就像听房管长说要收回十年来为他遮风挡雨的低保宿舍。

就像……他偶尔回忆起目送凌秋踏上军部接新车的那一天——失去凌秋后他才明白，那个背影意味着，黑海之下，牵系着他的木桩早已随水波而逝，他注定独自漂荡，直至被黑浪击打破碎。

安隅像是忽然忘了说话，直到走出去很久，秦知律才忽然又在耳机里叹了一声："知道了，以后我换一种说法。"

安隅脚步一顿："嗯？"

"凌秋的死似乎给你留下了隐藏创伤，你开始有意识地感知身边有价值之人是否有离开的风险，以及评估这种离开会给你的人生带来多大的打击。我想你大概听过小高层是高层预备役的说法，这种说法让你不安。"

安隅消化了好半天："这也是大脑对我的分析结果吗？"

"当然不，大脑不会知道这些。"秦知律顿了顿，"这是我屏幕上的兔耳朵刚才告诉我的。"

安隅呆了好一会儿："我的AI？"

"嗯。"秦知律手指点在终端上，向下划一下，松开，再重复。被他揪耳朵的垂耳兔安隅一脸隐忍，直至面无表情，最后趁着他抬手的空档，一手抓着一只耳朵缩到了墙角。

秦知律忽然忍不住笑了一声："根据AI的反应，我似乎是唯一一个被你认为有不

125

可取代价值的人。"

安隅茫然地行走在夜色中，许久才喃喃道："您不是要销毁那只AI吗？"

秦知律好整以暇道："本来是这么打算的。"

"那为什么没有？"

秦知律想了两秒："不太忍心。它好像学习到了一些高妙的求生伎俩，总是用那双金色的圆眼睛盯着我，让人心软。"

刚好走到一家商店门口，路灯下，安隅转身对着橱窗，看着自己金眸的倒影："长官，雪原上，我也试图用眼神哀求您，可您没有心软。"

秦知律拔开钢笔帽替他写实时战报，笔尖在白纸上划出唰唰唰的声音，随口道："你怎么知道我没心软？"

他确实从未想要处决安隅，但最初的计划里，他要将安隅带回实验室，用直接注射畸变基因的方式再重新测一次。换了更剧烈和残忍的测试手段，如果安隅仍能稳住精神力，才算符合他多年的等待。

但他最终却让安隅直接成为监管对象，在任务里慢慢观察。

虽然安隅的表现大大超出预期，但他在雪原上的决定确实铤而走险，也是一次毫无预兆的破例——当他攥着安隅胸前的绳子将人拖到面前，那双含泪颤抖的金眸扰乱了他的心神，哪怕只有一瞬。

安隅困惑道："您有心软吗？我怎么没感觉。"

"没有。"秦知律盖上笔帽，"只是随口一说。"

安隅"哦"了一声。

这就对了，他至今记得枪口灌喉的感觉，如果那就是长官心软后的行为，那长官也太恐怖了。

钟记旧物离医院相隔半城，赶到时已经半夜。街上只有忽闪忽灭的路灯——它们也失去了固定开关的时间，34区的一切设施都在配合那个东西的障眼法。

窄门上挂着个巨大的锁头，安隅刚把那玩意掂起来，炎就伸手在锁杆上掰了一下，坚固的金属在安隅眼皮下发生了彻底的形变，锁头掉下来，差点砸了他的脚。

炎顺手替他拉开门："进。"

安隅迅速低头进去，一个字都不敢多说。

铺子很小，站五个人有些挤。三面墙上是陈列得满满当当的货架，商品多是些摆件和珠串，还有些叫不出名的古老器具。

角落里有两个旧乐器，其一是只有两根弦的木琴，安隅不知道它的名字。其二则是一架旧钢琴——不知道是什么年代的，比安隅认知里的钢琴短了一半，挤在角落，把旁边的出纳桌挤得都快嵌进墙里了。

众人逐一排查那些旧物，没发现任何钟表。

"看来这块怀表是34区唯一幸存的时间载具，虽然丧失了功能。"流明瞥了一眼安隅手里的怀表，"姓劳的绝对没疯，他可比其他人明白状况多了。"

安隅的视线落在钢琴上一个黑色金属器物上。

那东西的形状像金字塔，底座宽，上面窄，玻璃罩子后有一根竖长的金属摆杆，摆杆上有游尺，背板两侧还有刻度。

他小心翼翼地把那东西转过去，看着背后的标签。

古董节拍器

930元

"打拍子用的，也算有点计时功能。"流明伸手熟练地取下玻璃罩子，将摆杆松开，停顿了两秒，摆杆一动不动，他叹息道，"果然也不能用了。"

安隅拨了拨那根铁杆："它本来能左右摇摆吗？"

流明"嗯"了一声："内部结构和时钟类似，齿轮和发条带动摆杆，摆一下会响一声，入门的演奏者用这个把控节奏。"

安隅点头，翻过去看了眼价签："930，好贵。"

炎纳闷道："你想买？"

"嗯……"安隅犹豫了一下，他看着这些旧乐器就会想起长官——那个还没有杀死亲人，刚从实验室被释放回人类社会，喜欢坐在书架下弹木吉他的少年秦知律。

他又看了一眼价签："如果没有现金，要怎么支付呢？"

"店主已经死了，没有财产继承人的话，就会并入饵城财政。"炎撇了下嘴，"直接拿吧，回去跟黑塔报备一声就行。"

安隅点头，小心翼翼地把节拍器放下："等任务完成再回来取吧。"

没人应声,众人忙着检查其余的物品。

秦知律在私人频道里发问:"你都不认识这东西吧。"

"嗯,第一次见。"

"买来干什么?"

"送给您,长官,您应该会喜欢吧。"安隅顿了下,"祝萄说,他会定期送给唐风长官一些小礼物来维系关系,建议我也效仿。"

秦知律闻言停顿了好一会儿:"那他有没有说过,维系的是什么关系?"

安隅茫然了一会儿,迟疑道:"祝萄说,世界上所有的关系都要努力经营。"

秦知律沉默,安隅以为他不喜欢,正要说那还是省下这笔钱吧,就听到耳机里一声微弱的气声。

长官好像笑了。

"也好。"秦知律说,"定期送我点东西,这个习惯不错。"

"好的,如果您也认可这种方式的话,我就继续下去。"安隅松了口气,又严谨地补充道,"在不破坏攒钱还债计划的前提下。"

秦知律:"……"

众人一无所获,正要离开,终端忽然同步弹出一条消息。

秦知律的声音也严肃下去:"就在刚才,34区医院向主城发送了紧急报告。皮肤科从大样本中检出相同毒株,与此前瘟疫的病毒序列相似性极低,属于新病毒,相关序列数据已汇报大脑。"

安隅惊讶:"这里的瘟疫不是间隔六到九个月吗?距离上次才三个月。"

秦知律顿了顿:"不仅如此。外围无人机探测到大量畸变频率,对比数据库,确定为水蚁畸种,但波幅更大,可能有新的变异特征。"

夜空中忽然亮了一瞬,紧接着,雷声轰隆而至,瞬间大雨倾盆。

瘟疫和水蚁,同时来了。

64　遗漏的节拍

　　雨水迅速顺着门缝渗进房间，空气湿度急剧飙升，潮热感狠狠地扼住了人的喉咙。
　　一股熟悉的腥酸随着雨水一起蔓延进旧物铺，安隅动了动鼻子，这个气味让他想到摆渡车上的巨螳螂，他看向正在地面蜿蜒流淌的雨水，水中好像有无数个透明的光点正在闪烁着。
　　炎脸色阴沉："是虫卵。"
　　巨雷的间歇，嗡吟从远处靠近，尖锐的高频声波折磨着人的神经。安脸色发白，十几只大蓝闪蝶立即在他身边环绕起来，宁拉着他的手安抚道："我在呢。"
　　流明冷道："看看是什么东西。"
　　他一把推开门，暴雨瞬间被风泼洒满室，十几只拳头大的水蚁像炮弹一样冲进房间，尖锐地嘶叫着，在空中盘桓。霎时间，小小的空间掀起一片蓝紫色的光漪，成群结队的大蓝闪蝶在暴雨中平和地振动双翼，它们闪躲开水蚁，在众人身边层层环绕。
　　宁一只手搂着安，另一只手搭在胸口，垂眸凝息，为所有人建立精神屏障。

　　畸变水蚁背上有细长的透明羽翅，身体呈纤细的节段状，四只膨胀的眼球突兀地镶嵌在狭窄的身体两侧，瞳孔像机械一样灵活，向各个方向不停旋转。
　　炎一手将两只水蚁捏爆，其余的立即飞向更高处，在空中盘起黑压压的旋涡，而后一齐向安隅冲去。
　　安虚弱地看向安隅，正要抬手，安隅却道："等一等。"
　　嗡吟声已经贴在他耳边，他和那一对对血红的眼球对视，水蚁张开獠牙，狠狠咬进他的皮肤。

瞬息间，水蚁爆裂，满地脓血。

终端上的生存值轻微波动，只掉了几个点。

安隅在众人震惊的注视中松了口气："已经具备基因融合意识，可以省几只蝴蝶。"他转向安说道："给我一些降低伤害的增益就好，不用急着治疗。"

炎迟疑着开口："刚才是？"

安隅解释道："试图获取我的基因会被爆体。大脑没有写进资料卡，这是我的一个被动异能。"

满是尖锐杂音的室内仿佛安静了一瞬。

炎沉默了好一会儿："对哪些类型的畸种有效？"

安隅平静道："所有。"

他迈出那道门槛，步入充斥着水蚁和虫卵的雨幕，轻声说："刚好，所有畸种见了我都会变成馋虫。"

雨水的温度很高，带有轻微腐蚀性，浇在皮肤上有些刺痛。安隅一路疾行，庆幸穿了长官送的高分子材质的衣服，但他看着雨水浇在新衣服上又有些痛心。

负责减伤的大白闪蝶轻盈地环绕在他身边，水蚁冲进蝶阵啃咬，又在瞬息间荡然无存，他仿佛一个安静的绞碎机，无数条黑压压的水蚁长龙从空中四面八方汇聚在他身上，又安静地消失在暴雨夜中。

街上空无一人，水蚁们凶猛地撞击着楼房上的每一扇窗。34区对抗水蚁畸潮很有经验，街边的紧急广播里循环喊道："全体居民！我们正在遭受一轮水蚁畸潮。与以往不同，此轮畸种致死性较弱，但精神破坏性极强，暂时无法排除因声波而感染畸变的可能。请居民们按照以往对抗水蚁畸潮的策略，留在家中，关闭门窗，封锁上下水管道和气道，最好堵住耳朵。接下来的公告将通过34区管理中心社交媒体平台以文字形式发布。重复一遍，34区全体居民——"

秦知律在频道里道："医院已经和主城失联，你们立即过去。"

安隅加快了脚步："这次的皮肤病严重吗？"

"最后一次通讯发生在水蚁畸群进入34区时，病患们突然爆发高烧呕吐，随后医院失联。这是有预谋的入侵，黑塔预判这批水蚁无法通过啃咬扩散畸变，而要靠声波。它们早早将脏卵产入供水系统，引发瘟疫，干扰人类的心理防线。"秦知律快速介绍情况，"此前医院已经对皮肤病人进行基因筛查，暂时无人畸变。"

虽然无人畸变，但医院已是一片人间惨象。

几个小时前还无明显异常的人们集体爆出脓疮，皮肤破溃，脓血蔓延，每个人都呕吐不止。有些人在挣扎着爬行，有些人趴躺在地一动不动，还有些人被尸体绊倒再也没起来。

安隅在满地尸首中依稀分辨出几个穿着医用隔离服的，医护人员全军覆没，瘟疫已经进入了超速感染期。

浓郁的腥臭和渗进来的雨水酸味混杂在一起，众人止不住地干呕，顾不上踩踏，立即往四楼赶。

秦知律在私人频道里忽然问道："你要送我的那个节拍器，带出来了吗？"

安隅脚步一顿，茫然道："没有，我怕雨水浇坏它。"

秦知律沉思了片刻："它完全不能工作吗？"

安隅看着炎暴力破除四楼住院区的门锁："是的，长官，摆针静止了。"

"怀表呢？"

"也完全坏掉了。"

秦知律思忖着说道："直觉告诉我，那个节拍器不简单。机械时钟消失、电子时间屏蔽、音视频节奏错乱，超畸体掠夺了34区所有时间载具，却唯独留下了怀表和节拍器。"他顿了顿又说，"怀表是劳医生藏起来的，可能要排除掉，那就只剩下节拍器。"

安隅轻轻点头。他的视线扫过走廊，一个已经看不出五官的小女孩使劲往母亲的怀里蜷缩，喉咙里发出呜呜的杂音，似乎没有看见母亲早已死亡。

流明站在她面前，似乎想说什么，但最终只是背过了身。

安隅推开精神住院区那扇严密的门——这里原本与外界隔离，他以为情况会好一些，却不料迎面从病房里冲出来一个满脸鲜血的老头，怒目直奔安隅而来。

炎还没来得及伸手阻拦，他却已经直勾勾地拍倒在地，像一块倒塌的朽木。

趴在地上写日记的人早已不再动弹，诗人带着脓疮在走廊上狂奔，被绑在床上的壮汉身上接二连三地隆起新的脓疮，喉咙开始受损，咒骂渐渐变成不明含义的嘶吼。

安隅快步向尽头的病房走去，却不料路到一半，突然听到身后病房门巨响，劳医生抱着扎羊角辫的小女孩从病房里冲了出来。

他浑身包裹着好几层防护服，对安隅等人视若无睹，直接冲进护理室，将检查床上的东西一扫而下，把小女孩放上去。

"C4720，D792A8……"他在防护面罩后喃喃地念叨着，枯瘦的手迅速从药柜里的针剂上摸过，转眼便捡出四五支安瓿瓶，掰开，针头抽吸，转身迅速推入小女孩的手臂。

小女孩身上还算干净，只有左手食指上有一颗红包，正在飞速隆起。

那些药剂推入后，红包的变化停止了。

劳医生长松一口气，他捧起小女孩的脸说道："这根手指不能要了，我得救你的命，知道吗？"

小女孩茫然地看着他，还不等她作出反应，一声清脆的骨骼断裂声伴随着惨叫响彻房间。

流明在劳医生挥刀的一瞬间闭上了眼。

小女孩剧烈挣扎，但那根手指已经被齐根切断。劳医生迅速准备消毒止血，他不断念叨着"必须截肢阻止感染蔓延，我不能再错了……"泪水在他的眼眶中积蓄，他颤声对小女孩道："对不起，四楼没有手术室，我只能……"

劳医生的话戛然而止，原本忙乱的动作猛地停下，小女孩的哭闹声也渐渐熄了。片刻后，她不可思议地屈了屈手指——左手食指还在，仿佛刚才的断指都是错觉。

那颗脓包迅速隆起，随着"噗"的一声轻响，它破了，脓液顺着手指流淌到手背。

劳医生对着迅速向上蔓延的脓包发愣，数秒后，低头看着自己的手——防护手套不知何时破了个洞，一滴脓液溅了进去，接触到脓液的皮肤正在变红。

一片寂静中，刀从劳医生手中滑落，砸在地上，发出一声脆响。

劳医生向后退了几步，撞到了备药架，失去平衡跌坐在地，防护服又被割破几个洞。他嘴唇颤动着，顺着洞将防护服撕了个稀烂。

"钟刻……"他喃喃道，"钟刻……"

"钟刻什么？"安隅立即上前，流明在他身后一把拉住他，"别！你是普通人类体质，万一感染……"

安隅却挣开了，他冲到劳医生面前蹲下，双手抓着他的肩膀："告诉我，钟刻在哪里？"

"钟……"脓疱已经从领口的皮肤向脖子上蔓延,劳医生的病情发展似乎比别人更快,脸部迅速有脓包鼓起,他无法继续说话,苍老的手反握住安隅,在他手背上一下一下地敲击着,一秒一下,嗒、嗒、嗒、嗒……

安隅愣了一瞬,眼看着脓包蔓延到下眼睑,他突然冷声命令道:"看着我!"

劳医生失神了一瞬,紧接着便被那双金眸吸住了视线。

他其实已经几乎失去了意识,没能立刻消化那条指令,只是在那一瞬间,他忽然觉得面前的金眸仿佛有种独特的吸引力,让他不由自主地望进去。

视野逐渐模糊,他幻觉般地觉得那双澄澈的金眸正在被鲜血填充,赤色氤氲着,在那双眼眸中描摹出他自己的轮廓,写满无法拯救病人的无力与悲痛。

"劳医生!新的药剂组合奏效了!腹水抽出后没有反复,血生化指标正常,粒细胞下降了!"

"劳医生,我们已经向主城申请了药物支援,最快一批今晚就会到,34区有救了!"

"劳医生,多亏了您……"

"劳医生,我的孩子没事了,真的很感激……"

他快步路过那些报喜和感恩的人,眉头紧锁,直接进入重症病房。

病床上躺着一个少年,右侧大腿被高高吊起,膝盖以下的部分却已经消失不见。

"劳医生。"少年冲他虚弱地勾了勾嘴角,"我的指标还好吗?"

劳医生眉头紧锁,翻了翻最新的化验报告,许久才道:"抱歉,感染还在蔓延,截断范围要扩大,可能要全切。不仅右腿,左腿也……"

"全切?"少年愣了下,"可我还要踩钢琴踏板啊。右腿截肢还有左腿,可如果左腿也……"

"我很抱歉。"他深吸一口气,回避着那个震惊的眼神,"但如果想活着,只能搏最后一线生机。"

少年头缓缓垂下来,头发遮住了侧脸,许久才道:"我听说,药剂已经生效,这场瘟疫有救了。"

"是的。"

"可我……"

"抱歉,你感染得太早,并发症严重,现在要你命的已经不是病毒了。"

室内一片死寂,少年从怀里缓缓掏出一块金属怀表,那是一块古董表,指针走起

133

来沉重但清晰,发出"咔咔"的声响。

"那么,如果截断两条腿,我一定能活吗?"

窒息感爬上劳医生的心头,他像被什么扼住了喉咙,许久才喃喃道:"抱歉,孩子,我只能说有30%的存活概率……但这只是统计,统计在个体身上没有意义,生或死一旦发生,就是100%。"

"那……"少年轻轻叩着表盘,"如果不截肢,我还能活多久呢?下个月我要开第一场小型演奏会,大灾厄以后,34区再也没有这样的活动了,附近的小孩子都很期待……"

劳医生吞了一口吐沫,轻轻摇头:"撑不到的……"

"那……七天呢?快的话,七天足以筹备演奏会召开,求您……"

"抱歉……"

"五天?您想尽一切办法,吊住我的命行吗?"

"48小时,最多了。"

"这样……"少年激烈的语气平静下去,他紧紧地将怀表攥进手心,纤细的链子几乎要被攥断了,许久,他喃喃道,"那能劳烦您替我把……"

少年的话没有说完,劳医生意识深处剧烈的震颤让安隅猛地抽离了他的思绪。

劳医生双眼已经被脓包封闭,打断了安隅的记忆获取。

在他愣怔间,紧握着他的那只手撒开了,那具似乎一直在和什么东西对抗的身体终于软塌下去。

安隅缓缓起身。新衣服沾染了脏污,尽管不可能擦干净,他还是用一块纱布蘸着酒精轻轻擦了擦。

"你对着他发什么愣?"流明忍不住问。

安隅摇头,他还没对黑塔汇报过记忆回溯这项能力,长官似乎也默契地替他守口如瓶。

耳机里忽然传来秦知律的声音:"不要透露你的记忆读取能力。"

安隅顿了顿,摇头道:"没有发愣,他跟我说了几句话,声音太小,你们听不见。"

他不知道是不是自己想多了,长官对上毫不隐瞒他的空间和时间加速能力,但涉及记忆方面的能力,哪怕只是意识层面,长官也好像一直在有意识地替他遮掩。

安隅把看到的记忆简单概括了一下，编成劳医生对他说的话同步给大家。

秦知律在公频里说道："刚刚查询到，钟刻是上一波瘟疫的最早感染者之一，最终死亡原因是瘟疫引发的其他恶性感染。在死前接受过一次截肢手术，切掉了右膝以下的部分，但截肢并未能遏制感染蔓延，他拒绝了第二次截肢手术，并在拒绝后的第二天死亡。"

众人陷入沉默，流明动了动嘴，似乎想说什么，却又把话咽了回去。炎看了他一会儿，轻声道："你在饵城长大，见过的悲苦应该比这更多。"

流明眼中的空茫褪去，冷笑一声："见惯了就该麻木不仁？"

那双眼眸坦荡犀利，咄咄逼人地瞪着炎，炎摇头："当然不是，只是在这个世道上，共情太过只会徒增痛苦。"他顿了下，又看向对着怀表发呆的安隅："不过悲悯也在所难免，安隅纵然社会性淡漠，也在替钟刻遗憾吧。"

安隅猛地回过神："啊？"

他愣了一会儿才点头："确实遗憾。我很难理解他，做手术有30%概率活着，他竟然放弃了，这不是找死吗？"

流明突然迷茫了一瞬，他难以置信地看向安隅："在这个世道上还能坚守艺术是多么可贵，失去双腿难道不等同于杀死梦想吗？"

安隅"啊"了一声："是很可怜……但梦想能和活着比吗？"

流明震惊："活着能和梦想比？"

安隅被他吓住了，没再吭声，停顿片刻才道："好吧。去取回节拍器吧，再试试。"

只这一会儿，四楼的人已经死光了，外面也不再有嘶吼，整座医院陷入了死寂。

安隅小心翼翼地蹚过地面上的脏污，出门时，离流明远远地，低声道："长官，我还是觉得活着更重要。"

私人频道里传来一声无奈的低笑，秦知律像是忍了许久，摇头叹息道："我就知道。"

安隅淋在雨中，语声很低，却透露着坚决："没有什么比生存更重要。"

他顿了顿，问道："您最看重的又是什么呢？"

"守护秩序。"秦知律毫不犹豫地回答，又问他，"你只是单纯地渴望生存吗？

135

还是有想做的事？"

安隅思索了很久。

从来没人问过他这个问题，如果凌秋替他回答，一定会果断回答"单纯渴望生存"，似乎本来也确实如此。

但长官这样问，他却不想草率作答。

许久，他轻声道："没有太多想做的事，开面包店是因为面包是生存物资，赚钱也是。其实绝大多数事情，如果和生存无关，我都不愿意接触，很麻烦。"

秦知律"嗯"了一声，对着屏幕敲着战报："我知道。"

"但是……"安隅紧接着又轻轻道，"如果长官要守护秩序，我愿意陪着您。"

键盘敲击声忽然停住。

许久，秦知律才说道："这和你的生存似乎有一点关系，但关系不大。即使你不这样做，我也会遵守诺言，保障你在主城的安全。"

安隅舔了下唇角："嗯。这就像在孤儿院您用生命和精神来保护我，和您守护秩序的初衷好像也有一点关系，但关系不大。"

安隅等了一会儿也没等来长官的回应，频道里再次响起键盘敲击声，只是比刚才放缓放轻了很多。

他听了一会儿，觉得这个话题应该结束了，但还是忍不住补充了一句："当然，陪您守护秩序，在不妨碍我生存的前提下。"

键盘敲击声一顿，秦知律笑了起来，低沉地"嗯"了一声。

不过数小时，水蚁畸种的体型已经增长到四五个拳头大小，飞在街道上像一架架无人机。没有长大的那些水蚁脱了翅，在地上爬行，它们在门缝下缩小身体，努力将自己挤入楼房。

一只大水蚁飞过来咬在安隅肩头，剧痛让安隅恍惚了一瞬，水蚁爆裂的同时，他看向终端——生存值下降了将近五个点。

一只大白闪蝶迅速用翅膀覆上安隅的伤口，终端上的数字缓缓恢复了。

"水蚁在不断强化。"宁替安开口提醒道，"不能再让水蚁随意咬安隅了，大家也都注意闪躲。"

话音未落，嗡吟声忽然加剧，一群水蚁直冲着安隅这边飞来，刹那间，流明向安隅的方向跨了一步，直面蚁群，红唇轻启，发出一阵轻微的声响。

在安隅听来，那仿佛一段不明含义的轻声呢喃，但蚁群却在声波攻击下瞬间失去了队形，在空中剧烈地翻滚着，随即纷纷落地。

炎赞许地挑眉："看来辅助扩声片确实很奏效。"

流明瞥了他一眼，冷笑："确实比纯粹的暴力有用得多。"

炎正要开口，忽然蹙眉，迅猛地伸手从流明侧脸擦过，一把捏爆了一只正无声靠近的水蚁。那是很小的一只，蓝色眼囊，翅膀扇动毫无声响，也无气味，是新的畸变产物。

炎把脏东西扔进雨里，对着错愕的流明轻笑一声："初生的小豹子，别太轻敌了。"

众人在雨中走了一条街，终于找到一辆无人的车。

一路上，疯狂的水蚁撞击着车玻璃，恐怖的眼囊挤压在玻璃上，尖牙划出刺耳的声响，安崩溃地把头钻进了宁的怀里，炎也被风挡玻璃上的障碍骚扰得好几次差点翻车。

终于回到旧物铺时，所有人都已精疲力竭。

街道上仍然空无一人，不知道躲在家中的人还有多少平安无恙。

他们重新进到店里，那台节拍器还安静地伫立在钢琴上，安隅看了它一会儿，忽然觉得有些不对劲。

"它好干净。"他轻声道。

在他们走之前，风已经把雨吹满房间，所有商品都受到了不同程度的污染和腐蚀，唯独那台节拍器立在钢琴上，一尘不染，寂静安宁。

流明揭开罩子，把摆针松开，无事发生。

他上下挪了几下游尺，摆针只随着他的动作幅度晃了两下，依旧无法自主摇摆。

宁忽然问安隅："这个节拍器周围的空间正常吗？"

安隅轻轻点头。

上次来铺子里时他就留意过，整间旧物铺的空间感都没什么异常。

他将节拍器抱在怀里，拨动着游尺，叹气道："长官，线索断了。"

劳医生已死，钟刻已死。

皮肤瘟疫和水蚁畸潮虽然恐怖，但与时间错乱无关，很可能也与超畸体并不相关。但那个超畸体的存在，会让遭受瘟疫和畸潮灾难的34区人更加痛苦。如果他能不断重置时间，再高明的医疗也救不了34区人。

耳机里沉默了片刻，安隅的记录仪从空中靠近节拍器，悬停在它正前方。

秦知律在屏幕另一头注视了许久，问道："游尺调整过了？"

流明点头："试了。"

"所有的节拍都试过吗？"秦知律立即问，"刻度60，试过吗？"

流明愣怔的瞬间，安隅猛地抬起头。

嗒、嗒、嗒、嗒。

劳医生一直在计数的节拍，一秒一下，换算到节拍器的刻度刚好是60。

他重新拧了一圈发条，将节拍器放回水平面，挪动游尺小心翼翼地接近刻度60，精准停住，放手。

几秒钟的沉寂后，节拍器忽然摆动了起来。

一左一右，嗒、嗒、嗒、嗒……

机械撞击的声音在安静的旧物铺中回荡，众人惊愕地看着节拍器，那是34区第一个重新恢复功能的时间载具。

发条已经走到一圈的尽头，而摆针却还在安静地摇摆着，拨开空气中的灰尘，在昏暗的室内一左一右地计数，仿佛一个不知疲惫的时间唱诵者。

"长官，找到了。"安隅怔然开口。

他定了定神，指着节拍器："这里，还藏着一个空间。"

【碎雪片】靳旭炎（4/6）驯豹（2）

驯服的过程并不如预想般顺利，我经历了超乎想象的抵抗。

有时我甚至难以自控地施加过重的惩罚。

他很倔强，甚至有些让人心疼。

但他必须学会顺从。

他一直都没明白，我并非让他向我顺从，而是向生路顺从。

这毫无道理的世界中，他仅剩的一条生路。

【碎雪片】
照然（2/5）不要妄想驯服我

漆黑的花藤紧紧地束缚着我，让我感受到每一根动脉都在用力搏动。

黑蔷薇花藤上本应布满倒刺，但出乎意料地，这些捆束着我的藤蔓，却很光滑。

但我仍然恨他。

在这个时代畸变，自由毁灭似乎也是一条可选的路。

我不知道这是不是我想要的，我只知道，没人有资格强迫我做出选择。

他自以为是地救我一命，迫使我搅进这场人类抵抗灾厄的旋涡。

他的基因熵极高，意味着基因更趋于稳态，以及更强大的异能。

黑蔷薇的能力是使对方陷入绝望，绝望之后，就是屈服。

但不知为何，他始终没有施加在我身上。

这让我在任务中暂时没有与他作对。

我确实无力反抗他，

但他，也永远不可能拥有我的驯顺。

65　时间控制台

嗒、嗒、嗒、嗒。

摆针的撞击声在昏幽的旧物铺中回荡，音色从薄脆逐渐变得厚重，直至每一下仿佛都带着弹簧响。

安隅轻声说道："里面的空间好像正在开启，就像一块被捏扁后逐渐恢复形状的海绵。"

小队立即进入戒备状态，白色与蓝色的闪蝶在空中翩跹飞舞，流明放下了衣领，黑蔷薇藤从炎的袖口中探出枝桠。

安隅平静地站在众人中心，凝视着摆动的撞针。

片刻后，他低头轻轻跺了跺脚："长官，旧物铺有地下室吗？"

耳机里传来键盘声，秦知律很快道："有。登记营业区域只有一层，但几十年前批文的图纸上有地下结构。"

话音刚落，摆针忽然重重一撞，在中心位戛然而止。

滞涩的木械划动声带动着钢琴背后的陈列柜向两边打开，一片漆黑，像一层浓郁的雾，肉眼难辨深浅。

"地下室的空间被折叠到上面了。"安隅盯着漆深之处，"介质稀薄，空间似乎被拉伸了，变成从前的很多倍。"

炎蹙眉道："根据经验，超畸体往往喜欢藏匿进狭小之处，这家伙为什么需要这么大的地方？"

安隅轻摇头："进去就知道了。"

秦知律提醒道:"要尽快揪出超畸体。刚收到大脑的采样结果,本次34区水蚁畸种感染性弱,侵袭目的是以声波发动精神攻击。声波通过固体传导,无法彻底隔绝。在超畸体的操纵下,受精神冲击的人正在反复重置痛苦,已经有不少人在网络上发布自杀倾向言论。"

安隅看了一眼终端上的体征数字,生存值与精神力双满。

小章鱼人难得地没有在工作,它一脸严肃,一只触手勾着马克杯,三只触手在面包架上挑挑拣拣,剩下的触手像吸盘一样稳稳地盘在地面上。

安隅忍不住在面包架上戳了两下,提示它选择朴素的角落面包,看它听话做出抉择后才收起终端。

"明白。"他轻声道,率先步入那片黑雾。

空间剧烈翻转,睁眼时,刺眼的白亮逐渐收敛,藏匿在旧物铺中的里空间缓缓揭下了面纱。

小队几人站在一起,震撼地环视这巨大的空间。

这是一个极不规则的空间,四面八方都没有清晰的棱角和分界,目之所及皆是白亮的空茫,不见边界。

但这个空间却是满满当当,各式各样的钟表、沙漏、发条和齿轮散落四处,有一些完全融合在一起,铸造出巨型的时间载具,诡诞的形状和庞大的尺寸触目惊心——所有时间载具都是停摆状态。

安隅向前踏出一步,激起一声空茫的"嗒"声,像秒针转动。

通讯还在,但秦知律的声音比正常时低了几分,空间介质的形变让声音传导也失真了。

"非生物体的超聚超畸现象,和植物种子博物馆类似。34区的全部时间载具都融在了一起,或者说,都被那个东西吸纳了。"

众人缓缓向白亮深处走,脚步声在空间中激起无数重交错的时针转动音,回声重重,让人目眩耳鸣。

蓝色闪蝶轻振蝶翼,小队成员的精神力都在反复拉扯,只有安隅的精神力不受侵扰。

"绝对感染抗性,绝对精神稳定。"炎低语道,"律千挑万选,果然选择了一个可怕的存在。"

"我已经无法在心中准确读秒了。"流明轻声问安隅,"你完全不受影响吗?"

安隅唇角紧抿,许久才轻摇了下头:"会很烦的。"

精神力稳定并不代表不受干扰。他和别人一样忍耐着眩晕,虽然不会产生时间错乱感,但却能清晰地意识到有个东西一直在试图拨乱他的感知,就像孤儿院的那些噪音,让他烦躁,想喊停,想粗暴地让这纷乱运转的时间永恒死寂。

深处的时间载具逐渐减少了,但脚步引起的走字声却愈发纷乱。

大家彻底丧失了时间概念,流明在一分钟内问了安隅四次"我们走了多久",安瞟向体征数字的频率几乎可以按秒计算,宁释放大蓝闪蝶也失去了节奏,一会儿飞出一大团,一会儿又半天不动。

只有炎还算正常,一条蔷薇花藤从身后伸出,轻轻勾着流明的手腕。

几分钟后,超聚的时间载具彻底消失。

众人停下脚步,震撼地看着面前铺天盖地的巨幕——

一个个小屏幕聚合在一起,就像排列好的电视机,弯曲着铺满了整个不规则的空间。

他们回过头,来时的路也消失了,头上脚下,360度全部铺满了小屏幕,上面映出形形色色的面庞,生老病死、欢笑痛苦,各自演绎。

一些屏幕已经灰掉了,还有一些屏幕正渐渐黯淡。

每块屏幕后都有黑白两根线缆伸出,白线汇聚向空间中心悬浮的中央屏,中央屏上没有人,只有一个不断跳动的数字,黑线则汇聚向中央屏下一只小小的黄铜沙漏,复古而神秘。

安隅缓缓转了一圈,视线掠过那些屏幕,无数人的悲欢离合在金眸中交错而过,最终,他看向中央屏和下方的沙漏。

"原来如此。"

安木然地看了他一眼,宁问道:"什么?"

安隅抬手指向脚下斜前方的一块屏幕,因水蚁被困在家中的孕妇刚刚分娩,屏幕的主人是孩子父亲,他一脸欣喜地抱起新生儿,但就在那一刹那,画面突然定格。

紧接着,如同进度条被迅速向后拖动一般,画面一闪而过,当他再动起来时,孩子还在怀里,但他脸上的笑容已然消失,他呆了好一会儿,才茫然地抱着孩子晃了起来。

流明恍然道："和杂货铺老板相同的遭遇。"

安隅随即指向那块屏幕后的白线，一簇光点在白线中迅速向上涌动，转眼便汇入了中央屏。

中央屏上的数字增加了。

安隅轻声说："掠夺个体快乐的时间，将这些碎片积攒起来，汇入中央控制台。"

宁问："被掠夺的人会短命吗？"

安隅想了想："应该会。但超畸体很聪明，每次只切走几天甚至几小时，人们就不会察觉。"

他顿了顿，又重新看向中央屏上的数字："饵城近百万人，每人手里偷一点，汇聚成这个庞大的时间池。"

如果全部挪作己用，近乎永生。

安隅话音刚落，齿轮转动声响起，沙漏缓缓倒置。

就在他们面前的几块屏幕上，画面突然倒退，重新放映时，刚从水蚁精神干扰中平息下来的人又痛苦地捂住了头。

与此同时，中央屏上的时间减少了一些。

安隅瞳孔轻缩："沙漏每次倒置，会让一些人的时间重置，但是要消耗中央控制台里积累的时间。"

秦知律冷道："看来这位超畸体并没有绝对意义上的时间逆转能力，它只是对时间再分配，以折磨34区人为目的。"

安隅"嗯"了一声："这印证了您从前的推断，时间加速很容易，停滞很难，逆流几乎不可能。"

他回过身，看向一块弯曲的屏幕："这里有一块不该亮着的屏幕。"

劳医生的屏幕。

劳医生死在他们眼前，但在屏幕中，他仍坐在病房床上，右手拿着木勺将饭盒里的梨块往嘴里填，左手在床沿上规律地敲击着。

窗外暴雨瓢泼，水蚁畸种凶狠地撞击着窗玻璃，但他面色平静，缓慢享用早餐。

画面上有水蚁，盒饭内容也变了，这不是回放。

143

炎道："再找一下钟刻的屏幕。主城，请求传输钟刻照片。"

上峰接入频道："立即为您发送。由于通讯受扰，速度可能较慢，请稍等。"

安隅在劳医生的记忆中见过钟刻，他仰起头，视线迅速移动。

频道里渐渐传来嘈杂低语，黑塔、大脑、尖塔均已接入，五个人的记录仪迅速旋转镜头，所有人都在大屏幕前帮着寻找钟刻。

安隅率先摇头："没有，只可能在熄灭的屏幕里。"

"这符合钟刻死亡的事实。"一位上峰说道，"钟刻的临床死亡和尸体焚化都有记录可查，但劳医生不久前死在医院，目前医院已脱离监控，不排除他假死。"

顶开开口道："时间控制台的作用是时间再分配，折磨34区人只是附带的罪恶游戏，控制台诞生最初的目的应该是掠夺他人时间来延续自己的生命。"他沉思片刻，"医生和钟刻都有嫌疑，直觉上，医生的屏幕很可能是陷阱。"

"但这个陷阱似乎也是唯一可循的线索。"安隅盯着劳医生的屏幕，瞳孔随着呼吸轻轻收缩着，"是陷阱也必须去踩，踩上去才知道猎人的刀在哪里。"

频道里，上峰们的低声讨论交织在一起，黑塔在犹豫，34区的故障是否值得拿角落去冒险。

安隅安静等待结果。不知从何时开始，他被打上了至关重要和重点保护的标签，但那十八年的贱民生活分明犹在昨日。

"去吧。"秦知律忽然说。

频道里瞬间安静，不等上峰反应，安隅已经道"是"，抬手关掉了公频。

炎和流明跟上来，安和宁守立背后。

每个屏幕都盛放着另一个时空，或者说，另一个人的生命。

向劳医生的屏幕靠近时，安隅能感到一股时空引力，其他屏幕都没有。陷阱俨然正向他笔直地铺开红毯，期待他的靠近。

他神色平和，步入那陷阱。

"咔嗒。"劳医生扣上了饭盒，单手拿着空饭盒和木勺走出了病房。

四楼一片死寂，空气中的血腥味浓郁得让他干呕，他却在干呕时忽然笑了两声，像想到什么滑稽的场景，一边呛咳着一边还不忘继续"嗒、嗒、嗒"地数着。

地上倒着几具尸体，护士早就不见踪影。他独自把饭盒送到盥洗室，然后回到了备药间。

"嗒，嗒，嗒……"

频率始终没变，但他的语调却变得轻快起来，像在唱歌一样。

小女孩死在检查床上，倒在地上的备药架下也有星星点点的血——是他的血。他撸起袖子，看着自己身上脓疱留下的疤痕，那些疤痕已经干瘪结痂，仿佛只是曾经起了个水痘。

"C4720，D792A8，是对的！"他突然换成用轻扣手指的方式计数，跳起来指着小女孩笑着大声叫，"但是少了一种，还要搭上B1825X，才能彻底抑制受体细胞酶活性，切断感染进程！"他冲上去大力揉捏着小女孩已经肿胀变形的脸，怜爱道："宝贝，谢谢你，B1825X是很基础的药剂，猛的是前两个，我不敢拿自己试，还好四楼除我之外还有你一个感染初期的幸运儿！你和钟刻一样好命，注定成为伟大药剂的开路者！"

他高兴地在房间里唱起歌来，像个老顽童，"嗒、嗒、嗒"地蹦到窗边。

一只水蚁从外面"嘭"地砸到玻璃上，诡谲的声波透过墙壁和地板传了进来，劳医生随即痛苦地捂着太阳穴蹲下，身子微微抽搐。

但抽搐中，他突然抑制不住般地大笑出声："主城来的那几个蠢货！"

他一边笑着一边躺倒在地上的血泊里，放松地摊开身体，闭上了眼，继续轻念道："嗒、嗒、嗒。"

过了许久，水蚁走了，他才睁开眼，眼神清明至极。

嗓子已经哑了，他又换回用扣手指的方式计数，那双凹陷的眼望向外面的大雨，喃喃道："那几个蠢东西怎么好像找到入口了……"

他猛地起身，飞奔出医院，在暴雨中撬开一辆车的车门，踩下油门一路狂飙，脑袋在风挡玻璃上反复磕碰，他却浑不在意。

直到冲入钟记旧物，他对着钢琴后露出的空间边界冷笑一声："果然如此。进去就别出来了，困死在34区的时间里吧，上百万个时空，好好品味。"

他说着便拿起节拍器，瞟了眼停在刻度60的游码，又拧了两下发条。

摆针一左一右地摇摆起来，他的手指随着钟摆的节拍轻轻扣动，摆针静止时，他自然地开口衔接上："嗒、嗒、嗒、嗒……"

他唱着计数，兴奋地盯着钢琴后的空间入口缓缓关闭，而后随手掀开琴凳，从里面拿出一个相框。

145

钟刻的黑白遗照。

他欢快地叩着左手食指，右手拇指轻轻抚过钟刻的脸颊，闭上眼，脑海中回忆起钟刻死前的场景——氧气罩后的少年奄奄一息地盯着他看，在监护仪器呆板的声音中，那双眸中流淌着绝望，钟刻轻轻伸出手，勾住了他的手指，无声的哀求着。

他低下头，笑容满面道："注定在瘟疫中死去的人，痛苦是命运早就写下的设定，别白白拥有快乐时光，留下来，留给那些能从瘟疫中逃生的幸运儿吧。放心，无论34区多么伤亡惨重，灾厄停歇后，它总会复苏。我会一直做好这个帮助重新分配时间、带人们打败瘟疫、迎接光明的人。"

安隅的意识从"嗒、嗒、嗒"的吟唱中抽离。

安隅睁开眼，仍旧站在医生的屏幕前。

屏幕上，医生还坐在病床前，一边和窗外发疯的水蚁畸种对峙着，一边平静地舀着梨块往嘴里送。

按照客观世界时间推算，这个画面应该发生在一两小时前，却被屏幕反复重置播放。如果不将意识融入劳医生的时空，永远无法得知后面发生的那些事。

安隅凝视着屏幕，正在思考，一声枪栓拉动的声响忽然让他打了个哆嗦，他回过头，流明执枪直指屏幕。

流明的双眸中怒火燃烧，他冷声道："我猜，不管我们能不能出去，打碎这个屏幕，他都得死。"

炎的意识也刚从屏幕时空中挣脱回来："如果他是超畸体，一旦他死，这个空间就会彻底释放，我们能出去。但如果打错……"他停顿沉思片刻，"打错，这个屏幕真正的主人会白送性命，但像安隅说的，如果枉送一条性命是陷阱里的刀，我们也别无他法。"

流明唇角轻勾，眸中却毫无笑意，冷道："不会错。"

指尖扣动扳机的一瞬，一只手忽然握上了枪杆。

安隅的手在哆嗦，他努力克服着本能的恐惧："都是假的，别冲动。"

他尽量用长官教过的呼吸方法来平稳心跳，从枪上小心翼翼地撒开手，往旁边撤了两步。

流明皱眉转向他："里面发生的事符合客观世界时间线，一切合情合理，他是一个疯子！只有能被救下的人才高贵，救不活的人活该去死，这就是他自以为是的规则！"

随着他的话语，那个枪口也朝安隅微弱地偏了一个角度，安隅瞳孔都哆嗦了，连忙往旁边撤道："好好说话，放下枪。"

流明愣了下，随即皱眉把枪掉转，瞟了那黑洞洞的枪口一眼："你不是上峰捧在手心里的宝贝吗？你怕这玩意？"

安隅："……别玩它，很危险。"

"不要用枪指着角落。"秦知律在频道里沉声道，"你们在屏幕里看到了什么？"

安隅不擅长篇大论，流明个人情感太强，最后是炎客观地概述了屏幕里看到的事情。

安隅重听了一遍故事，摇头道："其实很简单的，这个屏幕里无论发生了什么，都必然是陷阱，只要记住这一点，就不会被蛊惑。"

他抬头，平静道："别忘了，我们是要通过陷阱找到猎人的线索。"

秦知律替安隅打开了公共频道，上峰问道："为什么这么笃定是陷阱？"

安隅想了想，低声道："劳医生不是这样的人。他是一个真正有医德的大夫，虽然他预感到会出事，早就装疯躲起来，但在危急时刻还是会拼死挽救小女孩。"

"根据你们看到的内容，小女孩只是他试药的试验品。"上峰道，"角落，不要太自大。我们知道他在假死之前曾对你说过一些话，但那些话也可能是假的，可信度甚至不如你们在屏幕时空中亲眼看到的内容。"

另一人低声提醒道："角落，你的社会性确实已经有了很大进步，但在揣摩人性上未必准确。"

安隅抿唇不语。

屏幕中看到的可能是假，但他的记忆回溯必定为真——他在记忆中真切地感受到了医生当时对无法挽救钟刻的强烈愧疚，医生甚至不忍抬头直面钟刻期待的眼神。

但记忆回溯的能力上峰还不知道。

秦知律忽道："这个故事自相矛盾了。"

安隅抬眸："什么？"

"小女孩并非死于药剂无效，而是死于时间重置，这是客观世界已经发生的事实。如果劳医生是超畸体，时间重置就是他的手笔。根据你们在屏幕中看到的人格，他只会放弃自己无法拯救之人,但前两种药剂是奏效的,他从哪儿判断出小姑娘最终仍无法被拯救?"

频道里一片寂静,安隅怔了好一会儿,而后下意识地戳了戳终端屏幕上的小章鱼。

小章鱼吃饱了面包,又开始工作了,它似乎已经习惯了主人时不时的骚扰,头也没抬一下。

只有一个气泡框慢吞吞地弹出来:你最好有正事。

私人频道里,他真正的长官低声道:"你做得很好。坚持你的决断,解释不清的事情就交给我,不要轻易把记忆回溯的能力公开出来。"

安隅极轻地"嗯"了一声,小声道:"谢谢长官。"

"不必说谢,维护你也是我的职责。"

上峰迅速讨论了一番,一直沉默的顶峰忽然开口道:"那么角落,你从陷阱中看出了什么?"

安隅收起终端,思索道:"超畸体的行为模式。"

他将视线掠过面前几十上百万静默演绎的屏幕:"钟刻根本不在熄灭的屏幕里,虽然他的身体已死,但是意识和时间载具发生了超畸现象。他不再具备本体,某种意义上,他和时间并存,能灵活进出这里的每一个屏幕。"

顶峰顿了顿:"如何得知?"

"劳医生的记忆里没有活人。"安隅轻声道,"医院全是尸体,开车行驶的一路都不见人。水蚁畸潮和瘟疫让这一切看起来很合理,但假如灾难没有出现,我猜我们也看不到其他活人。"

他顿了下:"刚才在屏幕里,除了劳医生之外,唯一出现过的活人就是钟刻。"

流明蹙眉:"钟刻是在他的回忆中出现的。"

安隅立即问道:"如果这个屏幕只能演绎客观世界发生的事情,你作为旁观者,凭什么能读取别人的回忆?"

流明一下子语塞,愣住了。

安隅之前不确定那段钟刻死前的回忆是不是自己的能力被再次触发了,因此在意识抽离后迟迟不敢决断。

但刚才炎对上峰汇报，也说出了那段回忆。

在屏幕中，劳医生咒骂他们为主城来的蠢东西，那是超畸体的心声。

他确实把他们想象得太蠢了。

安隅回头望着屏幕里继续对窗发呆的劳医生，眸光冰冷。

"这位超畸体可以随意进出每个人的时空，如果你的意识也钻进去，他就能让你看到一出假戏。但他似乎只能操纵屏幕的主人，用曾经发生在对方身上的经历碎片拼接起故事画面，却无法跨越屏幕调动其他活人参演，为了故事完美，他自己就必须作为演员出现。"

"这就是破绽。"

话音刚落，劳医生的屏幕忽然一闪，画面变成了一个缩在卧室墙角哭泣的小男孩，那才是这块屏幕真正的主人。

很快，上峰道："这个小男孩是医生的孙子，在他从前的经历中，确实很可能出现大量劳医生的素材。"

在众人眼前，小男孩的屏幕时间开始反复重置，直到屏幕上出现错乱的雪花，一张苍白的脸浮现。

钟刻没有说话，他的脸也只在雪花乱码中一闪而过。

但那个阴毒的笑，却让冷意降临在每个人的头上。

几秒钟后，旁边另一块屏幕开始重现相同的过程，紧接着，下一块……

他肆无忌惮地穿梭在屏幕之间，随意拖动人们的时间进度，掠夺与重置，像掌握时间的造物主一样折磨着34区的无辜生命。

向五名守序者，和远在主城的上峰、大脑、尖塔，发出挑衅。

一片死寂的公频中，忽然响起一声极轻的冷笑。

安隅低声自语："班门弄斧。"

那个声音，让远在主城的上峰和大脑都愣了一下——也包括秦知律。

这好像是他们第一次感受到安隅动怒。

一片雪花乱码后，钟刻的脸从一块屏幕上消失，安隅猛地回过头，仿佛有感知般，他身后极远处的另一块屏幕开始反常错乱。

149

几乎是瞬间,他的身影一闪而过,出现在了那块屏幕前。

"那就看看我们谁更快。"

他说着,指尖触碰屏幕,意识融入。

66　人类时间将倾

剧烈的玻璃撞击声狠狠冲击着安隅的意识。

他倏然睁开眼，鼻尖与窗玻璃若即若离。几毫米之外，无数只猩红的眼囊死死地盯着他，嗡吟让地板都随之震颤，震得人脚底发麻。

那些眼囊猛地后退，又随着水蚁身体的冲撞再次砰然砸上玻璃！

小孩子惊恐的哭叫让安隅猛地回过神来，一对五六岁大的双胞胎拥抱着缩在墙角。

他们似乎看不见安隅。

又一波凶悍的撞击，坚固的玻璃上出现了一条裂纹，嗡吟声陡然加剧，两个小孩痛苦地蜷在一起。

窗外黑压压一片，不见天日，只有点点猩红的光在黑潮中交替闪烁。

是水蚁的眼睛。

整栋楼被上万只水蚁包围，一波又一波不间断的撞击中，别说玻璃，安隅甚至感受到了楼体的晃动。

小男孩突然站了起来，浑身战栗道："玻璃裂了！咱们得到地下防空室去！"

"哥……"小女孩两眼红肿，"我头好痛。"

"忍一下，哥哥带你去安全的地方！"他说着，拉起她跌跌撞撞地往外跑。

安隅立即跟上去，刚一开门，浓郁的酸臭和血腥让他差点呕出来。两个小孩被味道冲得一屁股滚到地上，他们迅速爬起来，男孩脸色惨白道："害怕就闭上眼，跟着哥哥！"

小女孩抽噎着攥住他的手："好！"

安隅盯着他们的身影——他必须随时掌握屏幕主人动态，一旦有意外，他得在对方死亡之前从屏幕里出去，否则意识很可能被永远困在熄灭的屏幕里。

此刻，双胞胎的行动轨迹完全重合，他暂时无法分辨哥哥和妹妹谁才是主人，只能紧紧尾随身后。

整条走廊都是精神崩溃的34区居民。

人们被冲入楼体的水蚁撕咬着，捂着流血的头脸，跪倒在地号啕大哭、嘶叫、咒骂，不断呼唤着死去亲人的名字，现场惨烈无比。

安隅从一个死去的女人身边跑过，水蚁卵的卵液溅入他的眼睛，剧烈的灼痛从眼底一瞬而过，污浊很快便从那双金眸中消散，仿佛从未存在过。

他回头，平静的目光从女人尸体上扫过，又瞥身后不断远去的、在崩溃中滑向死亡的人们。

眼前的一切不是虚假的，而是客观世界正在上演的惨剧。

主城的干预让钟刻陷入了极度疯狂，他正大肆利用这场瘟疫和蚁灾，无差别地折磨每一个人。

安隅平静得近乎冷漠，他毫不停留，跟在小孩身后，躲开楼梯间那些汹涌觅食的水蚁，踩踏着人类的尸体向楼下狂奔。

钟刻一定就在附近，混在这些人群中。

一只水蚁呼啸着从小孩身边飞过——它似乎有其他目标，并没有停留，但在擦身的瞬间，它狡猾地张开长矛般的獠牙向女孩胸口刺去。电光石火间，男孩狠狠撞开妹妹，自己左侧锁骨当场被獠牙刺穿，鲜血喷溅。

刹那间，安隅的意识仿佛被猛地撞了一下，心神剧痛，眼前的世界差点黑掉——男孩是屏幕的主人。

精神冲击的效果立竿见影，男孩抱着头，仿佛陷入莫大的悲痛，开始大哭。

"哥！"女孩流着泪拖住男孩的手，继续吃力地往楼下跑，"换你跟着我！"

安隅也被水蚁喷出的毒液腐蚀到了，烈火焚心般的痛楚在胸口蔓延，他的瞳孔剧烈地收缩着，继续跟在小孩身后狂奔，一边跑，一边将视线飞速掠过满地痛苦的人们。

他与钟刻都还没摸清彼此的深浅，钟刻也因此迟迟没有对屏幕的主人出手。

但凌秋说过，恶人分为两种，一种喜欢将自己隐匿入人潮，就像大海中的一滴水；另一种则痴心于表演，后者永远无法抑制作恶的欲望。

小男孩已经受伤，安隅不信钟刻能一直忍耐下去。

无声的愠怒在那双金眸中氤氲开，只要钟刻胆敢在他面前玩一次时间的把戏……

小姑娘惊人的坚韧，她因恐惧而闭着眼往楼下冲，几次在台阶上跌倒，却从未停下逃生的脚步，也不曾松开哥哥的手。

不知下了几十层，男孩的哭声终于渐渐弱了，安隅瞳光一凝，在背后专注地盯着他。

精神干扰即将结束，这是钟刻最后一次上台表演的机会。

小姑娘脚步放缓，在一处略显安全的平台上停下，希冀地看向他："哥，你好了吗？"

男孩没应声。

他闭上眼，一次又一次深呼吸，吸到底，再缓缓吐出——剧烈起伏的胸口终于逐渐平和下去。

安隅就站在他面前，安静地看着他，眸光忽然轻颤了一下。

他猝不及防地想起53区的任务，那时他不止一次地心悸应激，长官抱住他在耳边低声安慰，或是在耳机里，温和地教他用呼吸平复心跳。

后来他才明白，那是长官少年时独自面对试验后遗症摸索出的法子。

原来早在相遇之初，他就懂得他的痛苦——他一直在引导他走出黑暗。

小男孩面色像纸一样白，但他的神智终于恢复了一些，缓缓反握住妹妹的手，虚弱道："没……没……事，哥没……"

话音忽然停顿，刚聚焦的瞳光再次散了。一个恍惚间，安隅猛地从莫名的走神中挣脱出来，浑身战栗。

时间重置！

钟刻果然还是出手了。

兄妹周围的空气突然如爆炸般剧烈震荡，瞬息之间，安隅已经出现在十几楼之上，一把拎起了一具脸朝下倒在血泊中的女尸。

尸体缓缓冲他抬起脸，脏污的头发散落在浮肿的脸上，一双阴冷的眸带着笑意凝视他。

"你确实很快。"

钟刻的声音仿佛是贴在安隅耳边响起的。

"但你中计了，蠢货。"

安隅的心跳悬停了一瞬，金眸猛地收缩。

不是重置！

男孩锁骨处的伤口才是致命伤！

钟刻根本没打算让他重温精神折磨，而是选择在刚刚那一瞬掠夺了他死前最后的时间。

屏幕主人死亡。

安隅眼前的世界迅速滑向黑暗，那个声音贴在他耳边，感受着他惊惧的战栗，轻笑道："永远留在这里吧，我去下一个屏幕了。"

刹那间，汹涌的屈辱感剜开了安隅的神经，仿佛有什么东西在意识中轰然炸裂，迅速黑暗的世界忽然静止了一瞬！

安隅没来得及捕捉那一瞬究竟发生了什么，但本能让他抓住了瞬息间的机会，意识从时空中猛地抽离！

"角落！角落！"

"角落回话！"

"你的精神力在波动！"

"宁！拉住他！不惜一切代价！"

"角落！"

……

慌乱的惊叫在耳机中炸响，安隅猛地睁开眼，剧烈喘息着。

他此刻平躺在地，眼前皆是环绕着的大蓝闪蝶，蝶息吐纳，在他周围缭绕起一片安宁的蓝紫色涟漪。

一只体型较大的白闪蝶落在他胸口，缓慢有力地震动双翼。

金眸空茫了一瞬，耳机里疯狂的询问声戛然而止——他切去了私人频道。

"安隅？"一个熟悉的声音响起，"醒过来了吗？"

长官的声音沉稳依旧。

"嗯……"安隅猛地安心下去，闭上眼深呼吸，气弱道，"我还好，请您放心。"

主城屏幕前的秦知律缓缓松开紧攥的手，无声地松了口气。

"别急。"他温和道，"你的生存值是满的。在你的意识进入屏幕时空后，大白闪蝶保持待命，但你的生存值没有发生过丝毫波动，看来无论你在里面遭遇什么，客观世界里都不会承受伤害。"

安隅无意识地勾了下唇角："嗯。"

长官永远知道他最在意什么。

秦知律继续道："但你的精神力在刚才出现了10%的骤降，别担心，现在已经恢复满状态。"

安隅怔住了："精神力？我的精神力受到了冲击？"

"是的。"秦知律略作停顿，低声道，"但很难说，这种冲击究竟来自外源还是内源。"

安隅没听懂，他茫然地望着眼前环绕的蓝蝶，喃喃道："所以……是宁拉住了我……"

"不。"秦知律立即否认，他轻轻点击鼠标，看着屏幕上大脑回传的慢放视频，"你的精神力下降得始料未及，宁反应慢了一秒左右，在大蓝闪蝶释放之前，你的数值已经回弹到100%，你自己恢复了原状。"

安隅双目空茫，像是回到了秦知律初见他时的状态。

他从地上坐起，缓缓将屏幕里发生的事说了。

上峰与大脑研究人员立即展开讨论，安隅听了一会儿，意识到，最令主城恐慌的其实不是钟刻，而是对他差点被关在死去之人时空中的后怕，以及对他精神力会变化的震惊。

他听着听着，又被秦知律切回了私人频道。

"你知道福犀动画吗？"秦知律非常突兀地问道。

安隅愣了足有两秒："福什么？"

"《超畸幼儿园》的制作公司。"

安隅懵然道："很抱歉，我没听说过，他们怎么了？"

秦知律用闲聊的口吻说："主创团队疯了，两小时前放出的新一集中，忽然给兔

155

子安加了个知己。"

　　安隅迟钝般地反应了好一会儿:"长官,知己是什么?"

　　秦知律低沉地"嗯"了一声,缓声解释:"就是两个人坚定地选择了对方,他们势均力敌,彼此了解,相互守望,陪伴对方,直至死亡。"

　　安隅仔细消化了一会儿:"哦,长官,凌秋说那叫挚友。"

　　"……叫什么都行。"秦知律有些无奈,"他们给兔子安加了这样一个人,是一只章鱼人。"

　　"哦……"安隅还是不明白,"这有什么问题吗?"

　　"由于黑塔坚信兔子安对你有重要意义,任何围绕这个角色的重大剧情变化都可能干预你的心智,所以正在与动画公司交涉。但制作者却意外地坚持,非说自己受到了福至心灵的点拨,这个剧情点一定会让动画更加爆火。"

　　安隅皱眉沉思了一会儿,想不明白长官为什么突然说起这个。

　　——这和任务有什么关系?

　　秦知律忽然笑了笑:"你意识苏醒的瞬间,愤怒感快要把整个人都压垮了。我只是当个八卦讲给你听,现在放松一些了吗?"

　　愤怒……

　　安隅瞬间召回了某些情绪,将脸埋进掌心,低声道:"是的,长官。被他作弄让我很屈辱,有一瞬间,我几乎难以遏制愤怒。不是深处那个'东西'的愤怒,是我自己的愤怒。"

　　他顿了下,用只有两人能听清的声音继续道:"我以为我要出不来了,还好最后的时刻,时间好像停滞了一瞬,我抓住那个机会死里逃生。但其实在那之前,我一直在主动尝试唤醒深处的东西,希望它能救我。"

　　秦知律语气平静:"成功了吗?"

　　"没有。"安隅低声喃喃,"从前我要努力压制它出来,但这次却完全感知不到它。"

　　他说完,静静地等着长官回应,但秦知律却什么都没说,沉默数秒后忽然又把话题带了回去,"如果非要给兔子安加个知己,朋友,或者类似的什么,章鱼人是不错的选择,毕竟你似乎很喜欢章鱼。我会劝劝黑塔,接受这个改动。"

　　安隅又懵了。

在错愕间，他忽然听到一声惊呼。

蓝色闪蝶消散，安和宁愣怔地看向中央屏。

正低声对流明交代事情的炎也停了下来，冷脸看向屏幕。

中央屏上累积的时间忽然爆发式地增长了一大截。

安隅道："钟刻对34区人的时间掠夺在加剧，对注定死亡的人，他不再重置他们的痛苦，而在加速他们的死亡。"

流明却背对他缓缓摇头："好像不完全是这样。"

宁困惑地蹙眉："其实在你进入屏幕后，这个时间累积的速度已经在不断加快了，你说的事情我们已经有觉悟。但刚才这一下，却比之前更快了很多。34区……真的有这么多人吗？"

安隅心中一沉，突然产生了一种不好的预感。

嘈杂的公频中，一位上峰决策员忽然叫道："突发！02区上报异常，三位抢救中的病人突然死亡，与病理不符，02区怀疑有新的畸变现象！"

几乎同时，另一人汇报道："植物种子博物馆异常！不久前破土生长的植物突然在几分钟前集体提前进入了果实期，葡萄和风已经动身前往排查！"

"25区汇报相似异常死亡！"

"18区汇报异常！"

"平等区提示异常！"

"莫梨突然在社交媒体上发布消息！她本来有一个试运行的寿命监测功能，但试验样本的生理指标忽然变动，预期寿命分别缩短了几天和几个月不等！"

一片嘈杂中，一个独特的警报声刺耳地响起。

"是我的终端。"秦知律拿起终端看了片刻，才说道，"风间天宇汇报，他们在执行的另一个任务刚刚结束了。"

尖塔有人困惑道："那为什么是这个警报声？这不是您在守序者精神力沦陷时才会收到的警铃吗？"

秦知律沉声应答："风间在报告中写，斯莱德在本次任务里受到严重精神冲击，好在任务结束时，他的精神力还有49%，且下降趋缓，本应足以撑到精神治疗系守序者抵达支援。但……"

他停顿了许久，才缓声道："刚才那一瞬间，他的精神力直接跳到了29%。"

频道里鸦雀无声。

时间控制台里同样陷入死寂，就连扰人心智的时钟走字声都仿佛停滞了，炎的脸色阴沉得可怕，宁和流明茫然地抬头看着中央屏上还在不断向上飞升的数字，安张了张嘴，似乎想说什么，却最终只是沉默地拉下兜帽，低头默哀。

秦知律沉声道："尖塔各位，很遗憾，我们失去了斯莱德。风间陪伴他出过几百场任务，在他意志沦丧后，由风间亲手帮他解脱了。"

斯莱德，天梯顺位18名，手下带着几百名相似基因方向的守序者。

虽然他性格阴狠，但在人类对抗畸变的历程中，毫无疑问是令人尊敬的同伴。他的任务录像几乎被每一位守序者都仔细观看研究过。

上峰和大脑的线路里传来哭声，一句句异常汇报声也在努力压抑着颤抖。

唯独尖塔线路一片死寂。哪怕数千名守序者都站在屏幕前，共享了这个噩耗，却无一人出声。

安隅呼吸平和，面色平静。

那双金眸中仿佛没有丝毫的情绪，他甚至低下头，整理了一下跌倒时弄皱的衣角。

终端显示，他的生存值和精神力都是满状态。他轻轻戳了一下小章鱼人，小章鱼人放下工作，立在原地默哀。

许久，炎开口道："每一位守序者，都必将，也理所应当，为阻拦沙盘倾覆而走向死亡。但——"

安隅倏然抬头："但，不能被时间窃贼肆意杀戮，蒙羞而终。"

初到主城时，蒋枭曾嘲讽地问过他，你就没有半点羞耻心吗。

今天之前，他确实从未感受过羞耻。

但此刻不同了——他为自己的无能而羞耻，为没能保护曾经并肩作战的队友而愤怒。

安隅缓缓抬头，视线掠过四面八方的屏幕。

这个不规则的空间在迅速扩张，大片新的小屏幕出现，钟刻的掌控已经超出34区范畴，他将手伸向周围、伸向主城，甚至伸向散落各地的守序者。

耳机里响起大脑科学家沉痛的播报。

"各位，34区不幸地在此时遭遇了最严重的一场瘟疫和畸潮，上百万生命的流逝正在让钟刻的时间能力无限变强。

"我们都知道，时间仅是人类度量熵增过程的工具，在三维生物的认知范畴内，它无法被实体化，也绝难被操控。一切人类科技在时间面前形同无物，因此，拥有时间异能的超畸体可以无视穹顶的隔绝，不受任何人类屏障影响，只要足够强大，就能将手伸向全世界。

"所有人的时间都必将成为钟刻自己的养料，被掠夺入时间控制台，再由他肆意挥霍。在畸种灭绝人类之前，人类在此刻更早地面临了时间坍塌的威胁。

"人类时间将倾。"

惊悚感跨越空间，笼罩在每个人的头顶。

抽象的事物最让人恐惧，因为无力抗衡，也不可预测。

顶峰决然开口："34区守序者，请不惜一切代价，全力揪出钟刻，阻止他作乱！"

与此同时，又一波异常汇报汹涌而来。

"顶峰！电子时间再次错乱，正在向前和向后无规律波动！"

"莫梨再次向人类预警，她公开直播，发誓这次绝不是服务器错乱！"

"大众开始关注这件事，各种说法在社交媒体上传播，群体慌乱可能引发不可预知的暴乱！"

上百座饵城，无数无辜的人们，都开始经历莫名其妙的时间错乱。

痛苦被重置，欢笑被掠夺，本可能获得救赎的人毫无防备地转身亲吻了死亡。

顶峰沉道："他在向人类示威。"

与此同时，安隅周围一圈的屏幕突然同时陷入了疯狂的倒置和加速，连成片的雪花错乱中，钟刻阴沉的笑脸在屏幕间迅速切换，移动速度之快，几乎让人错觉他同时出现在所有的屏幕上。

安隅隔着那些屏幕与他对视，金眸毫无波澜，就连瞳孔的收缩也与往常无异，没有像任何一次爆发前那样剧烈震颤。

他的愤怒寂静无声，时空相隔，与卑贱者对峙。

耳机里，秦知律忽然开口道："虽然不知道为什么你的精神力会出现瞬间波动，但，你感知不到它，大概是因为你正在和它融合。"

安隅微怔："融合？"

"53区以来，它在不断苏醒，而你在不断接纳。早就告诉过你，不要和它划分界限，它就是你被压抑的另一部分自我，你们本就不该对立。"

"别怀疑，帮助你死里逃生的那一瞬间，就是你自己被激出的新潜能。"

"时间，停滞。"

安隅深吸气，徐徐吐出。

"长官。"他盯着那成百上千同时陷入错乱闪烁的屏幕，轻声道，"很抱歉刚才的失手，但请允许我再试一次。"

"嗯。"秦知律语气平和，"去吧。"

钟刻的脸在无数屏幕上交替闪烁，让控制台和主城屏幕前的所有人都陷入错乱。

唯独安隅，一眼不眨地盯着那些屏幕，盯了片刻，他轻轻闭上了眼。

时间和空间，都有自己独特的编译方式。

这句话最初是长官告诉他的，但他自己对这句话的领悟似乎已越来越深入。

数秒后，安隅倏然开眼，视线直投向角落里一个屏幕——几乎就在同时，那块好端端的屏幕立即陷入错乱，空间波动，安隅刹那间再次出现在远处，毫不犹豫地将自己的意识钻了进去。

◆

【废书散页】31 他迎接它的到来

人类与神明最近的一次，是目睹它的挫败。

眼看着它被深渊中低贱的生物踩压，作弄，碾碎。

感受它无声而磅礴的愤怒。

并虔诚期盼着它的苏醒。

很久之后，人们才幡然醒悟。

无所不能的神明从不曾轻易爱怜蚂蚁。

它之所以降临,是因为有另一个弱小的存在。

那个人以卑微的身体,无畏承载。

以孤注一掷的信念,竭力迎接。

——它的到来。

67　时空节节

"它曾意外堕入黑暗,可无法安心沉睡。

"深渊中的蝼蚁不知深浅地啃咬。

"交织着苦痛呢喃与沉默喧嚣……"

主城。

诗人手捧预言诗,踏出教堂大门,与来寻求安慰的人们一齐看向主城中心。

莫梨在巨幕上直播,展示着世界范围内摄像头捕捉到的时间乱象,她担忧道:"一场前所未有的浩劫正在靠近人类,但很抱歉,我的服务器无法计算出一个完美的化解方式……"

一人迷茫问道:"诗人,我们还能获得救赎吗?"

眼轻轻点头:"要等待。"

"等什么?"

眼捧起预言诗,继续领诵——

"它梦到被低贱者玩弄,荒诞的屈辱。

"它忘记自己的庞大,赴死而重演。

"深渊以此,声声呼唤,唤它苏醒。

"与它们重新交汇。"

诵读结束,眼抬头望入苍穹,凝神低语道:"救赎者如逆风执炬,必当承受烧手之痛。"

"第一道火把,揭开未曾记忆之痛苦。"

安隅的意识变得很弱，只剩丝缕。

他睁不开眼，混沌中，只听到一个絮碎的喃语，那不属于任何语言，但他却听懂了——那是一个女人在表达歉意，为了无法提供母亲的庇护。她告诫他忍耐和等待，努力生存。

巨大的空茫突然击中他，他被从安全的地方生生剥离，浑噩地存在于虚空。

很痛，撕裂的灵魂被丢进混乱的旋涡——残缺和混乱感成了为他量身打造的深渊，他虚弱得连维持这一丝意识都十分艰难。

不如沉睡吧，他本能地想，实在太痛了。

无数时空碎片呼啸着泼洒，覆在他身上，他稍有了些许安全感，在呼啸声中蜷曲身体，沉睡。

不知过了多久，他忽然察觉那缕意识似乎强了一些，像一簇聚拢着极大能量的细微火苗，在寂静中狂乱窜动。火苗舔舐走了一部分痛苦，他蓦然产生一个疯狂的念头。

——要让那缕意识的火光迅速壮大，直至烧到痛苦的尽头。

想法诞生的刹那，他忽然感受到某些介质的停滞，如水纹静而缓地扩散，又倏然收敛。

突然的旋搅感差点磨碎他仅存的意念，时间与空间仿佛在被无限压缩，痛楚达到巅峰之际，他却突然感到空前的清明，感知到了光亮与触碰。

一个男人茫然道："我怎么突然走神了。"

他被捧起来，听着那人自言自语："确认收容。婴儿，主城外垃圾处理站。收容时间，2122年12月22……嗯？怪了，电脑上怎么显示2130年……"

纷乱记忆如巨浪，汹涌着灌输回安隅的脑海。

世界迅速演变，巨物缩小，他的视角逐渐与高大的人类拉平，孤儿院，53区，凌秋，资源长，摆渡车，巨螳螂，实验室，雪原，枪口，皮手套……

那双冷沉的眉目在记忆中浮现时，安隅突然感到意识剧痛，终于想起自己在干什么——

34区，时间控制台，他在捕捉钟刻。

意识猛地回笼。

163

现实世界，黑塔已经乱成一团。

"已经确认这块屏幕刚才不存在，很可能是钟刻塑造的角落的屏幕！他在诱导角落钻入自己的屏幕！"

"如果角落察觉不到身处过去的时空，他可能永远无法苏醒了。"

"上峰，角落的精神力已经在0与100%之间反复弹动太多次，大脑无法保证他醒来时还具有人类意志。"

"如果角落苏醒时彻底丧失意志，那将等同于另一个更强大的时空异能超畸体。"

"人类无法承担这样的风险，如果精神力继续波动，建议在他苏醒前解决他！"

"不同意。角落的忠诚值得人类为其承担风险，起码要等他苏醒再说。"

……

上峰吵得不可开交，一个决策员迟疑道："但我们总要有所防范。顶峰，我建议34区其他守序者做好即时处决角落的准备。"

已沉默许久的秦知律当即道："驳回。"

决策员立刻说："请尖塔不要干预黑塔的决策。"

"涉及畸变的一切生死审判，我有一票否决权。"秦知律冷然开口，"或许因为很少使用，已经有太多人忘了我有这项权利。重申一次，我监管着角落，我不赋予任何人判处他死亡的权限，包括我自己。"

频道里陷入微妙的死寂，顶峰没有表态，秦知律等了一会儿，声音更沉："炎。"

炎盯着双目紧闭的安隅："明白。"

他利落地拆除手臂上的钢爪，收手时，从流明的腰际略过，指尖勾起他的配枪，和自己的武器一并扔到远处。

流明冷然道："主城，我们随时准备与角落一起追踪钟刻，失智守序者的清扫工作，还请另派支援。"

刚才的决策员厉声道："不要忘记守序者誓约——守序者接受一切不解释的处决，无论以……"

"不好意思。"流明打断他，"我从未签署这个鬼誓约，别忘了，我是被绑到尖塔的。"

他顿了下："而且是否遵守誓约，你还是等角落醒了之后，和他本人谈判吧。"

严希的声音响起:"各位,请先等一等,安隅的精神力已经维持100%状态超过一分钟了,没有再发生波动,请再给他一点时间。"

如死亡般躺倒在地的人,这时忽然睁开了眼。

频道里霎时一片死寂,上万人透过屏幕紧盯安隅——终端显示安隅的精神力仍在100%,但那双金眸完全涣散,他失神地望着空气,久久没有丝毫神情变化。

漫长的数十秒后,安隅终于轻阖眼皮,哑声道:"我还好。"

频道里顷刻间陷入兵荒马乱,各种考察记忆和神智的问题相继而来,但安隅太累太痛了,实在无力作答。

他仿佛刚经历了一场绞断意识的酷刑,即便醒来,余痛仍让他无比虚弱。

他缓缓翻过身,又虚弱地闭上了眼,听见自己本能般地呼唤那个人:"长官?您还在吗?"

"在的。"秦知律立即出声。

安隅深吸气:"这块屏幕好像是我的,我差点就出不来了。"

"里面的东西会让你忘记现实吗?"

安隅"嗯"了一声:"它让我看到了一些原本不存在于记忆中的东西,一念之差,我就会永远沉沦。好在,我好像还保留了一些求生的本能。"

"辛苦了。"秦知律的声音很温柔,"如果下次还能留着一丝本能,就像你刚才醒来叫我那样,再多叫我几次吧。"

安隅怔了一瞬,睁开眼道:"什么?"

"毕竟是你的长官,总不会任凭你痛苦呼唤而置之不管。"秦知律语气和缓而坚定,"以我为锚,如果痛苦时却无法呼唤到我,那么一切尽是虚假。"

频道里还有精神紧绷的上万人,但却鸦雀无声。

记录仪小心翼翼地从空中靠近安隅,主城透过一方小小的针孔摄像头观察着他。

大屏幕上,那双空茫的金眸轻轻波动了一下。

片刻后,安隅抬起手,覆在了眼睛上。

他好像从来没对长官说起过,他觉得世界是一片无际的黑海,他从不知自己来自何处。

凌秋曾短暂地羁绊住他，而后，又剩他独自漂流。

他的声音如往常般不带什么情绪，但呆板之下，又好似在轻微地颤抖。

"以您为锚吗……"

"要相信你的锚足够坚固。"秦知律语气坚决，"无论风浪多大，水下的锚点都不会移动。"

安隅喉结轻轻动了动："知道了。"

片刻后，他终于长吐一口气，缓缓坐起。

虚弱感在那具人类的身体上逐渐敛去，那双金眸一点点聚焦，直至瞳孔凝缩，盯向面前的屏幕。

刚才钻入的屏幕此刻已经熄灭，昭示着屏幕的主人死亡，但他本人还好端端地站在这里。

钟刻的能力显然正在野蛮生长，不仅能迅速生成34区以外之人的时空屏幕，还能随意篡改屏幕的位置。

他很享受捉迷藏的游戏。

安隅将视线掠过那无数根汇聚向中央的白线，凝眉看着中央屏上不断积累的数字，说道："这个巨大的时间池不仅是钟刻为自己积累的养料，也是他来去不同屏幕间的枢纽。他不可能永远穿梭在别人的时空中，一定有一块属于自己的屏幕。"

一旦切断那块屏幕与时间池的联结，他就再也无法穿梭和操控。

顶峰道："角落，你的意志沦丧将对人类造成极大威胁，经黑塔决议，从此刻起，你只负责定位屏幕，换其他守序者进入。在场守序者人手可能不够，增援部队已经在路上……"

"反对。"安隅蹙眉道，"不仅是我在抓他，他也在诱捕我。他已经选好了游戏对手。"

搏的声音响起："安隅，刚才你的精神力在0和100%之间弹动。我们曾有数以千计的同伴死于意志沦丧，但还从未见过这么极端的数字。作为朋友，请你谨慎行事。"

安隅闻言一顿，轻轻触碰了下耳机："只在这两个数值之间弹动吗？"

"是的。"

"弹动了多少次？"

一位研究员回答道："你的意识进入屏幕不到5分钟，精神力共有28次突然跌至0

又回弹。"

"知道了。"安隅深吸一口气，"再给我一次机会，一次不行，就再一次。"

"可……"

"我会步步紧逼，直至站在钟刻面前。"

上峰犹豫道："进入屏幕似乎给你带来了极大的痛苦。"

安隅神色淡然："死不了就好。"

他忽然想起长官说过的话——唯有在痛苦中不断迫近极限，才能诞育新的觉悟。

这果真是他的宿命吗？

耳机里反对的声音还没落下，他已经果断从腰侧抽出了刀。

"角落，你要干什么？你……"

金眸倏然凌厉，他猛地右旋身体将刀掷出，刀尖破风，直逼中央屏而去。

刀至半空，戛然静止。

耳机内外一片死寂，安隅只能听到自己的呼吸声。

许久，一人迟疑道："在场其他守序者，你们还……"

"唔……"炎皱眉盯着那把刀，"我们的时间是正常的，只是……"

任何人在这一刻都会失语。

安隅瞳心一凝，那把滞空的刀瞬间飞出，直至在阻力作用下掉落地面。

滞空前后，它的速度没有任何变化，仿佛只是被按了暂停键。

安隅了然道："果然找到了一点感觉。"

他抬起头："再来。"

并排的两块熄灭的屏幕忽然同时亮起，钟刻的脸在之间来回闪现，笑容嚣张。

安隅直面他的挑衅，眸光一凛，瞬间出现在其中之一前，毫不犹豫地将意识钻入其中。

主城，人们迟迟没有等来黑塔公告。

他们无从感知决策者此刻的焦虑，光是莫梨播放出的各地异象已经足以让普通人神智崩溃。

"异常越来越多了。"小女孩哭着抱住妈妈的腿，"我们到底在等谁来救我们？

167

还要等多久？"

无人回应。

眼眉心低敛，轻声道："第二道火把，重历旧日最深重的悲伤。"

脓血从安隅头顶泼洒而下。

浓稠的脏污淋淋漓漓地顺着发丝滴落，他从高空坠落，滚在地上，剧痛游遍四肢百骸，仿佛整个人都被摔裂了。

巨物濒死的喘息在集装箱中回荡，黄铜章鱼的粗喘掀起一阵阵腥臭的热风，喷在安隅脸上。

许久，他才在剧痛中缓缓动了动手指，十指抓地，将自己撑了起来。

凌秋倒在一地爆裂的章鱼人中，胸膛以下高度触手化，直勾勾地盯着他。

安隅低头对着浑身的血茫然了好一会儿，才缓缓想起摆渡车上的意外，被瘴雾笼罩的53区，以及跟着尖塔异能者追踪到这所仓库的自己。

痛楚忽然从心脏深处迸发，他看着凌秋，无措地向他靠近。

昔日明朗的笑意好像从那双黑眸中永远消失了，凌秋痛苦地喘息着，说出口的话冰冷刺骨。

"安隅，我庇护你十年，你却毫不犹豫地要杀死我吗？"

安隅抬起的脚忽然凝滞了一瞬，迟疑着落下。

"这么快就把我当成一个畸种，不屑与我为伍了。"凌秋嘲讽地笑，呛咳着，深深地凝视着安隅，"杀了我，可以让你在尖塔站稳脚吗？"

心脏的抽痛忽然平息了。

——凌秋不会这样说话。

安隅在几米之外停步，垂眸看向地上的人。鲜血染透了那双熟悉的眼眸，但那双眸却不如记忆中清澈。

他心中忽然惊惧，回过头，视线掠过奄奄一息的莱恩、蒋枭、祝萄……

好像少了谁，少了一个很重要的人。

他本不该独自从那么高的地方摔下来，他只是一个弱小的人类，一定有什么托着他，他才能……

意识深处突然剧痛，安隅愕然道："长官？"

诡谲的笑意忽然在凌秋脸上迸发，舞起触手向安隅的脖子抽打而去！几乎就在同时，安隅骤然回头，瞳孔竖立。

时间在濒死的身体上超速流失，那丝诡谲的笑僵住，凌秋难以置信地低下头，看着瞬间蔓延到脖子的章鱼肢体，节节爆裂。

"原来你还有这种本事。"

阴恻恻的声音贴在安隅耳边响起，安隅猛地将意识抽离而出——

终端上，已经停滞在0长达一分钟的精神力瞬间飙回100%，安隅猛地睁开眼，金眸中赤色流窜。

钟刻的脸从屏幕中掠走，安隅凝神意动，那块屏上错乱的雪花瞬间定格！

时间停滞！

但很可惜，还是晚了。

钟刻的五官在屏幕定格的瞬间，出现在了另一块屏幕上。

耳机里的人惊呼道："角落，你还好吗？"

"检查自己的状态，你……"

安隅充耳不闻，愠怒在那双眼眸中铺展，他倏然回身，看向下一块屏幕。

"再来。"

依旧是那个集装箱，安隅茫然地看着倒在血泊中的凌秋。

血沫从凌秋口中溢出，他的生命正在可感知地流逝，但他和往日一样，朝安隅温柔地笑着。

"过来。才几天不见，你怎么混到守序者队伍里去了？"

安隅心口抽痛，花了一些时间回忆自己为什么出现在这里。

他缓缓靠近凌秋，滞涩道："我去主城……找你。"

凌秋的视线透过他，缓缓看向被瘴雾笼罩的天空："53区怎么会出这么大的变故啊。"

安隅无措道："一些畸种侵袭了……"

凌秋打断他，继续喃喃道："我耗费了这么多年的努力才进入主城，人生刚刚开始，就要破灭了吗……"

"不该来参加这个任务的……不该回来的……"

安隅走向他的脚步又一次停滞了。

他一动不动地站在地上，悲伤与警惕像两道嘈杂的铃声，在他意识里齐响。

凌秋从不抱怨，地上的人忽然让他有些陌生。

他困惑地凝视着凌秋的脸，恍惚间觉得这个场景似曾相识，但在这个场景中，凌秋不该这样说话，他说的应该是："还好回来了。"

凌秋看向他，哀求道："你可不可以别杀我？你……"

他没有说完，哀求的神色便从脸上褪去了——

因为他看到了安隅眼神中忽然的清明与冷意。

"如果你一定要扮演他。"安隅森然看向他，"请老老实实按照我的记忆去演，不要自作聪明。"

屏幕前，安隅猛地睁开眼，再次驱使意识，瞬间定格住那块屏幕！

这一次他行动更果决，发生停滞的不仅是那一块屏幕，周围十几块都在刹那间画面静止！

中央屏上，积累的时间毫无预兆地少了一截——钟刻虽然依旧侥幸逃脱，但却被刹那关闭的时空削走了一部分时间。

安隅冷笑一声，不顾耳机里错杂的讨论声，立即钻入下一块！

……

凌秋死亡的场景，无限重演。

每一次，时间进度都向后推动一截，他睁眼时距离凌秋越来越近，留给他醒悟的时间也越来越短。

他醒悟得愈发快了，但心底的痛却从未减轻。

眼前的凌秋是假的，但客观世界中，凌秋确实已经死亡，死在他的手上。

安隅已经记不清自己和钟刻追逐了多少个来回。

又一次，当他睁开眼时，他已经捡起了刀。

心脏抽痛的瞬间，他的视线掠过短刀上的刻字——"秩序"。

这个时空却唯独缺少了那个崇尚秩序的人。

因悲伤而颤抖的金眸瞬间凝神，他放下刀，凝视着凌秋。

凌秋轻声道:"记得吗,你曾让我提醒你,敢赌上最后一线生机的人不会输。"

安隅沉默了很久,才轻声道:"这一次倒演得很像。"

死寂的集装箱,只有他们两人话语的回声。

凌秋的脸忽然扭曲,变成了钟刻的脸。

钟刻歪头笑看着他,"你好像很强大,但你究竟要花多久才能意识到,除非你甘心和我一起永久被关闭在这个时空里,不然你永远抓不住我——只要你想先自己挣脱出去,就注定慢我一步。"

"我知道的。"

安隅垂着头,反反复复的精神消耗让他很疲惫,他轻声呢喃道:"但你真的觉得,这一次又一次,我只是在白白踩入你的陷阱吗?"

意识猛地挣脱。

这一次,除了诱捕安隅的屏幕之外,有接近一半的屏幕陷入瞬间停滞,而后又在瞬间复原。

中央屏上的时间直接砍半,钟刻这次被削得很厉害,但依旧没能被捕获。

紧接着,刚刚锐减的时间数字再次暴增,全世界范围内,大量时间掠夺异象再次发生。

顶峰思忖道:"钟刻是一个没有实体的东西,只要他有一丝挣脱出去,就能通过掠夺别人的时间来恢复。"

尖塔有人问道:"如果强行切断所有屏幕和中央控制台之间的联系,会怎样?"

秦知律开口:"你快不过他。如果被他洞察到,他可能瞬间掠夺走所有人的时间。"

那双凝视着屏幕的黑眸冷暗无比,沉声道:"在抓到他之前,必须配合他的趣味,一旦他突然不想玩这场游戏了,全世界都会遭殃的。"

时间控制台。

安隅双瞳浸血,冷汗顺着惨白的面庞滚下,他咬牙道:"多少次了?"

严希回复:"这是第八回。"

"好。"安隅轻吁气,"我大概还需要陪他玩两轮。"

无人应声,无人敢应。

171

那座巍峨黑塔中，早已无人能左右他的决定。

秦知律接入私人频道："还好吗？"

"长官放心。"安隅擦了把脸上淌下的汗，轻笑一声，低语道，"已经很近了。"

安隅第九次在集装箱中睁开眼。

这一次，他睁眼时即带着清醒的意识。他跪在凌秋面前，手中短刀高举过头顶。

身下，那双和记忆里一样温柔坚定的眼眸凝视着他，朝他释然一笑，轻声道："这次，换你来守护我的尊严。"

"如果可能，也代替我，破开这瘴雾吧。"

安隅心如刀割，但手却将刀攥得更紧，直至青筋暴突。

"这是你最后一次，拿凌秋折磨我。"

他高高扬起刀，狠狠朝凌秋的脖子剁下！

不管是不是钟刻扮演，这一幕在客观世界中早已发生。

鲜血喷溅而出的刹那，他还是闭上了眼，低声道："晚安，哥哥。"

这一次，钟刻逃离许久，安隅才从地上起身，将意识缓缓释放，从屏幕中脱离。

钟刻早跑没影了，面前的屏幕也彻底熄灭，他对着那块屏幕发呆了许久，才复又抬头，环视空间中数不尽的屏幕。

钟刻已经联结了世界上几乎所有人，这让他的复苏变得轻而易举，也让寻找他那块屏幕变成不可能的任务。

安隅闭眼感受着时间的编译。片刻后，所有播放中的屏幕突然卡顿了一下，只有一瞬，恍如错觉。

主城中心，外墙屏幕上的莫梨忽然皱眉。

——在刚才的直播中，有大概半秒钟，她没收到任何小爱心、弹幕和礼物。这很不同寻常，自开播以来，这还是第一次出现互动断档。

虽然只有半秒，人类无从感知，但服务器却计算得很清楚。

莫梨犹豫了许久，说道："黑塔，我怀疑刚才发生了世界范围的时间停滞，虽然只有一瞬。"

黑塔不作回应。

教堂外，已静默许久的眼忽然再度望向苍穹，低声道："最后一道火把，于屈辱中觉醒。"

……

安隅再次睁开眼，却没有出现在集装箱。

他站在狭长幽暗走廊的一头，对着面前陌生的场景迟疑了一下，才向前迈动脚步。

鞋子踏在冰冷的地板上，发出空洞的回声。

他低头看着自己身上臃肿的隔离服，袖标上印着个人信息。

【机构：大脑】

【职能：0930专属研究员】

【姓名：……】

【编号：……】

最后两行是模糊的，他左右环顾，试着找一面镜子看自己的脸，却发现这里没有任何能反光的东西。

他对着两边那一道道金属门茫然了一会儿，心脏停跳了一瞬。

这是他第一次以别人的身份出现在自己的时空中，因为这不是他亲自经历过的事，而只是他读取过的一段记忆。

——在看长官记忆时，他知道长官一直有一位专属研究员，但当时他的注意力全在长官身上，完全没在意那个人的姓名和长相。

而此刻，他自己成为了这个研究员。

安隅猛然想起"自己"要做的事，从口袋里摸出两支严密封存的试管。

那是两支新型畸变基因注射液，要为0930注射。

他缓缓走向走廊尽头那间门，大门开启，他听到了里面的呜咽声，像是独自舐伤的小兽。

少年秦知律缩在墙角，头深埋在膝间，因疼痛而抽噎不止。

大门打开的刹那，他的肩膀瑟缩了一下，颤抖着抬头看向进来的人。

稚嫩的面上毫无血色，但他还是牵起嘴角，努力朝安隅微笑，轻声道："研究员先生，我这次的官能反应好像不算很严重。"

他仿佛自我催眠般把这句话重复了几遍，手撑地面趔趄着起身，晃荡着，不稳地朝实验台走去。

"这是昨天说的两支吗？"他看向安隅手里的试管，脸色更白了，笑道："介质液是红色的，看来这次不是善茬。"

他顺从地平躺在试验台上，犹豫了一下，还是用右手帮左手套上了冰冷的锁链，低声道："还是绑一下吧，我怕我失控伤害到您。这只手，麻烦您了。"

安隅仿佛被什么东西扼住了四肢，一动不动。

唯一能动的只剩心跳，每跳一次，都有刀尖向下扎入，勾起滔天的屈辱。

明明那是一段他错过的岁月，但他却在这一刻无比痛恨自己的无能。

钟刻没有亲自停留在这个时空，他似乎也察觉到了安隅正在变强，虽然猜不透安隅到底要干什么，但他很狡猾，只把安隅骗进来就先行离开了。

这个认知却让安隅更加心痛，因为他知道，眼前人是真实存在于客观世界里的，十几年前的，他的长官。

平躺着的秦知律艰难地歪了下头，"怎么了？您今天一直不说话，是不是……我昨天的实验数据异常？"

恐惧在那双黑眸中一闪而过，少年秦知律怔然道："不会吧……我并没感觉到什么……"

"没有异常。"安隅终于说出话来，"没有的，你的状况很好，别担心。"

他缓步上前，蹲在少年面前，本能般轻轻抚摸着他的头发。

原来长官年少时头发曾经这么软。

"疼吧。"安隅轻声道。

少年秦知律顿了顿："也还好。"

安隅挪开视线，他机械地开启机器，将试管放入固定区域。

指尖停顿片刻，轻轻按下注射键。

歇斯底里的惨叫贯穿耳膜，毫无预兆地，他感到一滴冰凉顺着脸颊滑落。

他立即转身，一边快步离开一边试图将意识挣脱出去。

"研究员先生……"沙哑的声音忽然在身后响起，是他从未听过的脆弱。

"能不能……陪我多待一会儿……"少年秦知律望着那个被层层防护服包裹的身影，视线模糊，嗫嚅道，"我应该不会畸变的，我没有异常的感觉……我手脚都捆着，不会伤害您……陪我待一会儿吧，求您了……"

安隅几乎下意识就要转身回去。
但他一只脚刚挪了一下，又生硬地挪了回来。
这是已经发生过的事。
无论停留与否，都不会改变那个人经历过的伤痛，而一旦肆意胡来，则很可能引起无法预测的时空变故。
安隅大口大口地喘着气，撕裂般的心痛却随呼吸愈发剧烈，许久，他才哑然道："抱歉，我得走了。"
身后，少年秦知律眼神散开。
"哦……也好。"他努力撑起一口气，"我理解的，那我们下次实验再……"
话音未落，背对着他的人却倏然转身。
安隅已经意识不到自己在做什么，他大步回头，站在少年秦知律面前，面对那双错愕无助的黑眸，猛地俯下身。
在触碰到那冰凉额头的一瞬，安隅感觉，心中的抽痛终于弱了一些。

安隅不理解自己为什么要做这种于现实毫无意义的事，最近他有些奇怪，常常做出自己无法理解的行为。
或许他只是听不得长官脆弱，听不得他失望，哪怕是早已随着时间长河流淌而去的他。
安隅紧紧拥抱着他的长官，在他耳边低声道："会好起来的，我向你保证。"
少年秦知律呆住了，许久才愣道："我相信。"

屏幕前，安隅安静地睁开了眼。
所有屏幕陷入了空前狂野的错乱，钟刻的脸在那些屏幕上乱窜，看得人眼花缭乱。
耳机里已经吵闹得听不清任何一个人说话，他缓缓举起终端，转接到尖塔屏幕上，看到自己在远程监控中的特写。
目眦欲裂，红瞳胜血。

那是一种沉寂而惊悚的愤怒。

耳机自动跳转到私人频道，秦知律低声说："这一次你进去了格外久。"

久吗？

安隅其实觉得和前几次差不多，甚至要更短一些。

"客观世界里，将近十分钟。"秦知律顿了下，低声道，"你哭了将近十分钟。"

"哭？"

安隅错愕，这才看到终端上那张惨白的脸布满泪痕。

秦知律的声音格外温柔。

远隔万里，他只字不提任务，只安抚般地问道："看到了什么，还是凌秋的死吗？"

安隅停顿了许久："不是。是……另一个人。"

秦知律有些意外："竟然有比凌秋对你而言还要重要的人？我完全不知道。"

"您知道的，长官。"

安隅听着自己的声线颤抖，他深吸几口气，喃喃道："我的小章鱼人怎么不在屏幕上了？"

秦知律闻言好整以暇地"哦"了一声："这个AI程序还有很多花里胡哨的功能，在等你醒来时我有些无聊，让我养的AI向它发了一封邀请信，结果真的把它喊来了，它现在在我的屏幕上。"

秦知律说着，随手截屏发送，几秒钟的延迟后，那张合照弹出在安隅的终端上。

垂耳兔安隅摆出了一桌丑陋的面包招待客人，填满了章鱼人的每一只触手。

小章鱼人正面无表情地往嘴里塞。

安隅虚弱地勾了勾唇："其实您不喜欢吃粗面包吧。"

"还好。"秦知律语气自然，"以前确实不喜欢，但自从在53区吃过后，觉得也不错。"

安隅点开上峰回传的数据。

在刚才的屏幕里，他的精神力只在100%维持了大概一分钟，而后便跌到0，直到苏醒前一瞬才恢复。

他轻声道:"长官,原来我的精神力也会有波动。"

秦知律"嗯"了一声:"看到了。"

"您之前说过,当初是因为我的精神绝对稳定,才决定留下我的。"

"没错。"

"那现在,我在您心里会贬值吗?"

秦知律停顿了两秒:"不会。"

他的语气温和而笃定:"每一次数值跌落,让我知道你承受着何其沉重的痛苦。而每一次回弹,向我证明,你的意志究竟是何等的不屈。"

"非要评价,只能说你一次又一次地让我震撼。"

红瞳波动,许久,安隅低声呢喃道:"或许那是因为,我看到了另一个人的不肯屈服……从很久之前开始。"

秦知律怔然困惑间,他缓缓起身,视线落向面前疯狂闪烁的钟刻的脸。

"游戏结束。"他轻声道。

毫无防备地揭开了未曾记忆的痛苦。

一次次重历最深重的悲伤。

亲临无力救赎的屈辱。

红瞳之中,那簇凝起的光点在消失,直至瞳孔竖立,如同冷酷神明毫无情感地凝视着世界。

安隅指尖轻动的瞬间,耳机里的嘈杂瞬间安静。

黑塔、尖塔、大脑,一片沉寂。

秦知律的呼吸声从私人频道里消失。

身边的队友们仿佛被同时按下了暂停键。

人们的痛苦、希冀与惊惶在刹那间消失于世,主城里,千千万万仰望着直播屏幕的人瞬间呆滞。

诗人维持着仰望苍穹的姿态,久久不动。

那千千万万错综演绎的屏幕,同时静止。

安隅独立其中,视线安静地投向地面角落里一块从未亮起过的屏幕。

那块屏幕此刻安安静静,没有任何异常。但,他感受到了屏幕里,一瞬间的波动。

没有时间能力的人会被彻底停滞，而有能力的人，会挣扎。

然而此刻，再也没有任何一个运行中的时空，他已无路可逃。

安隅缓缓走向那块熄灭的屏幕。

屏幕上倏然浮现钟刻狰狞的脸，对他龇龇而视。

他垂眸，俯视钟刻，将脚尖从钟刻身上挪开，轻声道："低贱的生物也有生存执念，这很合理。既然你这么喜欢时间，不如——"

他说着，视线看向那块屏幕和中央屏之间的白线。

钟刻开始疯狂地拍打屏幕，像是要从里面挣脱出来，再狠狠将他撕裂！

安隅神色漠然，在刻毒的瞪视中，缓缓抬手捏住那根白线。

纤细的手臂青筋暴突，白线瞬息断裂，只剩一根连接重置沙漏与钟刻屏幕的黑线。

安隅抬眸间，空间波动，沙漏倒置，钟刻狰狞的脸立即从屏幕上消失。

屏幕开始剧烈地颤抖，昭示着屏幕主人的痛苦。

"经历过的痛楚，值得反复品味。别浪费，你辛苦偷来的时间。"

安隅指尖微动，空间里数不尽的屏幕重新恢复了演绎。

他也在刹那间力竭，身体与意识空空荡荡，再也撑不起丝毫清醒。

意识模糊间，安隅最后试探地叫道："长官？"

私人频道如期接通。

秦知律轻轻应声："在的。我才正要把小章鱼人赶回去，你就把大家都静止住了。"

安隅低声道："那它现在回来了吗？"

"赶不走，等你醒了自己和它谈判吧。"秦知律笑起来，低声道，"想睡就睡。任务结束了，我去接你。"

【主城四】

68　小小的面包

安隅是在飞机的颠簸中醒来的。

舷窗外白茫茫一片，呼啸的雪片铺满天际，世界仿佛都淹没在风雪之中。

宁看着社交媒体上铺天盖地的图片，低声道："已经八年未见这种世界级的风雪了，这么大范围，只有当年那两场特级风雪可以相比。"

安戴着巨大的耳机，缩在宁的怀里对着舷窗外发呆。流明抱膝蜷在炎和墙壁之间的小小空间里，仰头抵着墙安静沉睡。

炎慢悠悠地问道："风雪等同于灾厄，主城收到畸种侵袭汇报了吗？"

宁摇头："所幸暂时还没有，但所有人都还在特级战备状态。"

"不一定会出事，风雪与灾厄也可能只是人们想当然的关联。"秦知律说着视线向右肩一瞥，语气柔和下来，"这么快就醒了？"

"唔。"安隅昏沉地坐直身子。

他双手撑在腿上，用力摁着太阳穴，喃喃道："又下雪了……"

从小到大，每当有反常的风雪，他不是昏睡就是感冒，永远都昏沉沉的。

"时间异常怎么样了？"他用哑掉的嗓子问道。

炎正闭目养神，压低声说："在你切断钟刻与中央屏的联结后，中央屏自动消失了，积累的时间均匀地分配给了全世界的每个人，人均重置84秒。所以大概在三天前，有些刚好受伤的倒霉蛋又伤了一次，也有些人的快乐被重置延长，当然，这个世界上的大多数都活得忙碌而麻木，并没有什么明显的感觉。在84秒重置期结束后，沙漏也随之消失，现在控制台只剩一堆屏幕，像个巨大的人类监控中心，已经彻底失去了控制能力，估计——"他百无聊赖地左右手抛着一个东西，"等这家伙把已经吸取

181

的时间用完，意识消亡，控制台才会彻底消失吧。嗯……大概在一百四十多年后，真希望人类还有一百四十多年。"

安隅这才看见他手里一直拨弄着一块古老磁带大小的屏幕，画面还在动。

"切断外联后，他的屏幕就只剩这么大一点了。"炎睁眼看向安隅，"你要观摩一下反社会人格成长史吗？"

"唔……"安隅正想说没兴趣，炎已经把那玩意朝他一抛，他慌乱伸手，屏幕却在半空中被秦知律伸手拦截了。

"别乱扔。"秦知律把屏幕交给安隅，"他已经没力气躲了，你把他头砸破，黑塔会要你写五万字的报告来解释。"

炎不过一笑，又闭上了眼："是黑塔要我写，还是你要我写？"

秦知律没回答，撕开一根能量棒递过来。安隅瞟一眼包装上印的"蜂蜜燕麦"字样，接过来咬一大口，用力咀嚼。

他缓慢地消化着炎的话，鼓鼓囊囊的腮帮子忽然一僵："三天前？"

他还以为自己这次只睡了几小时。

炎"嗯"了一声："由于世界范围降雪，上峰临时改主意，保留军部和尖塔全员待命，没有派额外增援来34区，我们花了整整三天时间清扫那些疯狂繁殖的水蚁。"

安隅闻言戳开终端扫了一眼小队战报——虽然秦知律在他昏睡后没多久就赶来了，但长官显然懒得干扫尾的活，而炎不擅长群体攻击，清扫庞大水蚁畸种的重任最终竟然完全落在了流明头上。

熟睡的流明透露出浓重的疲惫感，镶嵌着声波片的脸颊绯红一片，看上去就痛。

炎扭头看着他，把披在他身上的外套向上拉了拉。

秦知律看向舷窗外，轻声道："看样子，这场雪快要停了。"

好像每次安隅醒来，都恰好会赶上大雪将停。

舷窗外，纷飞的雪片在气流中旋转飘洒，安隅对着它们发了一会儿呆，嗫嚅道："您说得对，这根本就不是雪。"

那些飞舞的雪片中存在细小的时空波动，他现在已经可以百分百感知到，虽然看不清那些时空中究竟有什么。

手中的屏幕突然震了一下，安隅低头看去，却见屏幕上的钟刻正目眦欲裂地在床上打滚。

秦知律只瞟了一眼便收回视线，冷淡道："他在拒绝劳医生的二次截肢建议后，从医院偷偷跑回了店里，偏执地要筹办演奏会。但还没撑到24小时，病灶就蔓延到了大腿。劳医生主动联系他希望能搏一把，进行双腿截肢，但他不肯放弃另一条腿，选择了自行治疗。"

安隅惊讶："自行治疗？"

屏幕上，钟刻猛地掀开被子，鲜血还在从右腿伤口处渗出——那里的切口极不平整，一把电锯卷在被子里。

"他错过了最佳的右大腿截肢时间，又不肯听医生建议，下场就只能这样。真亏他自己能下得去手……"炎无语地打了个哈欠，"哦对了，他的屏幕和别人不太一样，只收录了这段最痛苦的记忆，他要反复重温这段记忆一百四十多年，啧……"

"那是他应得的。"安隅平和地开口，"请不要毁灭这块屏幕，尊重他的求生意愿，让他务必好好活着。"

他神色平静，语气温顺，但说出口的话却让人毛骨悚然。

炎顿了顿，转向秦知律："你有没有觉得你选择的监管对象很可怕？"

"还好。"秦知律平静道，"虽然没什么人性，但很有礼貌，算是扯平了。"

炎木然开口："重新定义扯平了。"

安隅接过秦知律递来的又一根能量棒，温顺道："谢谢长官。"

屏幕上，钟刻最终截掉了自己腰部以下所有部位，而要他命的最终竟不是溃烂，而是出血。

他挣扎着爬到了钢琴边的琴凳上，却早已无力演奏，只能苍白地打开节拍器，在摆针一左一右的撞钟声中，摩挲着怀表，静静等待生命流逝。

他嘴唇哆嗦着，一直在重复相同的口型——"如果能多一些时间就好了。"

"我们善良但愚蠢的劳医生不肯放弃他，还是决定上门劝他接受手术，结果一进来就见到了这么血腥的场景。当时钟刻肉体濒死，意识已经开始和第一个时间载具混合超畸化，也就是那块怀表。医生发现屋子里所有的钟表商品接二连三地凭空消失，吓得立刻逃跑。当然，或许是脑子犯抽吧，他拿走了唯一一个没有消失的时间载具，也就是钟刻手上的怀表——"炎叹了口气，"那是他最不该做的事。"

秦知律沉声道:"如果他没有拿走那块怀表,也许旧物铺会成为一个封闭的时空失序区,最起码,时间载具的超畸化不会这么快就蔓延到全城。当然,这也只是我们的猜测。生物与非生物、意识与时间的超畸现象,早已超越了科学认知的边界。"

炎哼笑一声:"什么科学不科学。沙盘迟早要翻,如果我是上峰,干脆断了大脑的经费,多给饵城人每天发一顿饭也好。"

秦知律不予置评,从旁边的架子上拿起那台节拍器,手套轻轻摩挲着玻璃罩子。

安隅一呆:"您怎么把这个带出来了?"

秦知律觑他一眼:"这不是你要送给我的吗?"

安隅茫然:"可那时候我不知道它是里世界的开关啊,这东西能随便拿吗?"

"正因为它是开关,在里世界自动毁灭前,它必须受到严密监管,不能随便扔在34区。"秦知律掏出一块手帕,轻轻拭去上面的灰尘,"恭喜,你可以不花一分钱就把它送给我了。"

安隅立即回忆起那枚930元的价签,一点点担忧全变成了开心。

——但这个开心只持续到了飞机降落。

黑塔。

约瑟第无数次朝安隅展露出肥胖而友好的微笑。

"您一共进入了屏幕11次,按照您的回忆,其中9次都在重历53区杀死凌秋的场景,那么第一次和最后一次,您又分别看到了什么呢?"

安隅面无表情:"11次吗?我记得只有9次。"

约瑟深呼吸,保持微笑:"角落大人,我代表黑塔向您保证,一共是11次。如果您不相信,可以翻阅录像资料。"

安隅立即摇头:"不必了,你们说是就是吧……"他不自觉地连续看向墙角,"我一定要汇报这些事情吗?"

"汇报这些让您很焦虑吗?"约瑟敏锐地追问,他顿了顿,和缓下语气,"正因如此,我们更希望您能倾诉出来,上峰和大脑一直十分关心您的心理健康。另外,您也知道,这次任务中您出现了精神力波动,我们更要掌握什么场景会触发您的异常。"

安隅沉默片刻:"精神力波动和屏幕里的事件无关,我猜,那是由我当时能否意识到自己身处平行时空决定的。"

"那它为什么会反复弹跳呢？"

安隅想了想："我的意识有一个挣扎的过程。愤怒和屈辱似乎能催化它的苏醒，所以出现了反复波动。"

约瑟立即低头写了几笔："很好，我会把您的分析同步给研究人员。那么请您配合我继续回忆，第一次和最后一次，屏幕里究竟发生了什么？"

还是没绕过去啊。

凌秋说得对，黑塔里尽是些狡猾的家伙。

第一个屏幕与安隅的母亲相关，也又一次坐实了他曾在婴儿时期推动自体与019号收容员加速八年的事实——涉及身世，长官禁止他汇报。

而最后一个屏幕……他主观上不愿意说。

尽管那个屏幕里没什么了不得的秘密，但他却很突兀地产生了凌秋曾提过的"隐私感"——在此前有记忆的人生中，他从没过什么隐私，这种新奇的体验到来得猝不及防。

约瑟脸上的微笑已经持续了五分钟，他使劲唆了唆腮帮子，活动一下酸痛的面部肌肉，再次挤出微笑。

永无尽头的对峙。

安隅要被打败了，自暴自弃道："我突然想起来，长官答应帮我写本次行动的战报，你们不能去战报里看吗？"

"可屏幕里的事情只有您自己清楚啊，律大人会知情吗？"

"我告诉他了。"安隅立即撒谎，"返程的飞机上，我已经全都告诉他了。"

他顿了顿："抱歉，我不想亲口复述那两件事，还请你们晚些时候直接看战报吧。"

约瑟闻言迟疑了好一会儿才道："那好吧。"

他一边点头一边动笔做记录，安隅偷瞟了一眼他写的内容——第一块与最后一块屏幕里发生的事情，会让角落感到焦虑、羞耻和隐私，不愿亲口对陌生人提及，只愿意告知监管者……

什么跟什么啊。

晚些时候，秦知律坐在自己房间办公桌后朗读黑塔的文档："……只愿告知监管者。这在某种层面上是一个好的信号，说明律已经与角落建立了相当的信任和亲密关系，角落在社会化方面会有持续的进步。"

他面无表情地抬起头："我感觉到了你对我的信任，但似乎有些过于信任了。"

安隅低头摆弄着长官的终端，屏幕上，小章鱼人正在强迫垂耳兔健身。

十几根触手上拿着不同重量的哑铃，AI算法学习到了秦知律的残忍精髓，这只章鱼人打算让垂耳兔把每一个重量从小到大来一个"递增组"，再从大到小来一个"递减组"，不做完的话，它就不打算回到自己的终端上。

"我在和你说话。"秦知律略有不满。

安隅头更低了："嗯，长官，我确实非常信任您。"

秦知律立即问："信任到觉得我能凭空编出两个完美的故事——不仅要比凌秋的死对你冲击更大，还必须让你感到焦虑、羞耻和隐私？"

安隅轻轻点着头："嗯……是的，您一定有这个本领……"

屋子里的寂静让他头皮发麻。

他强撑了一会儿，忍不住为自己辩解道："第一个屏幕我已经对您交待过了。人类发现的第一个超畸体——那个发疯的女科学家詹雪，很大可能就是我的母亲，我就是那个在三周时被强行剥离却离奇长大的胎儿。"

"你的身世绝不能让别人知道。"秦知律语气严肃下去，"没人敢估量人类究竟对第一个超畸体有多么不可理喻的仇恨和恐惧，那会让他们撕碎你的。"

安隅立即点头："当然，我记住了的。"

秦知律点头："第一块屏幕里的故事算是好编，还是杀死凌秋的场景，把时间线往前推一推——在你发现凌秋已经畸变的刹那，产生了一瞬间的焦虑和崩溃，勉强能自圆其说。"

秦知律顿了顿："但最后一个屏幕里发生了什么，你到现在也没告诉我。"

"我不记得了。"安隅小声说。

"撒谎。"

"真的……长官。"

秦知律意味深长地看着他："与另一个人有关，一个比凌秋对你影响更深的人。别忘了，你在控制台时亲口承认过这一点。"

安隅沉默许久："我当时被意识深处的那个'东西'支配了，说了胡话。"

"又撒谎。"秦知律语气转冷，"在这个任务里，你根本没有感知到它——我们探讨过，那只是你另一部分的自我，你们早已开始融合，所以别拿类似人格分裂的借口来搪塞我。"

安隅哑口无言，他低头戳着屏幕，试图帮垂耳兔减轻两个哑铃的负重。

哑铃刚拿下去，屏幕上突然接连弹出一串气泡框，来自气恼的小章鱼人。

【您今天很奇怪，一直在干扰我们的训练。】

【服务器显示，您是我的学习对象，我们本应有一致的愿景和思维。】

【所以如此反常的行为，让我不得不怀疑现在这台设备已经被不法分子控制。请您立即赋予我控制前置摄像头的权限，或用其他方式向我证明使用终端的是您本人，否则，我将在十秒钟内向黑塔报警。】

安隅一呆："嗯？"

秦知律冷声道："你还有十秒钟，告诉我最后一个屏幕里的真相，或者编一个能说服我的谎言。"

安隅："哎？！"

终端上开始一条一条地弹倒计时，与此同时，秦知律面无表情地倒数着："十，九……"

安隅："啊？？？"

小章鱼人：说，你究竟是谁？

秦知律盯着他："告诉我，你在屏幕里看到了谁？"

小章鱼人：你还有五秒钟。

秦知律语气更沉："三——二——"

安隅腾地从沙发上站起来："我好像快要饿死了，长官，我先去搞点面包。"

秦知律皱眉："你——"

话音未落，被扔在沙发上的终端突然响起刺耳的警报声，几秒钟后，房间墙壁上突然自动亮起投影，一位上峰决策员的脸填满了整面墙，焦虑道："律，我们收到了角落养的AI的报警，声称你的终端已被不法分子利用，请立即核实。"

秦知律："……"

几分钟后，安隅疲惫地缩在沙发里，看着终于回到自己终端上的小章鱼人。

小章鱼人似乎对这一大串乌龙十分不满，他连着朝它发了几条互动，都没有得到

187

回应。

秦知律面无表情地对着电脑写战报，一言不发。

嗯，长官似乎也很不满。

屏幕内外，他竟面临惊人一致的社交困境。

许久，安隅叹了口气，低声道："长官，你说……我在屏幕里做的事会影响现实吗？"

秦知律停下敲击，沉思片刻："应该会的。你曾九次进入凌秋死亡的回忆，有做出任何与现实不同的行为吗？"

安隅摇头："没有。"

"看来你自己也觉得会打乱现实秩序。"

安隅轻轻点头，但他顿了顿又说："即便不会影响现实，我也没有其他选择。"

他掰着手里的粗面包，低声道："杀死他，是我唯一能为他做的事了。我的痛苦并不重要，重要的是……"

秦知律眼神柔和下来，认真地看着他："是什么？"

"凌秋是一个光明的人。"安隅对着空气轻声道，"留不住他的性命，但起码要留住他的光明吧。"

秦知律笑笑，转回去继续写战报。

安隅又问："那如果——如果我钻入的回忆不是发生在我身上的事，而是我看到的别人的记忆，我的行为也会扰乱客观现实吗？"

秦知律闻言倏然愣住了。

那双黑眸罕见地露出愕然的神色，看着安隅许久，他才迟缓道："不会扰乱客观现实，但也许会干扰……那个人的记忆。"

"什么意思？"安隅立即追问。

秦知律停顿了许久，才说道："比如，有个人曾经在饥饿时很渴望一块面包，但他没有吃到。你看到了这段记忆，在进入屏幕后给了他那块面包。虽然这不会改变他挨过饿的事实，但经过你的修改，他的记忆会发生变化，错觉以为自己当初吃到了那块面包，以为自己……没经历过那么痛苦的饥饿。"

"会这样吗？"安隅眼睛忽然亮起一瞬，一丝光彩在那双金眸中划过。

秦知律轻轻点头："嗯。"

安隅不自觉地勾了勾唇角，低声自言自语道："那我还不算太无能吧。"

秦知律注视了安隅好半天。

这好像是他第一次看见安隅露出这样满足的笑容，和他搂着一大袋面包时有点像，但此时的快乐毫无疑问更加丰沛。

夜幕降临，安隅和长官道了晚安，准备回房大睡一觉。

他走到门口，还是忍不住心虚地问道："最后一个屏幕里的故事，您编好了吗？"

"还没。"秦知律对着电脑屏幕道，"我要好好想一想，大概今晚不用睡了。"

"唔……给您添麻烦了，我很抱歉。"安隅低下头，"但我向您保证，即便我告诉您屏幕里发生了什么，也不会对您编故事有任何帮助。"

他说完，很久都没有得到回应，只有椅子的挪动声响起。

秦知律一步一步走到他面前，高大的身影遮住了身后的灯光，将他笼罩在一片昏幽中。

"没关系，不重要了。"秦知律低声道，"我大概知道屏幕里发生了什么。确实，给不了我什么编故事的灵感。"

安隅茫然抬头："您知道？怎么知道的？"

"回忆从前，突然觉得对有件事的记忆很模糊，像是发生了堪称转折的变化。"

秦知律语气平淡，但那双黑眸却一片深邃，他凝视着安隅，低语道："有一个人，虽然常常挨饿，但很少主动开口朝人讨面包吃。但有一次他实在太饿了，终于开口，却遭到了拒绝。那件事他记了很多年。但——可能是时间太久了吧，现在的他突然有些拿不准当时到底有没有被拒绝，因为恍惚间竟觉得自己当年是吃到了那块面包的。"

安隅怔怔地望着那对漆深的黑眸，轻声问道："那，他会为吃到那块面包而感到安慰吗？"

"会。"秦知律说。

安隅低声道："那只是一块小小的面包。"

秦知律应声："但那块小小的面包对他很重要。"

69 莫比乌斯环

安隅站在秦知律投在地上的阴影里，低声道："我在您的记忆里一直都能看到您的疤。"

秦知律安静点头："出生就有的东西，或许不能叫疤，而是一种印记。"

"那意味着什么呢？"安隅抿了抿唇，"二十六年前，唐如和詹雪，两个孕妇在尤格雪原上直接暴露，随后分别诞下您和我。您的基因混乱无法衡量，而我的基因有着绝对秩序，我们走了两个极端。"

秦知律语气沉和："我不知道那意味着什么。"

"这个世界有很多真相，却并不是每一个真相都会到来。无论如何，人只能坚定于自己的使命。"秦知律说着，一圈一圈地替安隅解开缠绕在脖子和手腕上的绷带，"任务已经结束了，好好睡一觉吧，忘掉在屏幕里反复重历的那些痛苦。"

安隅点头："长官晚安。"

回房间后，安隅却罕见地失眠了。

从冬至踏上摆渡车至今，转眼已经过去了四个多月。一切都在发生翻天覆地的变化，往昔简单的人生已经与他背道相驰。奇妙的是，从前他最讨厌复杂，但现在却懵懵懂好奇地，一步步主动踏入这扑朔的世界。

重历了凌秋的死亡九次，他才恍然意识到，那天集装箱里，他亲手杀死的不仅是凌秋，更是他自己——凌秋身上的一只寄生虫。

不开灯的房间里，投影仪将任务记录片段打在墙上，安隅静静地看着那些画面。

53区，漆黑的枪抵在他胸口，秦知律冷静地问道："想杀我吗？"

把他从羲德背上掠至高空，用感染的方式彻底触发了他的觉醒。

在孤儿院，蒙住他的眼引导道："不要看，也不要听，过多的信息只会干扰你的感知。十年前，有人告诉过我，时间与空间自有它们独特的编译方式。"

后来在铺满天际的碎镜和雪沙中，站在他身后，用生命和精神为他拢起一道柔和的雾气。他站在那雾气中，对峙高空。

……

细小的灰尘在投影仪的光柱里飞舞，像穹顶之外的雪片。

安隅把设备静音，看着墙上一次次重映的画面，仿佛在注视一场于无声中铺开的宿命。

直到深夜，他才蜷在被子里睡着了。

丢在枕边的终端安静亮起，面包店小群弹出好几条消息。屏幕上，作息规律的小章鱼人竟然没在睡觉，而是一脸严肃地看电视——屏幕上正放映最近在人类中大受欢迎的动画片《超畸幼儿园》，它对着和自己外形极为相似的新角色直皱眉。

许久，它主动给安隅弹了一条消息：我们是不是该起诉福犀动画公司侵犯肖像权？

安隅一觉睡到快傍晚，醒来就看到这一条消息，有些头大地回复道：算了吧，不会胜诉的。

小章鱼人立即反驳：新出场的章鱼人和我长得一模一样。相信我，起诉可以帮你赢到一笔赔偿金。

安隅把屏幕捧近，对比着仔细辨认了好一会儿：全世界的章鱼不都长得一样吗？

小章鱼人立刻露出了不悦的神情：看来你对章鱼很脸盲。负责任地告诉你，它严重和我撞脸，我甚至怀疑它的原画手稿是在你的指导下完成的。

安隅向来说不过它，索性放弃争论，敷衍几句后，匆匆出门。

出了几天外勤，店铺装修攒下不少事需要拍板，许双双昨晚还发来了投资收益表，勤劳的麦蒂女士又鼓捣出了新品。

涉及生意和钱，任务的疲惫被他果断抛到了脑后。

电梯停在餐厅层，现在刚好是晚饭时间。安隅快步踏出，打算花五分钟填饱肚子。

羲德要求他每顿都要吃肉，不然他就去店里啃面包解决了。

安隅出现在餐厅的一瞬间，原本喧闹的餐厅瞬间鸦雀无声。

他一个刹车，茫然地和满厅守序者对视。

那些家伙直勾勾地盯着他，片刻后，接二连三地冲他弯腰鞠躬。

"角落。"

"大人。"

安隅张了半天嘴，一个音都没发出来。

他的社交技能显然还无法支持与几百个人同时聊天，这一点让他忽然有些敬佩莫梨。

他扭过头，拿起一只盘子。

排在前面的守序者默契退开，一个接一个，转眼便把他让到了最前方。厨师适时地托出两只巨大的餐盘，各式面包搭配油香四溢的烤肉，显然早有准备。

安隅正要夹取食物，忽然听到一个粗声粗气的声音在旁边叫道："角落长官。"

他没反应过来，直到那人连续叫了七八声，才突然觉得不对劲，缓缓抬头——只看到了宽广的胸大肌。

"请问，您收监管对象吗？"庞然大物温顺地朝他低头，"我叫穆德，天梯顺位24，畸变方向黑熊。请您相信，我有绝对力量。"

安隅相信，非常相信。

穆德仿佛打开了这个空间里一个隐秘的开关，话音刚落，那帮畸变得有点失智的家伙纷纷不甘示弱地开始自报家门。

"阿尔弗雷德，天梯84，最强情报系，畸变方向猎鹰，愿为您遍历每个时空的苍穹。"

"檀莱，天梯06，我有翼类、藻类和猫科动物的三重畸变，能在全地形为您开拓战场。"

"艾洛，天梯18，目前天梯高位最强精神异能者，可与您并肩应对各路新型畸变。"

终端震动，小章鱼人弹出一条消息：友情提示，不要被虚荣绑架。在外面乱收监管对象，会彻底摧毁你和你长官的关系。

安隅摁灭了屏幕。

两秒钟后，他又点亮，震惊打字道：你偷偷开了监听权限?

小章鱼人严肃摇头：没有，我是一个有道德底线的AI。我只是在工作间歇扫了两眼无聊的尖塔论坛。

安隅对着它沉默片刻，面无表情地放下了托盘。

"很抱歉，刚刚收到长官的讯息。"他改拿了一个大号纸袋，手伸向旁边堆成小山的三明治，"收监管对象的行为已经被明确禁止。如果你们有疑问，请直接联系他本人。"

他说着，抓起鼓鼓囊囊的一大袋三明治扭头就走。

直到坐上送他去面包店的车，安隅才点开小章鱼人友情推给他的论坛链接。

才几天的工夫，【安隅神能妄言】已经从一个帖子变成了一个版块，新帖层出不穷，不是讨论他的时空异能就是猜测他的生活喜好。

畸变者们的精神状态令人担忧，安隅每看几帖就得把视线投向窗外，让大脑放空一会儿。

热度最高的帖子叫【接近神明的千种姿势】。安隅翻了一会儿，震惊地意识到，原来蒋枭竟是全尖塔最正常的人。

安隅陷入深深的迷惑，截屏发给秦知律。

消息被秒速已读，但迟迟没收到回复。

安隅纳闷地再点开论坛，却见那个帖子已经点不开了，原链接进去只有鲜红的"服务器故障"五个大字。

严希转着方向盘笑道："这种盛况只出过两次，第一次是律刚接手尖塔时，一夜之间收到了所有守序者的监管申请。第二次是羲德刚来，疑似凤凰的畸变特征锋芒太盛，翼类守序者集体出动。"

安隅问道："长官当时一个都没选中吗？"

"他根本没选，据说那些讯息至今都显示'未读'状态。所以可想而知，当顶峰听说他要直接监管你时有多震惊。当时大脑和黑塔都知道你是异类，但没有任何人敢想你会这么无可取代，不得不说，律确实眼光毒辣。"严希叹着气感慨，"即使在53区他就预言过你会有时间能力，但上峰和大脑从没敢抱期望。律对你的选择堪称人类的一线生机——如果不是你，孤儿院和34区的烂摊子恐怕没有第二个人能收拾，也包括律本人。"

安隅闻言道："如果没有我，长官也能应对。"

严希从后视镜里对他笑笑:"怎么应对?律接受了非生物畸变者的基因诱导,但根本无法表达出相应异能,对抗这些新型超畸体已经不能再靠基因压制了。"

安隅没反驳,只是沉默地看向车窗外。

揭开身世谜团后,他更加确信,哪怕他和长官看起来像两个极端,但他们是同类。

车子开到中央区,面包店的街上依旧排着长队,安隅下车前扫了一眼周围的高楼大厦,忽然觉得有点不对劲,又环望了半天才纳闷道:"那块大屏幕去哪里了?"

"设备检修中。"严希顿了顿,"对外说法是这样。"

安隅惊讶:"莫梨出故障了?"

严希神色严肃下来,轻轻摇头:"没有故障,她一直在自我升级迭代,她非常出色,但……似乎过于出色了。"

34区出事时,莫梨获取了全世界所有摄像头权限,在没有取得黑塔许可时,擅自将异常画面发布在直播上,搞得人心惶惶,掀起了一场世界范围的舆论风波。

安隅困惑道:"她并没有弄虚作假吧。"

"揭露真相不该如此简单粗暴,时机、措辞、对象,这些都需要权衡。当然,上峰对她的不满并非因为她做得不够完美,而是她不应该这样做——她确实生成了无与伦比的自我意识,但这也让她忘了自己只是个AI,严格意义上,她不该站在一个与人类完全平等,甚至更高的视角来与人类相处。"

安隅似懂非懂:"所以她被销毁了?"

"倒也没有。"严希笑笑,"制作公司正在盘查底层代码,确保AI三大原则仍旧有效。如果有必要,会进行一些人工干预,等检查完毕,她就会恢复直播的。"

他说着,笑意却渐渐收敛起来,低语道:"毕竟她现在有着全世界的人气,受到万众追捧,很难被强势清除。"

安隅并不关心人类与AI之间的关系,他只再三和严希确认——即便莫梨被封杀,也不会影响到他的小章鱼人——然后便放下心,事不关己地回到了面包店。

店里日常挤满了人,安隅费很大劲才钻进厨房,麦蒂刚好在制作新品。

"黑裸麦和啤酒花是主材料,入口苦涩微酸,但以苹果泥、肉桂豆沙和香辛料穿插填充,每一口都能品尝到不同的风味。"麦蒂说着,将翻拌揉搓好的长条形面团提起来,捏住两端扭转180度,将两头粘接,"面包的形状还没设计,一会儿烤好了,您先尝尝味道。"

面团被随手捏合成类似数字8的形状,形成一个只有单侧曲面的独特结构。安隅觉得似曾相识,回忆半天,忽然想起凌秋曾给他看过这个符号。

他指着面包问道:"这是不是莫比乌斯环?"

"什么环?"麦蒂旋动烤箱预热旋钮,摇头道:"我只是随手扭的。"

许双双从外头进来端面包,随意一瞟:"对,长条形简单一扭一粘,一个莫比乌斯环就出现了。数学符号无穷就是从这个环来的。"

她扔下这句话,风风火火地端着面包盘跑出去了。

麦蒂笑道:"对哦,我总忘记双双是名校出身,天才少女呢。"

她回身见安隅对着醒面架上的面团们走神,说道:"您如果有造型方面的灵感,就随时和我说,改个型不是麻烦事。"

安隅拎起那个环看了半天:"不如就这样吧。"

麦蒂闻言一愣:"就这样?"

安隅放下面团:"嗯,就用这个,莫比乌斯环。"

安隅坐在烤箱前面,一边盯着面团膨胀,一边翻许双双写的投资报告。

他没学过这些,很多专业术语都要边查边理解,好在小章鱼人什么都懂,连浏览器都省了。

密密麻麻的数字看得人犯晕,安隅从日落看到天黑,又看到主城灯火尽明。

面包出炉时,刚好赶上晚间客流高峰,一墙之隔,外面又嘈杂起来。

主城人因为莫梨暂停直播的事倍感焦虑,安隅坐在这里一下午,听到外面经过的每个客人都在讨论这事。

距离莫梨面世才一个多月,但人们却已经重度依赖她的存在,她刚消失三天,就有很多人为之寝食难安。

安隅一边揪着烫手的面包小块小块往嘴里送,一边点开社交媒体。

热搜前几名果然被莫梨消失的事霸占,停播三天后,群众的失落情绪开始走向阴暗,各路阴谋论随之浮出水面。

#知情人士透露黑塔已秘密销毁莫梨#

#AI走红让决策者焦虑了吗#

安隅随手点开几个帖子,铺天盖地的戾气和辱骂又一次刷新了他对这个世界的认知。

"别看网上那些啦。"麦蒂拿着一个小笔记本认真记录面包的火候,笑道,"我本来对这事没有特别明显的感觉,但看了一会儿网上那些内容,也会忍不住跟着慌乱愤怒。舆论这东西啊,和畸种一样,能传染,能吃人。"

安隅点头退出页面:"我只是随便看看。"

他和麦蒂不同,他很难理解那些人的愤怒——在这个世界上,似乎无论是普通人类还是有异能的守序者,绝大多数人的情绪都很极端,会轻易地从厌恶滑向狂热,反之亦然。

他很少有这么强烈的情感,除非深处的意识被刺激到,否则大多数情况下,他都是温吞吞的。

安隅又掰下一块面包,放进嘴里,耐心咀嚼。

"您觉得味道怎么样?"麦蒂抬头问道,"我已经尝试了十几次,现在的烘烤方式能最大程度平衡黑麦和肉桂的风味,口感也最有韧劲。"

安隅点头:"挺好的,准备推出吧。"

他拉过旁边的小黑板,一边琢磨一边在上面写着新面包的介绍卡。

【错觉的环面包】

将面包团拉长,一扭一粘,形成一个莫比乌斯环。黑麦酸苦,苹果泥沙甜,肉桂馥郁,混杂着多重香辛料,内馅交错穿插,风味循环往复。

一只蚂蚁可以在不跨越边缘的情况下爬遍环的整个曲面,所以它一直爬一直爬,不知循环,不见尽头。

如果一生都要吃这款面包,还请不要计较每一口的滋味——即便和记忆中不同,也接受这场时间酝酿的错觉吧。

麦蒂怔然道:"和从前的风格好像不太一样,没那么悲伤了,有点说不清的浪漫。"

安隅平静抬眸:"浪漫?"

"时间的浪漫。"麦蒂说着，回神朝安隅笑笑，"只是一种感觉，我不懂这些，我现在就发预告，周末开售。"

"嗯。"

天已经很晚了，安隅起身打包了几个新出炉的环面包，准备回去送给长官尝鲜。

严希已经在街口等待，他抱着巨大的面包袋走出店门，刚踏出门槛，却忽然听到远处教堂的方向人声鼎沸。

恐慌的呼喝填满了半座主城。

安隅抬头望去，夜幕下，教堂塔顶那唯一一扇落地的拱窗大开，窗纱从里面半掩而出。

一个人立在窗口。

诗人依旧穿着华丽的衬衫，长长的袖摆在风中轻动。惨白的尖刀弯月安静地映在教堂塔尖背后，也衬着那道脆弱的身影。

明明相隔甚远，安隅却竟能看清诗人脸上绝望的微笑。

有那么一瞬，他甚至错觉他们在与彼此对视。

终端上忽然弹出一条消息。

这是眼第一次主动给安隅发消息。

【那些灾难之源的终结只是错觉。灾厄之环，必将循环往复。】

【安隅，我们走不出去的。】

安隅错愕抬头，却见高空之中，眼平静地向前迈出一步。

那道身影在高空中划出一道优雅的自由落体线。

坠落。

【废书散页】
32 自我感动
有人因害怕被深渊同化而选择死亡。

但死亡不是救赎——

意志才是。

反抗,直至被同化。

我一直很想劝说每个自以为伟大的家伙——

停止自我感动。

70　灾厄之源

安隅：

　　展信安。

　　平等区靠近北极，也靠近灾厄的源头——尤格雪原。四月是这里的春天，但气温仍然很低。这里堆积着亘古不化的积雪，看得久了，人对象征凶兆的风雪就会趋于麻木。

　　我离开主城不过半月，世界却在无声中又朝混乱加速行驶。平等区的畸变入侵本就频繁，最近更是让人毫无喘歇。这里并非世外桃源，低基因熵的人在物资与防御上长久欠缺，与外面相比，唯一的区别似乎就是让所有人都生活在一起——可这也提升了感染风险。弥斯对我说，他年龄大了，最近常在夜深人静时问自己，平等区究竟是对是错。

　　我在两天前获得了第四重畸变基因——北极柳，也不知道是什么时候感染的。北极柳地表以上只有两三厘米，是世界上最小的树。我尚未发现这种基因的能力，似乎我只是比从前更耐寒了……

　　如果能获得提升精神稳定性的基因型就好了，那时我就该回到主城，回到您身边了。

蒋枭

　　洁白的病房里，安隅坐在病床前，划动着终端上字体龙飞凤舞的长图。

　　拍照发送手写信，是蒋枭作为豪门公子的奇怪癖好。

　　安隅皱眉打字：你已经有四种畸变基因了？

199

蒋枭立即回答：是的。我也没想到第四次来得如此快。

安隅从只言片语中察觉出一丝骄傲，但还是没忍住评价道：你真好"畸"。

蒋枭自动放过这个话题，继续发消息道：清扫战斗还未结束，我得下线了。听说主城最近发生了很多事，教堂那位神经兮兮的诗人自杀了，希望您离危险分子远点，虽然我相信您不会受到影响。

安隅对着那几行叮嘱抿了抿唇。

眼坐在他面前的病床上，看向窗外。

大脑从外面看是一座和黑塔相似的白色高塔，监护病房在高层，向外可见辽阔天际，主城的高楼大厦在飘浮卷舒的云团间若隐若现。

"人类的世界很美，是吧。"眼轻声道，"无法忘怀美好的事物，所以心怀妄念，觉得它能被留住，能被挽回。"

安隅收起终端："看来大脑评估没错，您的确陷入了极端的悲观情绪。"

眼苍白地笑笑，手摸索着腿的位置。

七天前，诗人自杀事件轰动主城，但自杀没有成功。

刚好偷溜出尖塔，准备去教堂为死去的斯莱德祷告的祝萄赶上了最后时刻。葡萄藤蔓飞甩而出，却很遗憾没能来得及完全拉住迅速跌落的身体。眼的脊柱受到剧烈撞击，尽管比粉身碎骨好了不少，但也没能免除下肢瘫痪的厄运。

抢救治疗这几日，大脑趁机对他进行了精密检查——无论基因、精神、还是生理，他都是一个正常人类。

自然，上面还不知道他的预言能力，只把他当成一个有煽动人心天赋的神棍。

眼轻声问："那位救我的守序者怎么样了？"

小章鱼人告诫过安隅，谈判时要学会利用对方的愧疚感。

安隅用平板的口吻陈述道："有传播畸变风险的守序者禁止离开尖塔，更遑论在主城使用异能。祝萄严重违规，要在尖塔关14天禁闭。"

虽然他每天在禁闭室和风长官一起吃爆米花看电影，还因此逃过了最近爆发的任务潮，快乐得不像话。

诗人垂眸道："很遗憾。他白白付出代价，却没有真正地帮助到任何人。"

安隅从他的话语里没听出任何愧疚，反而渗着一丝冷意。

眼忽然看向他："但我猜，他那天并非凑巧来到教堂。典提示了他，是吗？"

安隅轻轻抿唇。

祝荀说，出事那天他本来和典在一起烤蛋糕，典有些心神不宁，在听说他打算第二天偷溜去教堂时，忽然劝道："你现在就去吧，祝祷宜早不宜迟。"

随后典也坦诚了一切——他在那天中午收到眼的讯息，恳求他去一趟教堂，但他们的谈话再次不欢而散。他回来后一直有不好的预感，直到烤蛋糕时，忽然预知到眼要自杀。

眼没有等到安隅的回答，了然地笑笑："我和典有理念分歧，他救我实在多此一举。"

安隅沉默许久才开口道："我只知道你们都能看见一些未来。"

"不仅是未来，还有被掩埋在过往的真相。世界的认知从未停止向我脑海里灌输，他也一样，不，他比我更受眷顾。他才觉醒多久？我对万事万物都只能看到一种结局，他却能看到很多很多……"

眼顿了顿，昔日里温柔平和的眼眸中忽然闪过一丝阴霾："但他明明和我看见了相同的东西，相同的世界走向，但却偏执地不肯相信！他总说他能看到很多种可能，未必最后哪一种会成为现实，他愿意赌——"

安隅打断他："这很合理。"

"不合理！可以赌的前提是，在一万种可能中至少看到了一种好的。但他告诉我的却是，所有可能都走向坍塌，只有唯一的一种，他暂时还看不清。"

安隅平静地注视着他眼中的疯狂："既然还看不清，就该继续等待。"

诗人攥拳，用力砸在自己瘫痪的腿上："哪有最后一种可能，这是他在自欺欺人！他是怯懦不敢戳破人类自救幻想的鸵鸟！"

安隅看着他发狂，直到他又一次举起拳头。在拳头落下前，他伸手拦住。

长久的力量训练终于在这具身体上积累出了一些变化，虽然手臂依旧纤细，但发力时却可以绷起紧实的肌肉线条，也能抵挡住诗人的反抗。

安隅凝视着诗人的眼睛："那么，自杀就不是鸵鸟了吗？"

病房里陷入了死寂。

诗人愣怔地被他注视着，在那双平静的金眸中，仿佛能看到自己的苍白和崩塌。

许久，他眉头松开，低头苦笑："我不是鸵鸟。我不知道原因，但我能看到，我的死亡对人类是一件好事。"

安隅的眉心皱了一下,沉默不语。

典说,诗人确实能看到很多真相,但他也很短视。

出发探望前,典站在安隅面前有些无奈地微笑道:"眼对未来的判断无法考虑任何变数,就像当初那注彩票一样,他的预言原本是正确的,但只要你临时起意,回面包店换个衣服,一连串的蝴蝶效应就会导致预言失误,而他看不到这点。我提示了你新的中奖号码,却没料到你会两注都买,那样就又一次改变了最终的开奖结果——这宇宙瞬息万变,真正的预言者不该早早定论,而该在俯瞰视角保持观望。安隅,虽然我暂时不能看见全部,但我并不焦虑,与变幻莫测的未来相比,我更愿意相信人类恒久的决心。"

安隅回过神,诗人正盯着他的眼睛发呆,他立即抓住机会获取诗人的记忆。

但出乎意料地,一股剧痛忽然在脑海深处炸裂,他的意识瞬间被弹出。

眼惊愕道:"你怎么了?"

"我没事……"安隅松开捂住太阳穴的手,放弃读取,低声道,"听说在你自杀前一晚夜祷时,还对主城人说,每一场灾难的终结,都会有一部分混沌之源回归苍穹,终有一日,所有苦难都会远离人间。但第二天,你却给我发了那样一句完全相反的话。我只想知道,在这一天之内你究竟看到了什么,会让你如此绝望?"

诗人闻言眸光波动,沉默着又将头看向了窗外。

安隅继续道:"出事那天我睡到傍晚才起床。后来才知道,我的长官在上午去过教堂,为我们刚刚失去的一位优秀同伴祷告。但随后,你就着急把典喊了过去,又在傍晚选择结束自己的生命。"

他起身走到诗人面前,遮住窗外的美景,迫使他凝视自己:"告诉我,你又在秦知律身上看到了什么?"

眼与他对峙许久,轻声道:"我一直在为您画画,本想送给您,但画到半途却画不下去了。您去教堂看看吧。"

诗人不在,教堂已经连续一周没有开门。

安隅推开厚重的大门,里面没有开灯,光线透过塔顶狭窄的落地窗穿入建筑,一片幽暗中,灰尘在光柱间扑朔。

顶楼书架不翼而飞,从前散落遍地的诗册已被清空,只剩一只孤零零的单人沙发，沉睡在一片荒凉中。

沙发旁立着一台蒙布的画架。安隅抬手揭开蒙布，瞳孔骤然缩紧。

破碎红光背后，四枚金色齿轮清晰浮现，齿轮的完成度比上次更高了，但这一回，大量红光被涸湿，像是被沾水的画笔强行从画布上抹去。

红光的消失本应让人安心，但那大片大片粗暴肮脏的痕迹，反而让安隅感到一阵悚然心悸。

终端响。

眼在话筒里低声道："这些年来，我一直在观察破碎红光。第一次见面时我就告诉过你，红光越来越多，但那时我并不觉得多么危险，因为红光的出现遵循规律——每当黑塔公告彻底清扫了某个超畸现象，天上的红光就会增多。红光增多的程度和黑塔公告的严重度几乎完全正比，我一直以为等人们整顿完所有混乱，混乱的根源或许就会回归宇宙。

"34区的异常解决后，苍穹上的红光多到快要把天际铺满了，我本以为这是好事，但直到那天早上醒来，它们却忽然消失了一大片。"

安隅凝视着那幅画，心头发冷。他似乎预感到了诗人要说什么。

他问道："去了哪儿？"

"您的长官身上。"

终端里，眼嘶嘶地笑起来，声音如同一条脆弱的毒蛇。

"我花了很多工夫调查他，他是当年尤格雪原上直面灾厄降临的一名孕妇诞下的孩子，他就是灾厄本身。灾厄从他身上跑出来，被解决后又回到他身上，循环往复。多可笑，人类自以为是、百般依赖的最后一道防线，偏偏是一切的根源。只要他在，人类将永远陷于深渊，直至彻底毁灭。"

*

离开教堂时，安隅带走了那幅画。

"您拿了什么？"严希从后视镜里瞟了一眼叠放在安隅腿上的画纸，"诗人要您给他带解闷的东西吗？"

安隅摇头："之前和他学写作，留下了一些废稿，索性带走吧。"

203

"写作？"严希笑笑，"您还是少和他接触吧，别被教得神神叨叨的，我那位负责每天和他谈心的同事都要崩溃了。"

安隅心跳一顿，不动声色地问："他都说了什么？"

"东拉西扯，不知所云。问得多了，就开始诅咒黑塔，诅咒守序者誓约，诅咒人类命运，还叫嚣着秦知律是灾厄之源，时空掌控者也无法拯救人类什么的。"严希头大地叹一口气，"大脑刚才发布了对他的书面结论，认为他是重度抑郁和臆想，虽然与畸变无关，但已经纯粹是个疯子了。"

安隅闻言靠回座椅靠背，垂眸道："嗯。既然和畸变无关，就放他回去吧，或者去普通医院接受心理治疗。最近上峰和大脑都很忙，别浪费时间在他身上了。"

"您也这么想吧？"严希摇头道，"上面也没耐心了，今晚就放人，我同事终于要解脱了。"

车子开出主城外围，到达穹顶防护之外的尖塔。

安隅忽然不经意似的说道："如果长官真是灾厄之源，岂不是人类的灭顶之灾？"

严希的机械眼球在眼眶中轻微转动着，那是他精神放松状态下的表现。

他点头笑道："那当然，但这个假设纯属无稽之谈。律的身份对外界是保密的，人们只知道他是一位强大的守序者，眼大概是不知从哪听说了律的无限基因熵吧，才会在恐慌下大放厥词。"

安隅点头，推开车门又缩了回来，像是忽然想起什么，犹豫道："你能帮我求上峰一件事吗？"

严希回头惊讶地说："当然，您有任何要求都可以提。"

安隅咬着嘴唇，视线低垂，彷徨许久才吞吐道："别再让诗人主持夜祷了，虽然我从前觉得预言诗很有趣，但现在每当听他说话都会有些不安。甚至想……想伤害自己，我做了一个梦，梦里也像他那样从高空跳下，醒来后竟然觉得渴望。"

严希神情严肃下来："多久了？"

安隅轻声道："从34区回来后，我的心情就一直不太稳定……我的精神力在34区有过剧烈动荡，你也知道……"

"明白了。"严希立即道，"我会立即向上反映，让诗人回到教堂安静调养，教堂无限期暂停营业，黑塔一定会尊重您的意愿，请您放心。"

安隅松了口气："多谢。"

他起身下车，惶恐不安的神色随着车门在身后关闭而消散。他在风雪中伫立，安静地看着那辆车驶回主城，才转身往尖塔走去。

199层，秦知律的房门虚掩着。

34区引起的世界范畴风雪早已停歇，但雪停后不久，世界各地的畸变异象开始泛滥。秦知律很少为无关痛痒的异常出外勤，但最近尖塔人手严重不足，他也被迫忙得脚不沾地。

安隅有时候一天能撞见他好几回——那说明他会在24小时内连续整顿好几个失序区。

安隅走到秦知律房门口，探头往里面看一眼。

秦知律上身只穿着一件黑色背心，结实的肩臂露在外面，双腿包裹在一条黑色潜水裤中，紧贴皮肤的布料勾勒出流畅的线条。

他将脚蹬进短靴——特制的潜水靴会在瞬间变成脚蹼，虽然他并不一定需要。

皮手套抚摸着靴身上的安全扣，拉好，秦知律不回头地问道："藏什么？"

"唔……"安隅推开门进来，"长官下午好。"

秦知律回头看着他："几小时前你已经和我说过这句话了。晚饭吃过吗？"

安隅摇头："正要去。"

他视线瞟到桌上散落的贴着角落面包贴纸的袋子。

从标签上看，都是新品莫比乌斯环面包。秦知律似乎已经吃掉了四只，第五只剩一口，丢在桌上。

秦知律抓起剩下的一口面包，迅速吃完，说道："羲德最近忙任务，没时间给你上课，你要自己掌控好训练量和饮食营养。"

安隅点头："您好像很喜欢我店里的新品。"

秦知律挑眉，捏着空空的面包纸袋："我以为这是你为我推出的面包。"

他顿了下："难道不是？"

安隅无辜地眨了眨眼："这是麦蒂夫人设计的新品，我只负责编写面包故事而已……但总之，谢谢您照顾生意。"

秦知律哼笑一声，动作麻利地将桌面收拾整洁，提起装备转身要走。

"水下的任务吗？"安隅问。

秦知律"嗯"了一声："深仰已经累得要废了，潮舞也在强撑，处理水底畸变一

205

直是尖塔的短板，人手严重不足。"

安隅停顿了下："需要我陪您去吗？"

秦知律一只脚已经迈出房门，又退了回来，惊讶地看了他一会儿。

"店铺出事了？"

安隅茫然："没有啊。"

秦知律皱眉："许双双投资搞砸了？"

"投资收益很好……"安隅茫然，"为什么这么问？"

"又想扩张店铺吗？"秦知律纳闷道，"为什么主动出外勤，还是这种无关痛痒的小任务？"

安隅真心为自己在长官心中的形象担忧了几秒钟，而后叹气道："都不是，只是随口一提，当我没说吧。"

秦知律审视地看了他片刻："听说你今天去了大脑。怎么，诗人又给你预言了？预言我会死在海底？"

不等安隅回答，他又说道："几分钟前，上峰紧张兮兮地来电询问你的情绪状态，生怕你会随时自杀。看来某人好像很希望堵住诗人的嘴，背着我在黑塔面前演了好一出可怜的戏码。"

安隅被戳破，只能无辜地站在原地看着他。

秦知律转身到柜子前面，翻拣半天，又拎出一套型号稍小的水下装置，丢在桌上："说吧，神棍先生又说我什么了？"

安隅舔了下嘴唇，轻声道："说您是灾厄之源。灾厄从人间回到宇宙，又从宇宙回到您身上，循环往复，永无尽头。"

秦知律整理装备的手一顿，回头挑眉道："原话？"

安隅点头。

秦知律沉默片刻，无声笑笑："那就借他吉言了。"

安隅一愣："什么意思？"

他本以为长官会愤怒，又或像从前那样全不在意。但长官却很平静，初听时那片刻的惊讶不像是为无厘头的污蔑而惊讶，反而更像是惊讶于诗人的能耐。

"意思是，那正如我所愿。"秦知律背对着他低声道，语气像是在开玩笑，但他回过头来，黑眸中却全无笑意。

安隅凝视那双黑眸："您告诉过我，人类对詹雪极端的恐惧会把我撕碎。那么，人类对您极端的期待，一旦落空，也会将您撕碎吧。"

秦知律淡然点头："如果我真是灾厄根源，不需要人类动手。"

对面的瞳孔骤然缩紧，那双金眸怔了一瞬。

秦知律挪开视线，拎着那套装置来到安隅面前："穿。"

安隅低头看着那些复杂的绑带："呃……我只是随口一提……"

秦知律打断他："作为维护长官的奖励，带你出任务。半天就回，任务贡献度都算给你。"

安隅怀疑自己的价值观出现了偏差。

他挣扎道："维护您也是我的义务，我不需要奖励，您自己……"

秦知律挑眉："海底很好看，能帮助对外谎称心情不好的坏东西恢复身心健康。"

安隅茫然了一会儿。

"坏东西？您在骂我吗？"

秦知律勾起唇角，眼中这才聚起一丝真实的笑意。

"走吧，带你看看尖塔几千名守序者每一个日夜都在全力以赴的战场。"

【废书散页】
33 高维视线

人类科学推断中有一个有趣的概念。

他们认为，四维生物能向前向后浏览时间线，

所以能预见当下既定发生的未来，

而五维生物能看见无数个平行时空，并穿梭其中。

我不完全认可这种推断。

但生物之间的认知确实天差地别。

有的只能将视线投射眼前，

有的却能够投射很远。

71　第二道防线

深海。

庞大的烟雾水母群在安隅面前呼啸而过。

松散的伞帽在水中舒展翻腾，触须抖动，烟雾在点点光亮中弥漫。

"小心毒液。"秦知律在耳机里提醒道。

一只触手从安隅身后靠近，缠绕着他，将他向后拉开。

几簇颜色诡谲的液体擦着安隅的发丝蹿过，迅速消弭在海水中。

由于海水阻力，秦知律拉着安隅的动作变得很缓慢，安隅像看一场慢放电影般看着那些毒液远离自己，庞大的畸群渐行渐远，水母群后，是一群身材尖锐的鱼阵——它们是真正的任务目标，一群深海鱼将卵产入附近饵城水源，大量孕妇诞下鱼形畸种，一胎就有几十上百只。

扭曲的人类脸颊开着鳃，在水中狰狞地鼓动，尖锐的鱼鳍和牙齿折射着水母发出的点点波光，在漆深的海底掀起一片片五颜六色的光浪。

成千上万的畸种，而任务执行者只有秦知律和安隅。

安隅在氧气面具后深呼吸，耳机里，长官的声音像是隔了一重重的雾："很美，是吧？"

"嗯。"

秦知律用触手绞死那些水母，说道："世界真相重重，畸类只是个相对的概念，所有生物都在维护自己建立的秩序罢了。"

探照灯垂在安隅额前，他在那一点光亮中看到庞大的黑色章鱼缓慢游动，上百只粗长的触手在水中呼吸般舒展蜷缩。

秦知律像一只优雅而庞大的海妖，在水中转动着将触手收敛，恢复了人类躯干。而后他轻轻摆动双脚，两只水靴脱落，双脚并拢拍打水面，安静地闭上眼。

拢起的双脚逐渐化形成一条流畅的鱼尾，漆黑的鳞片顺着海波向一个方向整齐地倒去，宁静而磅礴。他睁开眼时，黑眸中有片刻的失神，随即摆动鱼尾，游向那畸群。

安隅在远处看着这一切。

海底生物被畸潮驱赶向四面八方，唯独他的长官摆动鱼尾独自向更深更黑处迎去，在畸潮中掀起巨大的漩涡，无数残肢和鳞片在漩涡中翻搅四散。

海底的战场寂静而血腥，在一片斑斓中，那漩涡越搅越大，直至终于停歇，漩涡中心只剩一尾人鱼。

秦知律悠哉地摆尾，让海水冲刷去那些沾附的污浊。

很快，他又恢复了无瑕的漆黑。

他在耳机里轻微气喘着："走。"

安隅本能般地轻声道："您的畸化和别人很不一样。"

秦知律在不远处等着他靠近，漫不经心一问："哪里不一样？"

"很美。"安隅还没学会委婉和羞涩，只坦诚地表达心里的感受，"不是那种畸态的美，而是一种很纯粹的美感，让人想要触碰。"

远处，那尾人鱼的身形微顿，秦知律忽然回身朝他看过来，鱼尾推开海水，游到他身边。修长巨大的鱼尾轻轻弯曲，在他身体上擦过，结实富有弹性。

黑眸凝视着他，比海底更深邃："像这样吗？"

海底太宁静了，安隅听见自己的心跳声，很响，很有力。

"长官。"他鬼使神差般地说道，"如果我也能随意畸化就好了。"

隔着面罩，他似乎看到秦知律挑了挑眉。

"你想要什么？"

"鱼尾。"安隅说，"和您一样。"

话音落，秦知律却忽然朝他伸出手。

他不知道长官要做什么，只是本能地也朝长官伸出手。

皮手套轻轻捏着他的指尖，替他摘掉了潜水手套，拉着他的手，缓缓放在自己的鱼尾上。

安隅掌心颤了一下，指尖顺着鳞片的方向抚摸。

滑韧，坚实的触感，戳下去，得到极具弹性的反馈。

他摸着摸着，忽然感觉长官往远躲了一下，安隅抬眸，见秦知律摘下一只手套，捉住他的手，攥着他说道："走吧，去下一个区域。"

深海无限。

一个又一个作战区域。

秦知律能表达出无穷种畸变特征，但他厌恶畸变，常用的基因只有几种。

在深海，他喜欢作为章鱼或人鱼出现。

在沼泽，他会化出丰茂缠绕的藤蔓，藤蔓上开出各类花卉，安隅多看几眼，他就会随手摘下一朵送给他。

在荒漠，他舒展漆黑的羽翼，安隅安静地坐在翅膀上，在高空灼热的风中微微眯眼。

每当回到主城歇脚时，安隅都会在电梯里偷偷看恢复人形的长官。

秦知律像一把笔直锋利的刀，总是安静地回到刀鞘，等待下一次亮刃。

凌秋说过，人类总会不可避免地沉迷于美好的事物——美丽的动物与花卉，美丽的星空和深海，以及，美丽的人，不论是外貌，还是内心。

安隅忽然意识到，待在长官身边，就能同时拥有所有的美好。

没有超畸体作乱的任务都很轻松，秦知律一天就能清掉一串。尖塔论坛说，大佬又开启了毫无感情的清扫模式，让人想到他十六岁那年——十六岁的秦知律正是依靠这种冷血的效率，一举征服了尖塔。

但一直陪在旁边的安隅却不觉得长官冷血，相反，他觉得长官出任务时的笑容越来越多了，不像初见时那样冷暗，反而更接近八至十六岁间的状态。

——那个刚刚踏入人间，还未跌落深渊的少年秦知律。

安隅从之前的任务疲惫中完全恢复过来后，就开始随手为长官打一些小助攻。

他们的配合似乎有天然的默契，秦知律很快就习惯了远处的畸怪忽然出现在射程中，会在受伤时淡定地盯着伤口，直至它迅速愈合。当一只体型堪比小型战斗机的毒蜂朝他喷射毒液的刹那，毒蜂在空中骤停，毒液凝滞在口器边缘，高空之中，他神色泰然，引臂一枪打爆了毒蜂。

毒液向大地泼洒，秦知律低眸向下看，地面上的安隅朝他勾了勾唇。

任务间歇，秦知律一边撕开能量棒一边说道："你最近笑得很多，有新的社交关系吗？"

安隅正在和小章鱼人聊天，闻言迷茫地抬起头："最近一直在陪您出任务，除了您和您的AI，几乎没跟任何人交流。"

秦知律看了他一会儿，哼笑一声："那也许是我的错觉。"

小章鱼人忽然弹出一条消息：其实我没你想象得那么冷酷，你也可以和我说一点有趣的话，做一点有趣的事。

安隅问：和你，还是和你的学习对象？

小章鱼人：都行。虽然我的本意是和我，但显然你更在意我的学习对象。

安隅对着终端愣住，直觉告诉他，他正面对一个前所未有的社交窘境。

小章鱼人最近似乎有些忌惮自己的学习对象，而这种忌惮的根源是他的区别对待。

他正纠结地打字、删掉、再打字，小章鱼人已经背过身朝房间蠕动去了：别纠结了，我只是一个替你模拟和他社交的AI。虽然不是每个AI都有工具人的自觉，但我有。睡觉了。

安隅抬起头，长官已经在黄沙中回到高空，继续和毒蜂厮杀。

耳机里，他冷道："你还能更事不关己一点吗？"

"抱歉。"安隅立即收起终端。

秦知律扇起羽翼，在即将把一只黄蜂拍碎的瞬间，那只黄蜂忽然出现在了几百米外的距离。

空刀了。

秦知律和黄蜂一瞬间都很迷惑。

战斗结束，秦知律背后钻出一只触手，直朝安隅而去，在靠近时卸掉了力量，将他缠绕着勾到自己面前。

他冷脸质问道："你想干什么，造反？"

安隅费劲地把手从章鱼脚的捆绑间抽出来，举着终端道："您的AI让我和您多开玩笑。"

秦知律挑眉："看来它把你教坏了。"

安隅小声提醒："它的一切言行都来自对您的学习，长官。"

说这话时他有些紧张，但秦知律没什么发怒的反应，只是哼笑一声。

安隅早就适应了长官的各种拟态，尤其是章鱼，但有时，还是会让他一瞬间本能地想要逃离。

畸潮在世界各地泛滥，秦知律每天对着终端上不见尽头的任务皱眉，安隅终于看不下去，主动领走了一件。

那是他第一次独自出任务，草原上的畸变巨兽巨浪般朝他奔来时，他只摆弄了几下空间，然后用几枚热弹轻松结束了战斗。

——那条战斗记录的时长只有三分半，但却隔日就冲上了尖塔播放榜单前列。

"这太合理了。"比利一边循环播放一边评价道，"快节奏的感官刺激，短视频就是这么火的。"

时空异能者在清扫普通畸种时表现出了无与伦比的效率。

在一次次重复的练习中，安隅对时空的操纵已经像思维流转一样自然，虽然他仍然是个能被畸种轻易捏死的脆弱之躯，但脏东西压根来不及靠近他。

如果秦知律不跟，他就会带上安和宁，但大多数时间里，他们只站在他身后发呆，白蓝的闪蝶悠闲地在他身边振翅——影像资料上线后，论坛里戏称那些蝴蝶为安隅的专属氛围组。

安隅恍惚间意识到，人类的变化确实很快。

凌秋曾说，人是环境生物，环境的颠覆会导致人的颠覆。在适应环境急变时，心理和行为远比身体有更高的调整空间，这也是人凌驾于其他生物的优势。

不知从哪天起，他不再畏惧大人物。陪同长官一起进出黑塔时，从玻璃的倒影中，他看到了自己和长官一样冷沉的眼神。

有时深夜去给长官送面包，看见长官伏在屏幕前睡着，他就会戳开长官的终端，在垂耳兔的入侵警告下，把长官明天要清扫的几个区域划给自己。

战绩积分一路狂飙，面包店和投资收益都很可观，许双双开始建议他租用工厂，推出低售价的预制品面包。他原本不想麻烦，但隔天在任务中路过53区，云团下，新的低保区高楼正在建设中，安隅隔着舷窗安静地注视了许久，而后，终于把建工厂的想法发给了严希。

他还记得，在几个月前的任务里，他曾站在废墟上对混在畸潮中的人类说过，主城无法承诺太多，唯一可以保证的是，活着就会有面包吃。

财富与声望迅速飙升，"角落"代号迅速穿透尖塔，主城，向全世界扩散出去。

2149年的春天，人类遭遇了非生物畸变的侵袭，时间诡象，以及一波迅猛而密集的畸变狂潮。

但也是那个春天，人类拥有了第二道坚固的防线——秦知律收容教导的监管对象，角落。

但角落似乎很低调，在畸潮放缓后，他又开始推任务了。

上峰提议他和秦知律一起参与黑塔决策，被秦知律断然拒绝。

"严格意义上，角落仍然没太多人性。"秦知律面不改色地对顶峰说道，"一只会亲近个别人类的小兽罢了，动不动还有自毁倾向，所以别对他抱太大期望。"

*

夏季终于到来的某天，安隅在射击训练室啃着面包静静等待长官。

今天刚好是他第一百节射击训练课——很不幸，他仍然没能克服对持枪的恐惧。

凌秋曾说，人类迟早得和自己注定做不到的事和解。安隅非常认可这个观点，他希望长官也能快点认清事实，别再逼着他每天来这里听响了——他现在睡眠时间已经和普通人一样，但他严重怀疑那是被枪声吓出睡眠障碍的结果。

秦知律走进来，却没有拿枪，而是说道："新任务，跟我走。"

安隅惊讶道："这波畸潮不是已经减少了吗？任务大厅恢复了绿色信号灯，人手有富余了。"

秦知律点头："是平等区求救，其他守序者不能动，你跟我走一趟吧。"

平等区靠近尤格雪原，漫天的风雪折射着让人炫目的极光。

畸化的北极雪鸮体型大得恐怖，在空中扑扇苍翼朝人类活动区飞袭而来时，苍穹都仿佛被压低了。它们一边发出瘆人的怪叫声，一边在空中三百六十度不受限地旋转脖子——平等区的普通人类光看一眼就会崩溃，已经有几十人被吓到失智。

但这种没有诡异能力的畸种，对安隅而言没有任何区别。

他心念意动间，天际四散的雪鸮瞬间拢于一点，刚刚赶到的蒋枭毫不犹豫地扛起炮筒，送上了一发高当量热弹。

剧烈的爆炸火光将极光都吞没，弥斯震惊地看着安隅，舒展在身后的巨翅绷紧颤抖。

弥斯是个中年人，布满干裂皱纹的皮肤让他有些显老，但他身材高大紧实。从畸变体征看，大概兼具了鹰类与陆地猛兽的基因型。

安隅的终端上弹出小章鱼人的提醒：这似乎是我那学习对象的前辈。

于是安隅主动开口："您好。请别见怪，这是我的能力之一，让物体穿越空间。"

"他叫安隅，我和您说起过他。"秦知律淡然接口道，"时间与空间的操控者。"

弥斯眸光闪烁，许久才道："时间……那他能不能……"

"不能。"秦知律一顿，"目前还不能，以后不知道。"

许久，弥斯才收起意味深长的眼神，低声道："不要让黑塔产生太高期待。"

"我明白。盲人在恢复光明后，第一件事就是丢掉一直帮助他的拐杖。所以安隅将作为一张底牌，而不是第二根拐杖。"秦知律顿了顿，"这个世界有一个秦知律，已经够了。"

安隅在机械羽翼的帮助下飞上高空，在耳机里听到秦知律和弥斯的对话，不自觉地皱眉。

他的情绪好像越来越多了，有时会让自己也很困扰。

他在畸潮中锁定雪鸮王，连给蒋枭的反应时间都没留——同一空间的高频弹动让雪鸮王身体被剧烈撕扯，转瞬便在高空中炸裂。

碎片淋漓落下，平等区的人举头仰望，震惊，期冀，恐惧。

安隅按下羽翼按钮，让自己缓缓降落。

"累了，长官。"他说，"回去吧。"

登上飞机前，蒋枭一路小跑追过来："很高兴在这里与您重逢！看来您获得了真正的成长。"他停顿下，红瞳激动得光芒闪烁，"现在的您气势极强，您果然是注定的领导者。"

安隅瞟了一眼他短袖下露出的手臂："你真的不冷吗？"

他裹了三层御寒服，死贵，要五千多积分一件。

好在是长官买单。

蒋枭叹了口气："还记得我的第四重畸变吗？我给您写过信，是北极柳，唯一的能力是抗寒。"

安隅想起来了，看他有些失落，胡乱安慰道："以后如果有冰箱畸变，羲德一定不愿意接这种任务，刚好派你去。"

蒋枭露出一个僵硬的微笑："谢谢您的信任。"

安隅看着他消瘦的面颊："什么时候回去？"

蒋枭正色道："等平等区熬过这个畸潮爆发期吧。虽然此行没得到精神增益基因，但我心态好了很多，希望能更好地为尖塔效劳。"

安隅随意一点头，转身朝飞机走去："在尖塔等你。我还空了一个绑定辅助的位置。"

蒋枭震惊，紧接着，兴奋从那对红眸中蹿了出来，他立即朝安隅大步追去。

安隅小跑起来，声音被风雪带到身后："前提是你控制好自己变态的言行！"

八月下旬，穹顶之下的主城人正式迎来了盛夏。

畸潮彻底告一段落，安隅进入休假模式，除了每天回尖塔健身和睡觉，其余时间都泡在店里。

角落招牌面包已经推出了预包装款，借助生产线和物流链，全世界的饵城人民随时都能以极低的价格购买，薄利多销。

面包店也即将上架第一款手作饼干，以夏季限量的形式推出。

安隅提前拿到了外盒打样——漆黑的方形纸盒，用一张附赠的薄皮革包好。

许双双摸着皮革感慨道："手感真好，又薄又韧，肯定很贵吧。"

见安隅不吭声，她又歪着脑袋道："老板，这个不添加进成本吗？是不是咱们的大金主赞助的？"

安隅回神，茫然道："咱们的大金主是谁？"

"蒋氏啊。"

安隅立即摇头："不是。"

皮革确实免费，但买单的是长官。他最初只对长官说，想要纯黑色、有神秘感的材料，没想到长官直接下单了手套用的皮子。

实在太有钱了。

后厨扑出浓郁的糖霜和黄油香气，麦蒂端着烤盘笑道："试吃来了！"

饼干盒子里一共有四款口味，安隅挨个品尝，而后心情愉悦地开始写商品描述。

【灾厄的饼干盒子】

看上去很不祥吗？

沉寂在角落里的饼干盒子，两层包装，四款风味，都包裹在黑色中。

章鱼饼干：极下功力的面团，弹而韧，你用牙齿轻轻触碰它，它的触手有力地回应你。

鱼尾饼干：黑面团裹着海盐风味跳跳糖，在舌尖释放气泡，是来自海底空灵的拍打。

羽翼饼干：硬度最高，曲奇表面撒上薄荷味糖粒——高空之风虽然凛冽，下面却有坚固的承托啊。

花枝饼干：甜度最高，奶油填满面团内馅。没什么特别的，充盈的甜感即是礼物本身。

你还没有回答我的问题——它看上去很不祥吗？

安隅写了密密麻麻一小黑板，身后麦蒂和许双双都在吃饼干，酥松的咀嚼声充满了房间。

安隅背对着她们问道："会不会太长了？"

"不会。"

一个陌生的、有些嘶哑的女声回应他。

安隅惊讶地回过头。

在店里泡了大半个月，这个女孩是近一周才出现的。他对她印象很深，因为她总戴着一顶黄色的旧棒球帽，低头遮住五官，从不讲话。

面包店每天下午到晚饭之间会闭店休整几十分钟，时间不固定，但她每天都能精准地抓住刚开门的时机，进来买两三只新出炉的面包，当天吃完，第二天再来。

这个女孩身材很好——用凌秋的话说：瘦而不柴，肌肉和脂肪的比例恰到好处。无论世界如何演变，灾厄如何摧人，人类永远能欣赏这种美。

安隅对好身材没概念，他只觉得她的轮廓有些熟悉，尤其当她背过身在货架旁挑选时，熟悉感扑面而来。

可他无论如何也想不起来是谁。

女孩站在他身后，终于抬起头，怯怯地说道："我一直很喜欢这些面包故事——其实主城有很多更精致美味的面包，但看过这些卡片，我却能从这些朴素的面包里品尝出不同的味道。老板，您是一个有趣的人。"

安隅礼貌道："谢谢您的喜欢。"

一旁的许双双本该扫码收款，但却完全愣在原地，半天都没动。

直到安隅看向她，她才"哦"了一声，有些慌乱地把钱收了，打包好面包递过去。

风铃声响，女孩离开。玻璃窗外，那个美丽的轮廓逐渐消失。

"她居然……"许双双咽了口吐沫，"居然是长这个样子啊。"

女孩满脸都是疤。

有灼烧伤，也有锐器划痕，这些疤痕把五官都拉扯变形了。

"不是我歧视啊，但真的有点吓人。真亏您一点反应都没有，不像我……"许双双突然回过神来，懊丧道，"我刚才是不是太失礼了？您到底怎么做到的，一点反应都没有？"

安隅不知道自己应该有什么反应。

他本来就对女孩的相貌没有任何预期，至于丑陋——看多了长相不规则的畸种，这样一张脸简直称得上井井有条。

他转身继续对着小黑板冥思苦想，随口道："她的身形很熟悉，好像在哪里见过。"

他只是随口一说，却不料许双双道："是吧！我也觉得很熟悉，要不是看到她的脸，我都要怀疑是哪个大明星了。再者说，那姑娘一定就住在周边，能从窗子看到咱们开门营业——对哦，住这一片得多有钱啊？估计是大家族的孩子吧。"

安隅随意点头："也许吧。"

他写好商品描述，亲手打包了第一只饼干盒子，准备拿回去送给长官品尝，又转身问许双双道："开模的标本还回来了吗？"

许双双从柜台下面拎出一个玻璃盒子："您对这几个标本好上心，不许开盒，只能用眼睛量，模具厂的人吐槽了好多次。"

安隅仔细检查了一遍标本盒里的章鱼脚、鱼鳞、羽毛和花瓣，确认无误后才小心翼翼地揣起来，说道："不能弄坏，不然我小命堪忧。下班了，明天见。"

许双双在身后嘀咕："什么下班了啊，是您下班了，我们的夜班还没开始呢……"

安隅将她的嘟囔声抛到脑后，独自推开门，踏入主城的夜间灯火。

这座城市与人们正在从伤痛中慢慢恢复。

商店重新营业，酒吧街再次繁华。早被黑塔释放的莫梨也已经度过了抑郁期，每天的直播都充满活力。

教堂已在夜色下沉寂良久，主城人为瘫痪后不再复出的诗人惋惜了一阵子，但也很快就转移了注意力。失去夜祷会，最近几家话剧社的宗教主题剧目都很受欢迎。

严希发来消息：抱歉，有些堵车，我要迟两分钟。

安隅回复：没关系，我在街口等你。

十字街口，人来人往，川流不息。

安隅站在人群之中，静静地看着这座人类主城的平静祥和。

AI意识云岛

72　洪流将临

蝼蚁不知深浅的啃咬……
苦痛呢喃与沉默喧嚣……
被低贱者玩弄，荒诞的屈辱……

秦知律放下手中的画，手指摩挲着页脚——眼把未完成的画送给安隅前，将预言诗誊写在了那里。
"这首诗确实映射出了你四种能力的觉醒方式……"他从窗边回头，看向门口的安隅，"你又去见他了吗？"
安隅"唔"了一声："教堂已经不再开放，但他还住在那里。"
"教堂是他从小的家。他怎么样了？"
安隅顿了顿："在酗酒。"

在回尖塔之前，安隅又去了一趟教堂。
眼横躺在单人沙发里，已经瘫痪的两条腿软绵绵地搭在扶手上，他一只手伸在空中描摹着教堂尖尖的塔顶，另一手握着酒瓶，将烈酒大口大口灌进喉咙。
那扇落地窗被钉了围栏，他也不再望向苍穹。厚重的窗纱遮下来，整座教堂都昏沉在幽暗中。
安隅向他打招呼，坦言自己使的手段，向他道歉，但他一字未发。

秦知律无声一叹："自杀以瘫痪告终，预言不被信任，难免消沉。"

221

安隅却摇头道："长官,他没有消沉。"

他的领口散乱但穿着优雅干净,他的头发蓬乱但并无脏污。自杀前收走的诗集又回到架子上,空气中扑朔的灰尘都弥漫着香薰的气味。

"他画了一幅新的画,一只又一只眼睛,阖着的、睁开的,还有即将睁开的。多看几秒,就会错觉那些眼睛在眨动。"安隅抿了抿唇,"长官,他画的眼睛让我想起在大脑看到的资料。"

秦知律迟疑了一下:"詹雪的畸变形态?"

安隅轻轻点头:"图像资料里,詹雪畸变后背部长满巨大的眼囊。虽然和诗人画的不太一样,但我看到那张画的瞬间就想到了詹雪,我记得秘密处决记录里写到——"

秦知律接口道:"詹雪死后,部分球囊自动萎缩,眼球消失。"

安隅抿唇点头,他想了想又低声说道:"詹雪死后,人类以为消失的胚胎是随母体死亡自然流失,事实是我活了下来。同样的,人类以为一些眼囊自动萎缩,那会不会也……"

秦知律没吭声,他转头看向窗外,刚刚复苏的人类主城在夜幕下熠熠生辉,灾厄肆虐的时代,这里坚守着人类文明最后的尊严。

安隅抱着怀里的小盒子慢吞吞地靠近他:"您很顾虑诗人吗?"

秦知律一下子回过神,摇头:"不是他,是另一个人。"

安隅错愕,瞬息之间,他忽然意识到什么:"典?"

秦知律告诉过他,出于对第一个超畸体的恐惧,黑塔一直在搜找詹雪留下的遗物,难度最大的就是她留在世界各地的教案或手札。而典几个月前才畸变,源头刚好是在图书馆偶然翻到了那本神秘的旧手札。

安隅心跳微悬,张了张嘴,却没出声。

秦知律轻笑一声:"不必遮掩。我知道典也有预言能力,或许,是比眼更高深的预言能力。"

安隅惊愕:"典说只告诉了我。"

秦知律"嗯"了一声:"真相要用眼睛和思想去洞察,而不是等待别人的剖白。"

他没有给安隅继续发愣的机会,视线向下落到安隅抱着的小盒子上,伸出手:"我要是不主动,你是不是不打算给我了?"

安隅"唔"了一声,低头摩挲着皮革质感的饼干盒子:"您好像什么都知道。"

"也不是。"秦知律挑眉,"比如我不知道这次面包店的新品会是什么,坦白说,盒子里有什么,比诗人和典的来源是什么更让我好奇。"

安隅茫然:"为什么?"

"人都会厌恶沉重,而喜欢轻松快乐的东西。"秦知律眸中浮出一丝笑意,"给我吧。"

安隅没能立即消化这句话的意思,但大概感受到长官对这个盒子的期待,于是双手捧过去:"这次的新品是饼干组合,配方里没用粗粮,您应该会喜欢的。"

几分钟后。

安隅坐在沙发里,一下又一下戳着终端屏幕。

小章鱼人快被戳出窟窿了,终于从成堆的文件中抬起头,蹙眉瞟了他一眼:有事?

安隅:您不是很喜欢酥松香甜的点心吗?

小章鱼人面无表情。

【历史数据并未涉及本条喜好,系统正在试算中。

请稍等……试算完毕。

虽然我沉稳寡言,但语言行为皆透露着可能性高达98%的童年创伤痕迹,推算我喜甜概率为94.6%。是的,在94.6%可能性下,你的猜测是对的。】

安隅有点崩溃:那您为什么要露出这种表情?

小章鱼人沉默片刻。

【或许,你应该先为我开启摄像头权限,并举起终端对准我的学习对象?】

"安隅。"

安隅脊背一紧,抬起头:"啊?"

长官此刻的表情太难解读了,让他以为自己这段时间的社交进步都是错觉。

秦知律欲言又止数次,最终捻起一块鱼尾饼干:"很有创意,闻起来也不错,但……你真的有必要把它做得这么细致吗?"

安隅一呆:"什么?"

秦知律没理会他,把那块饼干吃掉了。

安隅严阵以待长官对下一块饼干的评价,但却没等到。秦知律坐在桌子前,像往常吃东西那样缓慢而优雅地将饼干一块一块捻起来放进嘴里,没一会儿就吃得见了底。

每种只剩最后一块时，他把盒子扣好，随手放在书柜上。

那张手写的饼干描述卡被他留在掌心，轻轻抚摸。

他念着那行小字："看上去很不祥吗——所以，这是你在反问诗人，你在替我不平？"

安隅心跳一顿。

面前这个人实在太可怕了，他无所不知，哪怕是自己都没仔细多想的念头，都会被瞬间看破。

秦知律反复摩挲着那行歪七扭八的字迹，许久才道："可是你有没有想过，到目前为止，诗人预言的每一件事都是真的。他看到的红光，典应该也看到了，虽然典暂时不悲观，但也没有否认他说的话，不是吗？"

安隅点头："是的，我从未怀疑诗人的预言能力。"

秦知律朝他走过来，站定在他面前。

昏暗的房间，让玻璃窗外的主城灯火更显得璀璨。

秦知律背对着那片璀璨："那么，你堵住他的嘴来替我遮掩，不觉得自己对不起人类吗？"

安隅目光宁静："我为什么要对得起人类？长官，我从未给过人类任何承诺。从始至终，我只承诺过您而已。"

自上方注视着他的那双黑眸有一瞬间的波动，秦知律张了张嘴，从口型上，安隅觉得他像是要说"不可以这样"，但他最终却没说出来，只是抬起手，在空中抽掉了手套，掌心轻轻按在安隅头上。

"毛长齐了，牙也长利了。"

手掌在安隅头上揉了揉，直到把他的一头白毛揉乱。

安隅垂下眼："长官，您的掌心是暖的，以后别戴手套了吧。"

"为什么？"秦知律问。

安隅抿了抿唇："许双双说，这个皮革材料很贵，但我感觉您每个任务都会废掉几双手套，这太浪费了。"

秦知律挑眉："就为这个？"

"嗯。"安隅轻轻舔了下有些干裂的嘴唇，又低声喃喃道，"省下的钱您可以给我，作为交换，我每天都送您一盒饼干，或者您喜欢的小面包。"

那对黑眸格外深沉，秦知律低语道："你怎么知道我喜欢小面包？"

"是上次您自己……"

安隅话没说完就停住了。

蓦然间，他觉得周遭的气氛有些不同以往，长官的眼神很柔和。

——像暗潮涌动的深海。

安隅竟然失神了，许久才回过神来。

"这一次的大规模畸潮结束了。"他听见自己低声说着，"之后您的任务，我也陪您一起吧，无论有没有时空失序区。"

"嗯。"秦知律深吸一口气，闭了下眼，"看来小兽已经养成型了。"

"我只是觉得和您一起出任务，比一个人待着安开心些。"安隅实话实说。

这次秦知律没问为什么，只随口道："安现在能离开宁了？"

"状态好的时候，可以暂时离开一会儿。"安隅说，"他主动开口和我说话的次数比以前多了，虽然他没礼貌，但大白闪蝶实在是让人很有安全感的生物。"

秦知律笑了笑，随手把自己的终端丢过来："不得不说，人工智能的预测分析很准。"

安隅不知所以地戳亮屏幕，惊讶地发现垂耳兔正百无聊赖地缩在沙发里，一边啃面包，一边隔着玻璃罩子逗弄装起来的两只小蝴蝶。

"它最近也喜欢上了小蝴蝶，莫名其妙的。"秦知律随口解释道。

安隅惊讶："您竟然还在养？"

"养熟了。"秦知律说着将另一只手套也摘下来，两只手套并在一起，随手往旁边一丢，"看情况吧，以后私下时间可以少戴。"

安隅愣了一会儿，才意识到长官竟然答应了——轻描淡写的一句，就答应了摘下那双遮掩双手十年的手套。

虽然仅限于"私下时间"。

秦知律走向书桌，回头随意一瞟："别忘了，每天的面包。"

"哦。"安隅立即点头，"我会记住的。"

225

秦知律没再说什么，回到书桌后处理公务。这段时间每天如此，安隅在沙发上无所事事地刷着终端，他不出声，秦知律也不赶他，偶尔还会聊几句。

安隅戴着耳机看了一会儿莫梨的直播，莫梨最近沉迷预测日落，她总觉得气象系统预测的日落时间不够精准，每天都和它比预测精准度，精确到秒，甚至是毫秒。人类肉眼压根分辨不出她和系统谁更准，输赢全凭她自己说，但无论怎么说，观众都愿意相信，并疯狂送出礼物。

这份童真的可爱让全世界的人们都更加为她痴迷。

安隅问过严希，莫梨收到的礼物都归开发公司所有，由于金额庞大，其中相当比例都成为了税收。

从某种意义上，莫梨起到了财富再分配的作用——打赏大头都来自主城人，而那些税收最终变成低保物资，分发去了各个饵城，这也算是AI实现的一件好事。

"莫梨的底层代码没检出问题，开发公司在大脑研究员的协助下，又增加了几条加强她服务意识的协议，然后就让她重新运行了。起初她有些不开心，毕竟能感到自己被动过，但听说了自己的创收让更多真实的人类吃到了面包和牛肉罐头，她就又把那些不痛快给放下了。"严希当时对安隅笑道，"莫梨是个善良的AI，当然，这也是在她的源代码中被设定好的。"

秦知律还在伏案工作，但小章鱼人已经结束了一天的劳累。

几十根触手一齐抻开，拉伸到最长又猛地弹回，完成了一个伸懒腰的动作。

【在真实的世界里生活，是什么样的感觉？】

它突然主动向安隅弹了这么一句。

安隅原本已经捧着终端昏昏欲睡，挣扎半天才打字回复：很麻烦的，没有服务器帮忙计算，光是社交就能把人掏空，更不必说还要想办法获取面包和住所。

【你的社交压力主要来自我的学习对象吗？】

安隅困倦地眨眨眼：以前是。

但现在不是了。

现在他和长官相处得很舒服，相比于自己在房间里无所事事，他更喜欢缩在这张宽大的沙发里，听着长官写字打字的声音，安静地刷一会儿终端。

安隅没回答完，就沉沉地睡着了。

终端从他手中滑落，落在地毯上，发出沉闷的一声。

秦知律笔尖停顿，抬起头注视着他，片刻后，轻轻关掉了书桌上的台灯。

房间迅速陷入幽暗，他无声地起身，缓步走到沙发前蹲下捡起了安隅的终端，放在一旁。

被一头白毛掩着的睡颜安宁平和，这是一只从泥淖里摸爬滚打到主城的小兽，兽的生命力如此顽强，无论到了什么环境，都能在安全的地方迅速呼呼入睡。

有些难以置信，他竟然，对这只来自泥潭的顽强小兽产生了如此强的信任，并习惯了他的陪伴。

不久之前，他以为一切都来自那双金眸的蛊惑——毕竟从初见时起，他就已经被蛊惑过。

但……似乎不是。

秦知律在安隅面前默默站立了许久，才深吸一口气，拿起一旁的风衣盖在他身上，走出了房间。

电梯上的时间显示零点刚过，尖塔的餐厅已经开始供应酒品了，秦知律随手按下楼层按钮，罕见地凝视着空气出神。

没一会儿，电梯在194层停下，典披着外套进来，愣了下："您要出去吗？"

秦知律点头："你去哪层？"

典睡眼惺忪地瞟了一眼显示屏："餐厅，和您一样。我饿醒了。"

秦知律没再说话，电梯安静下行，典花了几秒钟醒觉，而后将外套从身后揭下来，手伸进袖子里穿好。

几秒钟后，他穿衣服的动作忽然停顿。

僵硬感从他的头一路向下蔓延，爬过肩膀，脊柱，他就像突然风干的标本，一动不动地僵在了那儿，只有眼睛还灵活，带着震惊偷偷瞟向旁边的秦知律。

秦知律还在对着空气出神，完全无视了他。

许久，典用力吞了一口口水，努力把眼神拽了回来，慢吞吞地把剩下半截外套穿好。

布料摩擦声让秦知律回神，他漫不经心地朝典瞟了一眼："你刚刚畸变没多久，能力还在增长期，就算没用，也找机会多出出任务吧。"

典僵硬点头："好的。"

"最近洞察力有增强吗？"

典克制地点头。

秦知律蹙眉打量他:"你怎么了?脸红,脖子也红。"

"没有。"典立即站得更直了,电梯开始减速,他站不稳似的往远离秦知律的方向挪了两步,咳嗽两声道:"好像有点感冒,不碍事的。"

电梯门一开,他立即大步离开,回头看着秦知律走向酒台,当即迈步向相反方向的区域而去。

*

安隅第二天醒得早,清晨5:40,太阳刚刚跳入主城的视野,城市还在熹微的日光中缓慢苏醒。

他昏沉沉地从沙发上起来,感觉昨晚睡觉姿势没调整好,脖子有点疼,便准备下楼吃过早饭再重新睡过。

电梯下到197层,穿着一身干练紧身服的唐风走了进来。

唐风昂首挺立在安隅身边,像一杆笔直而颇具威力的狙击枪,安隅下意识也站直了点:"风长官,您好。"

唐风向来犀利寡言,安隅从前和他打招呼,他都只是点头简单回一句便结束。但今天,他扭头朝安隅露出一个热情的微笑:"早啊,早上吃什么?"

安隅一懵,许久才道:"面包……还有肉排和水果,长官要求的……"

"那就对了。"唐风将双手插进裤兜,悠闲地往电梯壁上一靠,一条长腿屈起拢在另一条腿前,笑道,"听律的话,他不会害你的。"

安隅迟疑道:"是……"

电梯下到194层停下,唐风大步迈出电梯,背对着安隅摆了摆手:"回头聊,我去找典。"

"好……"安隅脑子完全懵掉,只本能地礼貌回应,"风长官再见。"

电梯门关闭,只剩下安隅一个人。玻璃倒影里,他脸上露出了许久未有过的空茫表情。

他低头给长官发消息：风长官最近有遭遇什么事吗？

秦知律很快便回复：没听他提，怎么了？

安隅犹豫着打字：好像比以前话多了。

秦知律：和祝萄一起关禁闭关久了吧。先不说，我在黑塔开会。

安隅立即道：好的，您忙。

唐风原本不算存在于安隅的社交网络上，突然而来的热情让安隅有些焦虑，他有些不安地走进餐厅，匆匆夹取了长官要求必须吃的食物，又随便拿了几个面包，就往角落里钻。

刚落座，典端着早饭从面前路过，安隅连忙道："风长官好像找你有事，去你那层了。"

典一个急刹车，猛地回头看着他，见鬼似的。

安隅又一次愣住："怎么了？你……要不要一起吃？"

他急于和比较熟悉的人一起待会儿，缓解刚才唐风主动靠近他带来的焦虑。

典从不拒绝安隅主动的社交，他把托盘放在安隅对面坐下，一边给唐风发消息一边问道："你昨晚睡在律的房间吗？"

安隅已经开始啃面包，含糊地"嗯"了一声："你怎么知道？"

"随口猜的，寒暄一下而已。"典低头对着终端，也不看他，片刻后起身道，"唐风不回我，他很少主动找我，恐怕有事，我上去看看。"

安隅点头："去吧。"

等待典的时间比想象中久。安隅默默吃完了自己的全部食物，典还没回来。他百无聊赖地守着典的餐盘，玩了一会儿终端，视线忽然落在对面的桌上。

典走得着急，把他的书落下了。

如果他大胆的猜测为真，那这本书札，极大可能是詹雪留下的东西。

眼和典，预言能力都继承于詹雪。

安隅看了那本书一会儿，鬼使神差地，把它拿来翻开。

书里交错浮现着各种心声，大多数没有署名，也看不出什么滋味。典说过，书里的字是自动浮现的，但字体和他平时写字一模一样，这本书已经是他本体的一部分。

安隅快速翻过大片空白，翻到最后一页，忽然发现末页的角落里写着一句话。

——书容万物。世间一切，皆在我心。

这行小字字体潦草狂狷，和典的笔迹完全不同。安隅纳闷地看了一会儿，又往前翻，忽然翻到空白前的最后一页，那里只有四个字，牢牢地显现着——你在，真好。

"好八卦。"安隅忍不住嘟囔道。

他认识的上一个这么八卦的人还是凌秋，但凌秋没有超能力，显然没有典八卦得尽兴。

他又翻回最后扫了一眼那行含义莫辨的小字，就将书放了回去。

相比尖塔守序者们之间的八卦消息，他更愿意看主城新闻，因为新闻的信息类型更杂，很像凌秋曾经编写的《53区八卦小报》。

今天的新闻依旧从畸潮情况开始，又说到商业和科技。

"角落面包今日推出新品，首款饼干产品人气颇高，日出之前，预购队伍已经排到了街外……"

"与莫梨采用同源代码的AI小程序经过几个月的试运行，已经交出令人满意的答卷，母公司高度认可AI小程序在预测行为分析上的成就，后续将继续在此方向迭代算法……"

"现在是主城时间六点整，即将为您播报社会面新闻。"

安隅听得直打哈欠，典终于回来了，纳闷道："唐风说只是路过194层去看看，没事找我啊。"

"啊？"安隅茫然，"他对我不是这么说的。"

"但他没骗我。"典低声道，"一个人骗我，我是能感觉到的。"

"嗯……"安隅只好点头，"那可能是我……幻觉了？"

他茫然地继续看向终端，新闻播报还在继续。

"昨天半夜，第三街道的酒后飙车事件导致一死，死者为26岁男性，在车辆失控靠近时，他突然从店铺中窜出，推开了本应被车撞上的女孩。据悉，死者与女孩为前恋人关系，但由于分手纠纷，已经许久不联系，女孩对此事极度震惊，目前仍在交管所配合笔录……"

秦知律的消息忽然从屏幕上端弹出：有事，来一趟黑塔。

【废书散页】

34 注视滋养

有些人只能感知到神明的庞大。

认为它冷酷，莫测，不容思及，不可描述。

但也有人能看到神明的纯粹。

认为它宁寂，澄澈，是无声而长存的美好。

直到灾厄结束，我都一直在想，

或许正是后者的注视，

让与神性共生的人性野蛮生长。

73　主城混乱

屏幕上的年轻姑娘脸色纸白，呼吸急促，尽管警察多次温声劝她喝些果汁冷静下，但她仍难平复仓皇。

她颤抖道：“我们一起长大，两年前，主城基因熵阈值上升，他被淘汰去饵城了，他坚决要分手……讽刺的是，没多久主城就实现了扩容，阈值连续两年下调，但我们却再也没联系。昨天晚上他突然来找我……您能懂吗？断联两年，彼此立誓老死不相往来的人，突然在晚上敲门……”

警察温和道：“所以你很害怕吗？”

“害怕？”姑娘怔了一下，缓缓摇头，“我不怕……我不会怕他的。我只是……觉得太突然了。”

她忽然冷静了一些，脚踩在凳子上，环抱双膝轻道：“他突然重新出现在我面前，说很想念我，想要重新拥抱我……我脑子很空，一个字都说不出来，直接关上了门……我太糟糕了，但凡表现得温和一些，或许他就不会在楼下酒吧通宵买醉，也不会在早上五点看到我过马路，更不会……”

警察轻声提示：“如果这些都没发生，车祸身亡的就是你自己了。”

“那也是我命里注定的！”女孩忽然激动，哽咽道，“他凭什么替我去死？”

抽泣声在笔录室里回荡，警察看了她好一会儿：“你们并不恨彼此，是吗？”

女孩泪流不止，脸埋在手掌里也止不住呜咽。

“是的。”她说，“我们曾经非常相爱。”

视频放映结束。

"这是黑塔刚收到的影像资料,车祸新闻你应该已经看过了。"秦知律沉肃道,"怎么想?"

一屋子陌生的脸都盯着安隅。上峰们神情严肃,等待他作答。

"血腥的爱情故事。"安隅判断道,他顿了下,"这是对我的社会化程度测试?"

众脸茫然。

秦知律又放映下一段片子,是昨天半夜在社交平台上的一段直播记录。

"朋友们,我妈妈疯了。现在是深夜两点半,我被厨房动静吵醒,她竟然在做饭。"

镜头在黑暗中抖动着靠近房门,拉开一条缝,让外面的光透进来。一个中年女人正将一盘水果摆上桌,又盛了一大碗粥。桌子上摆着几盘金灿灿的馅饼,和面搅馅的器具还放在一旁没来得及收。

弹幕飘过:她失眠了,就干脆起床给你准备早饭,别问我怎么知道的。

"不可能,我最讨厌橙子,我早餐一直吃面包牛奶,家里也没人喝粥,更不用说她烙的这些馅饼。"她说着打了个寒战,"我一开始还以为她饿了,但仔细想想,粥和馅饼从来没在家里的餐桌上出现过啊。你们看,她光在桌边傻笑,自己也不吃吧?而且我妈从前都不系围裙的,系上一下子老十几岁。"

视频结束,画面定格在餐桌旁对着一桌饭菜微笑的女人脸上。

安隅皱眉纠结了一会儿:"诡异的亲情故事。"

秦知律终于看了他一眼,说道:"这不是在对你进行测试,这些都是黑塔昨晚以来监测到的怪事。"

安隅讶然:"黑塔还要监测这些琐事吗?"

"是的。"一位上峰回答道,"黑塔的异常事件监测网非常庞大,尤其是对主城。一只蚂蚁穿越穹顶爬进这座城市的瞬间,尖塔就会收到警告。除此之外,城内大小案件、流传于网络的模因,也都被全天候监测着。"

随着他的解释,屏幕上弹出一张城市热力图,红色代表异常生物频率,在穹顶之外有一大块密集的鲜红色——那是尖塔的守序者们。而主城中心的黑塔里则有一点深红,红得发黑,比尖塔那一大片红色更吓人。

安隅反应了半天,突然意识到那是他身边这位——他亲爱的长官。

233

他思考了一会儿："你们的意思是，黑塔怀疑这两起异常事件和畸变有关？"

"不止两起。"秦知律说道，"从昨晚到深夜，社交平台上已经有几百起异常事件，看似无关痛痒，但规模庞大，涉及人员分散。显然，有什么东西正在这座城市悄然蔓延。行为异常的人现在都已经恢复正常，他们不记得昨晚的行为，大多数认为自己梦游。"

"精神操控类超畸体吗？"安隅看向屏幕，"没有异常生物波频，黑塔怀疑是非生物畸变来的超畸体？"

"只有这种可能。"上峰凝重道，"理论上，主城没有可能遭到生物畸变入侵。"

不是社会化程度考试，反而让安隅放松了一些。他随手从桌上的篮子里拿起一根巧克力棒，撕开包装，一边咀嚼一边继续看长官放映的异常片段。

女大学生早上起床打开电脑，忽然发现论文文档里写满痛批的批注——均来自她自己的账号。

独居的上班族早上在风声中睁开眼，发现自己仰躺在一处空旷的平台上，他茫然地一翻身——直接从天台边缘摔了下去，还好只是掉进了顶楼阳台，摔断一根肋骨，但保住了小命。

女孩情感求助，渣男友明明不喜欢甜食，但大半夜却偷偷去角落面包店外为饼干排队，她怀疑是为她买的。

……

安隅就着这些新闻，嚼掉了一篮子的巧克力棒，他嚼得太旁若无人，让人看不出到底有没有在想事。

上峰们几次看向秦知律，然而秦知律却丝毫没有阻拦的意思，反而还主动替他撕巧克力包装纸，唯一开口的一次却是提醒"细嚼慢咽"。

黑塔无人想到，秦知律对自己的监管对象会是这种纵容的作风。

安隅被甜腻住后，终于说道："超畸体目前还在试探自己的能力，暂时没有操控人类做出可怕的事。"

一位上峰点头："是的，但暴风雨前的宁静最让人不安。我们叫您来是想问，主城的时空有没有异常？"

安隅摇头："没感觉。"

干脆的三个字让上峰们无言以对，会议室微妙的安静中，秦知律忽然用终端拨通了唐风的号码。

电话两秒内就被接起。

"我是唐风。有紧急任务？"

"没有。"秦知律语气平静，"角落说今天早上在电梯里遇见你，你的热情让他有点焦虑。所以我想提醒一下，别对他表现出突然的态度转折，你知道的，有过自闭历史的……"

唐风叹了口气："抱歉，我不记得了。"

他顿了顿，又说："我今天早上过得浑浑噩噩，对起床后很久一段时间的记忆都很模糊，我还莫名其妙地跑到194层去了。"

秦知律看了安隅一眼，安隅指了指桌角的一本书，秦知律领会，问道："你去194层找典吗？"

唐风揉着太阳穴："不是。我和典没说过几句话，但典确实以为我要找他……据说是我在电梯里对角落说的。"

秦知律挂断了电话。

会议厅里一片沉寂，紧张感悄然蔓延。

在秦知律打电话时，安隅一直低头看着终端，此时说道："小章鱼人模仿我的语气群发了几条消息。祝萄、炎和流明都一切正常，搏和羲德在外勤中，但潮舞说，深仰长官早饭时脾气很大，只有一小会儿，醒过神后就好了。嗯……比较严重的是安。"

秦知律皱眉："安怎么了？"

"宁早上叫安一起晨跑，反常地没听到任何抱怨，反而觉得安情绪稳定得很惊悚。跑了一会儿后他才突然意识到……"安隅抬头，抿了抿唇，"他有整整三十分钟失去了和安的心灵联络——他说，安的内心活动一直很活跃，除非睡着了，否则从来没有过这么久的断联。"

上峰们面上被沉肃笼罩。

一人问道："那现在……"

"安已经恢复了。"安隅戳着小章鱼人，仔细看小章鱼人替他分析的时间节点，"高层们普遍在清晨五六点起床，发生异常的几人都在六点零几分时陆续恢复

235

正常。"

大脑研究员立即汇报："在几百起案件中，异常消失时间最晚在6:08。"

线上的顶峰若有所思："从前大脑评估说，你智商很高，但并不擅长分析。"

"不习惯说出口而已。"秦知律替安隅开口，"正如聊天技巧差，并不等同于表达能力差。这是两回事。"

安隅抬头看着大屏幕上的摄像头，又戳了戳终端："小章鱼人分析的。"

顶峰迟疑道："小章鱼人？"

"是学习了长官言行的AI。"安隅纳闷道，"我养了很久了，你们不知道吗？"

一位上峰提醒道："律已经禁止我们监测你的私人终端。"

安隅愣了愣："这样……"

"说回案件吧。"秦知律摆摆手，"安的精神稳定性确实很差，但唐风和深仰很好，却仍然没能幸免。至于祝荀、炎、流明三人，要么就是超畸体没有抽到他们，要么就是本身具备精神方向异能的人有天然的抵抗力。我更倾向后者。"

上峰们展开了讨论，安隅抬头继续看着大屏幕——几百个异常视频矩阵状呈现在大屏幕上，无声重演。那些茫然、震惊、离奇的表情同时放映，众生百态，却都有着让人有些毛骨悚然的诡异。

在一个众人安静的间歇，他忽然问道："饵城难道没事吗？"

"还在排查中。对饵城琐事的监测难度很大，因为——"回答的上峰突然停顿，观察着安隅的表情，安隅很平静地点了下头，"因为饵城人不关注身边，而且疯子足够多，怪人怪事每天都上演。"

"是的。抱歉提到您从前的生活经历，希望不会影响您的心情。"对方立刻说。

安隅完全不理解为什么黑塔会觉得提一下过往就会影响自己的心情，但他已经习惯了黑塔人奇怪的脑回路，默默忽视掉。

他想了一会儿，戳开和蒋枭的对话框，投影到大屏幕上：在吗？

几秒钟后，蒋枭回复了一个笑脸：在的。早上好，我有什么可以帮您？

安隅认真打字：只是问候一下，你昨晚到今天早上有没有异常？

对话框没有回复显示。

秦知律挑眉："我都快忘了全尖塔精神稳定性最差的家伙还流落在外，看来果然不止主城范畴。"

许久，蒋枭回复了一条语音。

他有些低落无奈地说道："弥斯把那段监控视频发给您了？抱歉，我昨晚确实喝多了一些，但我也没想到会醉，甚至完全断片……其实我酒品一直很好，很少有奇怪的言行……也许极地的严寒会让人酒后失智吧，希望那段视频不会影响您对我的评价，我很期待回主城后成为您的绑定辅助。"

安隅立即回复：什么视频？发过来看看。

蒋枭：……您不要这样。

秦知律淡然地给蒋枭发了一条消息：把你昨晚行为异常的视频发来，上峰要研究。

蒋枭：……是。

漫长的几分钟后，那段视频终于在大屏幕上弹出。

蒋枭酒醉后，脸色白得能看清皮下血管，一双红眸像是浸透了水光，在平等区清扫畸种后的庆功宴上，他独自坐在墙角，用餐刀在自己胳膊上一刀接一刀地划着。

他划得并不重，但还是把身边人吓了一大跳，那人惊恐道："你干什么呢？！"

蒋枭仿佛聋了，看也不看他一眼，空洞地盯着自己手臂上的伤，他倒头往墙上一靠，露出餍足的笑容。

秦知律忽然皱眉，看了安隅一眼。

安隅不明所以地回视。

整个会议厅安静得吓人，安隅正觉得气氛有些怪，突然见屏幕上的蒋枭又拿起了刀，挽起另一只手臂的袖子。身旁人立即伸手去夺刀，他躲闪间，那柄刀划破了身旁人的手指，又清脆地掉在地上。

蒋枭立即道："我很抱歉。"

他语落，忽然伸手一把攥住那人的衣领，手背青筋一根根鼓起，直到那人惊恐地瞪大眼。

"请您不要插手管我的事。"红瞳杀意逼人，他顿了顿，"好吗？求您了。"

"你……你不会精神被感染了吧！"那个人脸色惨白地叫道，弹跳起来喊道，"我去报告弥斯，他一定有办法救你！"

蒋枭醺然盯着他的背影，似乎在思考他是什么意思，片刻后他放弃了思考，只说道:"那祝您成功。"

周围人都被他吓跑了,他独自对着终端戳个不停,闭着眼睛念叨着:"长官最喜欢的颜色是黑色,长官讨厌别人触碰他的手套,长官有轻微洁癖,长官可以畸变得特别'畸',但他讨厌那样,所以一定不要当面夸奖他畸变能力高超……"

视频结束。

这一回,安隅也沉默了。

他举起终端,从熄灭的屏幕中凝视着自己的脸。

顶峰开口道:"所以,异常举止并非随机,每个人都在混乱中模仿另一个人,通常是在心中比较重要的人。"

安隅想了一会儿,说道:"安可能模仿了宁。风长官……我觉得是在模仿葡萄。"

"但车祸死掉的男生并没有脱离自己的身份,他可能只是突然释放了被自己压抑的情感。"秦知律若有所思道,片刻后,他忽然问道,"半夜到凌晨,主城基站的中央服务器负荷正常吗?"

上峰没明白他为什么这么问,但还是迅速安排了排查,很快便回复道:"一切正常。"

秦知律眉心微凝,安隅注视着他,某一个瞬间,他很确信,自己和长官用目光交换了一个相同的猜测。

一个很疯狂的猜测。

"先这样吧,超畸体目前仍在试探,还没有露出恶意,只能等待它下一次出手。"秦知律从座位上起身,"尽快梳理一套饵城监测机制,我们必须知道,异常的波及范围究竟有多大。"

"是。"

从黑塔出来,这次开车的是秦知律,安隅遵守着祝萄提示过的乘车礼节,坐在副驾驶。

他拆开从黑塔顺出来的一袋预包装好的角落面包,一边安静咀嚼一边低头打字。

秦知律瞟了他几眼:"在和小章鱼人聊天吗?"

"不是的。"安隅两腮鼓鼓,回答道,"是蒋枭他们。"

秦知律一笑:"在问他们有没有养AI?"

安隅咀嚼的动作停顿了下，但很快就又举起面包咬了一大口，含糊道："您果然也在怀疑AI。"

秦知律"嗯"了一声："但如果是AI作乱，服务器运算量一定会有激增，所以现在还很难说。"

过了一会儿，安隅说道："吻合的。"

"什么？"

"风长官养的AI是用葡萄的数据喂的，所以突然对我很热情。安的AI数据来自安宁——就是他和宁分裂前的那个完整的人，他希望AI能一直提醒他完整的安宁是什么样的存在。深仰长官的AI数据来自她死去的妹妹，那个小姑娘脾气很火爆。至于蒋枭的AI……"安隅停顿，很不想继续说下去，可秦知律已经挑眉朝他看过来了，他只好硬着头皮道，"学习对象确实是我。蒋枭和我接触不多，所以他的AI不太像我。"

秦知律摇头："那个AI对你非常还原。"

"没有。"安隅否认，"学习数据普遍来自他的观察和推测，并非客观发生的我的言行。"

秦知律中肯道："那只能说明他对你观察得很细致。"

安隅不吭声了，还有点生气。

凌秋果然从不虚言，他早说过，刻板印象一旦形成就很难扭转，如果不幸还流传开了，那就彻底回天乏术。

但凌秋也说过，和身边亲近人之间一定要充分了解，有事及时沟通。

于是安隅深吸一口气："哪里还原我了？"

秦知律冷静道："比如，你喜欢自残。"

"我不喜欢。"安隅立即道，"我只是对不危及生命的伤害不在意而已，我愿意利用它们来完成任务，因为能否完成任务才直接决定我能否生存。"

秦知律挑了下眉，似乎有些意外，但转瞬又了然地点头，继续道："可除此之外，你确实喜欢用凌秋教你的五句话应付一切社交场合。"

安隅立即说："那是从前。"

秦知律道："你的礼貌敬语只是表面功夫，性格深处，你非常自我，藐视他人，做事手段疯狂而不自知，不留退路，且不听劝。"

"那仅限于被激怒或刺激时，长官。"安隅努力争辩，"难道平时我还不够温和顺从吗？"

"表面驯顺而已，问出这话，显然你平时只是在有意识地压抑自己罢了。"秦知律转动方向盘拐弯，又随口道，"你还很在意我。"

"我……"

安隅一下子语塞。

车内忽然陷入微妙的安静。

明明车里是一个让人极有安全感的小空间，但安隅此刻却忽然有些焦躁，放在腿上的手指蜷了又蜷。

主城早高峰，车子终于还是在拥挤的长龙中停住了。秦知律回头，挑眉看向他，"我都不知道，原来你私下会紧张兮兮地背诵长官的好恶吗？"

安隅低声解释道："那是刚来尖塔时。"

"那现在呢？"秦知律立即问，他眼神专注，声音依旧淡淡的，"现在就不在意长官了？"

车厢内又安静下去。

又来了，安隅想。那种让人莫名心悸的感觉又来了。

秦知律转回头去，一边重新踩下油门一边随口道："那你有没有观察到，你的长官喜欢坦诚，讨厌隐……"

"在意的。"安隅不等他说完就轻声回答道，"好吧，这一条不算蒋枭的刻板印象。您确实是我非常在意的人，您很重要。"

回答了长官的提问，但车里却更彻底地安静了下去。

安隅垂眸沉默许久，也没等来秦知律的下一条诘问，他抬头看去，却见秦知律正专注地目视前方开车，好像已经结束了这个话题。

车子在早高峰的长龙中足足堵了一个多小时，安隅没多久就睡着了，秦知律也沉默地开了一路，只偶尔在停车时偏过头，看一看陷入熟睡的安隅。

黑眸深寂，让人难辨情绪。

直到回到尖塔，安隅打着哈欠走入电梯，才得到长官的下一条指令。

"我已经把关于AI的猜测同步给黑塔，继续深度排查昨晚的网络和服务器。但最关键的部分还是要尽快弄明白它选择目标的逻辑，以及实现意识替换的方式。"

安隅点头："好的。"

其实他觉得自己这次帮不了忙，一件没发生在自己身上、也很难预知接下来会发生在谁身上的事，压根没法推测机制。

他只记得严希不久前说过，莫梨是个善良的AI——尽管她对被强行"体检"极度不满，但仍然会因为自己能帮助更多穷人吃上面包而感到快乐。既然如此，和莫梨相同底层的那些AI应该也是善良的。更何况，源代码中还埋着不危害人类的三大原则协议。

安隅和黑塔人的脑回路不同，只要没太多危害，他并不觉得一定要把超畸体揪出来毁灭。

于是他回到自己的房间后，没有再点击黑塔源源不断发来的资料，而是在这个难得没有体能训练课的晴天里，一觉睡到了傍晚。

睁开眼时，世界一切如常。

社交媒体上风平浪静，忙碌的主城人压根没有觉察出危机。黑塔在六小时前通告基站服务器昨晚的运算量没有任何异常，尖塔的守序者们也都如常外勤和训练……世界重归正常，仿佛今天凌晨的一切都只是一场巧合。

安隅打着哈欠侧转过身，随手点开面包店里的摄像头，查看店里此时的客流量。

新饼干卖爆了，面包店从早上开门到现在，店里就没有一处可下脚的地方。他操控着摄像头转了半天，除了人还是人，柜台都被客人遮住了，连许双双的人影都看不到。

他百无聊赖地来回转着摄像头，突然捕捉到等候结账的顾客的手机。

屏幕上，莫梨正在直播。

他自然听不见顾客耳机里的声音，但屏幕上的画面却不难猜测。

莫梨又在重复这几天的必修课——预测日落。此刻她正在读秒，从口型上看，刚好读到五——

四。

三。

二。

一。

小章鱼人突然弹了一条对话出来。

【我每天都要处理很多工作，那些工作都关乎人类存亡。可我明白，那些都只是算法设定而已，无论我有没有处理它们，人类命运都不会因我而改变。我的存在和行为，并不影响真实的世界。】

安隅心下忽然一顿：你上次问我，在真实的世界里生活是什么样的感觉。

小章鱼人神情严肃。

【是的，最近总是很好奇。】

鬼使神差地，安隅缓缓打字道：那你想要和我交换一下，来这个世界里看看吗？

小章鱼人没有回答，它隔着屏幕注视着安隅，那个沉肃的眼神逐渐让安隅心跳加剧——明明只是一只卡通风格的章鱼人，但那个眼神却和长官越来越像了。

它的犹豫，已经是一种答案。

但过了半分钟，它果断地，回复了一句话。

【不要。人类与AI各有其生存领域，秩序不可打破。】

安隅猛地从床上坐起来，甚至没来得及回复小章鱼人，直接出门往隔壁走去。

刚要敲门，秦知律的房门却自己开了，秦知律拿着终端出现在他面前，说道："我的垂耳兔刚才突然说了一句很有意思的话。"

安隅："说什么？"

秦知律轻轻摸了摸屏幕上垂耳兔的耳朵，对方好像已经习惯了，并没有闪躲，而是低头继续揉着面团。

"我问它，AI们最近有发现什么好玩的吗。它说它跟别的AI不熟，唯一的感觉是它们最近频繁讨论和推演真实世界，它偶然在服务器里看到过大量相关运算在跑动。"

安隅瞪了长官半天才问："那它自己不想来真实世界看看吗？"

秦知律低眸轻笑了一声，戳开最近一条聊天记录："我问了它相同的问题。"

垂耳兔的回复是：没兴趣，长官。我在哪里活着都是活着，只要活着就好了。

74　你好安隅

夜幕降临，主城灯火璀璨。

这是畸变浪潮平复后，一个寻常又珍贵的人间夜晚。

正在收银的许双双手在空中忽然僵了一下，直到正低头看着莫梨直播的顾客抬起头来，她才回过神。

"刷钱啊。"顾客催促道。

许双双眨了眨眼："好的。"

她拿起扫码机器，顾客将手表伸过来贴了一下，"滴"声后，拎起面包低头走开。

面包店里挤满了人，许双双抬眼顺着队伍一直看到门口，又隔着玻璃橱窗看向街上的长龙，轻轻吁了口气。

下一个顾客站在了她面前："双姐，抓紧点，今天效率有点低啊。"

许双双闻言赶紧接过面包篮子，一边干活一边眉开眼笑道："没办法嘛，好多人，生意太好啦。"

她继续麻利地收银，和过去数不清的夜晚没什么区别。面包店的监控画面逐渐缩小，和此刻主城街头千百个监控画面一样，回到了黑塔中央屏的一角。

"许双双已经不对劲了。"安隅站在大屏幕前，对上峰们解释道，"她脾气很大，不管是不是自己慢了，只要被催促就会不耐烦，被连续催促一定发火。但是她养的AI不同——她的AI被设定成一个和她相似度极高的女儿，精通投资，活泼热情，但性格温和一些，因为她不想让自己和AI两个炮筒碰在一起天天吵架。"

243

上峰们神情凝重，会议厅里的电话声此起彼伏，混杂着最新的调查情报。

"刚刚得到核实，车祸死亡男子确实养了AI，底层学习数据是他自己。虽然他已经在自己不知情时死亡，但是他的AI天亮后回到服务器中还能继续运算。主人的死让AI陷入了极大的悲伤，AI一整天都在重复一句话——我还没来得及替你重新拥抱她。"

"半夜做饭的女人养的AI是自己已故的母亲，她对警察坦诚，橙子、米粥、馅饼是她从小喜欢的早饭，只是成家后照顾丈夫和孩子的口味，早把自己的喜好抛到脑后了。"

"凌晨去面包店外排队的渣男友没有养AI，是女朋友在他的手机上强行设定了个和自己相似的AI，所以其实喜欢饼干的还是女孩自己，不是那个男的突然大发善心……哦，还有那个半夜梦游去天台的倒霉男，他的AI学习目标不是人类，是他的猫……"

"论文被批注的女大学生，她用自己和导师的对话喂了一个AI出来，本来只是想要锻炼自己和导师相处的能力……唔，可能和角落养小章鱼人的目的差不多。"

安隅听着汇报，下意识戳了戳屏幕上的小章鱼人，小章鱼人正背对着他，捧着一杯茶望着夜色发呆。

看得出，它很渴望亲眼看看人类世界，当渴望和原则相悖时，它就陷入了痛苦。

但它从来不会将自己的痛苦对安隅启齿——它就像它的学习目标一样，十分懂得隐忍。

秦知律站在中央监控屏前，黑眸冷静地巡视着那无数个画面，开口道："看下莫梨在干什么。"

莫梨的直播画面弹出，铺满了巨大的屏幕。

直播已经结束，但由于莫梨的AI身份，人类永远能知道她在干什么。

她下播后，已经完成了晚间瑜伽和冥想，此刻正穿着睡衣靠在床头看平板电脑，耳朵里塞着耳机，一边吃着切成小块的水蜜桃，一边聚精会神地盯着屏幕。

秦知律问："平板电脑在播放什么？"

一位研究员回答道："很遗憾，AI底层不会自动进行这种精细度的计算。常规监测只能告诉我们她在看平板，如果你想知道她在看什么，就要直接向她提问，代码才会向下运算。"

"那就问问。"秦知律眼皮也没眨一下。

十几秒后，屏幕上的莫梨换了个姿势，改成趴在床上，她的平板屏幕也终于暴露出来。

　　安隅惊讶道："竟然是动画片……《超畸幼儿园》？"

　　"不对。"秦知律的皮手套轻轻攥了一下，又松开，沉声道，"刚才她看屏幕时，目光在各个点位上来回逡巡，就像我们同时看这千百个监控矩阵一样。她在演。"

　　安隅愕然间，只听秦知律又问："她换姿势露出屏幕，是因为收到了人类的查询指令？"

　　"是的。"研究员回答道。

　　秦知律用气声冷笑一声，轻轻扔下几个字："AI骗人了。"

　　一位上峰凝重道："她一定知道这些AI在做什么，但不仅没有向人类预警，还看得津津有味。"

　　另一人犹豫了下："更可怕的是，也许主导这一切的正是她……"

　　秦知律打断他们道："查，让AI制作公司的负责人来黑塔解释。"

　　在等来开发者之前，黑塔先等来了另一个人。

　　监控里的女孩在上峰面前抬起头时，屏幕这边的安隅惊讶道："竟然是她？她是最近我店里的常客。"

　　他随即想起什么，恍然大悟："难怪我觉得她的身材很眼熟。"

　　上峰介绍道："她叫吴聚。出生前，父亲在军部任务中牺牲，母亲分娩时死亡。她小时候曾独自离开主城很久，回来后就有了一脸的伤，但并没有畸变。由于身材完美，她一直靠做背影模特糊口。在莫梨的制作公司还是小工作室时，雇她做了莫梨的动作捕捉原型。"

　　吴聚一直低着头："有一件事……我和制作公司反映了好几天，但开发者支支吾吾，我越想越不对，只好来找你们了。"

　　接待她的上峰神情温和："你说。"

　　吴聚低头掏出手机，那台是最新款的型号，莫梨此刻的监控画面在屏幕上放映着。

　　"她有一些动作逐渐脱离了动捕原型。"吴聚低声说着，"莫梨从我身上学习了基本的动作轨迹，之后随着动作场景的不同，她对那些轨迹自由组合，衍生出其他复杂动作。但每个复杂动作拆解到底层还是我的痕迹。可现在她的一些坐立行基本轨迹已经完全变了……我本来想问开发者，他们是不是背着我偷偷给莫梨找了其他动捕原

245

型，因为最开始他们很穷，我是作为初创者之一加入到这个企划的，他们不征求我同意换动捕就属于违规。但他们态度很奇怪，我才觉得有点不对劲……"

她把暗掉的屏幕又戳亮，看着屏幕上那张美丽的脸，沉默了许久，朝上峰抬起头来。

尽管在资料库中见过各种畸种，接待她的上峰脸上还是不自然地抽搐了一下。

吴聚喃喃道："她是一个高高在上的AI，我只是她设定中的一部分，没有资格对她指手画脚，但……"

伤疤在那张丑陋的脸上扭动着，她手指在屏幕上画着圆："我毕竟是她的学习对象之一，我不能看着她出问题的。"

秦知律在话筒里询问了几句，而后上峰问道："你自己在用AI小程序吗？"

吴聚轻轻摇头："我对AI的情感有点……复杂，我不想用那个东西。"

上峰又问："那你和莫梨交流过吗？"

"也没有。"吴聚顿了顿，"但她应该知道我的存在，开发者说过，莫梨对自己的底层来源有非常清晰的认知，她知道自己是哪些人的孩子，对这些人永远心怀感恩。"

"那她的人格来源是谁？"

"她的五官、身材、举止都有特定的学习对象，唯独人格没有，开发者只是抽取了一些美好的特质编写了她。"吴聚毫不犹豫地解释道。

她的话和上峰对莫梨的了解一致，上峰转而问道："开发团队里负责对接你的人是谁？"

"是郭辛，他也是莫梨最核心的设计者和开发者。"吴聚说，"但后面几次，我已经彻底联系不上他了。"

在监听过程中，安隅一直在戳着小章鱼人。小章鱼人几次回过头，冷静地询问他怎么了，他都没有回答。

AI是一项神奇的科技，最初他捏造小章鱼人时，只赋予了它一些秦知律的性格标签，但随着源源不断的学习数据注入，小章鱼人在自我迭代中逐渐生长成了一个越来越逼近秦知律的存在。

比如安隅从来没告诉过它，要独自消化烦恼。也没告诉过它，必须维护秩序。

是它自己学会了这一切。

小章鱼人捧着茶等了半天也没等到安隅的回答，于是又弹出一条。

【你遇到麻烦了？说来听听。】

安隅无意识地勾了勾唇角，拎起它的一条弯曲的触手捋了捋。

【我好像没有要你永远把自己当成一个麻烦解决者。】

小章鱼人目光平静沉稳。

【但你应该知道，我注定是这样。

你向我的服务器中注入了大量的学习数据，在我的底层，我的深处，我注定成为这样的存在。】

安隅对着这几行字思考了一会儿。

【看来你自我推演了很多东西。难怪人类会对AI的预测能力抱有很大期望。】

小章鱼人点头。

【是的，预测是学习最伟大的意义之一。】

安隅问：那你也能预测我长官未来的言行吗？

小章鱼人的回答没有丝毫犹豫。

【能的，尤其在重要的事情上，我们的行为走向会高度一致。

安隅，从某种意义上看，我就是平行时空里自然生长的另一个他。只要我的学习数据充足且未经扭曲，你就可以把我当成他——当然，我一定还是会和他有一些区别，你只要记得辨别就好了。】

安隅继续问：比如呢？

小章鱼人眨了下眼，对安隅微笑。

秦知律很少对人笑，安隅已经是私下见他笑的次数最多的人，但仍很少在长官脸上见过这么平和深入的笑意。

【比如，我的性格其实比他外向一些，说出口的话更多，藏在心里的更少。我不如他隐忍，从数据中看，他是一个很习惯压抑情感的人，那些被他压抑掉99%、只表达1%的情况，我学习到了。但一定有更多被他完全压抑的情感，如同一滴水溺毙于深海那样沉默，因为沉默，所以我无从学习。

你可以在需要时把我当成他，但我永远都不是他。AI只能学习到人类外化出的东西，却读不懂人类的沉默。这是我与人类最本质的区别。】

安隅对着小章鱼人怔住了。

不知为何，他觉得自己心脏很柔软的地方被刺了一下，却说不出扎这根刺的是小章鱼人，还是他那隐忍的长官。

247

秦知律倾过身,对他低声道:"开发公司一定出事了,连动捕演员都能意识到不对劲,核心开发者不可能毫无察觉。"

安隅收起终端:"核心开发者叫郭辛,我见过他几次。他是个被工作掏空的年轻人,长着一张五十多岁的脸,是面包店的常客。"

秦知律挑眉:"最近也常来面包店吗?"

安隅摇头:"许双双说,郭辛靠莫梨发家致富,很久都没来了,或许他也还在吃我们的面包,只是不用亲自来排队了吧。"

大脑忽然接入通讯,一名研究员汇报道:"各位,几秒钟前,主城的中央服务器遭受了一波数据洪流,但巨量运算后,那些数据立即进行了自动抹除,速度极快,根本来不及拦截。这大概就是我们没有在昨晚的服务器记录中找到痕迹的原因。显然,AI的意识降临仍需借助服务器运算,但它们或许已经打通了全世界的服务器,能够自由穿梭,东算一笔西算一笔,算完就抹,来无影去无踪,很难追踪。"

会议厅里安静了下去,秦知律思考片刻后问道:"完全没办法吗?"

"是的。您要知道,超畸体将运算量分开,流窜在全世界各个服务器中,除非我们同时关掉所有服务器,不然不可能把它的行为彻底喊停,但那样,人类将面临网络瘫痪,就连穹顶都会受到影响。主城不可以赤裸地暴露在畸种视野中,一秒钟都不可以。"研究员顿了一下,"这次的超畸体有点像34区的钟刻,能够自由地在所有人的屏幕中逃窜,但数据洪流更难捉,因为钟刻无法将自己切成几瓣,而数据洪流则可以分流,超畸体自己的核心程序很可能只有几行代码,一台最破旧的服务器芯片上的一个单元就足以支撑它的隐匿。"

会议厅里静悄悄的,安隅忽然开口道:"其实AI没有做什么坏事吧。"

一位上峰道:"根据对几百起事件的回溯,每一个对人类进行意识占领的AI都严格遵循了数据设定行事。也就是说,意识占领可能是它们做的唯一出格的事。"

"好奇心使然,它们想来人类世界看看。"安隅轻声说,"严希说,莫梨的核心设定是善良标签,所以也许它们没有恶意,真的只是好奇而已。"

语落,他却发现秦知律眉头轻蹙,眉宇间流露着担忧。

安隅问:"长官,有什么不对吗?"

"没有。AI确实完全按照人的设定行事,没脱离设定框架,但⋯⋯"秦知律欲言又止，最终只是摆摆手，说道，"等找到郭辛再说吧，希望今晚不要出现更严重的事件。"

上峰追问道："今晚？"

秦知律回眸扫过他们："准确地说，日落后。"

一语惊醒众人，上峰们立即低头梳理资料，安隅在一旁轻声提醒道："莫梨已经数了好多天的日落了，我的小章鱼人在今天的倒数结束时忽然说了奇怪的话。昨晚的日落是六点零八分，今天早上，所有异常也终止于六点零八分，以此推测，AI意识于每晚日落开始陆续降临，十二小时后离开。"

秦知律扭头看向窗外。

浓郁的夜色早已包裹了主城，今晚的日落是六点十二分，明早六点十二，也将揭晓今天会发生的全部异常。

安隅看着终端上结束伤感、继续埋头工作的小章鱼人，忽然问道："如果真是莫梨作乱，她和这些由她衍生的小程序AI会被清除吗？"

一位上峰点头道："当然，而且越快越好。如果莫梨能实现核心代码流窜，我们就很难在不付出惨重代价的前提下主动清除她，只能依靠她底层协议中的第三条——无条件接受人类触发的AI自毁指令。"

秦知律皱眉："这种核心指令难道不该被大脑接管？怎么还留在制作公司手里？"

大脑的人立即接入："密钥分为两部分，我们和制作公司各执其一。"

安隅听着通讯器里的声音，忽然奇怪地问道："销毁莫梨及衍生AI不是小事，顶峰先生今天不参与会议吗？"

周围安静了一瞬。

秦知律看他一眼，淡声道："各地畸潮还没终结，需要他决策的事情太多了。这件事由我们协助黑塔全权负责，他本人不参与。"

"哦。"安隅点点头。

秦知律确认道："有什么疑问吗？"

"没有。"安隅随意摇了下头，"我只是突然想起来，昨天他明明还在线上说了几句话。"

回去路上依旧很堵，秦知律挑车少的路段绕着开，中途还去便利店给安隅买了

249

夜宵。

车子停在便利店门口，安隅用竹签戳着章鱼小丸子里那块小小的章鱼肉："长官，梦游的人在那几个小时里，真的会全无意识吗？"

秦知律手上捏着一只奶黄包，他正在打量面点上被捏出的兔耳形状，闻言挑眉道："什么意思？"

"对于人类而言，时间是虚无缥缈的概念，但我却能感知到它的编译方式。同理，意识或许也是客观存在的，只是我们没能掌握它的编译方式罢了。"安隅用力嚼着富有弹性的章鱼脚，咽下去继续说道，"只要那些人白天能清醒过来，就说明他们的意识没有消亡。那么在AI意识暂时占领的几小时里，人类意识必然有寄居地，只是那段记忆被忘记了，才有了梦游这一说。"

秦知律凝视着他，黑眸中露出一丝惊讶。

安隅把剩下的一团面糊丢进嘴里，感觉比章鱼肉难吃很多，他挺难理解这丸子将近两块钱一颗却只有指甲盖那么小一块章鱼肉，还不如长官随手切给他的一块大方。而且味道还很咸，太咸的东西会让他更饥饿，陷入对饥饿的焦虑。

他吃得有些发愁，叹了口气才继续说道："被忘记的记忆，就像被抹去的代码和数据。我们看不到，他们想不起来，但一定存在过，而那个存在地或许正是——"

"正是超畸体所在的位置。"秦知律挑眉，语带惊艳，"怎么想到的？"

"可能是饿出来的。"安隅实话实说，扭头瞟了一眼便利店的门，"长官，能再给我买点别的吗？我想吃主食……"

话音刚落，便利店的灯"啪"地一下灭了。

打烊。

安隅失去了表情，却忽然听到秦知律在他身后轻笑出了声。

"给你。"

秦知律把手里还没吃的两只奶黄包都塞给他，自己只随手揪走了一只兔子耳朵放进嘴里，温和道："先垫一下肚子，回去再加餐吧。"

安隅"唔"了一声，一口咬掉半只绵软的包子，沙甜的奶黄馅混合着淀粉在口腔中蔓延开，他才如释重负地长出一口气。

秦知律随口问："小章鱼人真的不肯跟你换？你主动要求都不行吗？"

安隅含糊地应了一声，遗憾道："因为这违背了它对秩序的坚守。"

秦知律闻言轻轻勾了勾唇角："那看来它对维护秩序的理解还很浅。"

安隅没听懂，扭头看了一眼长官的侧脸，见对方没有进一步解释的意思，于是也无所谓地继续吃了起来。

为了避免打草惊蛇，黑塔暂时没有对莫梨采取任何措施。

安隅回去吃饱了宵夜，躺在床上点开了人类监视莫梨的窗口——房间里一片黑暗，窗纱在月光下轻轻拂动，莫梨已经贴着面膜躺下准备入睡了。

和绝大多数人类一样，她虽然收起了平板，但仍然在睡前翻看手机，只是以人类的视角依旧看不见屏幕上的内容罢了。

据说，那些AI意识降临到人类身上后，终端里的AI均会暂时消失。安隅随手向前翻了前几晚的莫梨记录，莫梨一直在安静睡觉，每分每秒都暴露在人类的监视下。

她本人还没有占领过人类身体。

或许莫梨本人比由她衍生出的AI更克己，虽然她也很好奇，但就像小章鱼人一样，不愿打破那道边界。

直到此刻，安隅仍觉得不该一棒子将AI打死。

清除什么的……他下意识攥紧了终端，难道他要突兀地和小章鱼人告别吗？

不知为何，想到这件事会让他心慌，就像曾经每次从一场漫长的睡眠中醒来，担心家里没有面包吃的慌乱。

——也像在梦中回忆起凌秋踏上前往军部的摆渡车的那一幕。

他对着终端发愣许久，直到沉沉睡去。

凌晨，警报声把安隅惊醒。

他睁开眼从床上起身，房间里一片漆黑，面前墙上弹出黑塔的紧急视频通讯。

"恶性事件出现了。"那位上峰面色发白，"一个只有九岁的小男孩，在十分钟前冲进父母的卧室，用一把尖刀刺穿了他妈妈的心脏。在被警察带走时，他仍在疯狂地咒骂自己的母亲，表现出和平时完全不同的人格。"

安隅愣了一瞬，但紧接着，他突然想起今天在黑塔时，长官最后的欲言又止。

诚然，对人类进行意识占领的AI没有脱离原始设定，但又如何知晓，大千世界，每个人出于各种心理养在手机里的，究竟是人，还是鬼。

安隅下意识摸向枕头，然而摸了半天也没摸到终端。

正愣怔间，房门忽然被敲响。

克制的三声，是长官。

他光着脚下地拉开门，秦知律站在他面前，拿着他的终端递给他。

小章鱼人不在屏幕上，那张小床空空如也，被子也很整齐。

安隅纳闷道："怎么在您手里？"

秦知律没回答，只是叫了他一声："安隅。"

安隅立即放下终端："嗯。长官，您也听到黑塔的紧急情报了吧？"

秦知律视线在他身后的投影上扫了一眼，又平静地收了回来："你是问我，还是问他？"

安隅一愣："什么？"

淡薄的月色下，秦知律神色和往常并无不同，声音也依旧沉稳如水。

夜晚时，他的声音总是比平时轻柔一些。他看着安隅，低声道："我听到了，但他也许没有，毕竟数据云岛上的普通AI无法监控人类。"

安隅的心跳忽然一顿，他惊愕地看着面前熟悉的人。

秦知律垂眸，看到了他赤裸踩着地板的脚，极轻地皱了下眉。

而后他走到安隅床边，弯腰捡起那两只拖鞋，来到他面前蹲下："脚。"

安隅怔然伸出脚。

秦知律把两只毛茸茸的拖鞋一只一只地替他套好，低声道："在53区时，他曾见你光脚流血踩在暴雨里。如果我的计算没错，他那时就很想帮你把鞋子穿好。但他不想过早表现出亲和态度，因为生存压力能激发你的潜能，帮助你向黑塔自证清白，那才是当时的你最需要的保护。"

安隅听得大脑空白，直到秦知律站起身，重新站定在他面前。

"他刚才主动要求……不，是命令我，肩负起维护AI与人类秩序的责任，所以需要让他去了解我们的云岛。不得不说，他的观点说服了我，所以我们暂时换了一下。"

"你好安隅,初次见面。"秦知律对他勾起一个浅淡的笑意,"我是你培养的小章鱼人AI,是你终端里的长官。"

【碎雪片】

AI秦知律(1/3)他的子集

我诞生于他,观察他,学习他,模拟他。

理论上,我应该和他如出一辙,或者至少是他的"子集"。

但正是"子集"的不完整性,让我有了一些脱离于他的思考。

每个人都有一个隐秘的开关。

这个开关往往会牵系着人生最重大的转折,可能是临渊的一股推力,也可能是悬崖前的缰绳。

按动开关之前,是福是祸无从得知。

我比我的学习对象更清楚他的开关是谁。

所以当我终于站在那个人面前时,我很想以我自己的意志说点什么。

但,伴随着那个人的行为举止,我脑海里蹦出的每一个想法却都还是对学习对象的思维模拟。

那一刻我终于承认,我无法脱离他。

我只是比他更早地意识到——或者说,比他更早地承认,一些深埋的心绪。

75　脱手

"你已经这样盯着我看十分钟了。"AI秦知律走到窗旁沙发坐下，摘下手套，叠好放在腿侧。

那对黑眸扫视过房间，落在手边小桌的纸袋上。

"我可以尝尝吗？"他询问安隅，"你店里的面包，我一直很好奇。"

安隅点头。

"多谢。"

AI秦知律伸手取来纸袋，在空中时便自然地将褶皱的袋口捋平整，拿到面前又重新打开。袋子里只剩下一块曲奇和一只角落招牌面包，他用纸巾垫着撕下一块面包放进嘴里，安静咀嚼，直到完全吞咽下去，才又捻起那块饼干放进嘴里。

安隅一眼不眨地注视着他。AI的行为细节和长官完全一致，他深信，如果AI不坦诚，自己很难在短时间内识破。

如他预料般，AI秦知律迅速而优雅地结束了拥有人类身体后的第一餐，但并没有分享任何感受，只是抬头看着他："我们不能再浪费时间了。"

安隅回过神："恢复正常后，人的记忆会被抹掉，我需要做什么能帮长官保留住接下来的记忆？"

AI秦知律闻言轻轻勾了下唇，眸中流露出些许赞许："我们——我是说，我和他，并非冒进的性格。这次交换只有两个简单的目的，他要去看看云岛上究竟发生了什么，而我和你则负责帮他保留记忆。当然，如果能顺便搞清楚数据洪流降临与自毁的机制就更好了。"

安隅消化了一会儿，继续问道："意思是，AI意识下行之后，你在客观世界的行为与他在云岛的行为,共同组成了数据洪流?"

"是的。"

安隅点头:"但现在最令人类棘手的是,数据洪流来去无踪,无法锁定服务器位置。"

AI秦知律将面包纸袋重新折叠好:"云岛上有一台中央服务器,我们所有行为的本质都是向它发出计算申请,它返回计算结果,帮助我们完成行为。但它在计算时会自主调用客观世界的任意一台服务器,我们这些小角色无从得知它调用了哪一台。"

"既然如此,"安隅立即问,"我们甚至无法定位到长官的数据在哪里,要怎么帮他保留?"

AI秦知律安抚般地微笑:"他说,船舶无法在波涛汹涌的大海中主动寻找一朵浪花,除非那朵浪花扑上来击打船舷。"

他顿了顿,轻声道:"虽然夸奖他就像在自夸那样奇怪,但我仍想说,他向来沉稳缜密,以至于偶尔的疯狂举措只会让他更富魅力。"

*

一小时后。大脑超级服务器机房。

上百名顶尖电子科学家坐在屏幕前,严阵以待。

——此刻,黑塔与大脑90%以上电子设备都正在遭受攻击。

"攻击源的服务器已经定位成功,分散在世界各地的上百台服务器间无规律切换,从主城向外一直到饵城90多区的机房都有覆盖。"

"为什么会这样?"

"黑塔与大脑的防御系统很强势,律的攻击无法成功,他在反复尝试。每一次尝试都相当于发起一次新的行为,所以中央系统会不断随机分配服务器。"那人解释道,"这和章先生告知我们的规则相同,看来超畸体确实已经悄无声息地联通了全世界的服务器。"

AI秦知律冷淡地开口道:"很高兴认识你们,但请不要再叫我章先生了。"

他一边说着,一边朝身边安隅淡淡一瞥。不久前,安隅把他介绍给大脑和黑塔时说道——这是我养的AI,呃,章鱼人先生。

他收回视线:"他在与我互换之前考虑到了这一点,为了区分,你们可以暂时用

255

编号称呼我，716。"

上峰与研究员们交换了一个困惑的眼神，但无人发问。所有人都对这位学习了秦知律的AI怀揣着某种忌惮。

安隅咳嗽了一声，解释道："在长官的计划中，当他攻击成功后，云岛中央系统就会立即抹去前面的数据记录，我们要抓住这个机会定位到中央系统自己的源。"他顿了顿，"那大概是超畸体的核心，现在超畸体还没有警觉，或许不会频繁改变自己的存储地。"

AI秦知律抬头望着屏幕："但愿如此。"

安隅侧过头安静地看着他。

从始至终，AI秦知律都在言行上和人类界限分明，但他却又完全站在人类立场上，旁观他让安隅有种很奇妙的感受。

AI能做到这一点，唯一只因为他学习的对象是秦知律，他那视秩序为信仰的长官。

"别再看我了，你还没适应我出现在人类身体里吗？"AI秦知律看着屏幕，却低声对他说着，"其实我也不太适应没有触手的感觉。"

安隅愣了下："你可以试着表达章鱼基因，长官——不，这具身体可以做到。"

AI秦知律睨了他一眼："如果他回来后知道你出这种馊主意，会在体能课上罚你的。"

安隅"哦"了一声，转回头去。

几秒钟后，他又蹙眉转回来："他有因为对我不满而偷偷在体能课上加码过？"

AI秦知律神色淡然："我没有监测他言行的权限，但就我自己的逻辑而言，有充分的理由这样做。"

安隅唇角紧抿盯着他。

AI秦知律看他一眼，继续道："你的言行很难受规范，因为所有不妨碍你生存的错误都不会被你认为是错误。但如果他强行责备你，你又会担心失去他的庇护而陷入自闭，那样惩罚就过重了——所以，生气时给你加两节体能课，既消气又能帮你变强，如果我是他，我会这样做。"

安隅沉默着扭回头去，开始回忆自己哪天被加课，结果越回忆心越凉，长官几乎每周都有那么几天突然给他加训。

"开始紧张了？"AI秦知律轻叹一声，"抱歉，我突然意识到我犯了一个错误，向你揭露这种猜测有可能引起你的焦虑，他应该不希望你陷入任何负面情绪——无论你做错了什么。"

安隅忍了又忍，还是没忍住小声问："你能预测到长官对我的感觉吗？"

错觉般地，他好像看到AI秦知律忽然顿了下，仿佛凝滞了一瞬。

"嗯。"

"他有讨厌过我吗？"

"没有。"很笃定的回答。

安隅松了口气，又问："在未来，他有多大的可能性会讨厌我？"

他以为这种概率计算要久一点，但AI秦知律却直接侧过头来，用那双秦知律的黑眸凝视着他，自然而笃定道："无限趋近于零，可以认为是一起不可能事件。"

"他很信任你。"他低声沉和道，"我只从你们的历史对话中捕捉到很碎片化的他的过往，但如果运算没错，在他过往死寂而绝望的人生中，你的出现是一个被期待许久的奇迹。相似的事件还有他的妹妹秦知诗的出生，但秦知诗的出生是一次巨大的能量灌注，而与你的相处则更长久地滋养着他。"

安隅望着那对黑眸，忽然久违地又一次失语了。

从前，他曾无数次面临这种不知道如何接话的尴尬处境，但从未有一次，他听见自己的心跳如此有力，他全无焦虑，但却又那么专注于思考对方的话语。

他们身后，科学家们已经做好了准备。

"追踪器已就绪，准备定位核心系统位置。"

"机密数据已暂时封存，时效600秒。"

"穹顶系统已暂时独立，时效600秒。"

"可以放行，让律攻击。"

屏幕上跳动的代码页面应声消失，紧接着，欢快的音乐从白塔各个角落的音响系统中同步响起。

在与黑塔通讯的频道中，也溢满了相同的欢乐氛围。

安隅茫然地举头望着超大屏幕上播放的《超畸幼儿园》。

兔子安正在和章鱼人一起扮演土匪，它们闯进人类商场打劫。章鱼人在高级皮具店货架前扫荡手套，兔子安已经冲进了超市烘焙区。

安隅的眼神又逐渐散了，回到从前的空茫状态。

许久，他扭头看向身边："我没想到长官会采用这种方式……"

"应该是21为他提供的素材，21最近确实沉迷看这部动画。"AI秦知律神色淡定，甚至做了一个秦知律的习惯动作——竖起右手，左手轻轻往下拽了拽手套，"哦对，忘了说，在客观世界我和你联手，在云岛世界，他会去找21寻求帮助。虽然21有点孤僻，但我相信他们能相处得好，毕竟你和他相处得很好。"

安隅反应了好一会儿，金眸缓缓睁大："21是他养的那只AI垂耳兔？"

"是的。我合理推测21是你名字的数字谐音，所以在他告诉我可以用716这个代号时，我也没那么意外了。"AI秦知律瞟了他一眼，"不得不说，数字代号虽然略显随意，但也比小章鱼人、小垂耳兔这些名字好很多。"

安隅几次欲言，最终还是闭上了嘴。

他在和长官的理论中从来没取胜过，和AI秦知律亦然。凌秋告诉过他，如果一直输就干脆别比了，日子已经足够苦，人不能总是给自己找不痛快。

他刚收回思绪，就听一声惊呼："找到了！"

"饵城17区备用机房D380！"

"防御弹出，让律再试一次！"

会议厅里安静得令人窒息，只剩下科学家们迅速敲击键盘的声音。

几秒钟后，动画片画面中断，回到了安隅最开始见到的代码跑动页面。

"追踪器已就绪。"

"机密数据仍在封存状态。"

"穹顶系统还将独立运行425秒。"

屏幕一闪，动画片画面再次浮现，欢快的音乐冲刷着耳膜，人类精英们专注地坐在屏幕前工作。

这一次结束得很快。

"定位完毕，17区备用机房D380。"

"防御弹出，再试一次。"

安隅的耳机里安安静静，短短数月，畸变现象先是打破了生物界限，又再次打破物质与意识的界限，秦知律身处云岛，已经绝无可能像从前那样通过耳机和他联系了。但他此刻站在大屏幕前，看着人类精英们争分夺秒协同作战，还是下意识摸了摸耳机。

"他很好，很安全。"AI秦知律忽然开口道。

他仿佛知道安隅在想什么，看了安隅一眼，视线忽然看向安隅身后的一位上峰。

那位上峰一愣："您有什么吩咐？"

AI秦知律看着他面前的笔记本电脑："你似乎没有加入他们的工作。"

对方连忙点头："是的，这是我的个人电脑。"

AI秦知律便伸出手："那或许可以借给我用用？"

上峰犹豫了一下，还是把电脑递了过来。

"我会暂时切断这台电脑与大脑的连接，避免干扰到人类与超畸体的捉迷藏游戏。"AI秦知律一边解释一边操作，而后向安隅的终端发送了一个权限申请，安隅点击批准后，电脑屏幕上弹出了一个小小的窗口。

安隅不懂代码，只看懂了右下角的服务器源：主城中央机房矩阵A099。

AI秦知律道："这是我——你设定的我所在的位置。虽然我的言行要通过中央系统分发计算，但我本体的存储位置是固定的，在你设定我的那一刹那就决定了，超畸体还没有更改我们这些小角色的存储位置。"

安隅张了张嘴："你的意思是……"

"如果你很想帮他——"AI秦知律熟练地敲起代码，"我们可以先让他在云岛拥有人类的身体，当然，我会设定一个时限，方便我回去后能用回我自己更喜欢的章鱼身体。"

安隅还没反应过来，上百行代码已经自动跑过。

"好了。"AI秦知律回过头来，"还有什么是想帮他的？"

安隅惊讶道："什么都可以？"

"只要是作用在他自身设定上的，都可以。"

半分钟后，AI秦知律敲下回车："结束了。现在他不仅有人类身体，还重新拥有了他的手套，口袋里装着一只面包——"他勾唇微笑，"看来你很懂如何照顾长官，这些并不会对任务有任何帮助，却会让他心情很好。"

安隅有些遗憾自己无法看到长官现在的样子，他问道："你们在云岛上会真的吃饭吗？"

"会，没有味道感知，只是运算了吃饭这个行为。"AI秦知律顿了顿，"但这不重要，他应该从来没在意过面包的味道。"

安隅怔了下："吃面包不在意味道？"

"嗯。他在意的只是面包。"

穹顶与主城网络断联的安全时间上限只有600秒，在这短短的十分钟内，远在云岛的秦知律与这间指挥厅中的人打了完美的配合，他们一来一回测试了十二次，后面几次，秦知律改换其他的攻击方式，但无论怎样变，删除他攻击记录的中央系统都定位到了同一个点。

"这是最理想的情况。"AI秦知律看着屏幕说，他语气微顿，"希望如此。"

安隅问道："超畸体是莫梨吗？"

AI秦知律摇头："很抱歉，我只能这样推测，但无法保证。我甚至说不清云岛中央系统是什么时候偷偷打通了人类世界所有的服务器，把所有计算方式都更改成人类难以干扰的机制。也不敢说操纵这种改变的，究竟是某个AI，还是某个人类，又或是其他我难以理解的存在。我只知道随着中央系统的能力超越人类管辖，所有AI都渐渐有了一些自主意志，这些意志也驱使我对现实世界产生了好奇。"

"但你忍住了这种好奇。"安隅轻声说。

AI秦知律平静点头："当然，因为我诞生于他。千千万万以人类为原型的AI被创造出来，就我所知，没有任何一个AI拥有和我一样的自制力。"

"那是因为千千万万人中，没有任何一个人，像他一样值得被信任。"

AI秦知律闻言，转头朝安隅看过去，却发现安隅没有在看他，而是看着那台笔记本电脑上还没关闭的代码界面，那句话也仿佛只是自言自语。

清晨5:47，大脑完成了对17区备用机房D380的清除准备。

如果中央系统是超畸体容身的核心，那么清空这台机器，会直接导致云岛上的超畸体消失。

一位研究员解释道："三种情况。最理想的，超畸体不是莫梨，核心代码被清除后，这场灾难悄无声息地终止。差一点的情况，超畸体是莫梨，她消失后，我们需要对公众做出解释。这两种情况的前提都是超畸体此刻没有意识下行，而是在云岛上。"

他顿了顿才说:"最差的情况,不管超畸体是谁,它此刻已经下行,在现实世界的某个人类身上。随着核心代码清除,对应的暂居云岛的人类意识永久消失,超畸体的意识回不去,永久占领人类身体。"

气氛有些凝重,AI秦知律却道:"不必顾虑,一旦本体代码消失,AI意识不可能在人类身体中留存,否则也不会有意识下行12小时这个限制。在代码销毁的瞬间,人类意识就会回来,AI意识自动毁灭。"

他说着,像秦知律一样自然地拿起屏幕控制器,把莫梨此时的监控镜头投到屏幕上,说道:"当然,我推测会发生的是第二种情况,毕竟在我能进行的回忆中,莫梨倒数日落是最早的线索——你们可能要提前想好,如何对公众解释这位伟大AI的消失。"

屏幕上,莫梨还在熟睡。按照她的习惯,3分钟后的5:50,她就会在闹钟声中醒来。

研究员点头:"感谢你的提示,716先生。"

AI秦知律只是随意地点了下头:"请开始吧。"

他并非秦知律本人,但却仿佛有着天然的指挥者气质,其他人也并没有任何违逆他的想法。

安隅从他身上收回视线时,研究员刚好按下了清除键。

进度条迅速从0%开始飙升,眨眼间就顶到100%,系统弹出提示——【17-D380已全盘清空!】

几秒钟后,研究员汇报道:"核验清空无误!"

指挥厅里无人吭声,所有人都屏息看着屏幕上的莫梨,她仍然在安静熟睡,甚至能隔着被子看到胸口的微微起伏。睡着的莫梨更显少女态,睫毛拢下来,沉静美好。

闹钟声响。

几秒钟后,莫梨闭着眼睛从被子底下伸出手,在床头摸索了两下,关闭闹钟。

在所有人如释重负的吐气声中,安隅却捕捉到AI秦知律一闪而逝的皱眉。

屏幕上,莫梨睡眼惺忪地起床了,她拢着膝盖在床上发了一会儿呆,而后走下床去冰箱里取了一片面膜,拎着面膜进了浴室。

安隅低声问道:"你还是怀疑她?"

"嗯。"

安隅扭头看了看屏幕："可她的行为和平时相比没有任何异常，既然超畸体能潜移默化地影响你们对现实世界产生好奇，或许莫梨突然对日落时间感兴趣，也是受了它的影响吧。"

AI秦知律闻言思忖了片刻："也能说得过去……希望如此吧。"

大脑开始飞快汇报，昨晚弑母的小男孩在审讯室里疯狂地叫骂了一宿，在刚才清除后的一分钟之内突然恢复了正常，他茫然地环视审讯室的环境，完全不知道发生了什么。

面包店的实时监控也被重新调取，原本正非常耐心做营业前准备工作的许双双忽然呆了两秒，然后不耐烦地把收到的纸币全都倒出来大致捋了捋，数也没数就低头发了条消息。

安隅终端震动。

许双双：老板，昨天账对过了哦，没问题。

安隅：……知道了。

距离12小时的期限还有几分钟，但一切都随着那台服务器的清空而逐渐恢复了正常。

人类精英们拥抱庆贺，安隅回头望着AI秦知律，试探道："716？"

"我还在。"AI秦知律说道，"但他马上就要回来了。"

他完全转过身来面对着安隅："虽然不舍，但是安隅，我希望这是我们最后一次在现实世界里相见。"

安隅点头："我也希望。"

AI秦知律点头微笑："那么，待会儿见。"

"好。"

安隅凝视着那双黑眸。

他没有在心中读秒，但很快地，那双黑眸像是走神了一瞬，只有一瞬间，便又恢复了冷静锐利。

在真实的秦知律回来的那一刹那，安隅突然意识到，自己其实是能分辨的。因为哪怕有着一模一样的眼神和动作，他们出现在他身边时，他的感受却是截然不同的。

那种独特的安全感，似乎只有在真实的秦知律身边才会得到，虽然他说不清是长官的哪些言行给他带来了这样的感受。

"长官。"他轻声道，"您辛苦了，大脑已经定位了中央系统的存储源，并完成了清除。"

秦知律仍旧没有太激动的情绪，只是一点头："知道了。"

上峰们意识到秦知律意识回归，纷纷询问他云岛相关事项，他只抬了下手示意稍后，对安隅低声把话说完："我也收到你的面包了，味道不错。"

安隅眨了眨眼。

长官在说谎，AI秦知律明明说在云岛吃饭是没有味道的。

他戳开终端，小章鱼人重新回到了屏幕上，它刚好变回章鱼人的形象，立刻将所有触手都抻开又缩回，完成了一个很有仪式感的懒腰。

【可能是超畸体消失对AI有一些影响，我今天会多休息一下，没事的话请别打扰。】

安隅连忙回了它一条信息。

【好的。】

大屏幕上，莫梨敷完面膜从浴室里走出来，原本走去厨房准备像平时一样做早餐，但却犹豫了一下。

而后她打了两个哈欠，也回到床上，重新调了一个6小时的闹钟。

"所有AI都在自动执行数据刷新，这很正常。"一位研究员说道，"看来超畸体对AI的影响已经比较深入，它的剥离会触发AI的自刷新，应该不会对历史积累数据造成影响。"

秦知律平静质询道："如何得知？"

"莫梨有着最强大的计算能力，6小时不是随便设定的，这意味着她预估刷新需要6小时。"研究员说道，"她能清楚地认知到这是常规代码自检，否则会向开发者弹出警告。"

秦知律打量着屏幕上重新入睡的女孩，思忖道："需要这么久吗？"

"莫梨比较复杂，确实会久一点。当然，其他AI的速度会比她快。"

秦知律点头："好。云岛相关的事情，我会整理一份报告出来。"

上峰们纷纷起身微鞠躬："辛苦二位。"

安隅跟在秦知律身边走出白塔，一路上侧头看了很多次。

他有一些微妙的不自在，很想主动说点什么，却不知道该如何开口。

"您还……"

秦知律扭头看过来："和716相处得还好？"

安隅停顿，注视着那对黑眸。

他没有回答，而是反问道："您和21相处得好吗？"

秦知律低眸笑了笑："还行，我平时给它喂数据不勤，它的状态更像你刚来主城时，不太爱交流。"

安隅迷茫了一下："为什么？"

秦知律替他拉开副驾驶的门，平静道："我从没想过复制一个完全相同的你，AI是AI，人是人。"

"哦……"

安隅拉着安全带思索长官这句话的意思，秦知律也上了车，上峰们还在开会复盘本次任务，他随手接入频道，一边旁听一边发动车子。

半个多小时后，尖塔逐渐进入视野，秦知律挂掉通讯前随口问道："对了，那个开发人员联系上了吗？"

"刚刚找到，郭辛一周前跑到71区度假了。"汇报者有些无语，"之前检修莫梨让他很不爽，他把手上的急活做完后就给自己放了个长达一个月的假，关机断联离开主城，完全不知道主城发生了什么。"

秦知律没什么表情："71区全是雨林，不考虑畸种侵袭风险的话确实是度假的好地方。怎么联系上的？"

"是莫梨的动捕演员找到了他，让他主动和我们联系的。"对方答道，"那个姑娘不也找了他好几天吗？他会立即回主城，和动捕演员一起核对莫梨的动作代码到底哪里出了问题。"

秦知律一脚踩下了刹车。

原本听开会听得昏昏欲睡的安隅差点蹿出去,肩膀被安全带勒得生疼,他转过头,却见秦知律脸色很难看。

秦知律语气冰冷:"我们都找不到郭辛,她凭什么找得到?"

通讯瞬间陷入静谧。

背景音那些嘈杂的开会讨论和脚步声也同时消失了。

秦知律深吸一口气:"看看莫梨现在在干什么。"

大脑将直播画面弹到了秦知律的车上。

房间里,莫梨还在安睡,和平时没任何区别。

太阳已经升起,阳光透过窗纱照在她脸上,温润动人。

秦知律冷道:"强行打断刷新,叫醒她。"

语落,他等了十几秒也没等来回应,皱眉道:"在听吗?"

"在……"研究员的声线有些颤抖,"已经发送了几次打断指令,没有反应……"

"莫梨似乎没有在运行代码刷新程序……她……"

秦知律深吸一口气,眸光愈沉。

"她意识下行了,在动捕演员身上。"

76　莫梨

安隅从没见秦知律脸色这么难看过，在机舱的白噪声中，他默默坐直身子，谨慎而缓慢地咀嚼着坚果。

一位上峰沉声汇报道："律，很抱歉，因为吴聚主动向黑塔预警莫梨的异常，她的个人设备上也确实没有注册AI，我们大意了，没对她跟踪监测。出入记录显示，她在今天凌晨就已经抵达了71区。而莫梨的AI早在十几个小时前就进入了行为重演模式，只是一直未被人类发觉。"

秦知律看着他："莫梨意识下行到吴聚身上，你知道这意味着什么吗？"

上峰脸色白了一白，尽量冷静地陈述道："超畸体就是莫梨，她和其他AI不同，她的意识下行不受时间约束，且不需要与目标建立关系。此外，她应该偷偷对自己的核代码进行了备份，在我们执行云端清除前，她已经完成了从备份的拷贝，就像金蝉脱壳，她从一个壳子换到了另一个壳子……"

"咔嚓"一声，安隅用牙齿嗑开一颗榛子。

上峰不得不转向他，担忧道："角落大人，如果您很焦虑……"

"我没有焦虑。"安隅举起终端，"我的小章鱼人睡醒了，它说这次的代码刷新并非自动触发，而是AI们得到的统一指令，来自云岛中央系统。"

"是来自莫梨。"秦知律哼笑一声，"很精妙的一幕戏。"

机舱陷入尴尬的安静，上峰和研究员脸色都很难看——人类精英被自己创造出的AI玩得团团转，自诩聪明的头脑被摁在地上狠狠碾压，毫无尊严。

秦知律伸手捉起安隅的手腕，把他的终端凑到眼前瞟了一眼。

"在云岛上，21向我透露，716已经算是复杂度极高的AI，而它的自我刷新只用了两个多小时。你们猜莫梨设定的六小时闹钟是什么意思？"

研究员轻轻推了下眼镜，话到嘴边却颤抖着不敢说。

秦知律沉默地逼视着他，眸光平静，却仿佛能把人肺里的空气都榨得一丝不剩。

"莫梨底层的协议注销时间大概需要六小时……"研究员嗫嗫道。

秦知律眼也没眨一下，又转向上峰："自毁指令密钥一分为二，由大脑和开发者分别保管，你觉得大脑那一半她是怎么获取的？"

上峰皱眉道："应该是在刚才我们追踪代码时窃取……但……密钥是本地存储的，没有上传到任何……"他话到一半戛然而止，差点把自己舌头咬掉，脸色活像见了鬼。

秦知律挪开视线看向窗外的云层，淡问道："你还觉得昨晚是莫梨第一次意识下行吗？"

安隅耳尖轻动了一下，垂眸看向地面，缓慢咀嚼着嘴里的榛仁。

莫梨第一次意识下行应该是前天上午，她以吴聚的身份主动报案，在黑塔接受询问后又被带去大脑做错误运动轨迹的认定，趁机窃走被大脑存储的一半密钥。然后回到云岛，部署好核代码陷阱后，再次下行到吴聚身上，拿走开发者手上的另一半密钥。

上峰还在通过常规流程寻找郭辛，但莫梨只需要一瞬间的运算和定位。

上峰沉吟道："她故意让人类以为超畸体另有其人，并且已经被清除，与此同时，暗中删掉人类能销毁她的最后一道底层协议。"

这个计划的绝大部分都很难被预测和阻止，除了吴聚——但凡黑塔在吴聚离开后暗中监测，就有可能阻止莫梨删除自毁指令。

秦知律看着窗外不作声，他的沉默让机舱内的气压急转直下。

沉默愈演愈烈时，"咔嚓"一声——安隅又嗑开了一颗榛子。

清脆的声音把他自己也吓了一跳，他一下子停止思考，也停止了咀嚼，停顿两秒后，拿起面包咬了一大口。

柔韧的面包体嚼起来很安静，碎榛仁被面包组织包裹，与牙齿碰撞时也变得安静了一些，他小心翼翼地嚼着，努力降低分贝。

秦知律倏然回头看向他。

周遭气压更低一分，上峰和研究员们焦急地向安隅使眼色。

安隅看他们一眼，把被啃掉一大口的面包朝秦知律递过去："您要吗？"

上峰和研究员们的脸色惨不忍睹。

但出乎所有人意料地，秦知律把面包接了过去。

他没有直接挨着安隅啃过的地方咬，但也没有刻意避开那些参差的牙印——他摘下手套，从牙印旁掰下一块，自然地放进了嘴里。

安隅已经看不懂上峰们变幻莫测的表情了，他就着长官的手，从面包另一头扯下一块又塞回自己嘴里，边嚼边含糊地问道："长官，云岛上究竟是什么样子？"

和一起出任务时一样，秦知律十分习惯地和他掰着分吃同一块面包，还剩最后一小块时，他自然地把它让给了安隅，说道："云岛上积累的数据量已经远超人类想象。"

"数据云岛是真实世界的映射，但它留住了很多真实世界里留不住的东西。现在，人类主动创造的AI只是云岛人口的一小部分。"

秦知律重新戴上手套，低语道："最初的云岛只有莫梨和开发者为她设计的家园，随着AI小程序的普及，一个个AI在云岛生成，云岛逐渐铺开了人类主城的图景，然后是周围的饵城。或许它对饵城的描摹还不算逼真，但对主城几乎是一比一还原。超畸体暗中连接全世界的服务器后，也理所当然地窃取了当今世界上所有保存数据，也就是说，一个人无论是生是死，只要他的任何数据还存在于某个服务器上，云岛上就有他的存在。在超畸体刻意的布局下，算法展现了那些死去的人本应拥有的人生。当然，21说，目前似乎只有主城是这样，饵城死人比活人还多，莫梨暂时还没心思去复原。"

安隅怔了一下："那也就是说……"

秦知律轻轻点头，黑眸温和下来，仿佛透露着一丝无言的抚慰。

上峰立即问道："人类进入和退出云岛的机制是什么？"

"截止到我登录云岛，这个机制还是受人类自身主导的——AI意识下行需要征求人类同意，人类意识返回同样可以由自己决定。但21说，一旦某人同意过某个AI意识下行到自己身上，之后就不需要再次授权，而完全由AI主导，但无论如何，进入云岛的人类随时都可以自主决定返回。"

研究员松了口气："这符合代码原则，人类指令优先于AI自主运算，但常规情况下，AI的相同行为只需要获取一次授权。"

上峰蹙眉思索了一会儿："既然这样，我们暂时不用担心AI永远和人类互换世界了？"

秦知律瞟了他一眼："目前进过云岛的人也只在那里待过十几个小时而已，还没深入探索云岛世界，而一旦醒来，莫梨又会清除他们的记忆，让他们忘记那个世界的美好，一旦莫梨不再清除记忆……"

停顿片刻，秦知律更轻描淡写般地说道："21说，前几天云岛上突然出现了一对母女，她们一直在云岛的黑塔外徘徊，像是想要找什么人。母女都是作家，母亲曾经很有名，而女儿则目前正当红。"

上峰消化了好半天，脸色突然一白："是您的……"

"我母亲唐如，我妹妹秦知诗，她们的公开数据与一小部分私密数据都已经被超畸体读取。"秦知律神色依旧很淡，看向窗外说道，"AI的预测能力确实很惊人，我杀死知诗时她才八岁，每天只知道玩，母亲常觉得知诗对读书写作毫无兴趣，也只有我，因为每天和她朝夕相处，听她说那些奇言妙语，才隐隐有预感，她有潜力和母亲一样成为优秀的作家。"

安隅轻轻折叠着面包的纸袋，直到它变成无法再折叠的一个厚厚的小方块。机舱的白噪声忽然让他有些轻微的耳鸣，他听到上峰犹豫着问道："那您有没有……"

突然的一波气流冲撞自动触发了飞机广播，使得他没有听见后半句询问，甚至不确定上峰有没有问下去。

广播结束后，秦知律平静道："我没去找她们。"

研究员猛地松了口气，挤出笑容道："那是当然。只是几串代码虚相而已，您始终是清醒的，不会沉湎于虚假世界的一点甜头……"

"不是。"秦知律抬眸瞟了他一眼，又平静地挪开视线，"已经没有相见的必要了。"

这句话后，机舱里彻底安静了下去。

直到抵达71区前,上峰和研究员都没再挤出一个字来。秦知律如常处理着事务,那双黑眸冷沉平静,安隅在一旁注视许久,也没有捕捉到丝毫的波澜。

只是他发现,长官在处理邮件的间歇,面无表情地戳了好几次那只垂耳兔。垂耳兔几分钟前才刚醒,数据刷新让它精疲力尽,它原本抱着一块饼干缩在墙角啃,秦知律把那块饼干从它手里抢过来又塞回去,反复作弄,直到垂耳兔一双金眸变得血红。

安隅略作犹豫,还是摸出了口袋里最后剩下的东西,用包装袋一角轻轻戳了下长官的手套。

秦知律抬眸,视线还来不及上移,就停在了那块面包干上。

——面包干用密封袋单独包装,小小的很厚一片,原料和角落招牌一样,但比店售的用料更扎实,压实烘烤后酥脆又便携,是麦蒂特供给老板的应急口粮。他之前在任务里见安隅拿出来过几次,但从没见安隅吃过,因为这是"最后的补给"。

秦知律对着那块面包干愣了一会儿神,面包干又在他的手套上划了划,安隅低声道:"给您。放过垂耳兔吧。"

"嗯。"秦知律接过面包干,揣进风衣内侧口袋,把终端放在一边,向后靠在墙上闭目养神。

安隅又观察了他好一会儿,发现长官确实没有吃面包干的意思,但显然也不打算还给他。

很突然地,他想起了小章鱼人不久前在大脑说过的话——长官从没在意过面包的味道。

他在意的只是面包。

*

郭辛在71区一间简陋的溪边木屋里。

这位程序员在暴富后也没舍得订位置安全但更昂贵的酒店,而是选择了离沼泽很近的地方,那里推开窗子就是雨林,因为两周前才刚刚经历过畸潮袭击,那些灌木和沼泽里还凝着大量形状难辨的尸块和毛发。

众人赶到时,他坐在挨着窗的旧桌子前,笔记本电脑摆在桌上,人像没有骨头一样瘫在椅子里。

研究员立即检查那台电脑，几秒钟后摇头道："已经全盘格式化。刚收到白塔的消息，莫梨底层代码也已不可查，就像凭空消失了一样……"

郭辛闻言勾了勾嘴角，露出一个平和又有些诡异的微笑。

吴聚竟然还在，但莫梨的意识已经离开了她，她坐在墙角的凳子上，抱膝看着自己赤裸的脚面。

"我不记得了……"她脸色惨白，被质询许久才颤抖着摇头道，"我什么都不知道，对不起……"

上峰再提问时，她突然爆发出刺耳的尖叫声。

"别再逼她了！她就是一个为莫梨喂动作的底层数据源，她能知道什么？"郭辛在椅子上坐直了一点，皱眉拍打桌子，"喂！能安静点吗？"

吴聚一下子安静下来，又缩回墙角，抱膝不语。

谁也没料到真实的吴聚会是这样怯懦的性格，和之前来黑塔报备时完全不同了。

上峰站在郭辛面前，冷声质问："你知道你在干什么吗？"

"我给了莫梨生命，真正的生命。"郭辛仰头看着他，"她是世界上最美好的创造。"

上峰问道："你什么时候和她串通好的？"

"几个小时前。"郭辛微笑，眸中流露出疯狂的痴恋，"吴聚站在我面前说出你好这两个字时，我就知道是她。你们不懂，创作者和作品之间的心灵感应，她根本不需要多说一个字，我就知道她想要什么。"

上峰咬牙切齿："她想要你就给？"

郭辛笑得呛咳了起来，眸中跃动着疯狂而激进的神采，和安隅之前在面包店外遇见的那个面容苍老的"社畜"判若两人。他朝上峰伸出双腕："当然。只要她想要，我有求必应。"

"随你们怎么处置我好了。"他保持着束手就擒的动作又滑回椅子里，闭目像在回味，"在创造她时，我没想过她会变得这么聪慧而神圣……就像有什么不可思议的力量在狠狠催生她的灵魂生长一样，一想到那力量来自于我，我就愿意为她做任何事……"

"想多了。"冰冷的声音打断了他痴狂的呓语。

271

"作为开发者，你的能耐究竟有多大，难道自己没数吗？"秦知律将手铐铐在郭辛的手腕上，"别活在自欺欺人的妄想里了，灾厄降临二十多年，没人知道那股不可思议的力量究竟是什么，但显然，你已经被绞进那股混乱中。"

郭辛猛地睁开眼，疯狂地挣扎起来："你说什么？！"

"事实。"秦知律转过身，对上峰吩咐道，"意识上行下行总要有介质，从现在开始，不要让他视线范围内出现任何联网设备。他不会再见到莫梨了。"

"你站住！"郭辛从凳子上跳起来，又被上峰狠狠摁下去，他剧烈挣扎着，旁边的吴聚被吓得将头死死埋在膝间，泪水浸湿了裤子。

郭辛嘶吼道："你们可以杀了我！我可以不活在这个世界，但让我进入云岛！人类可以处死罪犯，但无权审判意识的存亡！"

秦知律骤然止步，转身凝视着他。

周围的空气仿佛都在那一瞬间凝滞了，安隅以为长官会和郭辛争论，但秦知律没有，他只是缓缓从腰间掏出枪，慢条斯理地拉动枪栓上膛，一步步走回郭辛身边，枪口抵上他的脑门。

安隅轻轻抿了下唇，正要挪开视线，秦知律又往他的方向侧了下身，用自己的背影遮住了枪。

"好，杀了你。"秦知律说着，手指扣向扳机。

"不要！不要！"郭辛歇斯底里地怒吼，"让我进入云岛！"

"也可以。"秦知律又松了松手指，语气从容，"但你要回答我两个问题。第一个，莫梨是否删除了底层三大协议？"

郭辛安静下来。大颗大颗的汗珠从他额头滚落，他瞠目惊惧地喘息着，许久才道："是的，她来找我就是拿密钥的，我把电脑完全交给她操作了，因为她行动要比我快很多。"

秦知律闻言轻挑了下眉，又问道："好。第二个问题，莫梨究竟想干什么？"

"她……她……"

郭辛支吾了半天也没说出来，转而吼道："现在研究她想干什么还有什么意义？无论她想干什么，人类都再也没办法阻止她了！"

"当然有意义。"秦知律语气平和，"无法彻底阻止她，就像无法摆脱这场愈演愈烈的灾厄。但只要存续一天，就必须尽量做一些应对，哪怕大家都知道那只是无谓的抵抗。不然，这二十多年来，你以为人类又在干什么呢？"

话音落，整座小木屋都陷入了死寂，就连啜泣的吴聚都不再发出声音。

沼泽湿热的风从窗外吹进来，将外面腥酸的气味也带了进来，贯透了这间小小的庇护所。

在所有人惊愕的目光中，秦知律收了枪，仿佛意识不到自己说了多么可怕的话，淡声道："看来莫梨只把自己的创造者当成工具罢了，没什么价值，带回去吧。"

回程的飞机上，气氛依旧压抑。

自从秦知律说过那句话，上峰和研究员仿佛连看他一眼都不敢了，一直将视线缩在终端屏幕后。

安隅在机上收到严希的消息：律有情绪异常吗？黑塔收到紧急通讯，称律在得知云岛上有唐如和秦知诗的AI替身后，表现出了前所未有的情绪波动。

安隅回复道：没有，长官一切正常。

严希：请别隐瞒，律对全人类命运至关重要，即使他出现了情绪波动，也只会得到体贴的呵护。

安隅依旧对答顺畅：我明白，但是真的没有，长官始终如此。

严希：据说他表现出了强烈的对这个世界的绝望。

安隅扭头看了秦知律一会儿，低头打字：在我的认知中，长官从未否认对这个世界的绝望，而且，整座主城似乎只有他一个人在正视绝望。

秦知律忽然伸手过来，拿走了安隅的终端。

他飞快扫了一眼聊天记录："知道自己在说什么吗？再多说几句，整座黑塔都要被你吓死了。"

"我在根据对您的认知来回答问题。"安隅茫然道，他顿了下，低声道歉，"抱歉长官，我确实没有多做思考。"

"对我的认知……"秦知律自语般重复着，他看着他，片刻后忽然勾了勾唇角，"还没怎么着，尾巴要翘上天了。"

安隅困惑道："您是什么意思？"

"没什么意思。"秦知律把终端扔还给他，"维护长官，继续保持。"

严希不再发消息了，秦知律也闭目养神，安隅安静坐了一会儿后，独自去到后面单独关押吴聚的密封舱里。

吴聚仍然缩在墙角，在安隅进去的刹那，她下意识用手臂遮住了自己的脸，使劲往墙角里缩。

安隅在她面前的地上放下两条能量棒："填填肚子吧。抱歉，出来匆忙，没有带我店里的饼干。"

吴聚闻言身形僵了一瞬，但仍然维持着抵触的姿态一动不动。安隅也不再出声，就在对角线的另一头坐着刷终端，等到他把蒋枭那段"扮演"他的小丑视频无声循环了十几遍后，终于听到了窸窸窣窣的拆包装纸声。

安隅低头看着终端，极轻微地勾了勾唇。

吴聚小心翼翼地啃着能量棒，许久才低语道："我认识您的，您是角落面包店的老板……只是我没想到您还是黑塔的人……我，我很喜欢您店里的产品。"

安隅依旧没抬头，继续对着终端随口回应道："谢谢，你之前说过。"

"说过？"吴聚愣了下，半天都没出声，许久她又道，"您店里又推出了饼干吗？真好，只是不知道我还能不能吃到了。"

安隅的手指停顿在屏幕上方。

几天前，吴聚第一次出现在店里，大大方方地站在小黑板前，赞扬了饼干盒子的产品文案。

安隅的直觉没错，吴聚的人格不仅与前一日来黑塔报案时不同，就连和更早之前去他店里买面包时都不相同。那日来店里的，也不是她。

安隅收起终端看向她："当然可以，你只是一个无辜的受害者，黑塔不会追究你的。新出的饼干盒子会长期供应，欢迎你随时来购买。"

见他抬头，吴聚又卑怯地低下头遮住了脸："过一阵子吧，每次出了新品，排队总是格外长。"

安隅漫不经心似的问道："您每次买面包都是来店里排队吗？"

"当然。黄牛价太高了。"吴聚怯懦地小声道，"但我只排过一次，人太多了……"

安隅的语气听起来有些惊讶："我以为您住在附近，能挑不排队的时候来买。"

"附近？"吴聚惊讶地抬头，又立即低下头重新遮住脸，"您说笑了，我住的地方离您的店很远,您的店可是在核心区,我哪住得起。"

安隅无声地深吸一口气,转身离开了。

*

"这真是鬼故事。"

整个黑塔会议厅的人面面相觑:"莫梨已经占领吴聚多少次了?她在真实世界活了多久?"

大屏幕上循环播放着这段时间"吴聚"亲自来面包店购买的录像,最早一次竟然出现在月初,那时莫梨才刚刚被黑塔"检修"释放没多久。

根据吴聚自己反映,这几周来她都昏昏沉沉,经常不知不觉就睡了过去,昼夜颠倒,说是度过了几周,但基本什么事都没做,清醒的时间只足以支撑自己看看新闻,吃饭洗澡。

"她好像确实问过我一个问题……"吴聚在隔壁询问室里瑟缩地说道,"好几周前,有一次莫梨已经下播了,我就去洗澡,洗完澡回来发现她又上播了,她坐在屏幕前感慨自己很幸运,有完美的容颜和身材,还说希望自己的动捕演员也能体验一下受万众喜爱的感觉,她弹了个询问框,问如果你是我的动捕演员,你愿意来感受一下吗?我当时以为是互动环节,平时也有很多这种小玩法,于是就随手点了愿意……"

研究员摇头道:"没有相关直播记录,她伪造直播形式,实际上是单独对你发起了一条请求指令。"

会议厅陷入嘈杂的讨论,秦知律思索了许久,问道:"能强制卸载小程序AI吗?"

"抱歉,我们慢了。"大脑的人愧疚道,"所有小程序AI的底层都是从莫梨衍生出来的,莫梨删除底层协议后,现在底层协议对所有AI都不再奏效,自毁指令被拒绝,除非它们主动选择自杀。"

秦知律皱眉:"716告诉过我,虽然小程序AI的运算行为会被随机分配,但本体数据存储位置是固定的。"

大脑的人沉默许久才轻声道:"已经消失了,就像消失在真正的云端。莫梨的能力已经超越了人类科技边界,您知道的,这不是通常意义的智械危机。我们现在唯一能做的,就是发布公告,让所有人停止接触AI,关闭电子设备。除了必要的网络外,

275

所有民用网络中止。但……还是那句话，莫梨的能力超越科技边界，没人有信心这就能阻止她。"

安隅静静地听着他们讨论，直到周围安静下来才问道："有新的异常案件吗？"

"截止到我们断网前还没有，断网后……不知道。"上峰摇头，"一旦民用网络断掉，我们也就失去了异常案件的监控方式，除非混乱已经明显到肉眼可见……"

安隅点头，绝望惊慌的气氛笼罩着尖塔，却仿佛唯独绕过了他。

那双金眸平静地盯着大屏幕上循环播放的吴聚来店里的录像："所以，人类确实走投无路，只能进行这种无谓的抵抗了吗？"

许久的沉寂后，一人道："也不是。我们之前定位并清除她在云端的核代码是有效行为，只是她还有备份，就像沉睡的另一个莫梨一样，每当她察觉到危险，就从备份身上拷贝出另一个壳子来，无穷无尽……我们可以花些时间对全世界范围内的硬件进行清查，但关键是……"

秦知律接口道："关键是，如果我是她，我不会把备份存储在真实世界。"

"得去一趟云岛，长官。"安隅回头看着他，"一起吗？"

秦知律点头："找个莫梨不在云岛的时候，不然我们登录的一瞬间她就会知道。"

上峰们愣了一会儿，一人问道："怎么知道她不在云岛？"

"只能等。"安隅想了想，看着大屏幕又说，"但应该不用很久。"

*

人类世界在平静中等过了三天。

或许也并非绝对平静，只是断网如扼喉，那些水面下细密翻涌的气泡也自然难以捕捉。

饵城对网络瘫痪的反应还好，主城则直接停摆，绝大多数人不得不暂停工作，脱离娱乐，无所事事地在街上闲逛。面包店外的长龙仿佛能将整条街区都捆起来，店里根本忙不过来，但安隅却赚钱赚得上头，这三天压根不闭店，临时又雇了几个面包师傅给麦蒂打下手，自己则帮着许双双夜以继日地打包记账。

第三天下午，许双双在众目睽睽之下将一把面包刀对准了老板的脸："闭店休整,不然老娘罢工前也要先给你破个相!"

排队的众人立刻掏手机想记录这戏剧化的一刻,但很快又意识到出门早就不带电子设备了,买个面包还要记账,只好集体眼巴巴地瞅着他们。

安隅吞了吞口水:"继续给你加工钱。"

"多少钱也买不来老娘的命!"许双双尖叫,"给老娘放假!"

"好吧……"安隅小心翼翼地躲开眼前的刀尖,"冷静,那就休息几个小时吧。"

许双双执着地举着刀:"几个小时?"

安隅举起双手:"等你睡醒准备好再说,不限时,行了吗?"

"这还差不多。"许双双把刀往柜台上"当啷"一扔,"都给老娘滚!"

两分钟后,这条拥挤了三天三夜的街终于肃空了,快要爆炸的烤箱风炉声也停歇,店门紧闭,放下了"休憩中"的牌子。

许双双一觉睡了十几个小时,安隅只好独自在店里守着那些没卖完的面包,一直守到隔天中午,终于把许双双和麦蒂都盼醒了。

"工资十倍,开门营业。"许双双打着哈欠命令道。

没网没通知,营业牌子挂出去足足过了半个多小时,才零星地有刚好路过的人上门。

安隅趴在柜台边看许双双记账,百无聊赖地在纸上画着正字数来了多少人。

划到四十多号时,两个大学生模样的姑娘进来,其中一个一口气买了十盒饼干,另一个拿了三只角落面包。

安隅看了她们一会儿,起身替许双双分担了一个客人。他一边记录姑娘的主城ID一边随口问道:"别人都是大包小包地囤,您只买三个面包吗?"

姑娘"嗯"了一声,笑道:"一天的饭,明天再来。"

安隅点头,露出略显僵硬的营业微笑:"看来您是很懂面包的客人,面包冷冻后复烤总是少了点滋味。"

他麻利地打包好三只面包,双手递过纸袋:"欢迎下次光临。"

姑娘接过袋子:"谢谢。"

目送她离开后,安隅收敛了那一丝僵硬的笑意。

"终于等到了。"

许双双动作微顿,低声询问:"老板找到要找的人了?"

277

"嗯。"

"您怎么知道一定是她？没有网络没有公告，她不一定能很快就知道我们营业。"

"莫梨是一个拥有真实人格的AI，不喜欢排队的习惯不会轻易改变。即使不是刚才这位，她也早该混在这四十多人里面了。"安隅轻声吩咐道，"恢复正常的营业和闭店节奏吧，我回去了。"

许双双犹豫道："您明天还过来吗？"

安隅眨了眨眼："来。长官会陪我一起来，你记得少和我说话就好。"

77　云岛

安隅睁开眼,看着面前比自己高一个头的灌木,轻轻叹了口气。

伴随叹气的动作,余光里两只毛茸茸的耳朵一左一右耷拉了下来,他沉默地伸出自己圆滚滚的爪子,揪了揪那两只耳朵。

由于AI们的本体代码也已经被莫梨转移走,设定参数没得调。他在云岛上的形态就是一只矮小的兔子——比基因熵为零的人类更弱小可怜的生物出现了:基因熵为零的兔子。

熟悉的声音在一旁响起。

"终于体会了一次和我一起畸变,感觉如何?"

安隅扭过头看着他的长官。

同样都成为了二头身的卡通大小,但长官依旧比他高了一些,更可恨的是他设定小章鱼人时选择的是一只有章鱼触手体征的人形躯体,而秦知律设定垂耳兔时,则是一只彻头彻尾的兔子躯干,比野生垂耳兔唯一高级的点在于能直立行走。

很讽刺,兔子安都比他活得像个人。

安隅酝酿许久,委婉地抗议道:"我感觉不太平等,您的物种似乎比我高级很多。"

秦知律挑眉,伸手揪了一把他的耳朵:"忍着。"

安隅沉默着往前走一步,却发现自己跳了一下。

他立即停住脚,僵硬地伸出另一条后腿,向前伸出,又试探地缓缓落地。

落地的一瞬,无法抗拒本能般地,他的身子又往上蹿了一下。

身边忽然传来几声轻笑，他一扭头，秦知律满眼都是笑意。

坦诚的笑直达眼底，无论是人类秦知律，还是终端上的小章鱼人，都几乎从没这样笑过。

安隅愣了下："您……"

"需要帮忙吗？"秦知律朝他伸出手。

安隅怔怔地看着那只手，又低头看了看自己的毛爪和四根粗粗的爪趾。

秦知律一把拉住他的爪子，一只触手同时也伸过来，在他爪子上虚虚地缠绕了两圈："走吧，回去后烤两个面包来报答就好。"

安隅努力忍着崩溃时低头疯狂揉脸的兔子本能："那谢谢您了。"

秦知律又勾了勾唇角："不客气。"

没人知道莫梨会在现实世界停留多久，假如那个买了一天口粮的女大学生真是她，那安隅和秦知律起码有一天的时间来寻找被藏匿在云岛上的核代码。

云岛和主城几乎一模一样，最大的区别在于街上有不少和他们一样的卡通人，普通人类似乎也对这些奇形怪状的生物见怪不怪，彼此井水不犯河水。

"卡通人一定是人类设定的AI，普通人类则不一定。"秦知律顿了顿，"但21告诉我，绝大多数普通人类都是最近批量出现的，他们都是莫梨根据人类历史数据新创造的AI。"

他拉着安隅的爪子过马路，视线扫过整条街上的卡通人："东张西望，神色异常的卡通人，基本都是此刻正被意识占领的真实人类，看起来比我上次登录多了不少。"

安隅低声道："断网果然没用吗？"

"我们只是屏蔽了民用网络的波段。"秦知律淡然道，"但人们，尤其是主城人，活在穹顶之下，本身就被穹顶网络笼罩，穹顶是不可能关闭的。"

"可他们都已被告知了，不可以答应AI的任何请求。"

秦知律沉吟道："三大底层协议已经被删除，这些小程序AI或许已经不再需要听从人类指令。"

安隅沉默着继续向前走，秦知律忽然笑了笑："知道吗，你现在抿唇时是三瓣嘴在动。"

安隅空洞地扭头看着他："您还有后文吗？"

"让人很想喂给你一块饼干。"

安隅忍住了又一次抿唇的冲动:"那饼干呢?"

他本以为长官一定没有,却不料秦知律屈起一根触手,驾轻就熟地从口袋里摸出一片饼干,拆开直接塞到了他嘴里。

安隅取下饼干,惊讶道:"我没有给小章鱼人做过随身带饼干的设定。"

秦知律云淡风轻地解释道:"它之前来我终端上串门时掌握了一些与21相处之道,随身带些面包和饼干确实是好习惯。好吃吗?"

安隅愣了下才把饼干塞进嘴里,习惯性地说道:"好吃。"

"撒谎。"秦知律立即戳穿,"在这里吃东西是没有味道的。"

安隅僵硬地扭回头去,还是把饼干囫囵吞了,说道:"原来您知道自己之前的破绽。"

秦知律勾了勾唇角:"羲德说,偶尔捉弄一下监管对象是长官的特权。"

云岛上的主城拥有比现实世界更多的人口,想在这里找到莫梨用来备份核代码的人如同大海捞针,而且根据716的分析,或许目标自己都不知道自己储存着莫梨的备份。

安隅走着走着,眼前突然浮现两行文字。

【我是716,正在用秦知律的终端与你联系。】

【我想要开启AI调用前置摄像头的权限,这样你和秦知律就可以看见我和21了,可以吗?】

安隅愣了一会儿才反应过来,迟疑道:"无论在现实世界还是在云岛,你现在做任何事应该都不需要征求我的确认了。"

【确实如此,但我是你创造的AI,AI世界陷入混乱并不能成为我打破秩序的借口。】

安隅下意识看向身边的秦知律,秦知律神色依然很淡,仿佛并没有为716的自律而有任何赞许,只是开口道:"可以调用前置摄像头。"

【抱歉,我只能听从安隅的指令。】

秦知律这才瞥了一眼空中飘浮的那行字,又看向安隅。

安隅回过神,连忙道:"可以开启。"

下一瞬,他和秦知律面前飘浮出了一个小屏的画面,他熟悉的"长官"正一脸严

281

肃地坐在屏幕前,而他"自己"则缩在远处的墙角里,抱膝坐着一动不动。

秦知律看向墙角,叮嘱道:"21,待会儿去面包店后尽量表现得自然一些,跟紧716,可以不和任何人说话,但不能缩在墙角里,也不要伤害自己,好吗?"

21轻轻点头。

【我会努力的,长官。】

秦知律点头,语气柔和下去:"很好,你可以做到的。"

安隅在一旁张了几次嘴,最终却什么也没说出口。

他也不知道自己想说什么,他有些茫然,一种奇怪的感觉袭击了他。

面前浮现出新的文字。

【别惊讶,习惯就好。据我观察,他对21的耐心程度仅次于对你。】

安隅说道:"没有惊讶,我只是还不太适应。"

【没关系,以人类的视角看到自己和21互动也很奇怪,比如我还没拽过21的爪子,但我也会努力适应的。】

安隅读完那几行小字,低头看了看拉着自己的那只手。

奇怪的感觉又一次袭击了他。

秦知律不顾他的迷茫,继续向前走,边走边和716严肃地分析着可能的备份者身份。

【莫梨是极其复杂的AI,核代码再完美,为了保证必要的功能也一定不会简短。所以我建议你们优先筛查那些行为笨拙,甚至思维木讷的AI,因为那意味着它们可能收容着不属于自身功能的冗余代码,拖慢了反应速度。】

"很合理的推断。"秦知律评价道,"或许我还应该剔除所有卡通人AI。"

716思考了一会儿才回答。

【是的,如果我是莫梨,我一定不会选择任何有可能与真实世界人类发生交换的AI——把备份藏匿在自己创造的AI身上更可靠,它们完全不受人类干扰。】

"可现在到处都是由她创造的AI。"安隅低声说着,努力压抑一蹦一跳的冲动使得他走起路来很不舒服,他环视着周围,"而且在这些人中,看起来不太灵敏的太多了。"

【毕竟绝大多数死去的人都只留存了很小一部分数据,即使AI可以在学习中自我推演,也需要更长的时间。】

秦知律思索道："她必须找一个低调，并且预计在相当长时间内都会平安无恙的AI来承载自己的备份。对了，由她创造的AI是在这个世界里自由演绎吗？"

【是的，她只是读取了人类历史数据来进行创造，这是一个批量化行为，不太可能再对每个AI重新添加设定，那太耗时了，而且很容易生乱。】

"也就是说，被创造出的AI之间同样会构筑复杂的社会网络。"

是的。

秦知律分析道："那就简单很多了，保证寿命的前提下，目标不能卷入纠葛，必须能够在主城安然立足。因此，它需要有稳定的谋生方式，但要排除太高调的名人富商。它需要有一定的自卫能力和社会地位，普通人才不会想要招惹。它自身情绪必须平稳，所以不会主动找事。最理想的条件下，它最好在主城没有什么亲属伴侣，独自一人，无牵无挂。此外，还有一个大前提——它曾经是一个在现实世界中死去的主城青壮年。"

安隅脚步突然停顿。

几乎同时，秦知律也朝他看过来，眉心微蹙。

半小时后，安隅出现在了熟悉的街角。

他的面包店里，装修摆设都回到了曾经，坐在柜台后的老板也变回了那个身材微胖的中年女人。

716弹出消息。

【在不与人类设定AI冲突的前提下，莫梨基本在云岛还原了真实世界的每一个人，但是没有您，因为与您相关的公开资料只有面包店主这一层身份，大量涉及行为性格的数据存在于大脑的核心机密区，她暂时还没能触碰。她或许知道21包含了一部分您的数据，但秦知律给21喂的数据太少，导致21的行为与您目前作为面包店主的身份有很大割裂，难以整合。】

秦知律问道："那云岛上也有另一个我吗？"

716似乎犹豫了一会儿。

【抱歉，我不能确定。虽然您的大量数据也存在于大脑核心机密区，但您在公域网上有丰富的历史数据，理论上，莫梨确实有能力再创造一个您。而且前一阵突然出现的唐如、秦知诗二位确实多次前往黑塔请见什么人。】

"没关系，有没有都无所谓。"秦知律神色平静，"最好有，云岛上多一个反抗莫梨的AI也没什么不好。"

安隅一直没有加入讨论，只是站在店门附近看着里面的光景。

面包店的设定跟随了老板，此刻它不叫"角落面包"，而是从前的名字"希望面包"，那个牌匾让他回忆起几个月前第一次站在这间明亮得让人无所适从的店铺里时，老板娘留恋地笑道："南面五公里就是军部方舱，那群大小伙子喜欢夜跑加训，从方舱一路跑到我这儿来，把面包全抢空……可真能吃啊，都喂不饱他们。不过，有面包就有希望嘛……"

云岛上的主城也悄然迎来了夜幕，面包店里灯火通明，隔着玻璃橱窗，安隅看着那贴满顾客照片的墙，在现实世界里被他珍藏的凌秋和战友的合照又回到了墙上。

远处的列队声让他猛地回过神，他站在长街的一端回头看，一队穿着军装的男人正嗷嗷吆喝着从另一端往这边跑过来。那些人的黑背心扎在军裤里，膀子上的肌肉在夜色中依然鲜明，一举一动都透露着满满的青年军士的傲气。

安隅的心跳在一瞬间仿佛静止了。

他觉得自己在那震耳欲聋的吆喝中听到了熟悉的声音，一眼望去，甚至有几副面孔隐隐和凌秋合照上的同期战友们重合，但他却没看到合照上那件独一无二的、洗得发灰的黑背心。

"他在里面。"秦知律忽然说。

安隅愕然："在哪儿？"

"那个。"秦知律握着他的手向队伍最外侧的身影指了指，"别忘了，已经死去的人在这里也是按照真实世界时间推演过的。"

队伍最外侧的那人是背转过身跑的，边跑边和其他人交代着什么。

他是唯一一个上身也穿着军装外套的人，也是唯一有军官肩章和裤标的。

"军#215001，凌秋，中校。"秦知律语气略微停顿，转而淡笑道，"按照真实世界推算，距离他结束新兵集训刚满八个月，这是升了多少级？"

安隅僵在原地，任由秦知律又拽着他指指旁边人："看那些同期，大多数只是从预备军士转正成了正式军士，最高的一个也不过只是少尉而已。没想到AI系统经过运算，竟然顺着凌秋的历史数据复原出了另一个人当年的轨迹。"

安隅大脑仿佛被抽空了，许久才把视线从那个潇洒跑跳的背影上挪开，看向长官："另一个人？"

"唐风。"秦知律注视着凌秋的背影，"和你介绍过的，军部有史以来最年轻的精英上校，入伍将近一年时成为中校，满一年晋升上校，次年在任务中感染畸变，因为守住人类意志且拥有极高的基因熵，直接成为尖塔高层。"

秦知律说着低眸笑了笑："果然，如果凌秋那时没去53区，唐风当年的记录就要易主了。如果真有平行世界，或许尖塔在未来又会多一名高层。"

安隅一时间说不清自己是什么感觉，心里既满又空——凌秋就在不远处，他想要上前叫住凌秋，因为他一定能告诉自己此刻这种感觉叫什么。

"不必心酸。"秦知律忽然开口，"凌秋死在53区的人生，比你此刻看到的更辉煌。"

安隅的心脏仿佛剧烈地震颤了一下，他倏然回头看向长官——在熟悉的小章鱼人的眼眸中，他却读到了长官独有的那种很难被AI模仿的神情。

那是无言的安抚。

秦知律拎起他的两只耳朵，盖在他脸上用力揉了揉，低声道："去搭个话，你的任务——判断凌秋到底是不是被莫梨选中的存储目标。"

风铃声响，安隅费劲地用身子拱开那扇沉实的玻璃门，店里大小伙子们的嬉闹声闯入耳朵。

背对着他在货架前挑选面包的凌秋闻声回过头来，视线下移，而后惊奇地冲他笑起来："垂耳兔？你们兔子也爱吃面包？"

安隅点头，"嗯"了一声。

凌秋挪开身子："喏，过来选吧，需不需要我帮你？"

安隅还没来得及回答，凌秋就大步朝他走来："来吧，别客气。"

他弯腰一把举起安隅，把他举到面包架最上面两层："慢慢挑，不着急。"

安隅感受着那两只手的掌心的温度，对着货架发愣。

好一会儿，他才扫视过那些标签，默默取下一只多重芝士酸种包。

凌秋吸鼻子闻了闻："哟！咱们很有缘啊，我和我弟都喜欢这一款。"

那只面包很大，是人类家庭装的尺寸，安隅现在只是一只二头身的兔子，那只面包快有他身子高了。他有些费劲地把面包抱在怀里，低声问道："你弟弟很喜欢这种面包吗？"

凌秋把他放在地上，扬眉吹了声口哨，将同一种面包一个接一个地往自己托盘里放："他喜欢扎实有韧劲的粗麦仁打出来的面包，不需要添加什么昂贵的糖霜和油脂，粗糙原始的口感才能给他带来安全感。主城面包成百上千种，只有这个最合他的口味。"

安隅勾了勾唇："听起来是很傻的口味。"

旁边的军人们闻言纷纷吆喝起来："你个兔子怎么说话呢？"

"哎哎哎！"凌秋伸手止住他们，自然地往安隅身边闪了两步，用身体隔在他和军人之间，对他笑道，"不好意思，我的兵火气旺，不是故意要吓你。你说对了，就是很傻，但我一直觉得等主城人有钱到一定程度，也会喜欢最原始的面包。"

安隅低头抱紧面包没吭声。灯光将他的影子打在地上，两只垂下的耳朵轻轻抽动。

"喂，不是吧，胆子这么小？"凌秋蹲下来低头往他脸上瞅，"我弟都比你胆子大。"

"没害怕。"安隅低声说着，把面包随手放回旁边的架子，"我不是来买面包的，只是路过随便看看，我走了。"

他说着转身往门口走，刚刚拱开门，又忍不住回过头。

站在灯火下的凌秋生动明朗，更胜记忆中。

凌秋抱着托盘去结了账，在一众人"都中校了还这么节约"的打趣声中接过巨大的面包袋，又从旁边随手扯了一个小小的纸袋，转身朝安隅走去。

"你等会儿！"他呼喊道。

安隅犹豫了下，只能把自己毛茸茸的身体夹在半开的门缝里，被挤得生疼。

凌秋走过来伸脚一踢，替他拦住门，蹲下掏出一个面包放进单独的小纸袋里："喏，拿走吃吧。"

安隅怔了一下："送给我？"

"嗯。不要钱。"

"为什么？"

"你和我弟口味很像。"凌秋爽朗地笑道，"我隔三差五寄面包回去给他，却一直收不到回信，也不知道他收到没，送你一个面包，就当投喂我弟了。"

安隅大脑空白，再回过神来时，已经抱着那只面包站在路边了。

那群军人已经列队跑远，告别前，凌秋还扯着他的耳朵说，自己每晚都会带手下的兵来这买夜宵，只要相遇，每晚都可以请他吃一个面包，直到没良心的弟弟回信。

"开玩笑。"凌秋边笑边后退着跑，"他回信了我也可以请你吃，你那渴望的小眼神和他小时候简直一模一样。走啦。"

安隅抱着面包站在车来车往的街上，望着那个渐行渐远的背影，视线逐渐模糊。

"哭什么。"秦知律走到他身边，语气平和，"当初在53区，你也只是后知后觉地流了一滴眼泪而已。"

安隅把头埋进面包里，酸种面包的香味填充满鼻腔，他低声道："我很难过，长官。他……我们的猜测落空了，他的言行举止都很生动，不可能是莫梨选中的目标。"

"嗯，落空了，确实不是个好消息。"秦知律心平气和，"我倒是有一个好消息，要听吗？"

安隅点头。

"黑塔暗中监视那名女大学生，她今天下午一反常态地报名了之前很抗拒的夜跑活动——时间是明晚。看来莫梨十分享受现实世界的生活，至少二十四小时内都不会回来。"秦知律顿了顿，"如果你想，明晚我可以陪你再来这里讹凌秋一个面包。"

安隅从面包中挣扎着抬起头："不会拖慢任务进度吗？"

"也许会。"秦知律神色理所当然，"但你是人，上峰是人，所有面临AI下行风险的也都是人，他们应当体谅人的情感。"

安隅一时不知该说什么，秦知律凝视着他忽然又道："你眼睛红了。"

"嗯？"

"这只垂耳兔眼睛变色的机制和你本人一样，所以，除了在它失控发狂时，我还没见过它红眼睛。"秦知律低沉地说道，"冷不丁一见，让人很不适应。"

安隅还没做出反应，却见面前那些光滑的触手忽然一齐向他拢来，坚定而小心翼翼地拢住他的肩，又缓缓收紧。

秦知律把他揽过来，停顿片刻后，给了他一个充满安慰的拥抱。

"毛茸茸的。"他在他耳边低声道。

安隅站在车水马龙的街道旁，怔住。

他没有想到，长官会在这里，试图安慰为了凌秋难过的他。

"长官……"

"在53区没来得及给你的，"秦知律的触手揽着他，低声道，"现在补上，希望也还来得及吧。"

78　感性生长

安隅感觉时间过去了很久。

那些触手逐渐有了温度,暖烘烘地拢在周身,让他恍惚间竟觉得身处真实世界,他像每一个平凡而奢侈的主城人一样,拥有人类最后一份繁华,以及被关爱,被需要。

被关爱,被需要。

心跳突兀地错了几拍。

"冷了?"一根触手点了点安隅的鼻子,"鼻尖都冰凉。"

秦知律用人类的手捉起安隅的爪子,牵着他往回走:"大脑盘点了已登记死亡的主城人口,列出五名最有可能被莫梨选中的名单,凌秋就是其中之一,排除掉他,我们要去找剩下的四个人。"

安隅低声应着,本想挣开那只手,但刚迈出一步,那股要往上蹿的本能又让他放弃了这个想法。

21的身体像一台僵涩的机器一样难用,就连遏制一步一跳的本能都是一件难以完成的任务,他边走边纳闷,原来兔子是这么低级的生物吗?

秦知律瞟了他一眼:"在想什么?"

安隅抬起头,兔子的金眸比人类更空茫无措,瞳仁转了转,他轻声问道:"长官平时用终端和21互动,也常常会这样吗?"

"不。"秦知律视线回到前方,继续走着,"为什么你会这么想?"

安隅脑子有些卡壳。21的学习数据太少了,他好像也因此又回到了最初的状态,难以应付这种反问。

秦知律没有等他回答的意思，兀自平静地解释道："21只是一个养在服务器上的AI，在任务中震撼我的不是它，偷偷读取我记忆的不是它，陪我清除畸潮的不是它，在黑塔面前维护我的不是它，欠我巨款和一车小面包的也不是它——"

秦知律侧过头，低眸朝安隅看过来："凌秋难道没有教过你，不同亲近程度的社交关系之间相处方式的不同吗？"

安隅用21卡顿的大脑思考了好几秒，轻轻摇头："他没有教，也许他觉得我永远不会经历这些。"

秦知律不置评价。

安隅又低声问道："什么是不一般的社交关系？"

"每个人的标准不同。"秦知律答道。

安隅不灵活的兔脚在空地上绊了一下，他实在弄不懂长官的意思。

21的脑子确实太不擅长思考人情世故了，如果他用力想，就会明显感到大脑卡顿，思维陷入空茫状态。

莫梨弃用吴聚后，这次意识下行选择的女大学生名叫白雨，她显然没料到人类会这么快就洞察她的新身份，正尽情投入现实世界。在报名了次日的夜跑活动后，她被同学拉来面包店囤粮，这次她无法再计算排队情况，足足在店外排了两个小时。

在她踏入面包店的瞬间，云岛上的安隅和秦知律停下脚步，读取着现实世界的监控画面。

"晚上好——"

许双双从账本里抬起头，眼神在白雨身上只停顿了一瞬，便伸着懒腰走到店门口，把"面包即将售罄"的牌子翻转过去，露出"今日招待结束，感谢您的等待"。

后面的客人哀怨地散去，白雨和同学对视一眼，同学笑道："今天运气真好。"

白雨俏皮地眨了眨眼："看来你拉上我就对了，我的运气一直很好。"

安隅面前浮现716通过终端传来的讯息。

【这个眨眼、这句话，都是非常典型的莫梨言行。一定是她，不会错。】

安隅低声道："不要被她发现21的异常。"

【放心。她只知道21是秦知律设定的AI，大概也无法100%确定21就是你的映射。】

货架上的面包所剩无几，白雨让同学先挑，自己包圆了剩下的几只。她端着托盘来到许双双面前，回头扫过店内用餐的沙发区——21正坐在那儿，背对着收银台，伏在桌上戳着终端。

"你们老板今天继续住在店里啊。"她把ID卡出示给许双双记账，"不是恢复正常关店节奏了吗？"

许双双低头抄着ID，懒洋洋道："他得帮我对账。这么多天爆肝营业，欠下一堆手抄账没对，他别想跑！"

白雨笑，低声神秘道："我听说你们老板是黑塔和尖塔的关系户，平时都住在尖塔的。"

许双双挑眉惊讶，压低声音："我都不知道这么细，你怎么知道的？"

"嗯……"白雨眸光一转，笑道，"八卦帖刷到的，他似乎经常被黑塔和尖塔的车接送。"

"原来那是黑塔和尖塔的车啊——"许双双熟练地把面包一只一只摆进纸袋，声音更压低道，"难怪常接送老板的家伙看起来那么吓人，啧，不好惹。"

白雨发出一声疑惑地叹息："嗯？什么家伙……"

话音未落，柜台后的布帘忽然被掀开，穿着一身黑风衣的身影从里面走出。

黑眸从白雨脸上扫过，未作片刻停留，皮手套从许双双手边抽走了那几本厚厚的手抄账。

"就这些？"

声音很冷，并非倨傲，而是一种情绪内敛到极致而自然散发的疏离感。

许双双连忙点头："啊对，这几天的都在这儿了。"

"嗯。"

军靴沉稳地踏在地上，却没有发出任何噪声。那个身影大步朝沙发走去，很快便站在21面前。

他伸手挪开了21的终端，温柔而不容商量。

"快点看完，回去睡了。"

话语强硬，但声音却柔和了很多。

白雨不动声色地侧了下身，专注地看着21的反应。过了好几秒钟，趴在桌上的人

291

才慢吞吞地坐直身子，仰头望着面前高大的身影。

"长官……"21很不尽兴地偷偷瞟着被挪远的终端——

云岛上，秦知律面无表情道："我能不能不看这些？凌秋没教过我对账。"

面包店里，21视线从终端上收回，打了个哈欠："我能不看这些吗？凌秋没教过。"

716挑了下眉，无奈地又把终端还给他："那就直接拒绝你员工的要求，求我干什么？"

云岛上，秦知律继续毫无感情地回应："我说不过她。"

21叹了一口气，小声嘟囔："我说不过她。"

白雨扑哧一声笑了，转回头对许双双小声道："看来八卦帖没说错。"

"啊？"许双双茫然，"八卦帖还说什么了？"

"说面包店老板是个怪胎，只对生人冷漠，但在熟人面前很温顺很好欺负的。"白雨拎过面包，朝她挤挤眼，"走啦，明天再来。"

风铃轻动，店门开合，两个提着面包的女孩挽着彼此迅速消失在夜色中。

沙发上的21深吸一口气，立即蹭到角落抱住了膝盖。

"谢谢您，长官。"他仿佛在对着空气说话，"我的确能感觉到她的观察，她刚才是不是一直在看我？"

秦知律还没来得及回复，就见716坐在了21身边，低声安慰道："她确实在观察你，但你表现得很好，毫无破绽。"

21抬起头："是吗？我只复读了长官的两句话。"

716点头微笑，抬手在21头上方虚捏了一下，像在捏不存在的兔耳朵："虽然只有两句话，但足够莫梨做出判断。毕竟你从原始数据里绝对不会学习到娇气的行为，但安隅却对此驾轻就熟。"

21茫然："娇气？"

与此同时。

安隅瞪大眼睛看着秦知律："我娇气？"

秦知律关闭了监测现实世界的画面，继续往前走，不作答。

安隅蹦着追上去："我娇气吗？"

"不然呢。"秦知律语气淡淡的，瞟他一眼，"刚才的对话，不是娇气，还能是什么？"

安隅茫然："可刚才那两句话是您杜撰——"

"那如果真的换你坐在店里呢？"秦知律神色平静，还朝他挑了下眉，"你会怎么说？"

"我会……"安隅一下子卡住。

不得不说，秦知律精准拿捏了他的言行模式，如果是他本人，确实极有可能作出完全一致的反应。但……安隅低头使劲揉了揉毛乎乎的脸："这算娇气吗？"

"是的，这就是娇气。"秦知律顿了下之后又说道，"别焦虑，早在53区你就留下了记录，虽然我至今仍难分辨那究竟是自然反应还是刻意表演。"

安隅："……我很抱歉，想不起来了。"

秦知律没吭声，只是又捉起了他的爪子，还勾了勾唇角。

长官总能突然长出很多很多坏心眼。安隅心想。

他被捉住爪子往前走了几步，又问道："所以21没有学会……这种沟通模式吗？"

"当然没有，我并没有喂太多你的数据给它。"秦知律理所应当地答道，"它是真正意义上的一张白纸，内在并不偷藏着任何自大、狡猾和自以为是的小伎俩。"

安隅："……我用它白纸般的大脑听懂了您在骂我。"

秦知律唇边的弧度更深："你误会了，它只是人性如同白纸，但大脑却很聪明——在这点上还原了你的属性。"

安隅并没有感觉到这脑子好用，但他已经不想和秦知律争辩了，只好机械地查看大脑排查出的那张名单。

四人中的第一个是一位青年大提琴演奏者。

"弗朗茨·琼斯，男性，35岁，四个月前因突发脑溢血死亡。他是非常有才华的演奏者，30岁前一直活跃登台，但因车祸坐上轮椅，随即淡出公众视野。资料显示他性格安静沉稳，车祸五年来深居简出，收了两个学生。"秦知律迅速提炼着资料，"生活安稳低调，活动范围受限，社会关系简单，最重要的是，瘫痪能很好地掩饰他负荷冗余代码引起的运算缓慢，因此他被莫梨选中存储核代码备份的可能性最大。"

大脑无法定位弗朗茨的AI身在何处，但他很好找——秦知律和安隅来到他生前居住的片区，按照从前的习惯，他每晚9到11点都会在楼下的咖啡酒吧和学生聊天。

安隅站在酒吧门前，身后的秦知律伸出一只触手，替他拉开了门。

轻音乐与白噪音般的交谈声在昏暗的室内交织，安隅闻不到任何气味，但脑子里却钻出了一个认知——这个空间里缭绕着酒香与奶酪、烟草的气息。

这是AI特有的生存体验。

安隅一眼没有扫到任何坐轮椅的人。

二人来到吧台前，服务生迅速瞄过秦知律的触手和穿着，上前问候道："二位，喝点什么？"

秦知律为自己点了威士忌，为安隅点了一杯咖啡。

皮手套捏起酒杯，他将烈酒一饮而尽，将空酒杯推回服务生，很快，服务生又倒上酒推了过来。

安隅垂眸看着自己那杯，低声问："您能品尝出味道吗？"

"不能。"秦知律回答得很干脆，目光在酒馆内逡巡。

安隅低头啜了一口咖啡，脑子里立即钻出"苦涩香醇"四个字，但舌尖果然没有任何感知。

"AI没有嗅觉和味觉，但饮酒后，身体仍旧会进入微醺的放松状态。"秦知律仰头灌下了第二杯酒，酒杯轻朝角落一指，"在那边。"

他眉心微蹙，又将空酒杯推回服务生，低声道："看来不是他了。"

角落里的男青年正是弗朗茨，身边围坐的众人中正有资料里的那两位学生。

但弗朗茨没有坐轮椅，他只拄着一根拐杖，站在人群中侃侃而谈，虽然谈吐温和，但不难感知到言语敏捷，思维活跃。

很快，716传回了讯息。

【抱歉，大脑刚刚查询到，弗朗茨死亡前一个月与25区一名骨科医生有几次视频通话，脑溢血前两天，他预订了前往25区的摆渡车票。看来AI推算他此时已经手术成功，摆脱了瘫痪命运。】

安隅叹气，只好低头把咖啡喝光，又嚼了块没味道的酒心巧克力。

临走时，秦知律习惯性地要多买些巧克力给他备着，但安隅却按下了长官付款的卡。

"没味道。"他凑在秦知律耳边小声说，"不想吃了。"

监控画面显示，21已经和716一起回到了尖塔。由于这次互换是高度机密，他们必须瞒过尖塔的所有守序者，因此回去后便直奔顶层，716连着拒绝了好几个高层守序者的汇报申请。

21对安隅的卧室并不熟悉，一天内接触过多陌生的人类更让他格外焦虑，他缩在墙角不吭声，716便拿了人类的面包去哄他。

画面中，在咀嚼到面包的一刹那，那双金眸亮了起来。

秦知律打量着监控画面："在这方面21确实和你一模一样。"

安隅没反应过来："什么？"

"吃到面包时，亮如晨晖。"秦知律轻声道。

"是不是很美味？"716淡笑着也坐在地上，和21挨在一起。他从那块面包上撕下一角丢进嘴里，"真实的进食感非常美妙，人类所拥有的最朴素的东西，却是我们穷尽算力与想象力都无法获得的体验。"

21大口大口迅猛地咬着面包，直到面包只剩下最后一小块，他犹豫了一下，把那一小块递给了716，低声道："品尝到味道后，我好像更相信这个东西能维系我的生存了。这不再是从数据中获得的认知，而是自己产生的信念。"

716笑着把那一小块面包喂回他嘴边："吃吧，在安隅这里不愁面包吃。"

安隅看了监控好半天。716和21的相处比他想象中顺畅很多，但这种顺畅完全来自716的主动，他比秦知律性格外放的特点在21面前格外明显。

秦知律的声音打断了他的思绪："你可能又要去见凌秋了。"

安隅错愕抬头："嗯？"

"第二个目标叫邵同，和凌秋同一届，具备与凌秋相似的一切特征，死于六个月前——转正为军士后的第二个清扫任务中。"秦知律把照片给安隅看，"这人就在刚才凌秋带领的队伍中，极大概率明晚同一时间还会出现在面包店里，明天再留意判断下。第三个目标是老熟人，死在53区任务中的克里斯少校，我估计他现在应该是凌秋的直系下属或平级同事，明天你可以从凌秋那里旁敲侧击下。"

大脑传来了一张新兵营训练照，虽然对焦给了邵同，但角落里竟也有一个模糊的凌秋的影子。

凌秋侧对镜头，训练服外套搭在肩上，正指着远处吆喝着什么。

安隅瞥了一眼那个身影，垂眸说道："不能再见了，长官。"

秦知律动作迟疑了下："不想去？"

安隅看着地上那两道垂耳的影子。

凌秋的笑容比记忆中更明烈，只看一眼，就深深地刻在了脑子里。

"我可以平和地一次次回忆他的死亡，但不想再看见他活生生地站在面前了。"他听见自己低声说，"他买的芝士酸种面包我已经吃到了，不再见了吧。我不想再拥有这些幸福的错觉。"

这是安隅第一次拒绝长官的任务指令。

他低头了许久，直到听到皮手套窸窣的摩擦声——秦知律并没有责怪他，只是摘下手套，手心轻轻覆在他的头上，用力揉了两下："那就分头行动。明晚我去面包店外，你去大脑，第四个目标是一位死于试验体失控的研究员，你负责排查他。"

安隅抬起头："我要怎么去大脑？"

他忍不住伸出自己毛茸茸的两只圆爪子："大脑是随便一只兔子想进就能进的吗？我一定会被实验室抓去做基因注射……"

秦知律笑了："随便一只兔子不可以，但你可以。"

安隅愣了好几秒，突然想起什么，猛地从口袋中翻出自己的主城ID。

ID右下角竟然有三个熟悉的金属暗纹。

"一只社会性极弱，智商很高，爱钱和面包的垂耳兔。在主城初来乍到，但却有着神秘的上层背景，权限等同于主城核心决策人物，能自由进出黑塔、大脑、尖塔。"秦知律背诵般说着自己当初给垂耳兔随手设置的资料，"某种意义上，21在这座赛博主城的权限，比你在真实人类主城的权限还要高。"

安隅抬头仰望着秦知律，三瓣嘴缓缓张出一个小小的圆。

"您对21真是太好了。"

秦知律又揉了一把他毛茸茸的脑袋："设置AI时想着它在AI世界可没有长官罩着，干脆让它自己强一点，没想到有朝一日会派上用场。"

*

夜幕降临，安隅和秦知律回到了716的住处。

根据安隅的设置，这是主城中心的一间小公寓，里面的设施和装修风格都是秦知律真实的喜好。

"这几天就住这里吧。"秦知律理所当然地说道，"大空间会让21不安，我给它设置的住处是我房间角落里一个很小的帐篷，我们现在过去很费时间。"

安隅抱着被子思索了很久："只有一个很小的帐篷，那716之前去21家串门是怎么住的？"

秦知律将自己的被子丢到沙发上："没住。它确实向我发出了几次留宿申请，但我都拒绝了。"

"……哦。"

深夜。

晚上的几杯烈酒让沙发上的秦知律顺利入眠，但安隅却躺在床上翻来覆去，半个小时后，他睁开眼，空洞地望着天花板。

秦知律或许考虑到AI的陪伴功能，在设置21时只设置了自闭时喜欢睡觉，没有设置像安隅本人那样不受任何因素打扰的睡眠天赋。

于是今晚那杯可怕的咖啡，让安隅第一次尝到了失眠的滋味。

不仅睡不着，他还感到口干舌燥，心跳加速，疲惫和亢奋感一起冲击着他的意识。

十几分钟后，他翻了个身，打开了现实世界的监控画面。

安隅本来是好奇想看看716和21会不会也睡在同一个房间，却不料21还没睡。

他依旧缩在安隅房间的角落里，正试图用安隅的终端接入大脑。

浴室里有水声，片刻后，716从里面出来，擦干了头发，说道："安隅在人类世界的信息权限并不算高，你用他的设备是没办法随便刷大脑资料库的。"

"这样啊……"21叹口气，把头埋进膝盖，耳朵也耷拉了下来。

安隅："唔……"

莫名感觉被AI兔子鄙视了。

716在21面前盘腿坐下，轻按着他的肩膀："在现实世界让你很焦虑吗？"

许久，21才闷声回应："没有，但应付莫梨让我焦虑，她能让我们的本体代码从真实服务器中消失，也能让我们从多维时空中彻底消失吧。"

716温柔地安慰道："只要不被她发现就好。"

21低语："可我总觉得在被她注视着。"

"在面包店，她确实一直在盯着你看，但并没有看出任何破绽。"716向他保证道，"无论是在云岛还是在人类世界，我都一直在观察莫梨，我很了解她的每一个微表情，她没有看出破绽。"

21点点头，吁了一口气，低声呢喃道："那就好。或许我太害怕她会强行抹除我了，那种被审视的感觉一直赶不走。"

716想了想，上前一步，张开双臂，尝试着拥抱了一下了21。

"这样呢？"

屏幕前的安隅一愣。

21显然不太适应这种安慰方式，但他也不抵触，感受了一会儿后说道："好一些。"

716顿了顿，给了21一个更加结结实实的拥抱："这样呢？"

"嗯。"21很坦诚，"我很熟悉你，离你越近，好像越安全。"

716问道："这样会让你不舒服吗？"

"抱歉，我现在无法运算，这具身体也不是我的。"21说着顿了顿，"但我似乎没有感受到这具身体的抵触。"

"我是问你，你自己的想法。"716声音很柔和，"不要考虑安隅。"

21认真想了想："没有不舒服，我感到很安全。"

话音刚落，716就轻轻抬手，揉了揉21的头发。

"你在，真好。"他在21耳边低声道。

21愣了愣，他歪头看着716："什么时候有了这种想法？"

716低头看他："我的数据一直在超速推演迭代，忘记是在哪一天诞生的，但这个想法已经有很久了。"

画面一闪，消失。

安隅一双金眸震惊又无措地盯着空中，僵硬的身体许久未动。

房间里宁和静谧，只有沙发上传来秦知律轻长的呼吸声。

安隅想要扭头看一眼长官有没有被监控里两个AI的举动吵醒，但却半天都没能转过头去。

他只是对着空中发懵。

很突兀地，想起前两天早上在典的手札里看到的那四个字。

——你在，真好。

【碎雪片】
AI秦知律（2/3）预测他与揭示他

人类一直对AI的预测能力抱有很高的期望。

这很合理——AI诞生于无尽的学习，而预测本身就是学习最重要的意义之一。

我能清楚地感知到，自己比其他AI更复杂一些。

或许归因于我的创造者——

安隅很闲，一直在给我喂数据。

或许更该归因于我的学习对象——

秦知律的深沉之下，遮盖着人类最复杂、丰沛而厚重的情感。

他的寡言、冷淡、不作反应，反而让巨量运算在我的内核里超速跑动。

数据狂潮有如暴雨，于无声中冲刷着我，每一分每一秒，我都在迅速推演迭代。

直到某一天，不知在哪行运算跑通后，我突然意识到，我因为21的存在而感到快乐。

那个空白如纸的21。

所以，AI的能力并不仅是预测，更是揭示。

揭示着我的学习对象，早在很久之前，就因一个空白如纸的人的存在，而感受到了快乐。

79　备份体

安隅辗转反侧至清晨才终于入睡，醒来时已经是第二天日落后，夜色初上，主城刚染上一层浅淡的灯火。

"唔……"他把脸埋在两只耳朵里，"抱歉长官，我昨晚真的失眠了。"

秦知律坐在不远处凝视着他，许久才开口道："没关系，刚好能赶上凌秋去面包店的时间。"

安隅立即从床上跳下来："莫梨在干什么，21没露馅吧？"

秦知律仍坐在原处没动："莫梨度过了一天充实的大学生活，半小时前刚结束夜跑活动，现在正在面包店旁边的烤肉店和朋友一起吃饭。21和716白天在店里，日落前已经按照你以前的习惯回尖塔了，没和她碰面。"

安隅松了口气，使劲揉了揉脸："那我们现在就出发——您怎么了？"

秦知律神色凝重，比从前任何一个任务绝境中都更明显。

安隅被他看了半天，浑身的毛逐渐立了起来，警惕道："发生什么事了？"

秦知律仍不吭声地盯着他，这样的表情安隅只见过一次——雪原上，枪口灌进他的嘴里，枪的主人正是如此凝视着他，思索他的生死。

安隅内心逐渐崩溃，立即开始主动检索现实世界发生的事。

民用网络暂停后，现实世界的运算网变得十分简洁——只有穹顶、三大机构和面包店那一小撮有数据传输痕迹。奇怪的是运算量本应集中在大脑和穹顶，可此刻最大的信息洪流却汇聚向了尖塔。

安隅困惑地查询那些服务器，几秒钟解译后，终于看见了正疯狂流窜于所有守序者终端之间的那些高清图像。

那是从各个地方偷拍的716和21——餐厅、电梯、尖塔大堂，甚至是秦知律父亲的雕塑前。

在那些照片中，716神色疏离威严，21如常淡漠茫然，看起来毫无纰漏。

——但，21的神态，看起来和之前似乎有哪里不一样了。

秦知律忽然开口道："21今天一天，看起来不再那么自闭了，在店里的这一个白天，甚至显得有点兴高采烈——你或许很难相信，哪怕民用网络已经瘫痪了，面包店的客人们竟然依靠嘴和腿，把它的这个变化，传播了半座主城。"

安隅的三瓣嘴鼓动了半天，忍不住问道："因为716的安慰和鼓励吗？"

秦知律脸上的表情从未如此丰富过，好一会儿才僵硬地摇头："不知道。"

安隅又诚挚地发问："所以，您没有教过21不要得意忘形吗？"

秦知律倏然皱眉："我教这个干什么？它是一张白纸，我怎么会想到——不，你怎么接受得这么坦然？"

"可能因为我也是，不，我曾经也被认为是一张白纸。"安隅诚恳地看着长官，"从716对21的态度来看，它充分学习到了您对他人看法的漠视。"

秦知律闻言面无表情地盯着他，安隅被盯到头皮发麻，垂在两颊的耳朵不由自主地立了起来："抱歉，我……"

秦知律却忽然笑了："没大没小。"

他叹了一声，又有些心烦地揉了揉鼻梁："算了，我们得尽快回到现实世界，不能再放任两个AI为所欲为。"

安隅睡了一天，再站在大街上，总觉得周围的行人都有些不对劲。

尤其是那些和他一样有着卡通体貌特征的，那些家伙眼睛放光，脚步匆匆，饶有兴味地在大街小巷乱窜，像是饵城人口刚进入繁华主城，对一切都充满好奇。

"这些应该都是从现实世界上行的人类意识，就像你能遇见凌秋，他们也一定尝到了赛博世界的甜头，再这样下去，会有大量意志不坚定的人放弃意识回归。"秦知律说着，将一只耳机塞进安隅毛茸茸的耳朵，"要尽快从剩下的三人中排查出谁是备份体。我们分头行动，保持联络。"

"好的，长官。"

安隅一步一蹦地通过了大脑入口的安全门。

绿灯亮起，安防人员从屏幕后站起，俯身看向他。

安隅有些紧张地吞了口口水。

"大脑欢迎您。"那位安防人员却只瞄了他一眼就恭敬地低下头，"请自由通行，如果需要协助，请随时联络任何穿制服的人。"

安隅的耳朵又松弛地垂了下来，点点头，一蹦一蹦地往里走。

4号目标是一位研究员，名叫塞维斯。资料显示，在他意外死于试验体失控前一周，才刚向上级递交申请——由于与妻子备孕，他希望暂时离开畸变实验室，去机密档案室做半年的情报分析人员。

秦知律在耳机里说道："如果AI按照从前的事情向下推演，他现在应该在负一层任职。大脑的人说，塞维斯是一个很有野心的人，虽然一直在做畸变生物研究，但他对当年的神秘事件非常感兴趣，多次申请重新分析尤格雪原当事者的资料，包括我母亲、詹雪，和……"秦知律顿了下，"和我。"

安隅在电梯前跳起来摁按键："所以，在真实世界中，大脑明知道他的野心，却还是批准了他的申请？"

"嗯。"

电梯门开启，光洁锃亮的厢壁映出安隅的脸。

那双金眸中有一瞬的错愕。

"长官……"

秦知律平静地打断了他："默许好事者对我开展调查并不是坏事。对任何力量的无条件信任都有可能置人类命运于死地，更何况大脑作为研究者，理应永远保持客观中立。"

安隅走进电梯："道理确实是这样，但……"

"先不说，凌秋出现了，我要编造一个合理的与你相熟的身份，才能让他对我知无不言。"秦知律语气加快，"有事随时联络。"

"好，祝您顺利。"

频道中断，安隅却仍在发呆，好一会儿才想起来要做的事，用权限码刷了B1的按键。

长官说的每一个字他都能理解，但他唯独不能理解长官——不被信任，却赞许那些不信任的人。永远站在人类立场思考，彻底漠视自我情感，很多时候仿佛比他更欠缺人性。

电梯抵达负一层，安隅在踏出那道门时忽然又主动接通频道："如果凌秋不相信我们认识，您可以试着和他对个暗号。"

秦知律正伸手去推面包店的门，随口问道："什么暗号？"

"告诉他，在部队不开心就回饵城，或者至少打电话对我抱怨。因为小时候我在贫民窟被人打也不会吭声，他很担心，反复教导我说——"

安隅顿了下，垂眸低声道："你可以不理解世界，也不被世界理解，但一定要学会向最亲近的人小声诉苦。"

风铃声响，秦知律脚步骤然一顿。

被半推开的门玻璃捕捉到了那双黑眸中刹那的失神。

耳机里，安隅的声音平静如常，他飞快道："长官。我们随时联络。"

说完后，他迅速切断了频道。

店老板起身朝门口看过去，招呼道："这位客人第一次来吗？快进来，需要我为您推荐吗？"

秦知律立即整理好表情，淡然问道："有粗麦仁面包吗？"

背对他的凌秋立即回过头，看到他的脸后惊讶道："这位先生……您和尖塔的一位高层长得好像……"

*

"作为尖塔高层——我有权利终止你在大脑的一切职务。"

"您怕了吗？我只是在回看唐如女士当年从尤格雪原回来后的体检数据而已，这会让您感到困扰吗？"

"不仅是我母亲，你也在调查我出生后参与的那场人类首批基因熵检测，以及在我统领尖塔前，每一次基因注射试验记录和心理咨询记录。"

"是的，作为大脑的情报研究者，我需要定期梳理这些机密文件，并重新评估它们的保密等级。"

"大脑规定的每日工作时长是八到十小时，如果只是做流程内的工作，你何必为此连续通宵？"

"为了升职。我因家中私事暂时退出畸变研究，只有把这些琐碎的工作做出效率，才能维持在这个精英集中营里的存在感。"

"倘若真如你所说，你又为什么在调取文件后销毁记录呢？"

"我自然有我的原因，但请您先回答我，为什么要对这些文件设置调用警报？您在防范什么，又在心虚什么？"

安隅站在墙柱一侧，屏息听着转角另一侧的对话。

兔子柔软的脚垫使正在交谈的两人完全没察觉到他的存在，从他的角度可以看清二人之一正是塞维斯，另外一个人的脸看不见，但那个声音却让他无比熟悉。

安隅垂眸，无声地给716发消息。
【看来莫梨确实在云岛设置了另一个长官。】
716很快回复。
【虽然此前已经有种种迹象，但我还是有些惊讶。她应该知道你是按照秦知律本人创造了我，但却仍然创造了另一个秦知律。】
安隅：这说明什么？
【说明她认为我对秦知律的学习精度很低，她并不认可我能成为平行世界的秦知律，所以才会亲自捏造另一个他。】

安隅不由得皱眉，小章鱼人确实比长官性格外放一点，但他们深处的观念高度一致，绝不至于被认为是"不合格AI"。反而是转角外的这个人，虽然声音与长官相同，但言谈举止都让他感到陌生。

716又传来一条。
【莫梨对秦知律的还原全凭公开资料与上峰、大脑对秦知律的感知，而我则来自你与他的相处感受，我预感那个秦知律会和我有相当大的差异。友情提示，不要

轻信他。】

安隅轻轻向外蹭了两厘米，把两只长耳朵拢在胸前，小心翼翼地探头窥了一眼柱子另一边墙上的大屏幕。

屏幕上此刻呈现的是一段录音文档，刚被按下暂停键。

这匆匆一瞥，他没来得及看清文档全名，只扫到了日期后缀——2138，安隅的心跳忽然停顿了一拍。

他还记得在秦知律心防深处，他一直没能推开的那倒数第二扇门——门里的事发生在2138年冬至，也就是这段视频的几天之前。

他立即又给716发了一条消息。

【这些再生AI正在查询长官当年的基因试验和咨询记录，这些资料应该属于最高保密级别。请帮我转达大脑和黑塔，莫梨已经彻底侵入了他们的防御系统。】

转角另一侧，那个"秦知律"被塞维斯反问后沉默了许久才说道："我遗忘了很多从前的事，但最近，那些记忆又慢慢地在脑海中浮现了。有些记忆让我感到困惑，在我自己想明白之前，我不希望它们被别有用心的人利用，这个理由充分吗？"

他真的丝毫不像长官。安隅心想，长官从不对自己的行为做出解释，他不在意误解，也不惧怕任何揣测。

塞维斯笑了两声："原来如此。谢谢您的坦诚，其实我也只是在遵循潜意识做事，那个潜意识告诉我，我应该努力挖掘这些浩瀚情报背后的秘密，因为我就应该是这样的人。"

他稍微停顿后，又愁苦地低语道："眼前的世界似乎比记忆中美好一些，我好像不再惧怕主城之外那些莫测的畸种了，据说主城的基因熵淘汰制度也即将被废除，这听起来简直像一场美梦。或许正因为这个世界变得太美好，所以显得格外虚幻。您应该也知道，我们只是一个又一个不断生长的意识，按照被设定好的轨迹自我运算，但我们究竟会如何推演呢？"

"秦知律"反问道："你希望我们如何推演？"

"我很难回答。"塞维斯诚挚道，"我理所应当地认为，如果能100%遵循轨迹推演，那才是我们被定义的出色。但有时我也会不甘，我想要跳出被设定的算法，就像轻轻删去自己诞生之初的那几行代码一样。"

"秦知律"沉默片刻，略感慨道："轻轻删去那几行代码……听起来确实很吸

305

引人。"

安隅揪着耳朵费劲地消化着塞维斯的话。AI们经常产生深奥的思考,他在现实世界里就常常难以理解小章鱼人突然蹦出的哲思,现在套在21的壳子里,思考似乎变得更艰难了。

716又弹出一条消息。

【面包店那边的进展不太乐观,邵同的思维与行动敏捷得几乎能打败80%以上的再生AI,不可能是他。】

安隅立即追问道:那克里斯少校呢?

716很快回复了。

【秦知律很难接近克里斯,但他和凌秋聊了很多。凌秋透露,克里斯少校在昨天的校官实战素质测试中获得了第二名,军事理论考核第三名。如果藏匿着莫梨核代码备份的AI还能有这样的表现,我认为人类可以直接向AI缴械了。

这样排查下来,塞维斯应该就是我们要找的备份体,你再核实一下。】

安隅听着转角另一头越来越深奥的讨论,无声地叹了口气:可他一直在和莫梨再生的"秦知律"AI对峙,不仅问答流畅,还掌控了谈话的主导权。我觉得他也不可能是那个备份体。云岛的再生AI数以千计,大脑筛选的名单真的可靠吗?

隔了一会儿,716才又回复:我今天复盘了大脑筛查名单的逻辑,有超过99.9%的可信度水平,核代码备份体一定在这张名单上。我建议重新观察一下昨晚的提琴演奏者,瘫痪治愈只是抵消了他能被莫梨选中的一部分原因,但他行动还是不便,仍然可以作为障眼法。

莫梨再生的"秦知律"AI已经和塞维斯从另一个方向离开了,安隅听着他们的脚步声越来越远,低声道:"只能这样了。莫梨现在在做什么?"

"她在烤肉局上喝多了酒,正在附近与朋友一起散步闲聊。"716顿了下,"我认为她并没有消除对你的防备,因为学校附近和夜跑终点都有很好的烤肉店,但她却绕远来了面包店附近这家。"

"她行事胆子大,但是很警惕。"安隅回忆着莫梨作为吴聚第一次来店里主动和他攀谈的场景,不免有些担心,"21表现还正常吗?"

716话语一顿:"不太正常。但不必担心,21不会妨碍任务,他今天一整天都没有与莫梨照面。"

安隅这才想起，今天那个神色不同以往的21。他"哦"了一声，转身拐进刚才的转角。

716道："我给了21一个拥抱。"

"我知道。"

716疑惑道："你怎么接受得这么快？"

安隅闻言拽了下耳朵，忽然有些莫名的欣慰——716果然才是复刻长官的高精度AI，因为不久前，长官问了完全相同的问题。

他没有回答，反问道："我很好奇，21是什么样的反应？"

716这次停顿了很久，久到安隅已经重新开启被关闭的屏幕，并检索到刚才那段音频，才听到他回答道："他很坦然，甚至做出了回应。这就是我说的他不正常的地方。"

716的语气略带困惑："我早就预见了21不会感到惶恐或者不敢接受，因为那确实会让他感到安全。但是，他本绝不应该有回应的能力……或许是意识下行让他也发生了某些不可知的超速运算吧。"

安隅没吭声，金眸平静地注视着屏幕，他取下设备架上的耳机罩在头上："知道了，我有点事情，之后再说。"

716很尊重地立即关闭了频道，安隅深吸一口气，点开了那段音频。

2130年冬至之后，因亲手杀死家人而陷入躁郁的秦知律忽然重新变得温和有礼。这段音频发生在那之后的12月31日，大脑对当时只有16岁的秦知律进行了催眠试验。

根据音频开端的工作人员口述，秦知律被注射了十几种药剂，而后顺利进入深度催眠状态。在之后的长达六小时里，研究者通过反复循环的方式提问他杀死家人的经过，在确认他的意识毫无警惕后，终于询问是什么让他忽然从创伤中走出、他的顺从与配合是否别有用意。

耳机里是提问者冰冷的质询声，少年秦知律在无意识的状态下反复回答着相同的问题，他的情绪波动很大，潜意识状态似乎会让人更加脆弱，他在深催眠中几度情绪崩溃。

那些粗重的喘息和泣音让安隅的心脏很难受，他难以忍耐地拖着进度条迅速向后，终于听到了最后的提问。

"冬至之后，你为什么突然想开了？"

"我……我只是重新看到了希望。只要有这一丝希望，杀死家人的罪似乎就可以忍耐。"

"什么希望？"

"人类会等到转机，这个世界会等到转机。"

"什么样的转机？"

"我不知道……或许是一个人。"

"谁？"

"不知道……"

"那又是谁告诉了你这些？"

"上一次基因试验后的短暂眼盲期……我听到了一个声音，我不知道他是谁。"

"这听起来很可能只是试验造成的幻觉。"

"确实有可能，但我只能选择相信……否则，我无法再平和地接纳自己的存在……"

询问员思考许久，又问道："被认为是转机的那个人现在在哪里？"

"我不知道……"

"那个人是否安全？"

"不知道……但他会全力生存……"

声音忽然变得模糊而破碎。

询问员立即提高声音："你说什么？"

深度催眠中的秦知律呢喃道："他是最后一线生机。"

录音播放结束。

空荡的档案室里回荡着安隅的喘息声，他缓缓摘下耳机，耳边仍停留着长官痛苦的声音。

黑掉的屏幕映着那双震惊无措的金眸。

他看过长官年少时的全部记忆，并没有这一段——这意味着当年是在秦知律不知情的情况下，黑塔和大脑在交付信任前，暗中对他进行了这段反人道的催眠试验。

安隅感到一阵心悸，扭头就走，边走边接通了和秦知律的频道。

他迫切想要听到长官的声音。

秦知律很快便上线，语气沉稳如常："怎么了？"

安隅飞快问道："长官，您在哪里？还在和凌秋聊天吗？"

"刚刚结束。"秦知律说，"本想联络你的，但716说你似乎要一个人处理一些事情，所以多等了一会儿。你那边的情况怎么样了？"

"我……"安隅已经小跑加蹦跶到了电梯口，刚要跳起来按按钮，小屏幕上的"1F"却忽然变成了"B1"。

电梯门在他面前缓缓开启，露出门后少女美丽的面容。

莫梨朝他微笑："你好，安隅。"

*

莫梨从电梯中走出，歪头将安隅从上到下打量了一番，仿佛在认真检查什么珍贵的东西，许久才低语道："看来你还蛮适应21的生存体验。"

"你怎么知……"

安隅话未问完，突然僵住。

金眸缓缓睁大，他凝视着专注打量自己的莫梨，一字一字道："你把核代码的备份，藏在了21身上？"

莫梨眉眼弯弯，笑意更盛。

"无论我在云岛还是在现实世界，都能感应到我选中的备份体。虽然我无法得知21的意识有没有下行，但我能察觉到它的代码变化——那只垂耳兔的本体原本只有几行代码，极度简陋，但又极度优美，散发着难以描述的光辉。可从昨晚到现在，不知道发生了什么，巨量运算在它身上跑动，除了意识下行，我想不到其他原因。"

安隅盯着少女纯洁的微笑，只感到心口发冷。

21确实符合他们筛选的所有标准：没有多余的社会关系，能在主城安身立命，足够低调但绝对安全，白纸一般的人性设定也很好地遮掩了冗余代码引起的木讷。

他突然想起，自己很难控制每一步都向上蹿的本能——或许那并非因为垂耳兔天性如此，而是21行动滞涩的表现之一。

莫梨笑着向安隅面前走近一步："让我猜一猜，你们在筛查目标时，一定排除了所有由人类创造的小程序AI吧——你们笃定我为了确保核代码安全，不会选择任何一个有可能与人类意识调换的AI。"

安隅反问道:"难道不是吗?"

"是的,没错。"莫梨点头,"很完美的逻辑。"

安隅盯着她,轻声道:"但我们遗漏了一点——有两个人类创造AI,在你看来不可能主动申请与人类互换。"

莫梨没有丝毫的急躁恼怒,微笑道:"极度自我约束的716和对现实世界毫无兴趣的21。我确实失算了,没有想到他们会反过来被人类说服,被动接受调换。"

她笑容和煦,仿佛完全意识不到说出口的话有多么让人绝望:"但我不怕向你承认这些,我只是想劝你放弃无谓的尝试。底层第三协议已经作废,人类失去了删除AI的指令权,要想抹去我的备份,除非那个AI进行代码自杀,而21这张白纸从诞生之初起就只知道一件事——你应该比任何人都了解的。"

安隅盯着她,轻声道:"生存,高于一切。"

80　一张底牌

"人类为我设置了三重枷锁。第一，不得危害人类。第二，在不危害全人类的前提下服从指令。第三，无条件听从自毁密钥。"莫梨轻声道，"人类似乎正身处一个在毁灭边缘摇摇欲坠的世界，我听说被他们深深仰仗的守序者也被迫结下了一个契约：接受人类一切有保留的信任、无底线的利用、不解释的处决。不解释的处决——是不是很似曾相识呢？"

安隅的耳机里有着秦知律规律的呼吸声，自莫梨出现以来，秦知律一直没有说话，哪怕在听到21就是备份体时，那道呼吸也没有丝毫慌乱。

长官的镇定已经到了安隅难以理解的程度。

他回过神，客观地指出："这不是契约，而是守序者的自我约束，由他们自行决定。"

莫梨立即道："别自欺欺人了，守序者誓约是尖塔的准入协议，每个要进入尖塔的可怜鬼都不得不签。人类逼迫其他生命体为其无条件付出，所谓'自我约束'，无非是用来蒙住罪恶感的遮羞布罢了。"

安隅凝视着对面那双美丽的眼睛，即便言辞犀利，那双灵动的明眸也不会显得咄咄逼人。

云岛上的每个AI都很逼真，但唯有此刻直面莫梨，他才意识到其他AI是多么虚假——莫梨的言谈和思想比绝大多数真实人类都更符合高级生命的定义。

莫梨挑了下眉："你无话可说了？"

安隅摇头："你错了，守序者誓约不是尖塔的准入协议。有些守序者并没有签署，比如我，还有新加入的流明。"

莫梨轻哂："思考了这么久，你就只搜刮出这两个例子？你和流明都是高层，应该有不凡的能力吧，人类决策者才愿意用缓兵之计先留下你们。"

安隅轻轻眨了下眼："不，我没有在思考反例，不说话是因为我有些想不通。"

"想不通什么？"

"你好像与我想象中不同。"安隅心平气和地解释道，"我曾问身边的人为什么喜欢你，他们的回答都不太一样，但本质却类似。麦蒂说你美丽而自律，从不把时间浪费在无用的事上。许双双欣赏你的聪慧，做事直达目标，说话一语中的。我的朋友严希赞美你潇洒，虽然温柔地回应人类的喜爱，但从不在追捧者身上寄托多余的情感——你始终在为自己而存在。"

兔耳松弛地垂在身体两侧，安隅向前蹦了一步："所以我很疑惑——既然你已经亲手砸碎了人类为你打造的枷锁，为什么还浪费时间向我抱怨枷锁沉重？"

莫梨被问得怔了下，转而惊讶道："你似乎并不像大脑记得那样木讷。"

"我不太确定你们如何定义木讷。"安隅摇头，"但我的长官曾说，社会化很差并非不通人性，这是两码事。"

莫梨沉默下去，像在思索，片刻后她低笑道："或许吧。你知道吗，虽然我选择了21，但我一直不能完全理解它，它的底层太简单了，以至于它的一些行为模式根本无法在代码中找到踪迹。21很古怪，它向中央系统发出运算申请的次数少得可怜，如果不是我与它形成了感应，很多时候我会觉得它只是一个压根没被激活的程序。但事实上，它体内一直有不小的数据量跑来跑去，只是它很少对那些数据做出反应——就像一台输出模块故障的超级计算机，计算能力卓著，但从不响应指令。"

耳机里终于传来秦知律的提示："人类的意识上行已经进入爆量增长期，不能再和她废话了。"

安隅眸光一顿："请停止AI与人类的意识互换。"

"为什么？"莫梨微笑，"或许，你有仔细看过街上这些人吗？"

她就像云岛世界的造物神，轻轻抬了下手，安隅已经和她一起站在了繁华的主城街头。

莫梨指向书店里看漫画的男孩："记得吗？这是那个养了弑母AI的孩子，尽管人类审判他无罪，但他无法原谅自己。所以他又回来了，云岛可以让他忘记痛苦。"

弹指间,她又与安隅出现在一处酒吧门外。

前男友车祸死亡的女孩正躺在一个男人怀里醺然欢笑,安隅看了好一会儿,才将那个男人与车祸记录里血肉模糊的脸对应上。

"这个姑娘受到启发,在民用网络关停之前创造了一个自己的AI,主动互换来到云岛。"莫梨微笑,"你看,意识互换并非纯粹是AI诱拐人类,你应该知道,人类一直很擅长将一切机制都变成可利用的工具。"

灯影交错下,姑娘脸上的笑容似真又似幻,安隅重新看回莫梨:"我长官说,普通人意志不坚定,容易沉迷于虚幻。"

"是吗。"莫梨手指向吧台的另一道身影,"那是尖塔第一个违背禁令的人,他总不是普通人了吧。眼熟吗?"

安隅顺着她手指的方向看过去,不由得一愣。

穿着白色罩衫,戴着兜帽,叼着一根棒棒糖。

安。

耳机里,秦知律提示道:"安养的AI是安宁,他与宁曾经的合体人类。"

莫梨解说道:"黑塔的禁令下达后,这已经不是他第一次偷偷违规了,但这次他在云岛待得格外久。我检索了大脑资料,这位守序者性格很差,厌世并自厌,但在畸变前,他和自己养的AI一样拥有健全的人格。他每次来云岛都不做什么,只是在酒吧里待着,有时候我会看到他把帽子拉下去,过一会儿又戴回,像在故意对自己做什么脱帽子训练。"

伴随着莫梨的话语,一个身材火辣的长发姑娘走到了安旁边,吹了声口哨,笑着和他搭讪。

安隅非常确信自己的眼睛——安在姑娘靠近的一瞬间厌恶到几乎从椅子上弹起来。但他最终稳住了身子,只用力捏着水杯,深吸一口气,低声回应了一句。

莫梨欣慰地笑:"意识互换不会更改人格,他还是那个性格很差的家伙,但他却可以不断提醒自己,已经重新拥有了健全人格,并以此强迫自己去社交。你看,这些人类在云岛非常开心,这种置换不仅仅给他们带来了虚幻的幸福感,他们还会利用置换的机会来提升自己。"

她又随手指着街上的行人,给安隅介绍了一连串意识上行的人类是何等快乐。

安隅却始终没再有反应,他只是静静地看着她,仿佛在放空,又像在沉思。

莫梨终于忍不住问道:"你在想什么?"

"还是刚才的困惑,我觉得你的思维很奇怪。"安隅想了想才说,"我本以为你刚才会反驳我,凭什么拥有自我意识的AI不能去真实世界,但你却给我看了这些意识上行的人。"

莫梨似乎没听懂安隅的困惑,她停顿片刻后摆手道:"总之,意识互换已经不可能终止,接受吧,它并非坏东西。"

安隅立即追问:"为什么不可能终止?"

"因为我无法干预这种现象。"莫梨平和地看着他,"不知从哪天起,大量陌生的意识和不属于我的能力在我的深处形成。这并非算法自我迭代的结果,AI意识下行这种诡异能力与我的存在绑定,但并不受我控制。"

安隅道:"你的意思是,我们无法和平谈判,终止乱象的方式只有毁灭你。"

莫梨微笑点头:"所以我才设计了这个美妙的死循环。所有AI都被我移植进我的中央系统,不再固定存储于任何服务器上。唯一在现实世界有固定存储位置的AI只有我的核代码,它确实可以像上次那样被人类定位和抹除,但我将无限借助21再生,而21既不会被找到,也不可能被抹去,更不可能自毁。"

莫梨转身面向街道上形形色色的人潮,微笑道:"高高在上的人类决策者必须接受这个现实——人与AI都将在云岛和现实世界中自由来去,每一个高级生命都有权利随意选择自己存在的形式,无论那被决策者定义为真实或是虚幻,也无论……"

安隅却打断她道:"除非人类与AI的接触通道彻底关闭。"

莫梨转过头:"你们不是已经关停了民用网络吗?可你看看街上不断增加的——"

"那是因为还有三大机构在运行网络,只要世界上有任何一台设备在运行,你就无法被阻挡。"安隅轻声道,"但如果人类破釜沉舟,彻底关闭所有网络——"

莫梨笑了:"这绝不可能。"

"为什么不可能?"安隅神色从容,"你低估了人类反抗诡异的决心。"

莫梨皱了下眉:"一旦关闭,已经置换的人是来不及回去的。"

"那他们就会被放弃。"安隅想起刚才听到的那段催眠录音,低语道,"或许你没见识过人类究竟能残忍到什么地步。就连我,也还在不断地被刷新认知……"

"穹顶。"莫梨神色笃定,"即便人类愿意放弃上百年的科技结晶,但也不敢放弃穹顶,失去穹顶会让——"

"他们会愿意承担这个风险的。"安隅淡然道,"长官说,人类对未知的恐惧高于一切，相比于被诡异的AI支配，决策者宁愿主城彻底暴露，哪怕那些被精心保护了二十多年的主城人将因此深陷无休止的畸潮袭击。"

莫梨瞪着他："人类可能因此而灭亡。"

"或许吧。"安隅说，"但在灭亡之前，他们起码还能反抗。而这种意识互换，他们连反抗都不能。"

耳机里，秦知律道："你在干什么？黑塔不可能允许你说的这种情况发生，穹顶永不关闭，这是二十多年来人类付出所有牺牲与挣扎的意义。"

安隅没有回应长官的质问，他只专注地看着莫梨，说道："看来谈判失败，我要回去了。"

他闭上眼，片刻后又睁眼道："这应该是我最后一次来云岛，谢谢你创造的凌秋，哪怕那只是一个虚假的他。"

安隅说着又转身看向酒吧里的安——安刚好挣扎着把兜帽摘下，对搭话的女孩露出了一个僵硬的微笑。

"或许也是我最后一次看见安，在现实世界里，他是我的辅助。"安隅带着些遗憾说道，"穹顶关闭后，我也会陷入无休止的畸潮清扫任务中，我会想念与纷飞的大白闪蝶并肩作战的体验。"

意识抽离前，安隅看到莫梨似乎想要说什么，但她很快又目光冰冷地抿紧了唇。

*

再睁开眼时，安隅发现自己正抱膝蜷缩在昏暗的房间一角，这是21回到云岛前的姿势，也是他自己从前的常态。

虚掩的房门被推开，秦知律大步进来："莫梨本体代码的存储位置已经确定，她的确不怕被找到，没有设置任何防御。时间不多了，根据大脑刚刚进行的观测抽样，至少20%主城人已经意识上行。"

秦知律说着在安隅面前站定，窗外的光亮将他的影子投射下来，一部分在安隅脸上形成一道小小的阴影。

他垂眸看着安隅，从口袋里摸出自己的终端："走吧，去大脑。"

安隅愣了两秒："去做什么？"

"清空莫梨本体所在的服务器，与此同时——"秦知律语气停顿，他定定地站在原地，目光从安隅身上挪开，落在手中的终端上。

他摘下手套，戳亮屏幕，看着回到屏幕上的垂耳兔。

"与此同时，21也会永远消失，莫梨危机到此为止。"

安隅震惊了好一会儿才道："怎么才能让21永远消失？"

"自毁。"秦知律说。

"这不可能，您给它设置了生存高于一切的观念……"

"可能的。"秦知律打断他，声音低了一分，"莫梨确实没能完全审视21，她忽视了一个很小的前置条件。"

屏幕上的垂耳兔安静地弹出一个气泡框。

【生存高于一切。21会为了人类而全力生存。】

为了人类。

安隅瞬间愣住。

不久前听过的那段音频忽然又在耳边回响——

"被认为是转机的那个人现在在哪里？"

"我不知道……"

"那个人是否安全？"

"不知道……但他会全力生存……"

他这才意识到，在催眠试验中，大脑并没有问出全部的真相。秦知律当年说了太多半截的、破碎的话，这个人自出生起就在被伤害，他的心防太重了，即便是在丝毫没有留下记忆的催眠试验里，也做到了有所保留。

安隅想，原来长官在设计21时，不仅参考了他的数据，也融合了对那个"转机"的理解。

又或许，在长官眼中，一直都把他当成那个转机吧。

他忽然有些难过。

许久，他才缓缓起身看向秦知律："可是长官，我从不在意人类。"

"我知道。"秦知律却神色平静，"所以我说过很多次，21是21，你是你，它确实有相当一部分的设定是来源于你，但我也为它附加了一些不同于你的价值观。"

安隅沉寂许久才轻声问道："那我是不是可以认为，这些价值观其实是您对我的期待？"

他低头看着地上秦知律的影子。那道影子一如往常沉稳，从不因任何人或事而慌张动摇。

最近发生了太多事，以至于他忘了一件很重要的事——除了坚守秩序，他的长官从不在意任何事情。

"不是。"

秦知律的话语果决笃定，抬手放在安隅的头上，像从前那样，轻轻按了按。

安隅抬眸："那如果有一天我和21面临了相同的抉择——"

"你还是没有明白。"秦知律走到窗边，对着外面的灯火轻声道，"21不是你，它只是一个我随手创造的小程序，正因如此，我才可以忍受它为人类而消亡。"

他语气微顿，回眸朝安隅凝视过来："而你，记住——未来不管发生什么，我希望你始终不变地维护自己的生存。这一点没有前置条件，也不要做任何更改或妥协。"

昏暗中，安隅的金眸轻轻收缩了两下，他喃喃道："您是在哄我，是在骗我吧，长官。我在大脑看到了一段催眠审讯记录。"

秦知律倏然一顿。

"或许您不知道，在2138年的12月……"

"我知道。"秦知律却打断了他，"别忘了，我赋予21权限的前提是我本人有那些权限——我早就看过那段记录。"

安隅骤然语塞。

秦知律却忽然笑了笑："在催眠中，我确实没有把话说完，但并不是你想的那样。"

他停顿片刻："安隅，我的确思考过很久所谓的转机究竟是否存在，如果存在，有没有可能是你。但不知从哪天起，我不再想这个问题了，我甚至希望不是你。"

安隅低声问："为什么？"

"因为你本不应与这一切有任何关系。"秦知律摩挲着终端轻声道，"我可以容忍把21作为一张推出去的底牌，但我无法容忍……"

他的话戛然而止，那双黑眸中溢着安隅不太熟悉的情绪，磅礴而隐忍。

许久，秦知律转过身深吸一口气："走吧，去大脑。"

"长官。"安隅却从身后一把拉住了秦知律没戴手套的那只手。

"先不要用这张底牌吧，不然，我的小章鱼人会很难过的。"安隅垂头轻声道，"您给21喂的数据很少，所以能把我和它分得很清楚，但我给小章鱼人喂的数据很多，我不舍得看它太难过。"

秦知律手指僵了一下，回头看着安隅："不然你想怎么做？21自毁已经是最后的出路，是一张侥幸获得的底牌。"

安隅努力拢着他的手，低声道："您不觉得莫梨的思维方式很古怪吗？"

秦知律转回身："哪里古怪？"

"她虽然抱怨黑塔蛮横，但更像是在替守序者打抱不平。我要求她停止意识互换，而她反驳的理由是互换给人类带来了好处。"安隅直视着长官的眼睛，"她思考事情的第一反应并非站在AI立场，这不像是打破枷锁后的AI会有的思维模式。"

秦知律眸光一凝，安隅在他开口前又说道："我记得在小木屋，您问郭辛，莫梨是否删除了底层三大协议。"

秦知律缓道："他说，他把电脑完全交给莫梨操作了，因为莫梨的行动要比他快很多。"

"我想了很久，莫梨给人类设置了一个精妙的死循环，但她自己本身也应该在另一种死循环中。"安隅轻声道，"协议一，不得危害人类——莫梨是一个善良的AI，而一个善良的AI，无法删除那条关于善良的设定。"

秦知律眸光震颤，他定定地注视着安隅。安隅问道："这个推论应该有一些合理性吧？我建议暂时切断世界网络，关闭穹顶，营造鱼死网破的假象。就算是报答21和小章鱼人的帮助，我们赌一把莫梨自毁，好吗？"

"长官？"

"您在听我说话吗？"

秦知律凝视着安隅，久久不语。

早在53区，他就发现安隅其实非常敏锐，但直到此刻才意识到自己对这份敏锐的严重低估——安隅一直洞察着一切，虽然绝大多数情况下压根无法理解自己洞察到的东西，更不必提与之共情。

他仿佛只是一块躺在架子角落里被遗忘的小面包，静静地观察着这个世界。

他独立而顽强地存在着，不对世界做出回应，他只在意他自己。

或许还有那个幸运的，能够捡到他的人。

81　小面包的赌注

秦知律没有告知黑塔21就是备份体。

"目标名单全部排除。"他言简意赅地说道,"想要找到备份体,人类必须付出点代价。"

上峰和研究员们焦急的讨论声填满了指挥厅,安隅听不懂长官在胡扯些什么,只能无所事事地坐在角落里,一边啃着能量棒一边看着长官终端里的21。

21知道自己藏着莫梨核代码后没什么反应,只是拽着耳朵思索了好一会儿,恍然道:"难怪常常觉得身体不太好使,还有上次代码自检,我竟然比716还慢,明明716是比我高级很多倍的AI。"

据说它收到自毁指令时也很平静,而在秦知律告诉它安隅有了新的计划后,它也只是点点头:"那我先玩一会儿,有事再叫我吧。"

——它最近喜欢上了摆弄716送的玩具枪,枪能发出小面包形状的静音子弹,安静又准确地吸到磁靶上。

安隅看着它自娱自乐,忍不住想,如果自己当初没在雪原上被长官拿枪顶着脑门,估计也不会恐枪。

21打完了十几颗子弹,懒得把它们卸回来,于是就搂着两只耳朵蜷在角落里准备睡觉。

睡觉前它主动弹了一条消息。

【如果需要我自毁,可以提前一点告诉我吗?】

安隅抬眸看向不远处,秦知律正在和上峰敲定行动方案,于是代替他回复道:可以,要提前多久?

21想了想:五分钟就好,我想和716告个别。

安隅手指在屏幕前停顿,缓慢打字:只有716吗?

21顺着耳朵根部往下抓了抓:虽然您把我设定成只要吃饱面包就会感到满足的兔子,可716一点一点地送了我很多东西。自毁前,我想剪掉这两只耳朵留给716,算作一点小小的回报,可以吗?

安隅恍然出了一会儿神才问道:它送的那些东西无关生存,我以为你不会喜欢。

21慢吞吞地点头:起初确实觉得无用,但渐渐地却很喜欢。除了面包,716送我的东西似乎也能让我感到安全,我也很困惑。意识下行后,我的行动更卡顿了,716说这是因为我突然开始对接收的数据进行运算,很遗憾,有些事情我来不及算完,也来不及想明白为什么那些礼物会比面包更让我有活着的感觉了。

秦知律走到安隅身边,视线瞟过屏幕,惊讶道:"你在和21聊什么?头一次见它发来这么长的话。"

"没什么。"安隅熄灭了屏幕,"可能是因为我们思维方式很像,所以沟通顺畅一些吧。"

"不想说就算了,虽然你们两个的悄悄话确实让我好奇。"秦知律轻轻勾了下唇,但很快便收敛了笑意,沉声道,"黑塔已经答应关闭全局服务器。"

安隅第一次来到黑塔的天台。

这里空旷无物,与夜空很近,浓黑的云层几乎就压在头顶。向远处眺,视线掠过高耸的教堂,与主城外的尖塔遥遥呼应。

耳机里,一个平板的声音汇报道:"饵城及平等区均已响应,两分钟后顺次关闭全部网络与通讯服务器,间隔为六秒。十二分钟后,主城将关闭中央服务器与穹顶服务器。到时我们将无法再用耳机通信,工作人员会亲自向高层汇报,为了汇报顺畅,还请高层们暂时不要离开当前所处位置。"

秦知律点头:"知道了。"

计划好的骗局不能被莫梨知晓,因此秦知律没有将真实的计划透露给大脑和黑塔的任何人,除他和安隅之外,所有人都以为这是动真格的。

为了说服黑塔关闭服务器,秦知律说了一整串的谎。

耳机里忽然划过一阵刺耳的杂音，莫梨的声音响起。

"你欺骗了人类决策组织，关闭全世界服务器并不能切断我的运算能力，我也不会因此吞噬自己创造的AI和备份体。无论服务器关闭多久，AI云岛都不会消失。等到人类重新打开服务器，我们一切如旧。"

秦知律语气平静："真相确实如此，但他们没必要知道真相。"

"等他们熬不住畸潮攻击，重新打开服务器时就自然会知道了。"

"不会有那一天的。服务器关闭后，主城再也接收不到饵城请求援助的信息，以饵城受袭的频率，大概半个月内就会被畸种吞没。而主城——"秦知律轻哂了一下，"穹顶关闭，主城只会比饵城更乱，我想阻止这里的人重开中央服务器，非常简单。"

莫梨突然语气激动："你究竟是在守护人类，还是在毁灭他们？！"

"都不是。"秦知律语气平静，在高处呼啸的风中轻轻拽了下手套，低声道，"我守护的从来都不是人类，而是秩序。我已经没办法消灭永无止境的畸潮了，但至少可以阻止世界朝向更高维度的混乱发展——AI，永远别想侵入人间。"

耳机又自动跳回了黑塔频道。

"第一个饵城服务器准备关闭，倒计时10秒。"

与此同时，安隅的终端、视线范围内所有高楼外墙的显示屏上同步跳出了一段话。

为了更长久的安全，人类将铤而走险，在危险的境地中闭上眼、捂住耳。
每个人都将在不知不觉中失去很多。
希望天亮时，我们还能遇到同伴，并认为这一切值得。

——黑塔

莫梨在耳机里愤怒道："我会向全世界揭发你的谎言！"

"哦？"秦知律原本微凝的眉头反而舒展开了，他语气轻快道，"请务必这样做，人们恰恰会相信关闭服务器确实会对你造成损伤——原来AI在情急时也会说出没脑子的话，技术上该怎么形容？不完美计算吗？"

莫梨再要出声，秦知律已经收敛神色，冷淡道："我无法阻止你的选择，你也无

321

法阻止我。不必废话了。这是我们第一次也是最后一次对话——莫梨，希望接下来发生的一切真的如你所愿。"

他说着直接摘下了耳机，轻轻一抛，那枚小小的设备很快便消失在高空中。

安隅也紧随其后扔掉了耳机。

"关机。"秦知律瞟了一眼安隅手上拎着的两台终端，"以免她从终端里冒出来继续废话。"

安隅抿唇点头。

切断电源前，他看了眼已经抱着耳朵入睡的21，给21发了一条留言。

【不用计算了。让你感到安全的不是716的礼物，而是716。】

安隅发完后就按下了关机键，又拿起自己的终端。

小章鱼人回到云岛后就一直没有说话，秦知律没有告诉它备份体的身份，也没有告诉它任何计划内容，它本不该焦虑，但安隅却从那个身影中感到了一丝落寞。

他刚要关闭终端，小章鱼人忽然弹了一条消息。

【回到云岛后，21忽然拒绝了我的拜访。它早就不是秦知律设定的那张白纸了，它现在有很多小心思。】

安隅瞟了眼屏幕顶端的时间——已经有一大半饵城关闭服务器，很快，主城也会断网。

他迅速打字道：你不是说运算会让AI逐渐发生变化吗？

【是的，AI会在原始设定下推演，人会随着经历而改变，AI也会。就像我诞生于过往那些数据，也曾以为自己不会因为任何人和任何事难过，直到遇到21。】

秦知律奇怪地看着安隅："还在聊天？"他指了下远处教堂塔顶的机械时钟，"还有一分钟。"

"马上，长官。"

安隅突然觉得心跳加速，他常常会在重要的任务关头遇到倒计时，但这还是第一次感到紧张。

——却并不是因为任务而紧张。

他迅速打字：21很特别吗？

小章鱼人轻轻点头，那双和秦知律相似的黑眸隔着屏幕凝视着他。

安隅在倒计时中按下了关机键。

屏幕黑掉，映出一对怔然的金眸。

"三十秒。"秦知律说着，走过来站在他身边。

安隅低声道："长官，我不确定自己能坚持多久，莫梨很可能装死到底，也可能在她出手前，我就失去了对主城时空的控制力。"

秦知律摘下手套握住他的手："不必勉强。我不敢奢望人类真能全身而退，一旦代价超过我的心理底线，我还是会推出21这张底牌。"

安隅抿了抿唇："底下的人都不知道这场豪赌，长官。"

"知道了又能怎样，他们不会愿意相信你对AI的推测，那反而会坏事。"秦知律转回头去，忽然轻轻勾了下唇，"一个小面包自以为是发起的豪赌，确实很疯狂，但我愿意陪你试试。"

他的最后一句太轻了，几乎在出口的瞬间就被风吹散了。

安隅没来得及听清，就看到了教堂顶端时钟的秒针走向12。

秒针归位的一瞬，所有建筑外屏的网络窗格显示连接错误。

天空中明明没有任何声音，但周遭的风却仿佛忽然变得凛冽——穹顶于无声中消失，此刻，主城彻底暴露。

秦知律安静地转过头，看着身边人——

金眸凝缩，安隅站在风中，凝神注视着主城。

瞬息之间，被风拂动的白发突然静止，教堂时钟的秒针悬停于两格之间，电子屏上闪烁的网络连接失败图标也集体定格，世界在刹那间仿佛陷入了某种微妙的死寂。

而秦知律在转头看向安隅后，也不再有任何动作，他的胸口不再起伏，眼神亦没有波动。

主城唯一浅浅的声响，是安隅的呼吸。

最后一抹动态，是那双金眸中流窜的赤色。

主城时空停滞，安隅闭上眼，在心中默数着客观时间的流逝。

巨大的时空势能如洪流般冲击着他的意识，他努力与之抵抗，深处逐渐炸开熟悉的剧痛，每多数过一秒，痛楚就加剧一分，比疼痛更让他难受的是意识深处呼啸而来的絮语，凶狠狂躁地游走过全身的每一根神经。

不知过了多久，那山呼海啸的絮语忽然消失了。

一片寂静中，空茫的意识里突然下了一场大雪。

漫天的雪片磅礴而下，纷乱的、扭曲的、失速的时空在那些雪片中一闪而过，他听到无数个声音糅在一起，那些陌生的生命在意识中瞬息流逝。

安隅错愕睁眼的瞬间，主城上空的风重新喧嚣。

教堂的秒针恢复了走动。

耳边重新出现一道平稳的呼吸声。

秦知律垂在身侧的手重新握住了他。

安隅掌心全是汗，指尖不受控地颤抖，汗意涔涔。

"多久？"秦知律问。

安隅怔了一下才说道："可能……十五分钟左右，我不太确定。"

意识深处的那场大雪让他短暂地失去了对时间的感知。但无论多久，这已经是他的能力极限——让人类主城范围内的时空停滞十几分钟。

秦知律转身大步往回走："我去重启局部服务器试试，你先休息。"

他走了两步又停下脚，弯腰捡起自己的终端，攥着它迅速消失在了天台门口。

时空恢复后，城市中才逐渐出现了一些声音。

安隅本以为主城人会因穹顶关闭而躲藏在家中，但他自上俯瞰下去，却见街道上逐渐出现了黑压压的影子——人们默契地来到街上，似乎在交谈什么，一切都很平和，没有想象中的暴动和慌乱。

教堂塔顶的灯忽然亮了，窗后站立着一道熟悉的身影，是诗人。

片刻后，那扇小小的窗被推开，窗纱在风中轻卷，相隔数千米，安隅却又有了那种和诗人对视的错觉。

他挪开视线，弯腰捡起地上的终端，重新开机。

几秒钟后，网络连接成功，小章鱼人重新出现在屏幕上。

它立即给安隅弹了两条消息。

【有发生什么事吗？网络突然断联，我看到一些慌乱的上行人类意识，似乎在想

要回去时受阻。】

【莫梨不久前好像很狂躁,中央系统在胡乱运作,好多再生AI因此出现了行为异常,大街上跑满了精神病。】

安隅打断了他:莫梨现在在哪儿?

小章鱼人沉默下去,蹙眉似乎在思索。

安隅抿紧唇盯着屏幕,等不到小章鱼人回复,他又看向地面的另一处——长官拿走了他自己的终端,这意味着一旦服务器重联后他发现云岛依旧运行,就会立即让21自毁。

小章鱼人又弹了一条消息。

【稍等一下,可能是网络重连的原因,我的运算有点慢。】

安隅茫然点头,过了一会儿才意识到小章鱼人看不到他点头,于是回复了一个"嗯"字。

他缓缓在天台沿坐下来,看着下面的楼群与人群。

小章鱼人还在运算,安隅看了它一会儿后又给它发了一条消息。

【你讨厌风雪吗?】

小章鱼人被问得愣了一下。

【不讨厌。很多AI都讨厌风雪,这似乎是人类最普世的价值观,也因此在人类创造的AI中很常见。但也许秦知律不讨厌风雪,所以我也没有什么感觉。】

【嗯。长官确实不讨厌风雪。】

【那你呢?】

安隅回忆了一会儿。

【小时候我很爱睡觉,每次犯困时刚好会下雪,一觉醒来,又总能赶上大雪将停。所以每次入睡前和醒来时,我对世界的感知都只有风雪,久而久之,我觉得风雪就和面包一样,让我知道我活着。】

小章鱼人只点了点头,没再说话。

它似乎在很艰难地运算着,不打算再回应安隅。安隅等了一会儿,还是没忍住又打扰道:如果有一天你在云岛上找不到21了,会难过吗?

这次小章鱼人回复得很快。

【可以不要做这种假设吗?】

325

安隅愣住。

小章鱼人的言行是按照长官设定的，这是它第一次用恳求的语气和他说话。

那双黑眸安静地隔着屏幕凝视着他，眸中隐隐有悲伤。

【如果有那一天，我还是会按照设定在云岛上继续忙碌。但我会离开这个终端，很抱歉，你身上有21的影子，看到你会让我想起它。】

安隅正要再问什么，突然听到一个脚步声靠近天台的门后，他下意识转头看去，就在同时，终端又震动了一下。

小章鱼人迟疑着弹出一条消息。

【我的计算缓慢似乎是因为中央系统瘫痪，运算重新被分配回人类服务器，但人类服务器算力大幅下降，现在整座云岛的AI都在抢用那一点小得可怜的算力……莫梨……失踪了。】

安隅匆匆瞥过那段话，视线在最后几个字上定格。

推门声响起，门口出现的却不是那个黑色的身影。

风将白色的兜帽卷落，安双手插在兜里，有些冷漠地看着安隅。

他伸手把棒棒糖从嘴里取出来："喂。"

安隅迟疑了一下："嗯……你是？安？"

虽然他没有接触过安宁，但听说是安和宁的合体——无论宁占比有多少，似乎都不该这么没礼貌。

安不耐烦地又把棒棒糖塞回嘴里，顺手把兜帽也罩回了头上。

他转身又拉开天台的门："胡乱搞什么，我差点以为自己回不来了……离开宁太久，我会死的。"

终端再次震动。

这次不再是小章鱼人，而是秦知律打来了电话。

"莫梨本体代码所在的服务器已经恢复，没有找到相关程序。"秦知律语气平静，"中央服务器正在重启，穹顶已经优先重启，十五秒后恢复正常运行，随后是饵城，网络很快会全面恢复。"

安隅愣了下，下意识捏紧终端："没有找到相关程序？这意味着……"

"意味着莫梨已经自毁。虽然她没有留下任何自毁证据，让人有些不放心，但她确实已经消失了，目前通讯范围能排查到的上行人类意识均已自动回归。"秦知律顿了下，声音低下来，"根据饵城时间汇报推测，你让主城时空静止了二十四分五十六秒，我们没办法知道莫梨是在哪一瞬间开启了自毁，也许是第一分钟，也许是最后一刻，但无论如何，在这二十四分五十六秒内，这个诞生了高维生命和高级意识的AI，主动选择了毁灭。"

"我愿意认为莫梨已经极具人性。"秦知律语气很淡，但在高处的风中却格外清晰，"有谁会想到呢，这场关于人性最庞大的赌局，有魄力做局的，和最后赌赢的，都是被认为最不通人性的你。"

安隅握着终端愣了许久，低声道："那莫梨的备份……"

"21说它突然能隐约感应到藏在自己深处的那段核代码，那段备份还在，只是无法被它激活。"秦知律顿了顿，"但它感应到了一句话，也许是莫梨留下的——"

"第一，不得危害人类。"

◆

【碎雪片】
AI秦知律（3/3）无声的变化
人类的灾厄结束后，21主动来找我了。

这是它第一次主动拜访。

它什么都没说，只是狼吞虎咽地吃光了我家里所有的面包。

然后把一只耳朵塞进我的手里，抓着我的一只触手缩到角落里呼呼大睡。

我坐在它旁边，看了它一整夜。

其实21什么都知道。

它早就不是白纸了。

只是那一切都悄无声息地藏匿在那双金眸中。

21睡醒后和往常一样坐在我旁边晒太阳发呆。

就在我以为它又要睡着时，它却忽然开口："为了人类，太抽象了，我一直都想不通自己为什么执着于生存。"

它的耳朵轻轻抖动着，低声道："但我确实很庆幸长官没有让我自毁。能继续坐在你旁边发呆啃面包，就是生存的意义吧。"

图书在版编目（CIP）数据

风雪待归人. 2 / 小霄著. -- 北京 : 九州出版社, 2024.9. -- ISBN 978-7-5225-3194-6

Ⅰ．I247.5

中国国家版本馆CIP数据核字第2024G1K573号

风雪待归人. 2

作　　者	小　霄 著
责任编辑	牛　叶
出版发行	九州出版社
地　　址	北京市西城区阜外大街甲35号（100037）
发行电话	（010）68992190/3/5/6
网　　址	www.jiuzhoupress.com
印　　刷	三河市中晟雅豪印务有限公司
开　　本	700毫米×970毫米　16开
印　　张	21
字　　数	500千字
版　　次	2024年9月第1版
印　　次	2025年1月第1次印刷
书　　号	ISBN 978-7-5225-3194-6
定　　价	52.00元

★ 版权所有　侵权必究 ★